Conspiración en Filipinas

Mercedes Mondé

Manuel Lozano Leyva

Conspiración en Filipinas

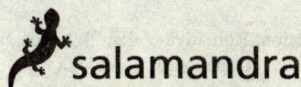

salamandra

Ilustración de la cubierta:
El volcán Mayón (Filipinas). Vista desde el camino de Albay a Daraga.
Instituto Tecnológico Geominero. Madrid.

Publicaciones y Ediciones Salamandra, S.A.
Mallorca, 237 - 08008 Barcelona - Tel. 93 215 11 99

ISBN: 84-7888-671-0
Depósito legal: B-22.052-2001

1ª edición, mayo de 2001
Printed in Spain

Impresión: Romanyà-Valls, Pl. Verdaguer, 1
Capellades, Barcelona

A Manolo Lozano Añino,
con quièn tanto comparto.

Advertencia

En la novela aparecen personajes históricos a quienes se atribuyen opiniones y caracteres ficticios pero basados en datos. Son los casos obvios del marqués de la Ensenada, el marqués de Ovando, el padre Murillo Velarde, el sultán Alimudín y alguno más de relevancia secundaria. Todos los demás, así como la mayoría de las acciones que transcurren a lo largo del relato, son inventados. Ciertas aventuras, quizá las menos creíbles, ocurrieron de verdad, como las hazañas de *La Galga* y las artimañas del antedicho Alimudín, sultán del reino de Joló. Si los nombres de otros personajes y otros avatares coincidieran con algunos reales de aquella época, habría sido por casualidad.

Agradecimientos

La ambientación de un relato en un contexto histórico exige documentación sólida y amplia. Esta tarea ardua y delicada se ve extraordinariamente favorecida por la ayuda de los profesionales de las bibliotecas. En un tema tan oscuro para los no especialistas —o al menos para mí antes de afrontar esta novela— como es Filipinas a mediados del siglo XVIII, esa ayuda ha sido esencial. Por ello deseo agradecer a las bibliotecarias en general la ayuda que me han prestado, y en particular a Isabel Real, de la Escuela de Estudios Hispanoamericanos del Consejo Superior de Investigaciones Científicas, y, con especial cariño, por ser compañeras mías, a las de la Universidad de Sevilla.

Entre los innumerables textos, libros, monografías, actas de congresos y demás fuentes de los que se ha alimentado el relato, deseo destacar tres: *El Marqués de Ovando, Gobernador de Filipinas (1750-1754)*, de Javier Ortiz de la Tabla Ducasse, *El galeón de Manila*, de William Lytle Schurtz, y una extensa variedad de contribuciones a distintos congresos de quien quizá sea la historiadora más especializada en el lugar y la época que enmarcan la novela: María Lourdes Díaz-Trechuelo Spínola.

Los versos que reproduce Blanca en su primer pliego, atribuidos a doña Beatriz, es lo que recuerdo de un bello poema de Pedro Salinas.

También agradezco a mis amigos José Manuel Quesada Molina, Enrique Cerdá Olmedo y Arantxa Mellado Bataller su lectura crítica del manuscrito. El primero ayudó a concretar el texto, el segundo a precisarlo y la tercera a enriquecerlo.

1

Era raro que Sevilla oliera a incienso a primeros de septiembre, pero las calles y plazuelas cercanas a la Real Audiencia estaban inmersas en el aroma religioso. En la plaza de San Francisco había ejecución de malhechores condenados a la horca y el garrote. La distinción en las penas se debía a que la condición de los reos era muy dispar: los gañanes penderían colgados hasta que la muerte se apiadara de ellos, y los aristócratas se acogerían al postrer privilegio del agarrotamiento fulminante. Durante dos semanas no se había hablado en Sevilla de otra cosa que del juicio que se había seguido en la Audiencia. Un enviado del rey había descubierto a los responsables del asesinato de un ingeniero. Además de tal ignominia, los culpables habían sido acusados de robo organizado, prolongado y cuantioso en las arcas del reino. Pero lo que más regocijaba al pueblo era que la Audiencia no había hecho distingo entre clases y había condenado a muerte tanto a los rufianes plebeyos como a los aristócratas; por ello nadie en Sevilla parecía querer perderse el fasto más sublime de la justicia. De todos los cuarteles, arrabales, parroquias y conventos afluían gentes y procesiones. Aunque el atardecer se presentaba sucio y ventoso, el jolgorio de los patanes y muchachos sólo se veía silenciado por la estridencia del campanilleo de los monaguillos que abrían paso a frailes y custodias. Pocas personas de alcurnia se mezclaban con la turba porque ya estaban todos bien acomodados en los palcos improvisados frente a los cadalsos. Los balcones de las casas de fuste colindantes con la Audiencia y el Cabildo mostraban crespones negros.

Nadie se fijaba en el cortinaje de la balconada principal de una de las mayores mansiones de la calle de los Francos, donde una mano blanca apartaba ligeramente de la vertical una de las cortinas. Y de haberlo observado, hubiera supuesto que alguien miraba discretamente hacia donde tendría lugar el ajusticiamiento, por más que desde allí sólo se percibirían los sonidos que lo acompañaran: exclamaciones, llantos, vítores, cánticos y oraciones. Aunque las campanas de la catedral aún estaban silenciosas, de multitud de espadañas dimanaban graves y pausados badajazos en son de muerte.

La mano blanca dejó reposar la cortina, y una mujer se apartó del balcón suspirando lenta y profundamente. La biblioteca en que se hallaba era hermosa, por más que la mortecina luz del crepúsculo apenas dejara entrever sus detalles. Era toda parda porque los cuadros, alfombras, muebles, estanterías y libros cubrían la gama de los marrones frutos del castaño. La mujer se sentó en una silla frente a un secreter, apoyó los codos en el tablero abatido, y ocultó el rostro en las manos.

Desde fuera de la habitación llegó una voz de hombre trémula de ira, si bien la pesada puerta de recios cuarterones amortiguaba los gritos:

—… ¡Y yerma! ¡Yerma como el rastrojo de los baldíos! ¡De tus entrañas sólo surge altivez!

La mujer permanecía tan inmóvil como las imágenes de los retratos que llenaban las paredes. La ceremonia de la plaza de San Francisco debía de estar a punto de comenzar, porque de la calle apenas llegaba barullo e incluso las campanadas iban languideciendo.

—¡Todo me lo debes a mí! ¡Todo! No es ingratitud lo tuyo, ¡es altivez vana!

La voz del hombre era iracunda, pero la embriaguez también parecía hacerla incierta. Sonaron golpes en la puerta a la vez que se reanudaron las imprecaciones tras un breve silencio:

—¡Abre, desgraciada, abre!

Se oyó un sonido sordo que dio a entender a la mujer que el hombre se había sentado en el suelo junto a la puerta, sin duda para recuperar el resuello tras haber intentado abrirla violentamente.

De la cercana plaza de San Francisco llegó el grito al unísono de cientos, quizá miles de gargantas. La mujer alzó lentamente la cabeza y se levantó de la silla. Caminó hasta el balcón, y su blanca mano apartó de nuevo levemente la cortina. El silencio se impuso durante un buen rato, y al cabo lo rasgó un cántico armonioso, lúgubre y lejano.

—¡Ahí te gustaría verme, mal nacida, ahí en la plaza! Pero no has tenido suerte. ¡Ni te la mereces!

Los ojos de la mujer mostraron algo de vida por primera vez en toda la tarde. Parecieron relampaguear fugazmente, pero enseguida los empañaron dos lágrimas, que corrieron por sus mejillas. Pensó que la ceremonia de verdad estaba a punto de comenzar en la plaza de San Francisco. El clamor anterior se había debido al ahorcamiento de los patanes, pero entonces comenzaría el ajusticiamiento de los aristócratas. Conforme se abría paso en su mente la imagen del agarrotamiento que iba a tener lugar, a la mujer empezaron a temblarle casi imperceptiblemente los labios. Conocía a algunos de los que iban a morir, pero ninguna pena sentía por ellos. Los imaginaba vívidamente, vestidos de negro y caminando con más o menos altanería y contrición hacia las tarimas cubiertas de colgaduras del mismo color que sus vestimentas. Pronto empezarían a sonar oboes y flautas con melodías tétricas. Los curas y frailes los acompañarían hasta las sillas de respaldares fatídicos, para consolarlos y escuchar sus últimas confesiones. La incierta luz de los cuatro hachones que iluminarían cada patíbulo apenas dejaría ver a la multitud la palidez del espanto, antes de que les cubrieran la cabeza con capuchas de seda negra. Y cuando el verdugo se acercara a los reos, con ellas en las manos, éstos le regalarían sus anillos con toda prosopopeya y dedos temblorosos, como muestra del perdón que gallardamente concedían a quien les iba a arrebatar limpiamente la vida.

Al oírse el primer son lastimero de la música, la mujer se apartó de nuevo del balcón y volvió a sentarse al secreter, pero en vez de apesadumbrarse como antes, elevó el tablero del escritorio y lo cerró con llave. Paseó lentamente los dedos por el hermoso paisaje lacado que mostraba la madera inclinada.

—¡Muerto es como te gustaría verme, muerto! Pero me las pagarás, ¡te juro que me pagarás el infierno que me has hecho pasar desde que nos casamos! ¡Desdichada!

La mujer apartó la mano del dibujo y abrió uno de los muchos cajones del mueble. Sacó una caja de cerillas y prendió una. Su rostro adquirió un tinte anaranjado, y las sombras proyectadas desde abajo dieron a su belleza un aspecto mágico e inquietante. Encendió un quinqué y girando la rosca graduó bastante alta la llama, sobre la que volvió a colocar la cápsula de vidrio. La biblioteca, hasta el momento casi completamente a oscuras, adquirió vida.

—No me desprecias, ¡te doy asco! Y no es sólo porque seas palurda, sino porque dudo que seas una mujer de verdad. ¡Tú sí que eres asquerosa!

La blanca mano femenina abrió otro cajón y sacó algo pesado, que dejó reposar sobre las faldas. Quedó con la cabeza muy inclinada y los ojos cerrados. Desde la cercana plaza, tras unos instantes de silencio sepulcral en que ni la música se oía, surgieron clamores muy sordos a los que siguieron rezos monocordes y luego cánticos salmodiados.

La mujer se levantó y se encaminó despacio hacia la puerta de donde surgían los gritos de su marido. Apoyó la mano izquierda en el pomo y aspiró profundamente con los ojos cerrados antes de llevar la otra mano a la cerradura. El mecanismo sonó una vez. Los cánticos llegaban más claros y fuertes desde la plaza porque eran más voces las que los entonaban. La mujer giró de nuevo la llave, y al instante el pomo se movió bruscamente. La puerta se abrió con tal violencia desde fuera que, si la mujer no se hubiera apartado oportunamente, se habría visto aplastada por ella. En el vano se enmarcó la figura del hombre que había estado gritando. Tenía los brazos abiertos y el cuerpo encorvado, y de sus ojos surgían llamaradas de odio. Fue a abalanzarse sobre la mujer, cuando el movimiento que hizo ésta lo dejó paralizado. Ante el bello rostro de su vilipendiada esposa surgió un estremecedor círculo negro. Con los ojos desorbitados, el hombre abrió la boca para gritar. Pero, entonces, de aquel fatídico círculo surgió un relámpago cegador a la vez que un portentoso trueno. El hombre salió impelido violentamente hacia atrás y quedó exánime unos tres pasos más allá de la puerta. Cuando el eco del grandioso estampido se fue perdiendo entre habitaciones, corredores y jardines, empezaron a doblar lastimosamente las campanas de la Giralda. La mujer volvió a sentarse al secreter y, con gesto lánguido, dejó caer la pistola al suelo. Por el interior de la mansión se escuchaban voces y rumores de pasos precipitados.

16

• • •

Asomado a la ventana del palacio, el marqués de la Ensenada se decía a sí mismo que el cielo de Madrid siempre estaba vivo en los atardeceres de septiembre. Las sempiternas nubes, alejadas unas de otras, se movían parsimoniosa e incesantemente. Sus colores variaban en una amplia gama del gris al rojizo, con amarillos y blancos no sólo en los ribetes sino también en las panzas.

El ministro no sabía por qué se sentía más desasosegado, si por el enojo que le había causado don Álvaro de Soler o por no lograr desentenderse de ese asunto y concentrarse en otro. Lo había enviado a Sevilla en busca de un informe de importancia sobre la producción de mercurio en las minas de Almadén, y había cumplido su misión cabalmente; pero con el añadido de que, sin que nadie se lo hubiera pedido explícitamente, había desentrañado la trama que había propiciado la desaparición de dicho informe. Las consecuencias acarreadas por su exceso de celo fueron graves: escándalo judicial de proporciones desconocidas en Sevilla, provocación al Santo Oficio, injerencia en asuntos diplomáticos delicados, y un sinfín de disturbios. Y todo ello era anecdótico si se comparaba con la magnitud que aún podía alcanzar el hecho de que don Álvaro, en una especie de duelo, hubiera dado muerte al autor último de la afrenta al gobierno —y por ende al rey—, que para colmo era un eclesiástico de rango más que mediano.

El ministro se dirigió a su mesa y, una vez acomodado en el sillón que había tras ella, tomó con brusquedad la documentación a la que hacía ya rato que deseaba prestar atención:

Fernando V se hizo glorioso expulsando de España como 800 mil judíos, Felipe III expulsando casi igual número de moriscos. Y el Rey Nuestro Señor hará un gran servicio a Dios expulsando de Filipinas los sangleyes gentiles.

Buscó en el documento la fecha, el lugar de expedición y el remitente: padre Murillo Velarde, en Manila a 15 de julio de 1751; hacía dos años. Como siempre, había empezado a leer por el final al objeto de que las conclusiones pudieran evitarle la lectura de todo el documento, pero en este caso se fue al principio y leyó con atención:

17

Medios para que tenga efecto la expulsión de los sangleyes genti-
les, que mil veces está mandada ejecutar y siempre queda sin
efectos.

«Los sangleyes gentiles», pensó el ministro casi con melancolía; Filipinas, tan lejanas y problemáticas que le inquietaba la escasa atención que prestaba a aquellas exóticas siete mil islas. Siete
mil; ¿cómo las habrían contado los navegantes? «Hay que reforzar
la Marina por cien razones, y la ciento una es porque los hombres
de mar se lo merecen.» El marqués sonrió pensando en los pro-
gresos que en ese sentido se estaban haciendo desde que había
decidido que su mayor empeño como ministro se centraría en la
Armada.

Patiño, su antecesor, había llevado a cabo una gran tarea con
poco más de veinte millones de pesos de presupuesto anual —incluidos los tres o cuatro procedentes de las Indias—, de los que la
familia real gastaba siete y el ejército, nueve, y cuyo exiguo resto se
repartía entre la Marina, los ministros y la burocracia. Por Dios que
ahora él estaba consiguiendo realizar el sueño de aquél con los casi
quince millones anuales que recibía últimamente de América y la
ayuda del ingeniero alicantino Jorge Juan y de su amigo el matemá-
tico sevillano Antonio de Ulloa. Él, como ministro, había organizado la infraestructura para la fabricación de cáñamo, brea, alquitrán y
hierro; y pergeñado los planes de explotación más o menos racional
de las maderas de Cantabria, Cataluña, Andalucía y Navarra, e incluso la compra de las del Báltico y la importación de maderas duras
de América; pero ¿cómo diseñar navíos fiables, rápidos y robustos,
organizar su fabricación y adiestrar a la mano de obra? Casi rió el
marqués al recordar la labor que estaban haciendo a plena satisfacción Jorge Juan y Antonio de Ulloa en los astilleros de Cádiz, El Fe-
rrol y Cartagena, puesto que esa labor, sin duda fruto de la valía de
los dos hombres, lo era también en gran medida de la añagaza pla-
neada por él. Jorge Juan había espiado la construcción naval en
Inglaterra, y Ulloa, con el pretexto de estudiar matemáticas, había
aprendido todo lo bueno y lo malo de los ingenieros navales franceses de Toulon, Lorient, Brest y Rochefort. El primero había llevado
su desfachatez hasta el extremo de contratar maestros y oficiales ingleses, dejando creer a los militares que caía en la trampa de aceptar a

aquella cuadrilla de espías e inútiles seleccionada por ellos. ¿En qué los tendría entretenidos Jorge Juan en los astilleros? Seguramente los mantenía ahítos de vino, mujeres y holganza. Pensó de nuevo el marqués, más seriamente, que estaba cerca de alcanzar su meta de conseguir los cien navíos de línea y las sesenta fragatas que igualarían a la Armada española con la inglesa. Con lo que ya había conseguido, Inglaterra había dejado de ser un enemigo temible: en caso de necesidad, una alianza de España con Francia sería fácil de conseguir, y, contra las dos potencias navales, la Albión no tenía nada que hacer más que perder su futuro. Este último pensamiento llenó de regocijo al marqués de la Ensenada.

«Sangleyes gentiles»; así llamaban en Filipinas a los chinos no conversos. De allí le habían llegado problemas con los moros. Estaba convencido de que si las Filipinas no fueran españolas serían musulmanas, pues esos infieles habían llegado primero y a los aborígenes igual les daban los unos que los otros; pero ¿y los sangleyes, que además eran infieles e idólatras? En la memoria del marqués se abrieron paso a paso, como rasgando velos superpuestos, las ideas que podían definir el problema. Los chinos, siempre de forma pacífica, habían ido entrando en Filipinas para comerciar con la seda. Después diversificaron sus negocios, se asentaron y prosperaron de forma inaudita. Pagaban más tributos a las órdenes religiosas que a la administración imperial de la colonia, pero parecía que la Iglesia quería además convertirlos al catolicismo. Por eso la distinción entre gentiles y conversos, aunque al marqués no le cabía duda de que los chinos aceptarían lo que fuera en materia de religiones verdaderas si el comercio les era propicio. Y ahora la Iglesia creía necesaria su expulsión, o al menos así lo estimaba ese cura, ardientemente, con certeza jesuita; ¿por qué, si los chinos eran tan ricos e influyentes que hacían préstamos extraordinariamente oportunos?

Al ministro le repugnaba la idea de una expulsión de gentes. Ello implicaba violencia, quizá no sangrienta; una violencia que, aparte de dosis de injusticia, exigiría reforzamiento militar de la guarnición, o sea, cientos de miles, si no millones, de pesos. Las islas Filipinas sólo tenían valor estratégico para la Corona, y su mantenimiento costaba muy caro, ya que el galeón anual que las unía comercialmente con Acapulco apenas contentaba a las veinte o treinta familias más ricas de Manila y a otras tantas de Nueva España. Y ello, para colmo, provocaba el lamento continuo del asistente de Sevilla por la competencia que, para muchos de los productos andaluces, significaba la venta de sedas y demás manufacturas filipinas en tierras americanas. ¡Cuántas veces habían clamado los sureños peninsulares por el abandono de las islas del Pacífico!

El marqués se sintió cansado y, dejando reposar los escritos en la mesa, se arrellanó un tanto en su sillón y estiró las piernas. Mientras paseaba la mirada por los tapices y cuadros del gran despacho a la luz tenue de la noche incipiente, pensó en su máxima de que el poder se basaba en la información. ¿Era fiable aquel cura? ¿Quién se lo confirmaba? ¿Cómo administrar un imperio sin fuentes de información organizadas? Un buen espía era un arma letal, y él la utilizaba con sabiduría y a discreción, pero había que organizar esa arma militarmente, tanto como la artillería o la infantería. Jorge Juan, Ulloa y unas decenas de hombres ingeniosos, ilustres y valientes le estaban prestando un gran servicio, pero no bastaba con eso. Había que desbrozar mucho, sembrar más y coordinar todo; pero ¿cómo afrontar semejante tarea? Y sobre todo... ¿quién podría hacerlo? Al llegar a este punto, el rostro del marqués expresó satisfacción: don Álvaro de Soler. Sin duda.

Por su experiencia, valor y discreción, don Álvaro era la persona más capaz del reino para organizar su red imperial de espionaje, mil veces imaginada y cientos de veces diseñada. Pero ¡en qué estado había quedado después de su último servicio: herido y medio proscrito! Así que, mientras, no vendría mal... ¡enviarlo a Filipinas!

Don Álvaro de Soler, su protegido y servidor, tendría tiempo para reponerse de sus heridas y, lo que era más importante, pondría mucha agua entre él y la corte, que falta hacía si no quería que su protección le fuese demasiado pesarosa. Él sería su espía de confianza en Filipinas, por encima del padre Murillo. O completándolo, porque dos espías suponen más del doble de ventajas de las que proporciona uno solo. Y si son tres, mejor, siempre que ninguno sepa quiénes son los otros y uno mismo tenga la suficiente sagacidad y capacidad de síntesis para extraer la información cierta y provechosa de la suministrada por ellos.

Una vez concluido su propósito respecto a don Álvaro, al marqués le sorprendió notarse dichoso; tanto que su sonrisa interior casi le aflora a los labios. Sabía que nada hay más fuerte y gratificante que el poder para quien cree que lo sabe ejercer. El suyo era casi inconmensurable, y lo manejaba con destreza.

Había adelgazado mucho porque de sus heridas había fluido más vida que sangre, por mucha que hubiera sido ésta. Don Álvaro de Soler se sentía tan tranquilo que le extrañaba no recordar cuándo había tenido antes el espíritu así de calmo. En cuanto salía del ministerio se iba a la Plaza Mayor, se sentaba junto a la puerta de la fonda de Sarueña y esperaba el otoño frente a una frasca de vino manchego. Don Álvaro consideraba la inmensa plaza el retrato más bello y vivo de Madrid. Casi todo era cuadrado: sus límites, las puertas incrustadas en los soportales y los huecos de luz de los balcones. La altura de los edificios circundantes hacía que la tarde cayera antes en la Plaza Mayor y que la luz crepuscular se mantuviera en ella más tiempo, ya que la refulgencia del cielo se veía mágicamente deformada y multiplicada por los cristales de los balcones. Si las nubes se hacían presentes, acompañaban armoniosamente al paisaje humano que conformaban las personas que disfrutaban en la plaza del asueto entre el final de la jornada de trabajo y el recogimiento en sus casas para cenar y descansar. Don Álvaro apenas bebía de su frasca de vino; miraba absorto a los niños jugar al aro, levantar panderos y corretear con cierto orden dentro del caos de sus movimientos; y también dejaba vagar la mirada por los corros de comadres y los paseantes. Lo que más le entretenía era apreciar algún buen caballo montado por su jinete o enganchado a un coche.

Aquella tarde de casi mediados de septiembre, todo cambió en un momento en que don Álvaro estaba observando la evolución de las formas de tres nubes. Tenía la mente tan vacía que lo desconcertó un leve sobresalto, pues fue de naturaleza distinta del que sufría cuando lo abrumaba la conciencia de estar en trance. Se rebulló un poco en su asiento y notó la presencia de un hombre que lo miraba a unos pasos de él. El recién llegado permanecía inmóvil. Era muy alto, y el contraluz impedía a don Álvaro estudiar su rostro. Llevaba capa, a pesar de la relativa bonanza del tiempo, y se cubría con montera en lugar de gorra bicuerna o de tricornio. Don Álvaro se sintió alterado y no notó que su mano derecha se levantaba como con voluntad propia y que señalaba con el dedo índice al hombre plantado ante él.

21

—¿Capitán Dávila?

—Sí.

Al sonreír, se percató don Álvaro de que sus mejillas no se contraían para ello desde hacía demasiado tiempo, y de que su corazón se aceleraba hasta el punto de que sintió las palpitaciones de la sangre en el cuello y las sienes. No se movió mucho, pero su mano dejó claro que invitaba al hombre a sentarse. Éste lo hizo pausadamente y adoptó una actitud parecida a la que había tenido antes él mismo. Con un gesto elocuente, don Álvaro pidió al posadero otra frasca de vino. Tardaron poco en servirla, y entonces los dos hombres las levantaron mirándose fijamente y bebieron un buen trago.

—Parece repuesto de sus heridas, capitán.

—Estoy en ello y consiguiéndolo. Diría yo que a usted le está costando más recuperarse de las suyas.

A don Álvaro, que había escuchado muy pocas frases al capitán, su acento sevillano le agradó sobremanera, pues añoraba aquel tonillo a pesar de que había pasado poco tiempo desde que dejó Sevilla.

—Estoy bien. ¿Puedo seguir llamándolo capitán y Dávila?

—Sí.

Que el capitán Dávila le hubiera salvado la vida dos veces en Sevilla hacía que sintiera por él mucha gratitud, pero la simpatía de don Álvaro hacia él se debía a su carácter seco, solitario y taciturno. Y a su historia. Al menos, a lo que sabía don Álvaro de ella, que no podía ser mucho viniendo la información de otro hombre casi tan reservado como él: don Fernando Cruz, alcalde del crimen de la Audiencia de Sevilla y valedor del capitán.

Don Fernando lo había condenado a muerte por haber matado a tres hombres en reyerta, y luego había amañado el indulto anual del Jesús del Gran Poder para que se le conmutara la sentencia por prisión perpetua. Como el juez apreciaba el valor y la honradez del capitán, le solicitaba ayuda como alguacil especial de vez en cuando, e incluso se lo llevaba a su casa a cenar cuando deseaba compañía. Después de cada cena o encargo, el capitán volvía puntualmente a la cárcel, pero tras la última misión que el alcalde del crimen le encargó, en razón del cabal cumplimiento de ésta y de las heridas que por ello recibió, le arregló una nueva documentación oficial y permitió su fuga con la recomendación de que fuera a la corte a ponerse al servicio de don Álvaro de Soler, al cual tan bien conocía por haber con-

22

sistido aquella última encomienda en protegerlo cuando éste como enviado del rey fue a Sevilla a buscar el informe del ingeniero Miguel de Iriarte sobre las minas de Almadén.

Durante aquella aventura, don Álvaro y el capitán apenas habían intercambiado un par de frases y casi no se habían visto, pero la convicción de que ambos se agradaban era mutua. Este encuentro en Madrid se lo estaba confirmando a los dos.

—¿Va a quedarse en Madrid, capitán, o está de paso?

—No sé.

—Si no tiene alojamiento o el que tiene no le agrada, en mi casa hay sitio para usted.

El silencio fue largo hasta que el capitán preguntó:

—¿Podría buscarme ocupación aquí en la corte?

Esta vez la pausa en el incierto diálogo que estaban manteniendo fue mucho más larga. Al cabo, habló don Álvaro.

—No creo. Usted sabe cómo terminó mi última misión, pues supongo que se lo habrá contado don Fernando Cruz. —De los ojos del capitán surgieron chispas de entendimiento y complicidad casi risueñas—. Seguramente no acabaré en la cárcel ni me procesará la Inquisición, pero igual de seguro es que me quitarán de en medio por una buena temporada. Sospecho que me van a enviar a las Indias, pues conozco bastante bien buena parte de América y quizá por ello consideren que allí pueda ser útil al ministerio. Todo esto son suposiciones mías, pero creo que mañana dejarán de serlo ya que tengo una entrevista con el marqués de la Ensenada. Así pues, pronto podré decirle algo más concreto, aunque pudiera convenirme saber ahora si estaría usted dispuesto a ausentarse de España por tiempo indefinido.

El capitán Dávila había seguido la explicación de don Álvaro muy atento y, cuando éste concluyó, dejó errar la vista por la Plaza Mayor, que estaba ya a oscuras pero no menos concurrida que en la atardecida. Al cabo, volvió el rostro hacia don Álvaro y dijo:

—Sí, seguramente sería ventajoso que yo también me quitara de en medio.

Bebieron de nuevo sonriéndose con la mirada.

—¿En qué arma sirvió usted en el ejército?

—Dragones.

—Es bueno servir a pie y a caballo.

· · ·

San Vicente de Paúl, 25 de septiembre de 1753

Yo, dejando aparte al chino ese que me pone mal de los nervios, estoy encantada de la vida porque voy a las Filipinas y ya ni me mareo en este barco. Hace doce días que partimos de Cádiz, y los nueve primeros a cada minuto creía que me iba a morir, porque la cara la tenía o verde o blanca, en el estómago no me quedaba ni aire y no sé qué se me movía de forma más perdida, si los sesos o los ojos. Y de pronto, nada, como si tal cosa, como si estuviera en el patio de nuestra casa de Sevilla: comí y no eché nada; bebí y tampoco, y, teniendo un poquito de cuidado al principio, le he cogido el son al barco y a veces me parece que ni noto que está siempre moviéndose. ¡Qué bien! Porque lo he pasado casi peor que cuando me dio la tristeza fuerte.

Voy a escribir ya quién soy, que si lee esto mi señora va a volver a decirme que el atolondramiento me sale desde las primeras líneas de este diario que me ha propuesto que lleve a lo largo del viaje. Me llamo Blanca (lo de los apelliditos de marras lo dejo para después) y tengo diecisiete años.

Mi señora se llama doña Beatriz Guzmán de Tubio, marquesa de El Estal y también marquesa de los Alcores. Esto último por razón de matrimonio, porque lo que es ella de verdad es marquesa de El Estal. Tiene treinta y cuatro años y, a pesar de eso, yo creo que es muy guapa. A mí me parece demasiado alta, pero tiene el cuerpo delgado, fuerte y bien formado por lo mucho que lo ha ejercitado en el campo. Hasta hace seis años vivía en un cortijo cerca de la ciudad de Écija. Cuando se casó se fue a Sevilla, y entonces la conocí yo, que siempre viví allí, al pasar a servirla.

En el campo ella era tan feliz que nunca quiso contraer matrimonio, y por eso lo hizo siendo ya tan madura. Pretendientes tenía una pila de ellos; sin embargo, con ninguno estaba a gusto más de una temporadilla. Pero al fin las cosas se pusieron tan mal en el campo para la familia, que no tuvo más remedio que casarse. De todo esto me he enterado yo por cotorreos de sirvientas, aunque por ella también sé cosas que cuadran con lo dicho.

En su matrimonio le debió de ir fatal y ha terminado igual de fatal, o sea, que se ha quedado viuda y no sé qué fatalidad ha sido peor. A ver si me explico. Ella casi siempre estaba triste en Sevilla, y al señor marqués lo despreciaba y lo temía, y eso que doña Beatriz es una mujer de arrestos. Lo despreciaba porque era zafio y vulgar, y lo temía porque cuando estaba borracho se ponía violento y como mínimo gritaba. A la señora la quería mucho, pero ella a él no, y eso a mí a veces me parecía raro, porque el marqués no creo yo que fuera tan malo; y además era guapo. Lo peor era cuando le gritaba y la insultaba y se ponía como loco, lo cual estoy casi segura de que era porque él no admitía que ella no lo amara.

El marqués murió hace menos de un mes, y se formó una tremenda remolina de la que apenas tengo noticias porque a mí me mutaron a las primeras. Yo lo único que sé es que aquella noche se oyeron muchos gritos en la casa, que, por cierto, no me llegaron porque yo dormía lejos y la casa es inmensa, aparte de que tengo la gracia de dormir como las piedras. Al otro día, muy temprano por la mañana, se formó el revuelo grande de médicos, alguaciles, oidores, curas y monjas. Estas últimas me llevaron medio dormida y casi a tirones al convento de Santa Paula, que es donde me crié. Allí estuve llorando casi todo el tiempo hasta que un día me sacaron, me llevaron con la señora otra vez y ella, muy seria, me preguntó que si me venía a Filipinas. No sabía yo por qué gritar más de alegría, si por volver con mi doña Beatriz, por viajar al otro lado del mundo, por dejar a las monjas o por saber que yo no había hecho nada malo para que me sacaran de la casa de los Alcores como me sacaron. O sea que estaba contenta por todo y todavía me dura.

Ya llevo casi los dos pliegos de hoy, pero voy a seguir escribiendo largo y tendido porque tenemos calma casi chicha y aquí fuera, rodeada de mar por todas partes, con poco trajín en el barco, mi señora durmiendo la siesta y yo sin frío ni calor, tostándome al sol de este otoño raro, me siento muy a gusto llenando pliegos. Además, como se puede ver, cada vez me salen los renglones más derechitos, la letra más firme y los borrones y tachones más chicos y escasos; y es por eso, porque le he cogido el vaivén al barco. Durante los tres últimos días he escrito otras cosas porque no he querido empezar esta especie de diario hasta que la escritura me ha salido así de bonita.

Voy a contar cómo conocí a mi señora. Yo estaba en medio de mi tristeza grande, o sea que tenía once años y hacía unos meses que me había enterado de que mis padres, o mi madre, me habían abandonado al nacer en la puerta de un convento. Lo supe por otras niñas que eran más malas que un dolor en ayunas, porque me lo dijeron sólo para mortificarme, y encima riéndose. Y eso que ellas estaban allí por lo mismo que yo. Al principio no entendía apenas nada, pero poco a poco me fue entrando la pena honda, y yo me quería morir porque creía que eso era lo que me correspondía. Las monjas intentaban ayudarme, por lo menos algunas, pero todo me lo ponían peor porque, ahora lo sé, ellas entendían poco de casi todo.

En este punto quizá venga a cuento lo de mis apellidos o lo que sean, que mencioné antes cuando dije que me llamaba Blanca. Me llamo Blanca Bahía del Buen Aire. Vergüenza me da escribirlo pues está claro como el agua clara que ni eso son apellidos ni nada de nada: a una monja, que sé quién es, le dio por ahí porque le pareció que eso de Blanca Bahía era muy bonito, y lo del Buen Aire se le debió de quedar de alguna historia que le contarían de América o así, porque ella no sabe ni dónde está de pie, de ignorante que es. Me da tanto coraje lo del nombre que mi señora dice que en Sevilla no le fue posible, pero que en Filipinas quizá me lo intente cambiar. Como si eso se pudiera.

Decía que estaba yo con la pena honda cuando me llamó una monja y me llevó a un patio, delante de la señora. La monja nos dejó solas por indicación de ella, y la señora se puso a hablarme. Ni tres minutos tardé yo en mirarla a los ojos, y en menos de una hora me iba a su casa con mi hatillo entre las piernas sentada en el coche muy pegada a sus faldas.

¡Qué impresión me hizo! Fue por lo que dijo y sobre todo por cómo me lo dijo. Lo que me dijo no lo recuerdo bien, pero me pasmó que me hablara como me habla ahora y como sé que me hablará siempre, o sea, que ni yo era una niña ni ella una señora.

Una de las cosas que me dijo y que mejor se me quedó fue lo de la vajilla. Más o menos fue esto: «En Sevilla abandonan al año no sé cuántos niños; si tus padres o cualesquiera de los padres que hacen eso tuvieran el dinero que cuesta una de las vajillas de mi casa, podrían alimentar durante años a todos los hijos que pudieran tener; así que ni estés triste por tus padres ni por ti, pues lo que te ha de corroer las entrañas es que haya vajillas como las mías en demasiadas vitrinas.» Y yo lo entendí, y me impresionó tanto que todavía cuando veo una vajilla buena me acuerdo de eso, pero ya hasta con gracia porque hay que saber lo que hizo mi señora una vez. Yo desde un principio me sentí muy bien en la casa de los Alcores, pero de cuando en cuando me volvía de nuevo la tristeza. Una vez que ella notó que había llorado, me preguntó de plano que si era por lo de mi abandono, y al decirle que sí moqueando, me cogió de la mano, me llevó al comedor, abrió la vitrina y sopesó dos platos. Sin decir palabra, me sacó al jardín y con todas sus ganas tiró un plato contra una de las fuentes, y antes de darme tiempo a respirar después de la sorpresa, así muy seria, me estaba extendiendo el otro plato y, aunque lo cogí, no me atreví a estrellarlo. Entonces ella me dijo fuerte y con mal genio que adelante. Lo hice, y me sonrió de una forma que no se me olvidará jamás. Mientras estábamos recogiendo los añicos nos reíamos de verdad. Por eso yo la quiero mucho. Ella también me quiere a mí, porque soy la única que se ha llevado a Filipinas del montón de criadas, fámulas, doncellas y cocineras que siempre ha tenido. Bueno, a mí y al chino que me ataca los nervios, pero de ése ya escribiré otro día cuando no esté tan contenta como estoy ahora.

Voy a ir rematando la escritura de hoy contando esto de los pliegos. A mí las monjas me enseñaron a leer y escribir muy malamente, por lo que mi señora le encargó a un cochero muy listo que tenemos que terminara de enseñarme. Al verano siguiente, doña Beatriz quedó satisfecha de mi letra y del ritmo al que leía, y me impuso la siguiente tarea: una hora de lectura y dos pliegos de escritura cada día como mínimo. Los domingos también porque eso era como el respirar y otras cosas que no necesitan descanso. El día que sin estar enferma no lo hiciera, me quedaba sin la cena del día siguiente si lo que fallaba era lo de la escritura, y sin comida si había leído menos de una hora. Podía leer y escribir lo que me saliera del magín, e incluso copiar lo que quisiera de los libros, comentarle la lectura y permitirle leer los pliegos o no, pero si remoloneaba me quedaba en ayunas de desayuno a desayuno. Siempre cumplió el castigo, aunque hace tiempo que no es necesario porque, claro, ya le he cogido tanto gusto a esto que lo hago de natural, y el día (como los nueve primeros del mareón) que no leo o escribo me siento rara. Hoy, sin ir más lejos, ya llevo cuatro pliegos y no tengo ganas de parar. Al principio engañaba a veces a la señora, pero es demasiado lista y casi siempre me pillaba. Por ejemplo, tenía que poner la fecha en los pliegos, pero si un día escribía más de la cuenta, lo que pasaba de dos lo guardaba para otro, y así, de vez en cuando, había días que no tenía que escribir. Pues a la tercera de cambio se inventó lo del sellito con su anillo sobre lacre que pone en dos pliegos en blanco que me da cada mañana y que le tengo que enseñar por la noche. La lectura me la controla con todo el servicio haciendo de espía. Me dejaba libros o yo los cogía, porque tenía permiso, de dos de las tres bibliotecas de la casa; y aquí en el barco, de los dos arcones que se ha traído llenitos de ellos. Ahora, como sabe mi señora que me he aficionado a esta obligación, me controla menos; pero una cosa me deja bien clarita de vez en cuando: o leo y escribo, o no como.

Ella lee mucho pero escribe muy poco; tan poco que yo creía que no lo hacía jamás, salvo para las cosas necesarias, como cartas y eso. Pero sé que escribe porque me lo dijo, y ante mi sorpresa me dejó leer una cosa suya. Era una poesía bellísima, aunque no entendí casi nada. Sin embargo, de algunos versos siempre me acuerdo:

> *Dolor de la herida de luz del rojo fiel del poniente,*
> *dolor de la sombra en el suelo de la frente y los dientes,*
> *dolor de todo:*
> *del candor, la idea, la ira y el hierro.*

A ver quién entiende eso de la sombra de la frente, o la de los dientes, y encima en el suelo; o mezclar el hierro con la idea y el candor, porque todavía con la ira... y además ni pegan los versos unos con otros, salvo, quizá, los dos primeros; pero a mí me gustan mucho. Mi señora y yo somos distintas hasta en eso, porque ella piensa mucho y escribe poquísimo; y yo no pienso nada, sino que me pongo delante de los pliegos y, hala, a escribir lo que se me ocurre. Así, a ella le caben sus poemas en una carpetita de cuero muy bonita que tiene, y yo, de tiempo en tiempo, no sé qué hacer con tanto pliego. Pero dicho está: o escribo o no como.

Luego están mis tareas, que son todas atenciones a doña Beatriz, como cualquiera se puede imaginar. He de estar pendiente de su ropa y sus cosas de aseo; de arreglar nuestra cámara y extender las sábanas y los cobertores después de airearlos; de todo lo que me mande, y normalmente me lo manda con mucho tiento. Apenas me riñe y jamás me pega. Bueno, un bofetón me llevé una vez; pero un buen bofetón, porque mi señora es muy suave, pero cuando se pone brava es capaz de meterle fuego al imperio. Lo del bofetón no lo escribo porque, como tenía razón ella, me da vergüenza recordarlo.

Aquí en el barco la vida es muy tranquila, aunque con la fatigona del mareo todavía no me he enterado de las cosas demasiado bien. Tenemos una habitación así de chiquitina para las dos y eso es un lujo del que sólo disfruta el capitán, que tiene una parecida en el recoveco de un pasillo. Los otros cuatro pasajeros, además del chino, se alojan juntos en una cámara poco mayor que la nuestra, y en otra algo más grande los oficiales. En una más grande todavía lo hacen los marinos de fuste: el timonel jefe, el carpintero, el maestro artillero, etc.; y la marinería y los infantes de marina, allí abajo junto a la bodega, como arenques en sus hamacas (les dicen «coyes» y se escribe como lo he hecho, que buen trabajo me ha costado averiguarlo pues he llegado a preguntárselo hasta al capitán), y sale un tufo de allí por las mañanas que me devuelve el mareo.

Eso sí que lo lleva mal mi señora, lo de no lavarse como a ella le gusta, que en eso es casi maniática. Es manía porque, digo yo: lavándose una cada día la cara, las manos, la sobaquera, el fondillo y los pies, ¿para qué más? Pues ella nada, baño completo todas las mañanas, y eso aquí en el barco no se puede hacer porque no hay ni sitio ni agua. Cuando llegue a Filipinas se mete en remojo un día entero, como los garbanzos. Y vaya si le queda, porque el viaje dura una eternidad, o sea, nueve meses si va todo bien, pero como haya que marinear demasiado para evitar ingleses y otros piratas, que de eso me han contado cada cosa que da o risa o miedo, pues entonces dura mucho más.

El barco se llama *San Vicente de Paúl* y es el más bonito que yo he visto en toda mi vida; y, como siempre me han gustado los barcos, en Sevilla me he fijado en una infinidad de ellos. Éste es una fragata de tres palos y cincuenta y seis cañones: casi nada. O sea, que es un buque de guerra. Los palos tienen nombre y se llaman mayor, mesana y trinquete, aparte del bauprés, que es el palo ese inclinado en la proa que corta el viento y del que se amarran las maromas (se llaman «estayes» del trinquete) y donde se enganchan las cebaderas y los foques. Todas las velas son cuadradas, menos los foques y la cangreja, que es inmensa y parece el cuchillo de un carnicero gigante.

Ya sé un montón de cosas del barco, y eso que es de lo más complicado que yo he tenido que aprender nunca, porque cada faena que hacen los más de trescientos hombres que van aquí —incluidos los infantes de marina, aunque me parece a mí que esos hacen poco— tiene un nombre dis-

30

tinto y raro; y cada parte o chisme del barco, otro que yo apenas había oído en mi vida. Pero qué bonito suenan cosas como bolina, sotavento, jarcia, estribor, juanete, amura, obenque, serviola y cosas así. ¡Qué bonito! Mi señora me ha dicho que, ahora que se me ha pasado el mareo, una buena tarea para lo de los pliegos es hacer, además de un diario del viaje, un compendio de todas las palabras que voy aprendiendo con su significado. El problema que veo es que para leerse bien tendría que estar ordenado según el alfabeto, y eso no se puede hacer en los pliegos así como así y que quede bonito. He pensado en cortar varios pliegos en octavos, ir apuntando en cada uno una palabra con lo que significa y, al final del viaje, ponerlo todo en limpio, sin tachones ni borrones y ordenado ya en un fajo. Todavía no he empezado, pero creo que lo haré.

Voy a hablar de la gente del barco. Primero, como debe ser, el capitán, que se llama don Jaime Sánchez de Montearroyo y tiene por lo menos cincuenta años. Es grande, fuerte y con el pelo un poquito blanco; y dice mi señora que es bastante guapo para su edad. Con ella habla a veces, y han cenado en dos ocasiones junto con los otros pasajeros. Siempre está en el alcázar rodeado de los oficiales, aunque con el que más se trata es con el piloto. Ése sí que es guapo, pues, a pesar de tener hechuras de lechuguino, es alto, fuerte y se ríe siempre; me he enterado de que tiene veintiún años y fue el más listo de la Universidad de Mareantes de Sevilla, la de San Telmo. Todavía no sé cómo se llama. Al capitán aún no le he oído gritar, que yo creía que para mandar todo este jaleo debería andar dando órdenes a chillido limpio; pues nada: habla con los oficiales y éstos, muy tranquilitos, llaman a unos y a otros y se apañan todos la mar de bien.

Entre los oficiales hay de todo: jóvenes, regulares y dos viejos. Muy bien vestidos, eso sí, y muy simpáticos conmigo y con la señora. Uno me riñó una vez porque, cuando el mareo, después de sufrir un vahído tan grande que creí morir, salí a tomar el fresco por la cubierta y parece ser que iba yo muy despechugada. No me di cuenta de nada porque estaba ida, pero, según él, la marinería se alborotó, y eso lo tengo yo que evitar. A mí me dio tremenda vergüenza, y él actuó mal porque se lo tendría que haber dicho a mi señora y no sacarme los colores como lo hizo; pero esta mañana me ha sonreído muy gentil y ya no le tengo tanta inquina. Se llama don Genaro.

El maestro armero y artillero es el hombre más gracioso que he conocido. No sonríe nunca, pero como no tiene más trabajo que revisar engrases, comprobar estadillos y hacer vigilar y cuidar la santabárbara, pues anda con unos y con otros contándoles historias a todos y algunas a mí. Con ello intentaba distraerme del mareón y yo no le hacía mucho caso porque no podía, pero algunas historias que me contó me hicieron reír y otras, todo embustes, me hicieron temblar. Dios quiera que huelgue todo el viaje.

A uno de los timoneles no le he oído la voz, pero me parece el hombre más enigmático del barco, aparte del Pinoseco, del que algo escribiré, porque yo no sé a qué mira siempre tan fijo y tan serio si todo es igual. Y no sólo cuando lleva el timón, sino cuando está apoyado en la borda, descansando mientras fuma una pipa grandiosa que desprende un inmenso sahumerio.

Entre los marineros hay hombres hechos y derechos, pero calculo yo que la mayoría debe de andar por los veinte años. Como son tantísimos, el surtido es como en botica: guapos, feos, altos, chaparros, ágiles, pazguatos; de todo. Algo les han tenido que decir los oficiales de nosotras dos porque nos miran casi con miedo, así como alobados, y siempre de reojo. Mi señora todavía no me ha avisado nada del estilo de lo que me dijo el tal don Genaro y a lo mejor ni me lo hace, porque la conozco, mas yo ya sé que me tengo que andar con ojo; pero me lo estoy imaginando ahora y no cuando tenía la fatigona aquella, que ya podría haber esperado el don Genaro a que estuviera bien para decirme nada; ¡qué bochorno me hizo pasar el muy desaborido!

Peores que los marineros son los infantes de marina; pero que mucho peores. Son ciento ochenta y dos y van para reforzar la guarnición de Manila. ¡Qué gente! Sus oficiales tampoco tienen ni punto de comparación con los marinos. Ésos sí que mandan a grito pelado y dicen unas barbaridades que hacen temblar las velas. Menos mal que mandan poco, porque yo creo que no tienen otra cosa que hacer más que no molestar, pues cuando los infantes ayudan a baldear y a faenas de ésas para las que no hay que ser muy listos, siempre andan de bronca con los marineros. La única gracia que hacen, que, por cierto, a mí poquita, es cuando se entrenan en la cubierta con los espadines, los sables, tirando al blanco con mosquetes y pistolas, y dando saltos formando algarabía. Ya digo: gracia poca, pero por lo menos distraen a la gente y eso los deja a ellos contentos para toda la tarde del día en que hacen esas monerías.

Lo que sí es interesante del barco, que por eso creo yo que los oficiales tienen poco sitio para ellos y los marinos y los saltimbanquis viven tan apretujados, es lo de los caballos. Llevamos cuatro sementales enormes y dos yeguas; ¡qué ejemplares! En la bodega grande han hecho como unas cuadras muy curiosas, con un redondel grande delante de ellas rodeado de balas de alfalfa y heno, además de arcones llenos de grano. Ocupan los caballos más de lo que cincuenta hombres, pero el asunto debe de ser serio porque los cuidan quince o veinte infantes, y por lo menos dos de sus oficiales, mejor que si fueran duques. A las primeras que el barco empieza a moverse un poco en serio, ya están allí amarrándolos y poniendo entre ellos unos tablones muy blandos para que no se lastimen. Cada dos por tres los sacan uno a uno y los mueven en el redondel que tiene el piso de arena, y les limpian las pajas del suelo de las cuadras tan a menudo que está como una patena. Yo, las tres o cuatro veces que he bajado, no he visto ni un cagajón. Me han dicho que los llevan para mejorar los caballos de Filipinas, que son cada vez más chiquitujos y empiezan a no valer para nada.

Ahora los pasajeros. Ya tengo escrito que son cuatro sin contar al chino. El que parece de más campanillas es el único del que medio sé el nombre: se llama don Álvaro no sé qué. Es un poco viejo pues yo diría que, como el capitán del barco, tiene ya los cincuenta. Es fuerte y, a pesar de ser más bien grandote, está un poco flaco y sin muy buen color. A lo mejor es que también le ha dado el mareo, pero no sé por qué no le pega eso de marearse. Es muy serio y tiene la cara así como cuadrada y con todo muy marcado: las cejas, los labios, la nariz, todo, y a mí me parece... iba a decir guapo, aunque no es eso, sino... fuerte, ya lo he dicho, pero es lo que define a ese hombre, por más desmejorado que esté ahora. A pesar de lo serio que es, yo lo aprecio mucho porque sé que me mira con cariño aunque me haya tratado poco. Esta tarde, por ejemplo, en las cuatro horas que llevo aquí escribiendo, me ha sonreído tres veces, y ese don Álvaro no sonríe muchas más veces que ésas por semana. También sé que, cuando el mareón, se interesó por mí preguntándole a la señora y ayudándome en dos ocasiones.

Su compañero, el Pinoseco, sí que es raro, y no tengo ni idea de cómo se llama. Es igualito de alto, moreno, seco y fuerte que el palo trinquete; e igual de expresivo. Lo mismo puede tener treinta años que cincuenta. ¡Qué hombre más raro! El pelo lo tiene tan encrespado y recio que parece que lleve un extraño sombrero rematado por unas patillas frondosas y ya canas. La piel la tiene apergaminada y llena de profundos surcos verticales en las mejillas y horizontales en la frente. A pesar de ellos, a veces cuando lo miro me parece joven. Hablando de mirarlo: ayer lo estaba yo observando mientras estaba apoyado en la borda, más callado y taciturno que nunca; miraba a ninguna parte, o sea, al horizonte. Me estaba dando como pena; pero de repente se volvió hacia mí, me miró con esa cara de vinagre que tiene, y me sonrió. ¡Qué susto! Porque los ojos los tiene muy bonitos, así como verdes, pero los dientes los tiene picados y, al vérselos, de pronto me dio un escalofrío.

Después está don Juan Pineda Fuentes. De ése lo sé todo porque ya se ha encargado él de explicármelo bien estos tres últimos días. No es que sea un pesado, ni mucho menos, que el pobre más amable y más bueno no puede ser, pero a la primera oportunidad ya anda rondándome deseando entablar cháchara. Es muy fino y educado, pues a lechuguino no hay quien le gane, pero se puede quedar mirándome como un bobo todo el tiempo que tardo en llenar mis pliegos y a mí eso me alborota el genio. Como Juanito es tan bueno, lo que hago es que lo llamo, lo saludo, le dejo que me cuente algo, y al ratito le digo que a las buenas, que he de seguir y que no me mire más porque me distrae. Él se pone colorado dos o tres veces, pero después se va tan contento. Colorado de verdad se puso ayer. Colorado, no, rojo como la sangre fresca, y lo voy a contar porque cada vez que me acuerdo me río yo sola o con mi señora, que también ha hecho bromas de eso a pesar de lo triste que está casi siempre.

El tal Juanito es botánico, y va a Filipinas a estudiar las orquídeas porque dice que allí hay más de quinientas clases distintas de esas flores. A mí eso me hizo gracia al principio por cosa tonta que me parecía, pero he cambiado mucho conforme me he ido enterando de lo complejo que es el asunto de las orquídeas. Que si algunas fabrican su propio alimento, que si otras pueden dar hasta dos millones de semillas por cada flor; muchísimas cosas. Pero lo que más me hizo pensar fue la contestación que me dio Juan cuando le pregunté para qué servía saber tanto de unas flores. Me dijo que eso él no lo sabía ni por ahora le interesaba mucho, pero que tenía por cierto que, mientras más se supiera de la vida, la historia, las estrellas y la materia, mejor vivirían las personas. Le doy muchas vueltas en la cabeza a eso y sigo sin entenderlo, pero me gusta la idea cada vez más y ya estoy casi segura de que Juan tiene razón.

Lo de la risa fue que ayer estaba el botánico más lanzado que lo normal contándome un sinfín de historias de las orquídeas, y ya empezaba a tenerme aburrida. Así que, como quien no quiere la cosa, y yo la verdad es que poca cosa quería, se me ocurrió preguntarle de dónde venía el nombre «orquídea». Yo creo que lo hice porque, con esto de la escritura que llevo haciendo desde hace cinco años, me gustan mucho las palabras y hacía tiempo que no escuchaba ésa de orquídea, que me parece bonita. Pues Juan se puso como un tomate y miró para otro lado. A mí eso me intrigó mucho, sobre todo cuando él quiso cambiar de tema y no contestarme. ¡Qué mal lo pasó! Pero al final me tuvo que contestar, porque yo no lo soltaba sin que me lo contara. La palabra viene de *orchis*, que en griego significa «testículo». ¡Ay, qué risa! Él se largó de allí de espantada, y yo me quedé riendo hasta que llegó mi señora y se lo conté, y ella también se echó a reír. Para colmo, el pobre Juanito nos vio desde lejos. Pobrecillo. De éste no he dicho si es guapo o feo ni alto ni bajo, y es que le pasa eso, que no le destaca nada; pero es un lindo.

El cuarto pasajero es un hacendado que se cree que todo el mundo le ha de guardar pleitesía. Por lo visto tiene posesiones en todas las Indias y se pasa la vida yendo de una a otra. Es gordo, tiene la boca como de pescado y una vez que se quitó el tricornio y la peluca vi que tiene la cocorota pelada. Siempre anda muy bien vestido e interesado por su equipaje, que lo forman más de diez fardos. No tiene criados ni creo que le hagan falta porque los oficiales de los infantes han destinado tres de ellos a cuidar de él. Mi señora me ha dicho que lo que hace es comerciar con todo lo suyo de unas tierras a otras, o sea, que lo que producen sus haciendas y esclavos en Nueva España lo envía al Perú; el estaño de sus minas de allí se lo vende a los colombianos; su café de Colombia, a los sicilianos; las naranjas de sus fincas de Sicilia a... y así todo; además, sospecha doña Beatriz, por algunas cosas que ha dicho, que trafica con negrazos de África con todo el que se presta, y que el que más se presta es él mismo. ¡Qué asco de hombre!

¿Que a qué, por qué y por cuánto tiempo vamos mi señora y yo a Filipinas? Pues ni tengo idea ni me lo pregunto, porque me he dado cuenta de que la cosa debe de ser tan gorda y tan relacionada con la muerte del marqués, que sé que va a pasar mucho tiempo antes de enterarme de la verdad. En seis años que llevo con doña Beatriz he aprendido que no le he de preguntar si no quiero que me muestre el mutismo triste que le provocan las cosas muy suyas. Así que yo a barlovento y llenando pliegos. ¡Qué bien!

2

El coronel don Arturo Castroviejo se apartó de la pared a través de la cual, por un agujero simulado a tal efecto, se veía completa la sala de audiencias del palacio del gobernador de Filipinas, el marqués de Ovando.

La habitación en la que estaba el oficial era el propio despacho del gobernador, quien permanecía escribiendo en su mesa ajeno a su presencia y al cónclave que se iba formando en la sala contigua. Al notar que su ayudante esperaba el momento oportuno para dirigirse a él, el marqués de Ovando levantó la cabeza y le prestó atención sin dirigirle la palabra.

—Ya están todos, Excelencia.

El gobernador se enfrascó de nuevo en su escritura durante un buen rato y al cabo dejó la pluma, leyó lo que había escrito y esparció polvo secante por todo el papel. Después lo sacudió cuidadosamente, lo dejó sobre la mesa y corrigió su posición hasta que sus cuatro lados quedaron perfectamente paralelos a los del tablero.

—Coronel, como puede imaginar, no es apropiado ni conveniente que participe usted en esta reunión. Sin embargo, es mi deseo que permanezca aquí, vea cómo se desarrolla e intente escuchar con el audífono todo lo que se diga en ella. Más adelante discutiremos usted y yo muchos aspectos de los asuntos que se van a tratar.

El coronel asintió gravemente y, en su interior, se mostró agradecido al hombre que se había ganado su respeto hacía tiempo no sólo como gobernante sino también como militar. Mientras el gobernador se disponía a abandonar su despacho, don Arturo se fijó en él.

Don Francisco José de Ovando y Solís Rol y Aldana, primer marqués de Ovando, había nacido en Cáceres en 1693, por lo que tenía entonces los sesenta años cumplidos.

Desde que había llegado a Manila en 1750, su desenfrenada actividad había hecho cambiar infinidad de aspectos civiles, económicos y militares de las islas. A causa del desastroso panorama que se encontró al llegar, no pudo dedicarse a la tarea que consideraba imprescindible para racionalizar aquel distante rincón del imperio: la conquista total y absoluta de todas las islas. Tres años después de su toma de posesión podía ser el momento oportuno para iniciarla. Pero antes quería obtener la información necesaria de los que la poseían fidedignamente. Les haría ver que sus opiniones también le interesaban, pero en realidad el marqués de Ovando no las tendría en absoluto en consideración y lo único que le importaba era eso, obtener información de primera mano. Si quería un parecer se lo pediría al coronel Castroviejo, y la posibilidad de que lo tuviera en cuenta era totalmente impredecible.

La sala combinaba nobleza y exotismo. Junto a bien elaborados retratos al óleo de anteriores gobernadores, cortinajes de cretona roja, tapices de escenas bélicas, y estanterías y sillones de maderas preciosas, se encontraban armónicamente esparcidos motivos propios de las islas: azagayas, pipas, cartas náuticas y mapas del interior, máscaras, escudos y dagas extrañas. Los inmensos ventanales de cristales emplomados estaban cerrados y, quizá por eso, a esa hora de la tarde, la sala daba sensación de frescor en comparación con el calor húmedo y agobiante del exterior.

Todos los presentes se levantaron a una, en un revuelo de uniformes y hábitos, cuando entró en la sala el marqués de Ovando. Al tomar éste asiento, los asistentes a la reunión se fueron acomodando.

Se encontraban en la sala, como militares, el general y maestre de campo don Antonio Ramón Abad y el general don Pedro Zacarías Villarreal. El primero, aparte de buen estratega, tenía la experiencia probada de haber ido al mando de la expedición contra Joló después de que Alimudín, su sultán, se convirtió en Fernando I tras un torticero bautismo cristiano que le costó que el marqués de Ovando lo tuviera aún preso en Manila. El segundo había sido gobernador del presidio de Zamboanga, baluarte que mantenía a raya a los moros del sur de Mindanao. Los dos eran, posiblemente, quienes mejor conocían las dos grandes islas de Filipinas, aparte de la de Luzón, desde el punto de vista militar y político. Para ésta y otra infinidad de islas menores, los más expertos, sin duda, eran los jesuitas y los misioneros. Por eso la participación eclesiástica en el cónclave organizado por el gobernador era la más importante. Por los jesuitas estaban su provincial, el padre Juan Moreno, y el sacerdote más destacado de la orden en Filipinas: el cronista padre Murillo Velarde; y además, el misionero Juan Ángeles.

Los agustinos recoletos habían edificado cinco fortificaciones de cal y canto en la provincia de Calamianes, costeadas por los propios naturales. Los franciscanos descalzos de la isla de Polo y la costa oriental de Camarines habían padecido en 1750 repetidas agresiones y tomaron la iniciativa de organizar la defensa de los pueblos con empalizadas y vallas de estacas, con lo que habían conseguido que en el último año se detuvieran todos los ataques. Los dominicos se habían destacado en la defensa de las costas de Pangasinan e Ilocos, y eran los únicos que habían cumplido con eficiencia las órdenes del marqués de Ovando sobre la disposición de vigías y centinelas en las costas para prevenir los ataques piratas. Cada una de estas órdenes misioneras tenía su representante en la sala capitular.

Ningún miembro de la Marina se hallaba allí, seguramente porque el gobernador era quien mejor conocía todos los entresijos y condiciones de la armada de Filipinas.

Se hizo un silencio expectante y el marqués de Ovando, con voz algo atiplada pero firme y resuelta, expuso el motivo por el que había convocado a los presentes:

—Señores, las Filipinas son una carga financiera para el imperio por su improductividad, y una carga política para el rey por los celos económicos de Nueva España y Andalucía. Se mantienen sólo por su valor estratégico. Incluso éste se puede poner en tela de juicio, porque la escasa guarnición que tenemos se ve continuamente hostigada por moros y piratas.

A casi ninguno de los presentes le agradaba el gobernador, y él no sólo lo sabía, sino que gustaba de mostrar ante ellos su natural altanería, y más cuando se hallaban todos reunidos. Por ello continuó con tono displicente, satisfecho de haber comenzado su plática sin saludo alguno.

—El galeón anual a Acapulco provoca la indolencia de las clases acomodadas de Manila e incluso la corrupción, ya que muchos venden sus derechos de mercancía, las boletas, a sangleyes, camboyanos y monopolistas. Con la ganancia segura del mercadeo del galeón, poca preocupación se pone en explotar las riquezas de estas tierras. Pero además está el peligro de intentarlo, porque las minas y tierras fértiles están en el interior de las grandes islas, Mindanao y Luzón, enseñoreadas por tribus tagalas rebeldes, y en los archipiélagos del sur, dominados por los moros.

Ninguno de los presentes había sabido de antemano con certeza para qué lo había hecho llamar el gobernador ni quiénes iban a ser los otros asistentes a la reunión. Por ello, una manera de disimular las suspicacias y los recelos que todos tenían era escuchar al marqués de Ovando en silencio y con gesto pétreo.

—He llegado a la siguiente conclusión: la única vía de convertir a las Filipinas en una gran colonia es la victoria en una guerra total contra todos los enemigos de España, principalmente los moros.

Aunque el silencio se mantuvo, la intensidad de las miradas de los presentes se agudizó.

—Los musulmanes llegaron aquí unos cincuenta años antes que nosotros, pero eso no les da derechos ni prioridades, y en el fondo el problema es que el islam, igual que el catolicismo, es expansionista. —Algunos sacerdotes se removieron ligeramente en sus asientos—. Por lo tanto, ni ellos ni nosotros vamos a declarar jamás armisticio duradero.

El gobernador hizo una pausa y miró a los ojos de todos y cada uno de los presentes en la sala capitular.

—El proyecto es desencadenar una guerra abierta en múltiples frentes y, tras la victoria, iniciar un proceso represivo de crueldad muy limitada pero sistemática, a la par que un desarrollo económico intenso. La represión combinada con la prosperidad pacificará definitivamente las islas.

Se oyó el roce de las austeras vestimentas en los asientos cuando casi todos los asistentes a la reunión se rebulleron.

—La situación actual de la guarnición de Filipinas no es suficiente para esa guerra. Tenemos tres mil trescientos soldados, la mitad en Manila, unos mil entre el puerto de Cavite y Zamboanga, en Mindanao, y el resto muy desperdigados por las islas. De los seiscientos cañones de que disponemos, ciento treinta son de galeones, por lo que su eficacia es limitada; y la escuadra, aun reforzada por las construcciones navales de los tres últimos años, es tan deficiente como todo lo demás. Hace más de dos años, pedí el refuerzo a España de al menos una fragata con dotación generosa de infantes de marina y se me concedió, pero no tengo noticias de la fecha de su arribada. Lo que sí es seguro es la llegada de una flotilla de·Nueva España dentro de dos meses, pero no sé qué dotación traerá.

Los gestos de los eclesiásticos se mantenían graves y los de los militares se empezaban a animar, mientras sus miradas mostraban un brillo paulatinamente creciente.

—Los he reunido para que me aconsejen sobre todos los aspectos militares y políticos que consideren importantes para la preparación de esta guerra.

El silencio que siguió al discurso del gobernador fue prolongado, y todos esperaban que alguien fuera el primero en hablar. Por la firmeza de su mirada, su actitud arrogante y su postura rayando en la indolencia, el marqués de Ovando iba dejando cada vez más claro que podía esperar tiempo indefinido a que intervinieran los convocados, e incluso que, si su paciencia se agotaba, no tendría inconveniente alguno en concluir una asamblea en la que nadie hubiera hecho oír su voz.

Sin embargo, tras los primeros escarceos dialécticos, proferidos algunos en el límite del balbuceo, el desarrollo de la reunión fue asombrando y gratificando al marqués de Ovando conforme intervenían los asistentes. Los que más fascinaron al gobernador fueron los eclesiásticos misioneros, pues aportaron valiosos elementos políticos que resultarían decisivos cuando adquirieran carácter militar. Así, plantearon que la mejor manera de atacar al sultán regente de Joló, el hermano del embustero Alimudín, era aplicándole el mismo tratamiento, a base de artimañas, que él daba a los españoles. De esta manera quizá se pudiera aprovechar que su vecino, el dato Sabdula, quería destronarlo hacía tiempo.

También hicieron una relación detallada de los pueblos y comarcas en los que se podía llevar a cabo una recluta fiable de mozos que fueran disciplinados y con capacidad de aprender las técnicas militares básicas. Además, los curas recomendaban hacer un análisis detallado de todas las rencillas tribales para distribuir los indígenas en las distintas compañías de manera eficiente. Explicaron todas las características de los peores enemigos, que eran los joloanos, mindanaos y basilanos. Malanaos, datos y caragas serían los aliados más fiables.

Los generales estuvieron de acuerdo en que hacían falta unos mil españoles veteranos y entre quince y veinte embarcaciones. Sin embargo, irritaron un tanto al gobernador por intervenir demasiado obviamente en los aspectos militares. Los detalles que dieron sobre armamento, equipos y pertrechos necesarios era algo que a los curas les daba igual, y a él semejantes apreciaciones le sobraban.

Tras dos horas de debates, el único que no había dado la más mínima opinión era el padre Murillo Velarde. Al marqués de Ovando le había inquietado aquel jesuita desde poco después de tomar posesión de su cargo. Sobre todo por la documentación que había leído de él, sobre él y de asuntos tratados por él, en los que siempre ponía de manifiesto su capacidad de intriga y conspiración. Pero quizá por lo que más desconfiaba el gobernador del padre Murillo era por la facilidad y desfachatez con la que se dirigía al propio rey o a su confesor personal, el padre Rábago, que tenía prácticamente el poder de un ministro del imperio. Y todo ello sin tener cargo especial en el gobierno de Filipinas. Si lo había citado a la reunión era porque sabía que el padre Murillo Velarde se enteraría en cualquier caso de lo tratado en ella, y así neutralizaba parcialmente su posible ofensiva contra las resoluciones de la guerra. Por otra parte, el cura era un político fino y original que seguramente podría aportar datos y opiniones que interesaran al marqués de Ovando.

—No se olvide Su Excelencia de los sangleyes.

Cuando habló quien hasta entonces había permanecido pertinazmente en silencio, la expectación y curiosidad que creó en la reunión hizo que todos atendieran a lo que se iba a discutir.

—Sé que usted, padre, es extraordinariamente sensible al asunto de los sangleyes. Explíquenos sus inquietudes sobre cómo pueden influir éstos en la guerra.

—La guerra la ganarán quienes ellos consideren que les aportarán más ventajas. Sobre todo comerciales.

El silencio que se hizo fue total, porque a nadie se le escapaba que lo que estaba diciendo el padre Murillo Velarde era prácticamente una acusación de posible traición a los españoles. Su mirada penetrante, acentuada por su condición de cejijunto y por su nariz aguileña, estaba clavada en el marqués de Ovando, cuya mirada, tan firme como la suya, expresaba a su vez toda la gravedad de la aseveración que acababa de oír. Sin embargo, tras el tenso silencio, la voz del gobernador no fue áspera al indicarle al sacerdote:

—Explíquese, padre, pero asuma que los únicos vencedores posibles de la guerra somos los españoles.

El padre Murillo Velarde no pudo mantener por más tiempo la mirada al marqués de Ovando, y por eso comenzó pronto su explicación:

—Son muchos los que les deben dinero y favores a los sangleyes: militares y hacendados españoles, piratas, moros del interior y varias órdenes religiosas católicas. —Nadie hizo movimiento alguno mientras se pronunciaban estas palabras, incluyendo en ello el parpadeo y la respiración—. La guerra alterará sus intereses, en primera instancia favoreciéndolos porque la característica previa de una guerra es que es costosa. Vendrán nuevas tropas españolas que pronto, como las que llevan aquí cierto tiempo, utilizarán sus servicios de prestamistas. Quien controla débitos controla voluntades y por ello información. Los sangleyes comerciarán con esa información. El problema es grave porque, además, están organizados en una jerarquía rígida. Así, cualquier acción contra ellos, por contundente que sea, puede no afectar en absoluto a los órganos vitales de dicha organización.

El marqués de Ovando no sabía bien cómo evaluar el alcance de los temores del padre Murillo Velarde, y por ello se tomó el tiempo que necesitaba. Tras la pausa, preguntó:

—¿Qué sugiere usted respecto a los sangleyes?

—Depende de los plazos que marque Su Excelencia para el desarrollo de la campaña. Lo correcto, como tantas veces he expuesto en público y en privado, incluyendo a Su Majestad, es la expulsión completa y total de los chinos de Filipinas. Y más con la perspectiva de guerra total que Su Excelencia nos está exponiendo. Sin ser contradictorio con esta medida, sería prudente tener información fidedigna y continua de las cuitas de la cúpula de la organización sangley. Para ello no existe otra vía que la infiltración en la jerarquía. Esto puede ser una tarea a corto plazo, forzando la traición de alguien que ya ocupe un puesto relevante en la dirección del parián de los sangleyes aquí en Manila, o preparando minuciosamente dicha infiltración desde fuera para obtener frutos a largo plazo.

El nuevo silencio que siguió a la intervención del notable jesuita lo rompió resueltamente el marqués de Ovando.

—Bien, señores, les sugiero que intervengan en los aspectos que se les hayan podido escapar anteriormente sobre la guerra que se nos avecina; y, si no es el caso, tengan la seguridad de que les agradezco profundamente sus consejos y sugerencias, pues tendré en cuenta muchos de ellos.

La reunión estaba casi concluida.

Apartándose del orificio de la pared del despacho del gobernador y dejando colgar el audífono, el coronel Castroviejo sonrió aviesamente y con cierto regocijo.

Como debía ser, o sea, como todos esperaban, las señoras y el capitán entraron los últimos en el comedor que se había habilitado a popa para la ocasión. Tras haberse retirado un mamparo, la habitación donde comían los oficiales por turnos a causa de lo angosta que era casi había doblado su tamaño.

La mesa, sin duda constituida por otras más pequeñas, y cuyas junturas no dejaban entrever los gruesos manteles que la cubrían, se veía enorme, y, por muy apretados que estuvieran los comensales, era suficiente para los veinticuatro previstos. Ocho candelabros de ocho velas cada uno y seis hachones de pared iluminaban el comedor casi deslumbrantemente. El brillo de la cubertería de plata y el abundante vidrio de vasos y copas que esperaban en disposición geométrica sobre la mesa multiplicaban los puntos de luz. También contribuían a ello, y no poco, los botones y charreteras de los uniformes de gala que lucían tanto los oficiales de la marina como los de infantería.

El gran trajín que organizaron todos al levantarse cuando entraron las dos mujeres y el anfitrión de aquella cena cesó casi de repente. Los destellos de tantos pares de ojos aumentaron aún más la brillantez del comedor, pues las señoras estaban realmente bellas. Doña Beatriz vestía de azul y Blanca, de blanco. Mientras rodeaban la mesa y se aproximaban a los tres únicos asientos libres, todos los hombres admiraron desde distintos ángulos los detalles que lucían.

Impresionaba más doña Beatriz por su aplomo, su estatura, su cosmética, su peinado y sus joyas; pero la joven Blanca irradiaba tal lindeza y frescura que turbó a todos. Cuando se hubieron acomodado a ambos lados del capitán, éste hizo lo propio y, de nuevo, el revuelo de cuerpos en movimiento y el desplazamiento de sillas invadió el comedor. Inmediatamente entraron cuatro infantes de marina ataviados con ternos blancos portando botellas de vino dulce en sus enguantadas manos. El capitán les hizo un gesto para que comenzaran a servir, y al cabo alzó su copa diciendo:

—Damas, caballeros y oficiales; permítanme proponerles brindar por el patrón de nuestro barco, san Vicente de Paúl, cuya onomástica se celebra hoy 27 de septiembre, para que propicie nuestras singladuras y haga que éstas sean innumerables. ¡Salud y viento favorable!

Todos contestaron al brindis con alegría, y los más animosos, como se hubiera podido prever, fueron los oficiales de la infantería de marina, entre los que se sentaba el capitán Dávila. Don Álvaro de Soler tenía el privilegio de estar situado a la derecha de doña Beatriz, y Blanca, la inquietud dichosa de tener a su izquierda al joven piloto de la fragata. ¿Quién había dispuesto aquel orden? El capitán, naturalmente. El botánico, el gordo hacendado y el chino, que completaban el pasaje civil, estaban desperdigados entre los vistosos uniformes luciendo también ellos sus mejores casacas, camisas, calzas y medias.

Pronto, salvo en el silencioso entorno del hombre de rasgos distintos de los del resto, se entablaron conversaciones muy convencionales entre grupos de cuatro a seis personas, y, antes de que comenzaran a servir los entremeses, se habían iniciado charlas cruzadas entre esos grupos. El ambiente era grato para todos casi en el mismo grado, y la calma del viento favorecería el ágape, pues nadie notaba el pausado balanceo del navío.

Doña Beatriz, extraordinariamente relajada, hablaba con don Álvaro y el capitán, ajena a las miradas que le dirigían desde multitud de ángulos. A Blanca le chispeaban los ojos sin cesar y trataba de mantener su atención en los alardes dialécticos que se hacían a su izquierda y frente a ella. El tono del hacendado era grave y fuerte, y el oriental ya estaba diciendo su nombre y origen a un restringido auditorio cuyos ojos deambulaban distraídamente por el comedor. El capitán Dávila escuchaba las aventuras y anécdotas de los jocosos infantes. El botánico hacía esfuerzos continuos para apartar su mirada de Blanca y atender a la conversación de su alrededor.

Mientras retiraban los platos en que habían servido las rodajas de longaniza, cecina y embutidos, así como aceitunas, almendras y hojaldres de anchoas, el rumor de las voces decayó.

Tras servirse el vino apropiado para el pescado que constituiría el primer plato, se inició la primera conversación cuyo tema no había sido propiciado por el capitán. Éste estaba diciendo a doña Beatriz:

—... y el gobernador de Filipinas es prácticamente un virrey de quien depende la administración y el mando de forma absoluta. El actual es prudente y preocupado en grado sumo.

Ni a todos interesaba la información por igual ni los que parecían interesados lo estaban en demasía, pero escucharon aquella explicación del capitán a doña Beatriz, con don Álvaro de contertulio. El capitán Dávila dijo en voz queda pero clara:

—El marqués de Castell-Brindis.

El silencio se generalizó espontáneamente, aunque con poca expectación, cuando el capitán del barco miró muy serio y sorprendido al capitán Dávila.

—El gobernador de Filipinas es el marqués de Ovando, pero, efectivamente, el título que le otorgó don Carlos, al proclamarse rey de Nápoles y Sicilia, fue el de marqués de Castell-Brindis, por la toma del puerto de Brindis. Don Francisco de Ovando solicitó que la denominación del título le fuera cambiada por la de su apellido. Se le concedió la merced muy pronto, por lo que muy pocos conocen el primer título.

El capitán Dávila mantenía una expresión hierática, y nadie notó que en su interior se agitaba la gran inquietud que siempre le provocaba una posible indiscreción por su parte. Quizá la causa de aquello fuera simple timidez, pero el caso es que estaba esperando desasosegado la inevitable pregunta del capitán del barco. Entonces intervino don Álvaro de Soler:

—Aquello fue una de las consecuencias del tratado tripartito de Sevilla entre Francia, Inglaterra y España, ¿no? En aquella época yo estaba en América y apenas me llegaron noticias de esa campaña. Sólo sé que los austríacos hubieron de permitir que una escuadra hispanoinglesa desembarcase un cuerpo de ejército español en Liorna para garantizar la sucesión del infante don Carlos en los ducados de Parma y Toscana. Fue una guerra victoriosa en sus términos más globales.

El capitán Sánchez de Montearroyo desvió la mirada del capitán Dávila, y el interés de los comensales fue pasando poco a poco al pescado que ya tenían ante sí, para retomar luego las conversaciones con sus vecinos de mesa. Salvo doña Beatriz, que seguía con interés las explicaciones del anfitrión.

—Efectivamente, fue una excelente campaña, tanto es así que me atrevo a decir que hizo que España recuperara el pulso que necesitaba, y que el gran Patiño fue el corazón que lo impulsó. Tuve el honor de participar siendo joven, pues hace veinte años ya de aquello. De Alicante salió la impresionante escuadra que organizó el ministro para la ocupación de las plazas africanas. Tras dejar atrás Malta, tuve noticias por vez primera de Francisco José de Ovando. Su navío, el *Príncipe*, salió al encuentro de una galera turca y la tomó al abordaje. Don Francisco fue ascendido a capitán de fragata y se le dio el mando de *La Galga*. Esta fragata y la *Andalucía*, en la que yo era oficial, recibieron orden de partir al Adriático para impedir el paso de socorros del emperador a Pescara, Trieste y Fiume. Todos se sorprendieron por la orden, pues las condiciones de los dos barcos se consideraban poco marineras para esa expedición. Pero el corso contra los austríacos fue un éxito, y no me duelen prendas en decir que fue sobre todo gracias a *La Galga*.

El capitán hizo una pausa e ingirió dos bocados mientras observaba que tanto don Álvaro como doña Beatriz lo atendían absortos. Para sorpresa de los dos hombres, fue la dama quien animó más a don Jaime para que continuara su relato:

—A las mujeres siempre nos dejan al margen de las informaciones de guerra. Cuéntenos de *La Galga*, del gobernador y de usted, por favor.

Aquello, sumado al asentimiento complacido de don Álvaro, azuzó el entusiasmo del capitán.

—Pues la historia de *La Galga* fue realmente hermosa, y por ello también la de don Francisco José de Ovando. A la altura de Sicilia se declaró a bordo un incendio fortuito y muy voraz, aunque lograron dominarlo. Cuando llegamos a Bari recibimos una orden del almirante Alderete que despertó pasmados comentarios en toda la oficialidad de nuestro barco, el *Andalucía*: debíamos unirnos a la escuadra, y *La Galga* había de dirigirse a Brindis. Aquel puerto estaba en manos enemigas, y un barco en deplorables condiciones sería una presa tentadora y excesivamente fácil para esas manos. Muy apesadumbrados cumplimos la orden y, cuando tuvimos noticias de lo que allí pasó, todos sentimos gran orgullo aunque a algunos corazones los invadiera la envidia. —La sonrisa complacida de doña Beatriz y la mirada seria y profunda de don Álvaro alentaron de nuevo a don Jaime—. Parece ser que, cuando avistaron el puerto, nuestro joven capitán de *La Galga* proyectó tomar la ciudad antes de que ésta cayera en la tentación de apoderarse de la pobre perra herida. Estaba defendida por dos castillos mandados por el conde de Dacucha y el de Duvalles.

»A la primera alborada, don Francisco de Ovando invitó a ambos a la rendición alegando que la plaza estaba de su parte. Esa misma mañana, mientras los condes trataban de despejar su desconcierto, don Francisco entró en conversaciones con los síndicos de la ciudad diciéndoles que el rey don Carlos había confirmado sus privilegios. Los síndicos argüían que no habían recibido carta alguna en tal sentido, y que su impotencia era total ante la amenaza de los cañones de las dos fortalezas. Pero lo que intentaba don Francisco, que no era otra cosa que ganar su neutralidad, lo había conseguido al dejarlos sumidos en un mar de dudas.

»Inmediatamente se dirigió al arzobispo de Brindis y obtuvo su favor. Con la complicidad del capitán guardacostas, un tal Allevi, y en inteligencia con el arzobispo, se decidió a sorprender a la ciudad. Se apoderó personalmente y con pocos hombres de una torre de vigía de la playa y, con menos hombres aún, entró en la plaza de noche y disfrazado para reconocer el terreno. Al día siguiente, en un golpe de tremenda audacia, conquistó la ciudad con ochenta dragones y granaderos, con lo que obligó a las tropas austríacas a refugiarse en los castillos. Sin dar descanso alguno preparó el ataque al mayor de ellos, el del conde de Duvalles. Hizo construir un enorme número de fajinas, estacas y mazas a todos los carpinteros de la ciudad, que se prestaron a ello sin necesidad de usar gran fuerza.

»De *La Galga* desembarcó cuatro cañones y organizó una batería. En cuanto estuvo así pertrechado, cercó el castillo y abrió fuego inmediato contra las puertas y varios lugares estratégicos. Tras aquellas primeras y certeras descargas, don Francisco de Ovando reanudó sus negociaciones y ofrecimientos: al conde de Duvalles se le permitiría permanecer en Brindis durante el plazo de un año con honores y servicio; a la guarnición se le respetarían vida y equipajes, y quedaría prisionera sólo hasta su repatriación ordenada. A los veintiséis días de su llegada entró en la fortaleza, donde se le rindieron los setenta hombres de la guarnición. Poco después recibió refuerzos del gobernador de Bari, y con las nuevas fuerzas sitió el castillo de Dacucha, que se le rindió por hambre en las mismas condiciones que el de Duvalles.

Don Álvaro y doña Beatriz mostraban su agrado por el relato, pero su interés no estaba saciado. Mientras pensaban qué más preguntar al capitán y le daban respiro para que recuperase la ventaja que le habían sacado con el pescado, don Álvaro comentó:

—Don Francisco de Ovando hizo lo que un buen estratega: combinar audacia y diplomacia.

—Y más cosas, pues Ovando es un hombre íntegro además de audaz e inteligente. Por ejemplo, fue inflexible en la disciplina militar y evitó con castigos los excesos de la tropa. Por ello, los vecinos, la ciudad y el arzobispo le enviaron muchos regalos, pero él los destinó al hospital donde se reponían ciento veintidós de sus hombres.

—Debe de ser un hombre magnífico.

El tono con que doña Beatriz dijo aquello sorprendió a don Álvaro e hizo sentir un poco de sana envidia a don Jaime.

—¿Qué fue de *La Galga*?

La pregunta de don Álvaro animó de nuevo al capitán.

—Para terminar la conquista de Sicilia, salió un convoy de Palermo al que Alderete hizo que escoltara *La Galga*, a pesar de que contaba con ciento cincuenta bajas y no tenía oficialidad.

—Parece que el almirante no le tenía mucho aprecio a don Francisco de Ovando.

—Lo odiaba tanto que envió denuncias a la Secretaría de Guerra y Marina tachándolo de desobediente y de mal marino. Ovando replicó solicitando muy respetuosamente del almirante concreción en sus acusaciones. También escribió al ministro Patiño, y éste concluyó el pleito dándole a Ovando el mando del navío *El León*, que estaba terminándose de construir y que estaría armado con setenta cañones.

Doña Beatriz, después de asentir aprobatoriamente, insistió en lo que le interesaba:

—¿Y *La Galga*?

—A mi entender, las hazañas de *La Galga* son una de las cosas que más están haciendo por insuflar espíritu marinero a nuestra joven y renovada oficialidad. Le cuento: Maltrecha por sus avatares salió de Sicilia hacia Cartagena para ser desmantelada y aprovechar su arboladura, parte del aparejo, maderas y algo de su hierro. Partió con los navíos *Princesa* y *Conquistador*. A la altura del cabo de Gata se encontraron con dos barcos argelinos; uno era regalo del sultán de Turquía al rey de Argel, y llevaba cincuenta y seis cañones y quinientos hombres de tripulación; el otro era una fragata de cuarenta cañones y doscientos hombres. *La Galga*, según ciertos rumores no confirmados, se lanzó por su cuenta contra ellos. El *Princesa* siguió su rumbo, como era de esperar si trataba de cumplir su orden y misión, pero el *Conquistador* maniobró hacia el encuentro. De lo denodado del ataque se cuentan muchas historias, pero lo constatable fue que la fragata y el navío lograron hundir los dos buques argelinos, de los que sólo se salvaron cuarenta y tres moros y un cautivo cristiano. Cuando entraron en Cartagena, los marinos, infantes, dragones y granaderos tripulantes de los barcos españoles fueron solícitamente atendidos, y se repararon las naos. El gobernador de la plaza envió una relación del combate a la corte poniendo de relieve la audacia del marqués de Ovando. Dicen que *La Galga* fue amnistiada y que aún navega dando escolta a pequeños convoyes de travesías cortas y mercancías de poco valor allá por América.

—¡Fantástico! —exclamó doña Beatriz, entusiasmada.

—Sí, capitán, hazañas como ésas son las que necesita España si quiere mantener su imperio y no ceder a la depredación de los ingleses.

El capitán respondió sombríamente a don Álvaro:

—Los ingleses serán siempre temibles por más que nuestros jóvenes oficiales se rían de ellos y cedan con tanto gusto a la osadía de retarlos en mar y tierra.

Durante la narración del capitán a doña Beatriz y don Álvaro de las aventuras del marqués de Ovando y *La Galga*, los comensales habían dado cuenta ya de la carne que tras el pescado les habían servido y se disponían a disfrutar del postre. Los ánimos eran tan alegres que incluso los más taciturnos, el chino y el capitán Dávila, participaban en las jocosas charlas de los que los rodeaban. Sin duda, era Blanca la que estaba más radiante y vivía de forma más intensa la velada. Juan, el botánico, sufría dichosamente; el piloto se encontraba pletórico y lleno de entusiasmo ante las expectativas que iba ideando respecto a la bella Blanca. El gordo hacendado había logrado repetidas muestras de admiración y curiosidad en sus interlocutores; los oficiales de la infantería de marina estaban llenos de camaradería y de vino, y algunos marinos habían seguido parte de la narración del capitán y se divertían insuflándose ardor guerrero.

Los pastelillos de postre deleitaron a todos, y se llamó con jolgorio al cocinero. Tras departir amabilidades con él y gastarle algunas bromas, se hizo un silencio un tanto expectante, pues el capitán podía concluir la velada en cualquier momento, pero éste hizo servir vino portugués de las islas Madeiras. Los invitados lo celebraron a pesar de que varios notaron que al capitán lo inquietaba algo que bien hubiera podido ser la responsabilidad de tener que decidir la retirada.

—Perdone, capitán. —El interpelado prestó atención cuando se convenció de que era a él a quien se dirigía el presidente de la mesa—. Quizá sea indiscreto si le pido que sacie mi curiosidad sobre algo que dijo antes.

El capitán Dávila apenas hizo gesto alguno, pero al capitán Sánchez de Montearroyo le pareció que no aparentaba rechazo hacia su actitud interrogadora.

—Sabe usted detalles del marqués de Ovando. ¿Debo suponer que sirvió en algún lugar en el que intervinieron las tropas del marqués?

—Sí.

El laconismo rayano en la sequedad de la respuesta del capitán Dávila sorprendió a muchos y casi irritó a muchos más. Él se dio cuenta y, con gran embarazo, quiso ser amable diciendo con su melodioso acento sevillano:

—Pertenecí a las tropas del marqués en Italia. Participé en la toma de una ciudad que se llama Brindis. Por ello le dieron el título al marqués y por eso lo sabía yo.

—Usted no es marino.

—No, dragón y, en tiempos, granadero. Pero en la campaña de Italia serví de infante de marina.

Los oficiales silbaron, alzaron las copas y brindaron por él con hurras aunque sin grandes aspavientos. El capitán Dávila sonrió y dio por concluido el interrogatorio del anfitrión, encarando a sus ruidosos camaradas. Pero hubo de contestar a una última pregunta.

—Yo también participé en aquella guerra, por lo que quizá estuvimos en el mismo barco alguna vez. ¿Recuerda los nombres de los barcos en que sirvió?

—Siempre estuve en el mismo barco en aquella campaña. Era una fragata que se llamaba *La Galga*.

—Gracias, capitán.

Las cejas de don Álvaro no pudieron elevarse más, la sonrisa de doña Beatriz fue radiante y el capitán del barco, a partir de ese instante, no pudo evitar mirar de vez en cuando el perfil del capitán Dávila. Blanca, ajena a aquello, parecía la muchacha más feliz del mundo.

San Vicente de Paúl, 28 de septiembre de 1753

Soy la persona más feliz del mundo. Nunca, nunca jamás, me he sentido tan dichosa, y todo gracias a mi señora, que la quiero como estoy segura de que nadie la ha querido en su vida.

La felicidad empezó ayer por la mañana, cuando volví a la cámara después de tirar por la borda los orines y demás de nuestros bacines, y limpiarlos. Doña Beatriz seguía en la cama, aunque medio incorporada. Me pidió que me sentara porque quería decirme algo.

Estaba seria, y yo me intrigué mucho a pesar de que sabía que no me iba a reprender. Me dijo, así como pensativa, que la tarde anterior había hablado de mí con el capitán y que éste había aceptado su propuesta, que era la siguiente: a partir de entonces, y si yo lo aprobaba, no sería más Blanca Bahía del Buen Aire, sino Blanca Guzmán y Mendoza, hija de su hermano y por tanto sobrina suya.

Mientras yo ponía cara de boba, ella me explicó que el capitán al principio dudó, pero que después dijo que al fin y al cabo casi nadie en el barco, quizá nadie, tenía noticia cierta de si yo era fámula o no, pues con el mareo yo apenas había hablado con ningún hombre y, en cualquier caso, la autoridad del capitán y el tiempo harían que todos me aceptaran como tal sobrina. En Filipinas, don Jaime se encargaría de tramitar una nueva documentación y pasaporte ante las autoridades, pues papeles los pierde cualquiera en una travesía tan larga. En última instancia, si surgía algún inconveniente, él tenía acceso al gobernador de Filipinas.

Cuando mi señora empezó a explicarme que tenía yo mucha más cultura y buenas maneras que cualquier marquesita de tres al cuarto, me eché a llorar como una tonta. Ella, sin sonreír ni nada, me puso la mano en el hombro y me dijo esto: que no fuera tonta porque aquello nos convenía a las dos, que en cualquier caso tendría que seguir sirviéndola, y que ni se me ocurriera que el asunto me permitía dejar de leer libros y escribir pliegos.

Entonces no pude más y me lancé contra ella y la llené de besos por toda la cara. Hasta en la boca se los di, y pasó una cosa curiosa. Ella frenó mi entusiasmo un poco bruscamente pero sonriendo. Yo seguía llorando y abrazándola, y entonces fue ella la que me cogió por la nuca y me besó en la boca así, muy... bueno, el caso es que a mí me entró una cosa muy grande de contenta que estaba, y a ella también le debió de entrar algo porque soltó un suspiro muy raro.

¡Yo, una marquesita! ¡Yo, ya con familia! Doña Beatriz, mi tía, y yo con todos los papeles. Pues ahí no terminó la cosa sino que me dijo que aquella noche sería mi estreno como damita, porque el capitán nos había invitado a cenar por todo lo alto ya que era el día del santo patrón del barco. Yo creo que ayer fue el día más feliz de mi vida.

Después de darme mi señora…, perdón, ¡mi tía! (que, por cierto, me dijo que la llamara así, tía, en público y en privado, pero que si se me escapaba al principio lo de señora o lo de doña Beatriz, que no me azorara, porque siendo tan joven no era costumbre extraña que una sobrina llamase así a su tía mayor). Pues decía que en cuanto me dio los dos pliegos en blanco del día, con su sello en el lacre, no me habló más ni de ese asunto ni de casi nada hasta que nos preparamos para la cena. Yo, de nerviosa y fantasiosa que estaba, no pude escribir de mis cosas, sino que cogí un libro de comedias y copié tres escenas de un tirón para cumplir el dichoso encarguito, que ayer sí que me pesó.

Por la noche pasé muchas horas en blanco pensando en mí, en la cena... Me sentía tan feliz que lloré dos veces. Ahora recuerdo la tontería de causa de una de las llantinas, que no fue otra que caer en la cuenta de que no siempre estaría yo así en mi vida. Pensé en los sufrimientos míos y de la gente, las tristezas y eso, y me dio tanta pena que casi fue miedo; y por eso lloré. Escrito o dicho suena memo y extraño, pero fue lo que me pasó.

Doña Beatriz y yo estuvimos vistiéndonos y acicalándonos por lo menos dos horas, sin contar las dos anteriores que pasamos con agujas, tijeras e hilos arreglando un vestido suyo para mí. Es blanco y ya mío para siempre. Precioso.

Una vez, durante las probatinas, volvió a pasar algo parecido a lo ocurrido por la mañana. Me refiero a los besos. Ella sólo tenía las enaguas, o sea, que nada llevaba por encima de la cintura, y yo vestía menos ropa todavía. Me estaba mirando al espejo de cerca, tratando de colorearme las mejillas como me había indicado ella y le había visto hacer siempre. Pero debía de estar yo torpe porque se me acercó por detrás y me dijo que lo estaba haciendo muy mal. Me rozaron sus pezones en la espalda y a mí me entró un acaloro grande, no sé por qué. Yo la veía a ella en el espejo pues ya he dicho que es bastante más alta que yo. Entonces me puso las manos en las mejillas y me extendió el colorete de forma más apropiada a como yo lo intentaba, porque es que yo no tengo práctica. El barco se balanceaba suavemente. Ella me cogió por los hombros y me volvió para examinar mi cara de cerca y, justo cuando llegué a estar frente a ella, un movimiento más brusco del barco hizo que chocaran nuestros pechos, y yo, por impulso, me agarré a su cintura. Ella hizo lo mismo y sonreímos las dos, mas ella se puso seria y me miró de forma... muy cariñosa. Yo, como me sentía tan contenta, me abracé más fuerte y, claro, mi cara quedaba sobre sus pechos. Así estuvimos un poquito y a mí me dio algo de azoro, por lo que levanté la cabeza y la miré queriendo separarme. Pero ella no cedió sino que, muy suavemente, subió una de sus manos por mi espalda hasta que llegó a mi cabeza por detrás. La otra mano suya la seguía sintiendo yo en la cintura y entonces, muy despacito, me tiró del pelo hacia atrás y acercó su boca a la mía. Yo abrí los ojos mucho pero no me moví. Me besó de una manera que todavía ahora, cuando lo recuerdo, me entra un sofoco grande, yo creo que porque con su lengua... Ya está bien, qué vergüenza me está entrando de escribir esto.

Este pliego se lo enseñaré por cumplir; pero, como quiera leerlo, no se lo permito se ponga como se ponga. El caso es que después de aquello se separó un poco bruscamente de mí y no me dijo nada, aunque yo creo que ella estaba más que aturdida y también con vergüenza. Pienso yo que eso de los besos no va a seguir por más que a mí no me importe, porque quiero tanto a mi señora que el que nos besemos me parece lo más bonito y natural del mundo, pues a ver a quién hacemos daño. Aunque el hecho de excusarme a mí misma como acabo de hacerlo me imagino que es porque la cosa no la debo de tener tan clara como me quiere parecer. A mí me gustó, pero tengo yo para mí que a mi tía le gustó más. No sé.

¡Qué cena! Dos gallinas y veinte gallos. ¡Ay! Todos guapísimos, y nosotras más guapas todavía. Los militares, o sea, casi todos, hablando de sus guerras, sus barcos y de tierras extrañas. El gordo, de dinero y negocios. Juanito, el botánico, embobadito conmigo, y Sebastián, el piloto, que está en un tris de decirme que me ama. ¡Qué risa! Es guapo y listo para estremecer a cualquiera, aunque me parece a mí que yo no estoy todavía de amores. ¡Pero qué simpático es, por Dios! Se llama Sebastián Quintero y es de la calle Placentines. De Sevilla, claro. Nos hemos criado con sólo dos cuarteles entre medio y no nos habíamos visto nunca. Es su primera travesía larga y no viene recomendado por nadie más que por todos sus profesores de la Universidad de Mareantes.

Por él me he enterado de muchas cosas de este viaje; así, vamos a Filipinas por el cabo de Hornos, o sea, por la ruta más larga y fatigosa porque este viaje es más de entrenamiento que otra cosa. Se prueba el barco, a la tripulación, a casi toda la oficialidad y a los infantes de marina. Vamos primero a La Española y luego a Nueva España; después costeamos toda la América del Sur evitando tierras portuguesas. Y más tarde el cabo de Hornos, que es lo que más apasiona a todos, cosa que yo no entiendo por más que han intentado explicármelo. Hasta se irritan un poco conmigo, por ejemplo Sebastián, que, aunque se ría de mis preguntas y objeciones, se toma muy a pecho lo que dicen de que el bautismo de verdad de un marino es el paso del Atlántico al Pacífico: la mar más bravía del mundo. Y yo, claro, pregunto entre otras cosas que dónde está la gracia de pasar un mes de mareón. Y eso si vienen bien dadas, que noticias hay de que cuesta cien días doblar el dichoso cabo.

La cena fue de las cosas más bonitas que he vivido nunca. Ya lo he escrito, pero es que lo pasé bien requetebién. Los demás también disfrutaron porque hasta el Pinoseco caravinagre estuvo hablador. Y el chino.

Voy a contar cosas del chino que tiempo es, y, aunque había dejado lo de escribir de él para cuando estuviera triste o encorajinada, lo voy a hacer ahora que aún no he llenado los dos pliegos, y de la cena prefiero acordarme en torbellino sin tener que pensar para escribir.

El chino no es chino de verdad, que me han dicho que los ojos achinados los tiene media humanidad sin necesidad de ser china. Como los siameses, los cochinchinos, los camboyanos, los viets, los javaneses... medio mundo, porque por lo visto en las Indias auténticas hay muchísima más gente que en Europa. Pues éste es chino de otro sitio que no es la China, aunque pronto se hizo sangley. Es tan raro el individuo, que se enreda una nada más que en decir lo que es, pues además de sangley es un sangley gentil.

Los sangleyes son los chinos que viven en Filipinas. Llevan tanto tiempo que ya hay generaciones de chinos que han nacido allí. Los curas de España para lo que están en las colonias es para cristianar a todo el mundo. A los sangleyes que no convencen y no se bautizan, como sería lo apropiado, los llaman «gentiles» para distinguirlos de los que abandonan a Confucio y Buda y todo eso.

El chino éste se llama Chen Dazhao, o vete tú a saber, porque ellos escriben de la forma más rara que hay y pronuncian igual de raro; pero una vez que estuvo medio simpático me explicó que su nombre se escribía así en cristiano: Chen Dazhao. La edad que tiene es tal misterio que yo creo que no la sabe ni él.

Ya dije que la causa por la que va doña Beatriz a Filipinas no la sé ni me quita el sueño, lo que no impide que me lo pregunte muchas veces. Lo que sí sé es que el chino no había pisado Sevilla en su vida hasta que llegó de la corte poco antes de que partiéramos para Cádiz a embarcarnos, y desde entonces no se separa de nosotras.

¿Por qué le tengo yo la inquina que le tengo al chino? Porque es muy raro. No es muy alto, pero fuerte debe de serlo como un novillo. Tiene el pelo negro como el azabache, largo y lacio. Y la cara, que es lo único que le he visto de carne, la tiene amarilla como un limón. Bueno, las manos también se las veo las pocas veces que no lleva puestos sus guantes de cabritilla, y no son amarillas sino morenas y sin un pelo. Siempre va vestido de negro, y en la cara apenas tiene ni labios, ni nariz, ni ojos. ¡Qué escalofrío de hombre! Habla español muy bien, pero como una bicha, así siseando muy fino y sin entonar. Con mi señora, mi tía, casi nunca habla; y a mí, desde una vez en que, estando todavía en Sevilla, se me apareció por detrás mientras escribía y al hablarme casi me da un soponcio, tampoco me habla apenas. Se pasa la vida escudriñándolo todo, incluida yo. Lo hace como un muñeco o una estatua: quieto, callado y sin pestañear; que digo yo que como tiene los ojos tan chicos no le hace falta menear los párpados como a nosotros. Eso sí tiene párpados, pues no estoy yo muy segura de ello. Así que, si no sé qué hace mi tía en este barco y qué ha ido a buscar a Filipinas, menos sé yo qué pinta el Chen ese en este patio. A lo mejor no es más que un pasa-

jero que vuelve a su tierra, pero ¿qué tendría eso que ver
con mi señora? Ya me enteraré si es el caso, porque lo único que está claro es mi papel aquí, que no hago más que lo
que me mandan, y lo estoy disfrutando como una golon-
drina en Pasión.

3

De toda la tripulación del *San Vicente de Paúl*, quien más nervioso estaba aquella mañana era el piloto Sebastián Quintero. En realidad, el primer piloto de la fragata debería haber sido don Lucas Rivas Soto; sin embargo, una semana antes de zarpar perdió a su mujer en el primer parto. El hijo tampoco sobrevivió. El oficial piloto entró en una profunda depresión, y la comandancia de marina de Cádiz le dio excedencia temporal y autorización para no embarcar en el *San Vicente de Paúl*. No habiendo modo de encontrar otro primer piloto con premura, sólo quedaba la posibilidad de retrasar la partida o confiar en el joven segundo piloto. Las recomendaciones que llevaba éste de su universidad, así como el hecho de que al menos otros dos oficiales eran expertos navegantes, aparte del propio capitán, hicieron que éste optara por encomendar el pilotaje rutinario de la fragata a Sebastián Quintero. Por otro lado, el cronógrafo de agua con que estaba dotada la fragata había costado una fortuna, y en España eran pocos los pilotos que sabían sacarle todo su potencial para el cálculo exacto de la longitud, y él, según sus profesores, era uno de ellos.

Durante toda la noche había contrastado las medidas efectuadas con el sofisticado instrumento con las obtenidas por el método tradicional de las posiciones de la luna, ayudado de efemérides, tablas y cartas del Observatorio de San Fernando de Cádiz. Todos sus resultados eran coherentes, pero aun así lo tenía nervioso el hecho de haber anunciado al capitán y a todos los oficiales, y a través de ellos al resto de los tripulantes, que poco después del amanecer de aquel 4 de noviembre, a cuatro grados a estribor manteniendo la crujía en la derrota, los vigías divisarían la bocana del puerto de La Habana.

Don Álvaro de Soler cedió fácilmente a la tentación y madrugó para tener noticia de la arribada a Cuba. Lo sorprendió gratamente observar, a las primeras claras del día, que casi nadie en el barco se había resistido a presenciar el acontecimiento. Ni siquiera doña Beatriz y su sobrina. La mayoría de las casi cuatrocientas personas, cuyas siluetas empezaban a recortarse en el perfil de la proa y la borda de estribor de la fragata, permanecía en silencio, y los que hablaban lo hacían en voz tan baja que el amanecer sólo estaba acompañado por el sonido del oleaje al romper en el casco y el del viento al hacer tremolar el velamen. Al salir el sol se oyeron algunos comentarios, pero pronto volvió el silencio expectante. Con frecuencia casi regular muchas miradas iban del horizonte a las cofas de los tres vigías, y otras se dirigían al alcázar, donde los oficiales escrutaban la lejanía con catalejos.

Fue el vigía del palo mayor quien gritó primero el anuncio de tierra a la vista, a cuatro grados a estribor, lo cual desencadenó en la tripulación y los infantes de marina un inmenso griterío de vítores dirigido a ellos mismos y al alcázar. El capitán hizo un gesto de agradecimiento y señaló a Sebastián Quintero, el joven piloto, tras lo cual le pasó un brazo por los hombros y lo apretó contra su pecho. Quien aplaudía con más entusiasmo era Blanca, y Sebastián se veía aclamado sólo por ella.

Todos los tripulantes se fueron agrupando, y unos se marcharon a sus faenas y otros en busca del primer rancho.

Don Álvaro de Soler se encontró a solas con doña Beatriz en una de las cubiertas del puente de mando. Sonrieron ambos y se apoyaron en la amura, mirando complacidamente hacia donde se vería más tarde el puerto de la ciudad más importante del Caribe y primera escala del tremendo viaje que habían emprendido.

—Don Álvaro, usted mencionó una vez que conoce América. ¿Ha estado antes en La Habana?

—Sí, señora, he estado en dos ocasiones, aunque en una de ellas apenas pude salir del barco porque estaba enfermo.

—¿Cómo es?

—Fascinante. Sé que Cuba está cambiando mucho y hace más de diez años que estuve allí, pero estoy seguro de que en lo esencial permanece igual. Ahora va camino de convertirse en la joya de Nueva España. Antes era muy costosa para ese inmenso virreinato, pero ahora, desde que se ha racionalizado la producción del tabaco de los vegueros y la extracción del azúcar de la caña, parece que Cuba está dando buenos beneficios a la Corona.

A doña Beatriz le gustaba mucho el tono grave de la voz de don Álvaro y su forma de expresarse. Lo consideraba un hombre serio pero en absoluto taciturno.

—Ya, pero yo hablo de la vida de su gente, sus costumbres y cosas así.

El silencio que guardó su compañero de viaje antes de contestar transformó en intriga la ligera curiosidad de doña Beatriz.

—Creo que le gustará.

Don Álvaro le dijo esto a doña Beatriz mirándola fijamente a los ojos. A ella le sorprendió al principio aquella actitud de don Álvaro, pero instantes después estuvo casi a punto de turbarse porque sospechó que su intimidad estaba siendo objeto de una osada incursión.

—¿Por qué?

Don Álvaro apartó la mirada de ella y, dirigiéndola al horizonte, le dijo:

—Cuba es, prácticamente, La Habana. De hecho, de los casi ciento cincuenta mil habitantes de la isla, unos cincuenta mil viven en la capital. La mitad que Sevilla, siendo ésta como es la mayor ciudad de España. Pero es muchísimo más abigarrada. Soldados, piratas, curas, buscavidas, prostitutas, marinos y esclavos, muchos esclavos. Además, éstos ya llevan tiempo mezclándose con las españolas, y las hijas de los primeros esclavos con los blancos, lo que hace que esté apareciendo infinita variedad de mulatos. A mí eso es lo que me parece más interesante de todo.

Doña Beatriz estuvo muy atenta a la explicación de don Álvaro, tratando de descubrir en ella algún hilo que le diera la pista de por qué le había dicho antes tan convencido que aquello le iba a gustar a ella.

—¿Y...?

Don Álvaro sonrió a la mujer. Era perspicaz, como suponía, y seguramente también tenaz. Tras una pausa meditativa, le respondió:

—En los salones de las grandes casas de Sevilla y en la corte tacharían a La Habana de poco recomendable para las señoras. Yo diría que sólo es poco recomendable para cierta clase de señoras, y sospecho que usted no entra en ese grupo.

—¿He de sentirme halagada u ofendida?

—Siéntase halagada.

Doña Beatriz miraba a don Álvaro con curiosidad, y él notó que aquella mirada lo estaba turbando.

Se había fijado en ella infinidad de veces durante las seis semanas que llevaban juntos en el barco, pero aquel amanecer, quizá porque tenía el ánimo alegre por llegar a tierra, el rostro y la actitud de doña Beatriz lo estaban conturbando. Don Álvaro la encontraba especialmente bella, y eso era debido, sin duda, al color pardo de sus ojos y la perfección de su boca. El pelo, recogido con una redecilla azul, era casi del mismo color que los ojos; las mejillas, como el resto de la piel sometida durante tanto tiempo a los aires marinos, estaban tostadas como el pan bien horneado; la nariz, recta y grande, tenía tal finura que parecía una pieza delicada aunque no frágil. Cuando estaba seria, observar el rostro de doña Beatriz era grato por sí mismo, pero cuando sonreía entraban en juego pliegues de párpados, labios y mejillas dignos todos de ser disfrutados a la vez. Al añadirse la dentadura cuando la sonrisa era ancha, su atractivo aumentaba mucho más. Si poco después de salir de Cádiz había consenso unánime de la tripulación sobre la belleza de las dos pasajeras, según se acercaban a La Habana dicha belleza era defendida y ensalzada con pasión, en voz queda y en corrillos. Don Álvaro fue relajando poco a poco las limitaciones que se imponía para disfrutar de la contemplación de su compañera. Diez días atrás se había dado cuenta de que el tiempo que dedicaba a pensar en doña Beatriz aumentaba sin cesar. Sobre todo se distraía elucubrando en torno a las posibles razones que la habían impulsado a hacer tan tremendo viaje. ¿Qué buscaba doña Beatriz en Filipinas? ¿Tendría alguna vez la oportunidad de saberlo? Don Álvaro disfrutaba más fantaseando sobre las circunstancias de doña Beatriz que contemplando su belleza y sus gestos. ¿Qué sentido tenía aquella intriga íntima que sentía respecto a aquella misteriosa mujer? Se tranquilizó don Álvaro diciéndose que la forzada holganza en un viaje tan largo no podía propiciar otra cosa. El capitán Dávila era bueno para cualquier cosa menos para conversar, y con los demás pasajeros y oficiales ya había tratado todos los temas y distracciones que podían proporcionarse entre sí. Pensar en doña Beatriz y observarla con discreción era muy cómodo y placentero.

—¿Dónde va a vivir los nueve días que estaremos en La Habana?

La pregunta de doña Beatriz sobresaltó a don Álvaro, que había permanecido un rato mirando pensativo al mar.

—Buscaré un buen alojamiento en alguna posada. Pero recuerdo que eso no era sencillo en La Habana, pues buenas posadas hay pocas, y en época de gran trasiego de barcos es casi imposible encontrar sitio en ellas. Imagino que con la prosperidad será aún más difícil, así que seguramente me tendré que quedar a dormir en la fragata. ¿Y usted?

—Traigo cartas de presentación para dos familias. Una rica y otra de abolengo. Seguramente nos acogerán a mí y a Blanca. Aceptaré el cobijo que se me ofrezca por poco que me plazca.

—Hace bien. Esta época del año no es la más calurosa, pero hace bochorno durante largas horas. No es un calor como el de Sevilla, que puede ser terrible, sino que éste, debido a la humedad, es insoportable. En una buena mansión, las eternas jornadas de calor las podrá sobrellevar bien.

—Se hará entonces mucha vida nocturna, ¿no?

Don Álvaro trató de descubrir algo en el rostro de doña Beatriz y no encontró absolutamente nada.

—Sí. En La Habana se vive mucho de noche.

Don Álvaro quedó pensativo midiendo los límites que pondría a su osadía al explicarle a la mujer la vida nocturna en La Habana. Cuando creyó que los tenía más o menos fijados y se disponía a hablar, lo sobresaltó la pregunta que le hizo doña Beatriz con la mirada perdida:

—¿Me acompañaría usted a visitar la ciudad?

El tono y el rostro de la mujer se habían mantenido imperturbables. Don Álvaro, sin apartar los ojos de doña Beatriz aunque ella siguiera obstinadamente ofreciendo sólo su perfil, le dijo muy serio:

—Estaré encantado de hacerlo en cualquier momento, señora. Esperaré con cierta ansiedad que usted me indique cuándo lo desea.

Siempre sin mirar a don Álvaro, doña Beatriz se recogió ligeramente el faldón de su vestido con la mano izquierda, disponiéndose a marcharse de la cubierta. Se despidió diciendo:

—Se lo indicaré. Buenos días y gracias.

Con la mano derecha enfatizó sus últimas palabras tocando el brazo de don Álvaro. Aquel gesto, a pesar de lo leve que fue, hizo levitar el alma de don Álvaro de Soler.

El alboroto lo comenzó el tropel de soldados que avanzaba gritando y haciendo chocar las culatas de sus fusiles contra los barrotes de las celdas del penal de Zamboanga, en la mayor de las islas Filipinas. La inmensa mole de piedra vibró al reverberar en su interior el griterío imprecador con que respondían los penados al violento despertar a que los estaban sometiendo. A pesar de la enorme confusión, todos sabían a qué obedecía aquel barullo, puesto que era lunes: día de ejecución.

Si no hubiera sido por la crudeza del calor que había hecho aquella noche y la violencia con que había descargado el monzón, pocos presos habrían velado además de los justiciables, pues la terrible rutina semanal no le quitaba el sueño a nadie. Si acaso impresionaba a los presos más recientes, como Marcial Tamayo, que como llevaba sólo tres días en Zamboanga aún no había presenciado ninguna ejecución, ni conocía apenas el presidio por haber pasado casi todo el tiempo en la enfermería.

El amanecer era plomizo y hacía prever el desencadenamiento de una tormenta, posiblemente antes de que concluyera el acto militar.

La muchedumbre de presos fue ocupando el patio de la fortaleza ante la atenta mirada de la guarnición al completo, pertrechada tras los manolitos. Éstos eran grandes cruces de hierro de puntas afiladas que formaban barricada entre los soldados y los penados. Aquéllos vestían casacas rojas, y lustrosas bayonetas alargaban sus fusiles. Los presos, macilentos y desharrapados, los miraban con odio mientras tosían y escupían.

Marcial Tamayo, en calidad de médico, asistiría a la ejecución cerca del pelotón, al otro lado de la barricada. Él y otros quince presos se encargarían de meter los cuerpos en las cajas de madera, cargarlas en los tres carros preparados para el transporte hasta el cementerio y limpiar después de sangre, orines y mierda el lugar de ejecución. Del enterramiento se haría cargo otro grupo. Frente al retén de presos, cerrando el cuadrilátero que formarían con los fusileros y los condenados, se hallaban tres frailes encapuchados, dos gordos y uno alto y flaco, a los que no se les distinguían los rostros por tenerlos inclinados hacia el suelo en contrito gesto de plegaria.

La atención de la multitud se concentraba en el portón por el que saldrían los reos y parte de los soldados ejecutores, que los custodiarían hasta el paredón ante el que se destacaban doce recios troncos de teca. Ésa era la máxima capacidad de ejecución simultánea del presidio.

Los troncos parecían crecer del suelo terrizo, y podía ser cierto porque de algunos brotaban ralas hojas verdes y amarillentas. Pero también salían de cada uno de ellos dos gruesas argollas de hierro fundido. El paredón estaba picado de pequeños socavones de balas fallidas agrupadas en siniestras siluetas tras los palos. De la negrura del portón surgían insultos, quejidos y llantos. También se oía una sorda violencia corporal y ruidos metálicos de cadenas y cantoneras de culatas.

La orden clara y rotunda de silencio que emitió un oficial coincidió casi con la apertura de la ventana del despacho del gobernador del presidio. Cuando éste asomó, todos los ojos se dirigieron hacia él, que sólo hizo un leve ademán de autorización. Las toses y los comentarios en voz baja de los presos decrecieron en intensidad y frecuencia cuando el mismo oficial que mandó callar leyó la orden del día. Serían ejecutados siete tirones. Así llamaban a los piratas, en particular si eran moros. Cuatro eran de Joló y tres de allí mismo, de Mindanao. Se los había apresado tras dos combates navales contra barcos españoles. Puesto que había habido muertos entre los tripulantes de las embarcaciones atacadas por los piratas, la pena de los supervivientes era de muerte. La gracia del rey consistía en evitar la ejecución en alta mar y someterlos a juicio, que, aun sumario, había gozado de las garantías formales de la justicia militar.

Como reacción a otro gesto del gobernador del presidio, todas las miradas se concentraron en el oscuro vano del portón. Para ello, muchos cuellos se alargaron mientras que las cabezas oscilaban tratando de encontrar el ángulo adecuado para no perder detalles. Salieron primero dos cabos con casacas rojas, y tras ellos la ristra alternada de soldados y condenados. A pesar de las nubes, la luz de la mañana iba deslumbrando a los que salían, pero los presos reaccionaban de forma más exagerada que los soldados.

Conforme se iban acercando a los postes, la actitud de los condenados ante la proximidad de la muerte se manifestó de forma muy distinta. El primero comenzó a temblar perceptiblemente y su caminar inseguro casi se detuvo. Cuando el soldado más cercano a él lo cogió por el brazo para obligarlo a avanzar, el temblor se hizo convulsivo, y otros dos soldados tuvieron que arrastrarlo hasta el poste. El condenado vecino a él era todo arrogancia y desprecio. El siguiente se echó a gritar hasta que su voz se hizo gutural y terminó en aullido. También hubieron de amarrarlo al poste entre varios soldados. Los había más desconcertados que asustados, y sólo uno había entrado en el más profundo de los mutismos. Los espectadores estaban sobrecogidos, sobre todo por el aullido.

En pocos minutos, todos los condenados terminaron amarrados con firmeza a los postes. Los más aterrados movían los ojos desenfrenadamente tratando de observar todo lo que ocurría en el patio. De entre los presos surgió incluso algún comentario jocoso y se escucharon risas sordas seguidas de secas órdenes de silencio.

Antes de escucharse la rotunda voz del oficial, los dos pelotones de ejecución, organizados en dos líneas, una a dos pasos de la otra, formaron al tresbolillo: los diez soldados del primer pelotón dieron un paso a la derecha, de forma que quedaron situados en el hueco que dejaban entre sí cada dos soldados del segundo pelotón.

El condenado más aterrado comenzó a convulsionarse en un intento inútil de soltarse de sus amarras, y volvió a gritar estremecedoramente. El oficial hizo un gesto a uno de los suboficiales de apoyo a los pelotones. Éste se acercó, llamó después a uno de los presos auxiliares y, como ninguno se dio por aludido, señaló imperativamente a Marcial. Al llegar hasta él, el militar le dio un pañolón negro con la orden de que le tapara los ojos al condenado que vociferaba. No fue fácil. Marcial no recordaba haber hecho una tarea más impresionante y desagradable en su vida. Nunca podría apartar de su mente la mirada de pánico y desconcierto total que le dirigió el preso antes de quedar oculta por el pañuelo. Era joven, muy joven, y con los rasgos de los moros malayos. Y la mirada más negra que Marcial había visto hasta entonces.

Con un gesto, el suboficial solicitó permiso al oficial para ocultar el rostro de los demás y así evitar otras posibles escenas como la de aquel preso, que ya había dejado de gritar y sólo emitía el sonido del llanto que se le desencadenó bajo el pañuelo. El oficial dio su autorización y, al acercarse el sargento al segundo reo, éste, con desprecio infinito, le escupió certeramente al rostro. Como impulsado por un resorte interno, el militar reaccionó dándole un contundente puñetazo en el estómago y, casi al mismo tiempo, un cabezazo en el rostro. El preso habría caído como un fardo si no hubiese sido por sus ataduras, que lo dejaron contorsionado en una postura extraña. Se oyeron rumores y algunas risas entre los presos, así como comentarios soeces entre los soldados. El oficial impuso de nuevo su voz perentoriamente:

—¡Pelotón de vanguardia! Rodilla en tierra, ¡ar!

Marcial y el suboficial salieron del ángulo de tiro. Los soldados de los pelotones actuaron automáticamente.

—Carguen... ¡ar!

Todo el mundo se removió en su sitio cuando se oyó el ruido metálico de los mecanismos percutores de los fusiles. Al cesar aquél, el silencio sólo quedó roto por la respiración agitada del condenado encapuchado y el llanto sordo del otro.

—Sobre el objetivo que al frente se divisa, ¡apunten! ¡Fuego!

La descarga de los veinte fusiles hizo cerrar los ojos y agachar instintivamente la cabeza a casi todos los presentes. Marcial Tamayo sintió que las piernas iban a dejar de sostenerlo, pues entre el atronador ruido distinguió el sonido de los impactos de las balas en los cuerpos. El desfallecimiento que le provocó aquello se acentuó cuando fue consciente de que la sangre del reo más cercano le había salpicado la cara y la camisa.

La inmensa humareda de la descarga se disipó rápidamente con el viento húmedo que azotaba el patio. Entonces todos pudieron ver que dos de los siete ajusticiados no estaban muertos. Uno trataba de incorporarse con un gesto de dolor infinito, y el otro, casi de rodillas, sufría violentas convulsiones.

El oficial que mandaba los pelotones se acercó a ellos con paso firme, esgrimiendo una pistola en una mano y seguido por un soldado que llevaba otras dos. Los dos disparos que efectuó fueron los que más sobrecogieron a todos por la violencia de su efecto.

Los tres frailes no comenzaron hasta entonces su labor, pues, al ser todos los condenados infieles, ningún sentido hubiera tenido empezar antes. Distribuyeron hisopazos y latines entre los cadáveres y se marcharon con apresuramiento.

Las voces de mando de los suboficiales se dirigieron indistintamente a los presos y a los soldados. En menos de cinco minutos se despejó el patio, donde sólo quedaron los encargados de la limpieza y los arrieros de las carretas bajo la vigilancia de seis soldados.

Marcial Tamayo colaboró como pudo en su tarea y, cuando concluyó, una media hora más tarde, se sentó en el suelo con la espalda apoyada en una de las paredes del patio, las rodillas recogidas con los brazos y la cabeza gacha. El nudo que tenía en el estómago no parecía que fuera a diluirse. Al rato empezó a tomar conciencia de su situación y se sorprendió de que nadie lo echara de allí ni le diera orden alguna. Levantó la mirada y vio únicamente a otro preso que lo observaba desde el otro lado del patio. Sus otros compañeros y los soldados habían desaparecido. Marcial volvió a concentrarse en su amargura y, cuando escuchó una voz cerca de él, se alarmó tanto que casi gritó de angustia. No había oído acercarse al preso solitario.

—Es la primera ejecución que ves, ¿no?

Marcial se tranquilizó y volvió a su postura anterior, pero al rato levantó un poco la cara sin dejar de apoyar la cabeza en las rodillas. Antes de hacer un leve gesto afirmativo, se fijó en el rostro de quien le hablaba. Tendría unos treinta y cinco años y todos los rasgos de los malayos filipinos. Como él mismo, pero mucho más acentuados. El español en que le había hablado era entrecortado y áspero, como el de los moros tagalos que vivían cercanos a la costa y por ello en contacto frecuente con los españoles.

—Me han dicho que eres cirujano y boticario.

Marcial no podía hablar y menos explicar que, aunque los conocimientos los tenía completos, no había llegado a ingresar en los Colegios de esos oficios.

—También sé que estás aquí por haberte conchabado con los sangleyes en contra de los españoles.

El joven reaccionó ante esa observación negando vivamente con la cabeza.

—A mí me da igual —aseguró el otro.

Aunque lo único que deseaba Marcial Tamayo era estar tranquilo y en paz, no pudo evitar mirar a su compañero con curiosidad. Éste, mirando en derredor como si temiera no tener mucho tiempo, dijo en voz baja y con cierto apresuramiento:

—Sé que eres cristiano y que no te interesa nada de lo que pasa en el interior de las islas ni en los mares abiertos. Pero supongo que deseas escapar de aquí. Yo me voy a evadir, y mi oferta es ésta: te vienes conmigo si luego me sirves como médico durante un año. Después puedes hacer lo que te venga en gana. Piénsalo bien y pronto porque la respuesta me la has de dar esta noche. La fuga será relativamente segura, pero has de saber que puedes morir en el intento. Traición significa muerte lenta. Adiós.

Marcial Tamayo vio que el hombre se alejaba de él, y de pronto oyó una voz seca y desagradable a cierta distancia:

—Tú, fuera de ahí. A tu celda y que no te vea más por aquí.

Justo en ese momento descargó la tormenta.

Por la noche, el preso 423, Marcial Tamayo, contemplaba la luna por entre los barrotes de la celda que compartía con sesenta hombres más. Algunos lo miraban con algo de conmiseración y respeto porque, aunque llevaba allí sólo unos días, se empezaba a tener noticias de su pasado. Además, entre los presos se tuvo la certeza de que, por el momento, aquel muchacho era intocable.

Hacía veinticuatro años que había nacido en Manila, hijo de un piloto español y una bellísima filipina, doncella del palacio del propio gobernador. Su infancia no pudo ser más feliz porque su madre continuó gozando del favor de su señora por mucho tiempo, y su padre consiguió el puesto de práctico del puerto de Cavite. Allí vivieron muchos años y, cuando Marcial tuvo edad de aprender un oficio en serio, las seis leguas de distancia que separaban por tierra Cavite de Manila no fueron impedimento para que la familia continuara prácticamente unida. Hasta que aquel terrible huracán de 1748 mató a sus progenitores y arrasó la casa en que vivían, llevándose con él todo lo que en ella había. En tierra murió ella, y en el mar, su padre.

Tras la tragedia, el muchacho fue acogido en la botica de don Facundo Valle de Campoamor, la principal de Manila. El hombre había sido muy amigo de su padre, que le había salvado la vida en un naufragio, y con el que había llegado desde Nueva España en el galeón anual *Nuestra Señora de Covadonga*.

Mientras vivió en la botica, frente a la catedral de Manila, el muchacho estudió medicina y cirugía, entre otros saberes, con los curas del Colegio de Santo Tomás. Pero su sagacidad lo llevó pronto a buscar nuevos maestros. Don Facundo, ante la habilidad del chico con libros, escalpelos y retortas, pensó en costearle el traslado a España, previa solicitud al gobernador, pero al muchacho no le gustaba la idea de hacer semejante viaje.

La curiosidad de Marcial Tamayo encontró terrenos amplios y desconocidos para él en la medicina de los sangleyes. Los trucos y habilidades chinos lo fascinaron pronto por tener bases muy diferentes de aquellas en las que se sustentaba el saber que hasta entonces había acumulado. En ésas comenzó la doble vertiente del muchacho, atrapado entre afectos cristianos y gentiles, pues españoles y chinos se disputaban su cerebro y su corazón. La inteligencia y los sentimientos de Marcial se sentían satisfechos en ambas veredas, y nunca provocaron conflictos serios en él ni en sus dos entornos.

Hasta que llegó la sórdida rebelión de los sangleyes de aquel año de 1753, en la que un cúmulo de circunstancias dieron con Marcial en presidio. Las pruebas de su implicación en la revuelta fueron poderosas para los militares y oidores de la Real Audiencia. El juicio, por ello, fue justo, y la condena de diez años, la apropiada al delito cometido. En la causa no pudieron considerarse las razones últimas por las que Marcial Tamayo había participado en una sublevación motivada por intereses mezquinos y de consecuencias nefastas. Esas razones no habían sido otras que el sentido de la gratitud, la timidez y un escaso discernimiento en asuntos políticos y económicos.

A la hora que había estipulado, el preso que le había ofrecido la libertad, pese a estar confinado en otra celda, se presentó en la de Marcial sin que éste pudiera explicarse cómo lo había conseguido. Los otros penados hicieron un vacío en torno a ellos y guardaron un silencio respetuoso. El tagalo fue quien primero habló. Lo hizo en un tono tan bajo que nadie hubiera podido escuchar aun si la osadía lo hubiera empujado a ello.

—¿Vienes o te quedas?

—Iré con una condición.

El otro mantuvo un silencio que Marcial no advirtió que había sido extraordinariamente tenso hasta que habló de nuevo. Su entonación fue lenta y sibilante.

—Aquí y en cualquier parte, las condiciones sólo las pongo yo.

Tras superar la sorpresa y el temor que le infundieron el tono y la mirada del preso, que adivinó en la oscuridad, Marcial se repuso y dijo con tranquilidad:

—Hablaste de mar abierto y tierra adentro. Sólo te serviré en el interior de Luzón o, como mucho, de Mindanao. Pero no me involucraré en piratería. Y lo que haga será exclusivamente ejercer la medicina, la cirugía y la química.

El preso mayor miró unos instantes con atención al muchacho, y al cabo su gesto se relajó.

—Está bien. Serás médico a mis órdenes durante un año en el interior de Luzón. Ya te daré detalles de la fuga.

La Habana, 6 de noviembre de 1753

¡Vamos allá! Empiezo así porque hoy me toca ración doble de pliegos. Anteayer, con el jaleo de la llegada a Cuba, y ayer, con el ajetreo de la mudanza a casa de los de Bermejo, quedé excusada de lectura y escritura; pero hoy he de recuperar. ¡Qué mujer esta tía mía!

Atracamos la tarde del cuatro. En el puerto de La Habana había por lo menos quinientos palos, pues aquello parecía un bosque. ¡Qué cantidad de barcos! Pero nuestra fragata era el mejor, y así lo apreció todo el mundo, ya que aquello se llenó de gente saludándonos y esperando a que desembarcáramos.

Los oficiales del barco reunieron a los marinos a proa, y los de la infantería de marina, a los saltimbanquis de sus infantes a popa. Como siempre, hubo una diferencia abismal entre unos y otros. Los marinos leían listas de nombres con los turnos de guardia, reparto de faenas, y cosas así. Todos calladitos y con comentarios más o menos serios; en particular cuando les daban instrucciones sobre el comportamiento en tierra. Pero los otros... ¡qué barbaridad! Un griterío constante, y encima azuzados por los oficiales. Y a la hora de desembarcar, igual. Empezaron a llegar lanchones y los marinos desembarcaban tan contentos, pero los infantes se desparramaron por el puerto como toritos.

Los pasajeros y los oficiales de marina fuimos los últimos en pisar tierra. Que, por cierto, casi me vuelve el vértigo de rara que me sentí en un suelo tan firme y quieto.

Yo no sé cuánto tiempo estuve embobada en el puerto, porque a primera vista se parecía al de Cádiz, pero poco a poco iba yo descubriendo cosas que me dejaban atontada. Sobre todo los negros y las cureñas. Yo he visto bastantes negros en Sevilla y también en Cádiz, y me parecían todos más o menos iguales. ¡Los pobres! Pero en el puerto de La Habana los hay de todas clases y colores. Y casi desnudos. Y las pelanduscas igual. ¡Qué acaloro me daban! Además que pude mirar a gusto, porque doña Beatriz hacía lo propio y no me prestaba atención. Don Álvaro, el Pinoseco (se llama capitán Dávila, que ya no le voy a poner más Pinoseco porque es muy amable conmigo) y los oficiales que nos acompañaban nos querían sacar de allí y buscaban coches de punto para llevarnos al interior. Pero mi tía deseaba pasear, y, además, los únicos carruajes que se veían eran todos de carga.

Los negros trabajaban sudando como yo no he visto nunca. Descargaban fardos de falúas y lanchas y los acomodaban en carretas o hacían montones con ellos. A pesar de lo ordenado que ponían todo, algunos tipejos les arreaban de vez en cuando con palos. ¡Qué odio me entró! Aunque lo que me encendió la sangre fue lo de esta mañana, que ya lo contaré.

Lo de las pelanduscas sí que era pasmoso. Cuando nosotras llegamos al puerto, los infantones habían arramplado ya con un buen nubarrón de mujeres, pero ni aun así estaba despejado el puerto de ellas. La mayoría tendría mi edad como mucho y eran mulatas. Blancas había, pero muchísimas menos. Y también las había mayores. Gordas, flacas, guapas, guapísimas y adefesios. Todas muy pintarrajeadas y enseñándolo todo con un descaro que me dejaba con la boca abierta.

Y después pasmaban los curiosos. Había mucha gente normal que seguramente andaba por allí distrayendo la atardecida, pero otros tenían unas pintas y unas plantas que daban repelucos. Yo no sé si serían piratas, ladrones, los guapos de las pelanduscas o todo a la vez. Pero los que nos miraban y reían después entre ellos daban miedo, y el resto parece que nos ofrecía cosas y servicios de todas clases. Digo «parece» porque de mucho no me enteré, ya que como, gracias al Cielo, íbamos tan bien acompañadas, los hombres que nos rodeaban los espantaban con gestos más o menos bruscos.

¡Qué cantidad de piedra envuelve la bahía de La Habana! Está el malecón, un castillo chico, uno grande que le dicen El Morro y una fortaleza enfrente de éste que es lo más impresionante de todo. Si se fija una bien, se ven los cañonones que hay por todas las murallas. Cuando se lo comenté al capitán en un momento en que iba a mi lado me dijo que aquel puerto era, seguramente, el mejor defendido del mundo. Iba yo a decir que no veía que hubiera allí tanto de merecer para defenderlo con esa ansia, pero me callé.

Por la noche se hicieron diligencias, y paseamos un poco más antes de volver al barco de nuevo a dormir. El capitán y dos oficiales fueron a la Aduana; algunos oficiales más, el chino, don Álvaro y su amigo, Juanito el botánico y nosotras dimos un paseo por los alrededores del puerto. Cenamos en un mesón muy rústico pero con comida bastante buena y gran variedad de frutas; desde allí hizo sus diligencias doña Beatriz, que consistieron en la escritura de dos cartas y el apaño del envío seguro a sus destinatarios. Lo pasamos la mar de bien.

Esta mañana embarcaron cuatro lacayos y le hicieron llegar a mi tía una misiva. Ella me llamó y me dijo que preparara todo lo necesario porque nos íbamos a casa de los señores de Bermejo. A las dos horas subíamos a una calesa a la que seguía un carretón con nuestros baúles.

El camino desde el puerto hasta esta casa no se me va a olvidar nunca, aunque yo no sé cuántas sorpresas más me quedan por ver en esta ciudad en la semana que vamos a estar aquí. En menos de una hora nos pasó de todo y nada bueno.

Las calles estaban llenas de gente, bestias y animales de muchas clases, sobre todo perros y gallinas. La calesa apenas se podía abrir paso, y eso que los dos caballos eran fuertes y los cocheros no se andaban con remilgos usando el látigo. El calor era asfixiante, pero yo no lo pasaba mal porque me atraía aquel abigarramiento lleno de color. Quizá lo peor fuera el polvo que se levantaba.

El día anterior yo había creído que las pelanduscas y los negros de La Habana estarían principalmente en el puerto, pero no es así porque están por todas partes y a todas horas. Lo que sí hay por las calles es más blancos que en el puerto.

También se escuchaba música por doquier. Eran músicas distintas entre sí, pero todas ellas muy diferentes de las que se oyen en España. Por lo menos en Andalucía. Dos tipos de instrumentos me llamaron mucho la atención: uno, los tambores, que los hay de todas clases, cada uno con un sonido, y que meten un ritmo muy raro que hace moverse a la gente en una especie de baile. Mueven nada más que de la cintura para abajo y sonríen más contentos que unas pascuas. Baila todo el mundo, pero los tambores sólo los tocan negros. El otro instrumento es una especie de fuelle que se abre y se cierra y que tiene unos botones a cada lado que se pulsan con los dedos. Lanza un sonido lastimero pero precioso. Pregunté cómo se llama y me lo dijeron, pero entre el griterío no lo entendí bien y se me ha olvidado. Muy bonito.

Digo yo que, si a media mañana había tantísima gente en la calle, gran parte de ella sentada en las arcadas mirando por mirar, y con tanta música y tanto baile, aquí se debe de trabajar poco. Para eso están los esclavos, claro, y este asunto fue el que me hizo hervir la sangre.

Nuestro coche llevaba un rato detenido en uno de los atascos, cuando por una bocacalle apareció de sopetón un grupo grande de tiparracos armados conduciendo una cuerda de esclavos. Los primeros se dieron casi de bruces con los coches y carros de la calle, entre ellos el nuestro; al detenerse bruscamente, los de atrás les cayeron encima, y negros y custodios quedaron en remolina. Uno de éstos, así sin más, le dio con la culata de su fusil a un negrazo que se le había echado encima sin querer. Éste, después de recuperarse un poco del dolor que le provocó aquel pendejo, lo empujó con fuerza apartándolo de él pero sin hacerle daño. Además, no podía hacer mucho porque llevaba encadenados los pies y las manos. Y encima, atado a los demás también por cadenas, que yo no sé ni cómo podían caminar. Entonces se formó una tremenda trifulca. Los custodios pegaron al pobre negro con los fusiles, palos, látigos y los pies. El esclavo se revolvía como podía tratando de evitar la paliza. Sangraba por muchas heridas. Los curiosos, arremolinados alrededor, reían y chillaban. Yo gritaba de pie en la calesa, insultando al principio e implorando piedad después; pero la gente se reía aún más con mis gritos. Finalmente, el negro se alzó como un gigante y, levantando polvo con los pies y alzando los brazos encadenados, aulló mirando al cielo. La gente se impresionó por aquel gesto de desesperación infinita y se apartó de él asustada. Tras eso cayó como un fardo en el suelo y se quedó inmóvil. Aun así, tumbado como estaba, le dieron más golpes y yo todavía grité más. Al final se lo llevaron a rastras los demás esclavos, no sé si vivo o muerto. Cuando ya mi señora Beatriz se lanzaba contra los que más se reían de mí, que hasta entonces ella había estado bastante tranquila, se desencadenó un chaparrón como no he visto en mi vida. En menos que canta un gallo estábamos todos empapados, y a mí se me mezclaba en la cara la lluvia con las lágrimas. Los cocheros subieron la capota de la calesa, y mi tía me abrazó para consolarme. La calle se despejó en buena parte, y pudimos proseguir nuestro camino.

He estado pensando mucho en el esclavo y aún se me encoge el corazón. Porque, por muy brutos que sean los negros, no creo que muchos blancos sean más listos que ellos, y habría que ver cómo se sentirían éstos si se los llevaran a África y los trataran de esas maneras. Porque hombres son y madres habrán tenido. ¡Qué pena más grande la esclavitud!

Las cartas de presentación de doña Beatriz debieron de impresionar, porque el recibimiento que nos han dado en casa de los Bermejos estos ha sido de campanillas. Hace poco me he enterado de que una de las cartas era del mismísimo asistente de Sevilla.

Cuando llegamos a la enorme mansión de las afueras de La Habana, en el patio de caballos nos recibió toda la servidumbre formada como en un pasillo militar. Ellos, vestidos que eran un primor, y nosotras, chuchurridas por la lluvia y el enojo del viaje. Un mayordomo nos fue presentando a todos, y cada vez se inclinaban los criados ante nosotras. Al terminar, con mucha comedia, por una de las dos escalinatas que daban al patio, aparecieron los señores de Bermejo, rodeados por cuatro niños. Iban muy elegantes, con casaca y peluca él y vestido de muchas enaguas ella, con el calor tan pegajoso que hacía. Los chiquillos, de tan envueltos en organdí que iban, no se sabía si eran niños o niñas.

Tras las presentaciones y los cariños (yo ya como sobrina, con una naturalidad que daba gusto), nos acompañaron a unas habitaciones que se abrían a un patio interior. ¡Qué lindas y amplias!

Como me suponía, lo primero que hizo mi tía en cuanto pudo fue meterse en agua más de cuatro horas. El agua no tenía que estar caliente porque lo que se agradecía de verdad era que estuviera bien fresca. Me hizo cambiar el agua del baño cuatro veces. Sólo tenemos una bañera, que por cierto es preciosa porque es de bronce y con muchas figuritas por todas partes, así que entre un cambio de agua y otro me dijo que me metiera yo también.

Mientras me bañaba, ella se quedó por allí desnuda y sin secarse. Yo la he visto muchas veces desnuda, pero nunca tanto tiempo como entonces. Me fijé bien en ella y tiene un cuerpo mucho más fuerte y juncal de lo que yo creía.

En uno de los cambios volvimos a lo de los besos y las caricias. Pero esta vez con más sofoco que en el barco porque estábamos más a gusto y tranquilas las dos. Una vez, ella se desenfrenó de una manera que a mí me dio mucho reparo, pero me hizo una cosa, que no voy a escribir, que por poco me hace desmayar. Yo nunca había sentido una locura como ésa, tan grande que creí que me iba a morir. Hasta me tuve que tapar la boca y morderme una mano para evitar que se me escapase un tremendo grito que me atenazaba el pecho.

No sé qué pensar de este asunto, pues, por una parte, me entra un cariño muy grande por mi tía, aparte de que me gustan muchísimo algunas de las cosas que me hizo; pero, por otra parte, después me entra una angustia mayor porque a mí me parece que esto no está bien. Ella no me habla de este tema, aunque me deja claro que si yo no quiero no le tengo que seguir el juego. Sin decirme una palabra, nada más que por la actitud suya, las miradas que me echa y los gestos que me hace, yo sé que ella no quiere que me sienta obligada.

¡Ay, por Dios, qué desorden!

4

—¿Y bien, coronel?

Cuando el coronel don Arturo Castroviejo se hubo sentado en uno de los dos sillones confidentes del despacho del marqués de Ovando, gobernador de Filipinas, se aclaró la voz, tosiendo levemente, y se dispuso con toda seriedad a dar la opinión que le solicitaba su máxima autoridad civil y militar.

—Excelencia, he meditado sobre lo que dijeron sus consejeros en la sala y tengo algunas ideas al respecto. Como puede imaginar, se refieren sobre todo a asuntos militares.

—Son los que más me interesan en general y sobre los que deseo conocer su parecer en particular.

El coronel se atusó el mostacho en gesto reflejo y, ajustando la postura en la butaca, comenzó su exposición:

—La población de las islas se estima en novecientos mil nativos, de los que unos nueve mil son mahometanos. Los objetivos esenciales que resumen los planes de Su Excelencia son aplastar a los tagalos rebeldes del interior de Luzón, extender nuestro dominio actual en Mindanao y conquistar Joló completamente, sometiendo de una vez por todas a los moros de allí, que son los más recalcitrantes y organizados.

—Precisamente.

Al marqués de Ovando le gustaba el coronel por su total ausencia de afectación y adulación, y porque, por ello, hablaba con rectitud y tono franco.

—Para atacar Guibavan, la capital de Joló, y Silanga, la capital de Mindanao, hace falta una tropa de dos mil hombres.

—¿En qué proporción?

—Sería razonable mil españoles y mestizos españoles, y otros mil naturales.

—Sería razonable; el problema es que los primeros mil no sé si se pueden reclutar de los tres mil trescientos del total de la guarnición. No quiero confiar demasiado en lo que nos envían de Nueva España. Continúe. Por ejemplo, ¿con cuántos barcos debería contar como mínimo la escuadra?

—Cuatro galeras, cuatro falúas, cuatro pancos y tres o cuatro sampanes.

—Se queda corta respecto a mi apreciación. De todas formas, aunque tampoco debamos contar con ella, piense que existe la posibilidad de disponer de una fragata que quizá esté ya rumbo hacia aquí.

—Según le escuché, traería una dotación de infantes de marina. La campaña se vería muy favorecida si se diera esta eventualidad.

—Sí, pero insisto en que no hemos de contar con ella. Por el tipo de barcos que propone, veo que ha tenido en cuenta la carencia de buenos puertos para fondear embarcaciones de porte en las ensenadas de Mindanao y quizá en Joló, y los frecuentes surgideros en las desembocaduras de los ríos. Eso, además, sería un inconveniente grave para la hipotética fragata.

—Bien. Al enemigo no se le conocen fortificaciones de piedra, pues el fuerte de la Sabanilla, de cal y canto, fue tomado y arrasado en abril de 1724 y no hay noticias de su reconstrucción. A pesar de ello, algunos pueblos están defendidos con estacadas y casas fuertes. Además, recuerde Su Excelencia que en Joló tienen la artillería que nos sustrajo el padre del sultán Alimudín.

—Efectivamente, allí cuentan con lantacas y espingardas en número no determinado, y unos sesenta cañones. Pero hemos de idear la manera de sacar la máxima ventaja al hecho de tener detenido aquí al sultán. Su hermano Bantilan es tan inútil que, si lo forzamos militarmente y lo amenazamos con la ejecución de su hermano, se ablandará. O quizá sea conveniente la negociación. Ya estudiaremos este asunto. ¿Están en uso los cañones de Joló?

—No importa demasiado porque la habilidad de los joloanos para manejar armas de fuego es muy limitada. Sin embargo, son muy diestros en el empleo de las suyas tradicionales, y lo mismo les pasa a los otros nativos: con el campilán, los malanaos y mindanaos; con la lanza y el cris, los joloanos.

El marqués de Ovando comenzaba a disfrutar de la conversación, sobre todo porque se le estaba confirmando su suposición de que el coronel Castroviejo, aun teniendo muchos superiores en Filipinas, era el militar más apropiado para compartir con él los planes de la guerra.

—El campilán es ese sable recto y ensanchado hacia la punta, como el que hay en la sala capitular, ¿no?

—Sí. Aquél fue precisamente un regalo del sultán de Joló al gobernador de entonces. A pesar de eso, los mindanaos son más diestros en su uso que los propios joloanos.

—Éstos manejan mejor el cris, según usted.

—Y a pesar de que es más corto que el campilán, su hoja serpenteada lo hace más peligroso, pues sus heridas se infectan con facilidad.

—¿Cómo están de organización esos salvajes?

—No conocen las milicias, y cuando necesitan reclutar gente lo hacen de forma tumultuosa, sin orden ni disciplina. En cambio, puesto que se aprovisionan de munición y pertrechos de guerra de factorías holandesas, se presentan en las batallas con buenas cotas de malla, petos acerados y murriones, y armados con sus alfanjes, crises, campilanes, cerbatanas y lanzas. Pero, a pesar de su aspecto de milicia, en campaña no se socorren entre sí y cada cual tiene que buscarse el sustento. Esto causa que haya poca diferencia entre que estén en guerra o que decidan dedicarse al pillaje, saqueo y depredación por temporadas.

—Hablando de sustento, Mindanao es fértil.

—En arroz, frutas, víveres y agua. En Joló apenas se recoge arroz para mantener a la población; si acaso puede sostenerla durante un mes. Importan todo de otros parajes, pues tienen la ventaja de contar con un gran número de barcos de varios tamaños, que ellos llaman «pancos», algunos de los cuales pueden cargar incluso cañones. Pero en ese aspecto son poco de temer.

—Pasemos por un momento de nuevo a la política. Los joloanos están sometidos al sultán y a sus delegados, los datos. Todos actúan despóticamente como auténticos tiranos y cobran unas doce veces más impuestos en especie de lo que tributan los naturales de Filipinas. Por otro lado tienen numerosos esclavos. ¿Considera usted que se podría favorecer una revuelta interior?

El coronel se quedó pensando un rato y al cabo contestó:

—No creo, Excelencia. Los joloanos luchan mejor en el mar, a diferencia de los mindanaos y malanaos; quizá por eso se defienden en tierra mejor que atacan. La organización que hacen de la defensa es tan firme que lo primero que evitarían, muy sanguinaria y cruelmente, sería una revuelta interior. Quizá pudiera funcionar alguna estratagema como la que usted sugiere con los manubus de Mindanao, a los que los indígenas tienen sometidos. Pero ésos son pueblos del monte, generalmente infieles e impredecibles. No sé, pero creo que por ahí no adelantaremos mucho. La única política que nos podría favorecer es utilizar astutamente el hecho de que Alimudín sea nuestro prisionero.

—Bien, continuemos con los aspectos militares, pero antes considere que Mindanao se encuentra dividido entre cuatro o cinco reyezuelos alzados como independientes, mientras que Joló ha extendido sus conquistas a varias islas, fundamentalmente por tener un solo soberano. Hay que conquistar primero Joló y, una vez sometida esta isla, estoy casi seguro de que malanaos y mindanaos se rendirán tras los primeros ataques, que por cierto han de ser contundentes.

—¿Descarta Su Excelencia el sitio?

—No. Pero sin duda usted conoce los antecedentes. Don Juan del Pulgar, bien es verdad que con una galera solamente, la *San Carlos*, cercó Joló durante nueve meses antes de tener resultados positivos, y el gobernador Corcuera desalojó a los joloanos de su fortín en cinco meses. Yo preferiría, al menos en lo que respecta a Joló, una campaña más corta y definitiva.

—En Joló quizá, pero Mindanao es mucho más extensa. Sin embargo, allí podemos contar con los indios de Caraga, los dapitanos y los bojolanos, que odian a los malanaos, pero son mucho menos feroces y fuertes que éstos.

—De todas formas, coronel, tenga en cuenta que en esta guerra habrá un elemento diferenciador de todas las campañas y escaramuzas anteriores: participaremos todos. Es decir, desde yo mismo hasta los habitantes de Manila en edad apropiada. Sólo permanecerán en sus destinos los jefes, oficiales y suboficiales estrictamente necesarios para no dejar desguarnecidas sus plazas. En el reclutamiento de mestizos españoles y naturales, estará a la vista de todos que las condiciones serán exactamente las mismas que para los propiamente españoles.

El coronel aprobó con aire grave la propuesta del gobernador y quedó meditabundo. El marqués de Ovando iba a dar por concluida la entrevista, pero le pareció que don Arturo Castroviejo tenía algo más por decir.

—¿Es todo, coronel?

—No, Excelencia. Hay dos cosas que me preocupan que son importantes, incluso vitales, y sobre las que a mí me faltan ideas.

—Diga.

—Para la campaña hacen falta, además de todo lo que hemos dicho, unos dos o tres mil trabucos, quinientos pares de pistolas, cien o ciento veinte cañones del dieciocho, doce y ocho, con doscientas balas cada uno; mil espadas, mil fusiles y la logística, intendencia y sueldos de toda la tropa.

—Adelantará el dinero la Caja de Ahorros que se acaba de establecer, a cuenta de tierras conquistadas, cosechas futuras, ganancias del galeón y tributos por recaudar por la Real Hacienda en los próximos años. No será ése el problema fundamental. ¿Cuál era la segunda cosa que le preocupaba?

—Los sangleyes gentiles.

El marqués de Ovando guardó silencio, y al rato asintió lentamente y dijo:

—Ese problema es complejo e indefinido, y esto último es lo que hace que sea difícil afrontarlo. Se me han ocurrido dos cosas para contrarrestar posibles actividades espurias de los chinos. La primera es reclutar a los jóvenes sangleyes de Manila, y, la segunda, pedirles dinero aunque no nos haga falta. Si en esta guerra tienen en juego su juventud y sus dineros, no harán traición.

—Me parecen medidas muy acertadas, Excelencia, pero si a esos chinos les escasea algo no es inteligencia.

—En ningún instante me fiaré de los chinos; pero hasta ahora es lo único que he ideado respecto a ellos. Piense usted también en el asunto e indague sobre los sangleyes con discreción pero incesantemente. ¿Alguna cosa más, coronel?

—No, Excelencia.

—Buenos días y muchas gracias.

—¿Por qué va usted a Filipinas, doña Beatriz?

La mujer detuvo la copa que dirigía a sus labios y miró fijamente a don Álvaro. La mirada de él, que tanto había llamado su atención desde que lo había conocido en el barco, la sentía con tal fuerza y serenidad que decidió decir lo que había esperado poder evitar.

Mientras dejaba la copa sobre la mesa, después de beber un sorbo de vino, doña Beatriz se sintió como liberada por haber tomado la decisión de decir lacónicamente:

—Porque maté a mi marido.

Entonces fue don Álvaro el que tomó su copa y, antes de beber, dijo:

—Perdóneme.

Ella dejó claro que perdonaba la intromisión de don Álvaro en su intimidad, ampliando la información:

—Me enfrentaba al garrote vil o al destierro. Alguien decidió que últimamente habían ejecutado a demasiada gente principal en Sevilla.

La última frase la dijo doña Beatriz buscando una cierta complicidad en don Álvaro. Éste asintió, serio, y miró en derredor dando por concluido el interrogatorio.

—Esperemos que la cena sea tan buena y agradable como los entremeses y el mesón.

A media mañana había recibido don Álvaro el billete de doña Beatriz que llevaba tres días esperando con cierta ansiedad. Le gustó mucho la sobriedad de su estilo y la caligrafía. Casi sin preámbulo, le decía que estaría encantada de conocer en su compañía los aspectos que a él le pudieran parecer interesantes de la vida nocturna de La Habana. Don Álvaro le dio muchas vueltas a la interpretación que debía darle a lo de que ella quería conocer lo que a él pudiera parecerle interesante, no lo que él considerara que podría ser interesante para ella. Las dudas que planteaban las distintas hipótesis se le despejaron cuando vio aparecer a doña Beatriz por el portalón de la mansión de los Bermejo, ante la que esperaba en un coche ligero.

Don Álvaro se apeó y, mientras iba a su encuentro, no pudo evitar mirarla de arriba abajo. Iba vestida completamente de blanco, pues hasta los zapatos de raso eran inmaculados. Nada había de ostentoso en ella salvo su rostro. El moreno de la tez, desde el comienzo de su busto hasta la frente, se veía realzado por el blanco lino del vestido, discretamente adornado con encajes. Las joyas que ayudaban a resaltar su belleza eran una liviana gargantilla y dos zarcillos pequeños y brillantes. El pelo castaño, contrariamente a la costumbre, lo llevaba suelto.

Doña Beatriz tampoco pudo evitar mirar el atuendo de don Álvaro y pareció encantada por la coincidencia en el blanco. Las medias, calzas, fajín, camisa y casaca eran de seda de ese color. Si el hombre no logró impedir que se le notara el deslumbramiento que le produjo doña Beatriz, ella mostró lo propio con su sonrisa, porque la sorpresa que le causó el aspecto de don Álvaro era pareja a la suya. Él siempre iba vestido de forma harto austera a bordo de la fragata, por lo que ella no había imaginado que pudiera ser hombre que alguna vez se dejara llevar por consejos de sastres elegantes.

No bien don Álvaro hubo ayudado a doña Beatriz a acomodarse en el coche, le expuso el plan que había pergeñado, buscando su aprobación, en particular para la última parte. La hora larga que quedaba para la anochecida la dedicarían a pasear en coche por el malecón, la alameda y los aledaños del puerto. Luego irían a cenar al mesón de un metalúrgico vizcaíno impedido, que desde que había perdido una pierna en una mina había encontrado la alegría de la vida al cambiar aquélla por los fogones. En la exposición de la última parte de la propuesta, don Álvaro no pudo evitar ciertos titubeos, pero doña Beatriz también lo aprobó complacida sin dar muestras de curiosidad ni hacer comentario alguno. Irían a El Guacamayo, la taberna más grande de toda La Habana y posiblemente la menos recomendable para una señora. El gesto sonriente con que doña Beatriz atendía a don Álvaro apenas se alteró cuando miró la empuñadura de la espada que llevaba él.

El paseo en coche fue muy agradable porque el día había sido caluroso, y el frescor del atardecer a la vista del mar lo agradecían los cuerpos y los ánimos. Las zonas por donde los condujo el cochero eran las preferidas por las clases altas para pasear, aunque no fueran extraños los viandantes de toda condición social. Se paseaba a pie, a caballo y en coche, pero la mayoría de la gente permanecía sentada en el malecón y en los bancos de la alameda. En puestos más o menos sólidos se ofrecían zumos de fruta, zarzaparrilla, agua hervida refrescada en cántaras y melcocha en arropías. En otros se podían comprar flores y toda clase de artesanías.

El encuentro más celebrado que tuvieron fue con Blanca y Sebastián Quintero, el piloto del *San Vicente de Paúl*. Estaban ambos sentados en el malecón, y Blanca saltó como impelida por un resorte cuando vio a su tía en el coche. Para llamar su atención agitaba una mano y la sombrilla que llevaba, a la vez que brincaba ligeramente. Don Álvaro le dijo al cochero que se acercara, y estuvieron un rato con ellos. Al alejarse, comentó risueñamente con doña Beatriz el carácter tan encantador de Blanca y el azoramiento que le produjo el encuentro a su joven acompañante. También hubieron de saludar durante el paseo a varios oficiales del barco, y, sin preguntarse la causa, tanto don Álvaro como doña Beatriz se inquietaron un tanto por ello.

Decidieron por fin, tan complacidos y sonrientes como habían estado durante todo el paseo, dirigirse a través de la plaza de la catedral y por el callejón del Chorro al mesón del vizcaíno de la calle del Obispo.

Tras acomodarse y saborear los primeros aperitivos, ambos se sentían con ánimos para explorar la periferia del mundo de cada uno. Don Álvaro se había propuesto firmemente que sería eso, la periferia, lo que trataría de desbrozar de doña Beatriz en el escarceo dialéctico que se avecinaba entre ellos. Cuando a las primeras supo que era mujer que había matado a su marido, don Álvaro sintió un cierto vértigo por la negrura del pozo al que ella lo había dejado asomarse. Y aquella confidencia había azuzado violentamente su interés por doña Beatriz. Ese interés estaba inmerso en curiosidad e inquietud, pero don Álvaro intuyó que ahondar en la tragedia declarada estropearía ciertamente la velada.

Fue el propio vizcaíno el que, con entusiasmo y orgullo, explicó a la pareja las posibilidades culinarias que se abrían ante ellos. Decidieron compartir un guiso de camarones y langosta en salsa de tomate. Lo acompañarían con vino tinto de España. Le seguirían masas fritas de distintas carnes blancas y rojas con ron de caña frío. En este punto, doña Beatriz sintió gran simpatía por don Álvaro al indagar éste cómo se podía servir frío el ron. ¿Había algo frío en La Habana? El vizcaíno cojo, de nariz gruesa y ojos enclavados en profundas cuencas, explicó con el detalle que exigió don Álvaro que, a fuerza de disolver gran cantidad de sal en agua de pozos profundos o de frascas de la arcilla apropiada, se conseguía enfriar pequeños recipientes. En las buenas casas, como la suya, se hacía disfrutar a la clientela selecta con ron de botellas casi heladas. De postre tomarían queso con una variedad de frutas jugosas y dulces.

En tres ocasiones sintieron don Álvaro y doña Beatriz que el galaneo con que se entretenían derivaba hacia la seducción. Y las tres veces dieron ambos marcha atrás ayudados por la retranca del humor. La inquietud que aquello les provocaba se veía envuelta por un regocijo que los llenaba más de satisfacción que de angustia. La comida, la bebida y lo grato del lugar habían acentuado gradualmente el bienestar en que se hallaban inmersos. Tras un brindis, bebieron su última copa mirándose larga e intensamente a los ojos. Aquel desafío seductor lo ganó la mujer porque la agitación del espíritu se hizo más patente en don Álvaro. Doña Beatriz lo celebró con una chispeante carcajada que tuvo la virtud de devolver el aplomo a don Álvaro, aligerándole el ánimo.

La pareja prefirió pasear desde el mesón del vizcaíno hasta El Guacamayo. Cuando don Álvaro terminó de dar instrucciones al cochero para que los esperara a la salida de la taberna, doña Beatriz se agarró de su brazo con naturalidad inesperada para él. E inmensamente grata.

Las calles, a aquellas horas de la noche, estaban aún más repletas de gente que al atardecer. A la débil iluminación de farolas y antorchas, se vislumbraban apenas los corros de personas que jugaban a las cartas en el suelo, discutían con acaloramiento hasta vociferar, fumaban conversando o trapicheaban con distintos mercadeos, si bien el que más abundaba era el de la carne joven y tostada. No faltaba música tras las arcadas de los soportales, y, quizá por todo ello, la pareja apenas habló por el camino, limitándose a sonreír de vez en cuando.

Ante la puerta cerrada de El Guacamayo había apostados cuatro hombres que hubieran hecho estremecer a cualquiera. Tres eran blancos y uno, tal vez el de mueca más feroz, negro. Cuatro piratas prestos a un codicioso abordaje no mostrarían armas ni aspectos tan inquietantes como los de aquellos guardianes. Aunque, apenas miraron a don Álvaro y doña Beatriz, se hicieron a un lado y les franquearon la entrada con cierto comedimiento y sin decir palabra alguna.

El local era todo de madera y tenía dos pisos. En el centro había un tablado cuadrado en torno al cual se disponían las mesas, ocupadas por un público abigarrado. Al fondo de tres de los lados del cuadrilátero se levantaban cinco filas de gradas, también ocupadas, que llegaban hasta las paredes. En el cuarto lado estaba la intendencia, donde se afanaban cerca de veinte mujeres trasegando bebidas para toda la clientela.

Encima de las gradas, tras una balaustrada, se veía el segundo piso, lleno de mesas, al que se accedía desde una escalera que partía de un lateral del ambigú. Por allí condujeron a don Álvaro y doña Beatriz hasta la mesa que les habían reservado en un discreto lugar de uno de los rincones del corredor que daba directamente al tablado.

Después de acomodarse, don Álvaro buscó la aprobación de doña Beatriz, la cual, tras pasear su mirada por todo el local, se la dio con una amplia sonrisa. Pidieron ron frío, y don Álvaro pagó generosamente al sirviente antes de que fuera a cumplir el servicio.

—Allí está el capitán Dávila.

Don Álvaro miró sorprendido hacia donde indicaba doña Beatriz. En una mesa, también en el piso superior, pero en un lugar algo menos discreto, se encontraba el capitán Dávila flanqueado por dos mujeres jóvenes en actitud complaciente. Se descubrieron mutuamente de forma casi simultánea, y el azoramiento del capitán se vio pronto superado por el regocijo que le produjo ver que la compañía de don Álvaro, aun siendo más honorable que la suya, no dejaba de presentar su aspecto transgresor. El capitán Dávila hizo un gesto respetuoso alzando a la par su vaso a modo de saludo hacia la pareja recién llegada. Éstos devolvieron la salutación con una sonrisa risueña.

Tras serles servidas las bebidas, don Álvaro le explicó a su acompañante lo que sabía del establecimiento:

—Aquí se baila, se hacen malabares y acrobacias, en ocasiones se representan sainetes, y son frecuentes las peleas de gallos o perros en las que se apuesta fuerte. No son raras tampoco las luchas entre hombres sin armas. Y entre mujeres. Lo que hace más interesante el local es que nunca se sabe con antelación la distracción principal de cada día. Por supuesto, casi todas estas actividades están prohibidas y castigadas por la ley. ¿Cuál cree que le agradaría más hoy?

Doña Beatriz estaba encantada, y a don Álvaro ya no le sorprendía demasiado su actitud.

—Las luchas.

—¿De hombres o de mujeres?

—De mujeres. Dos hombres peleándose se ve en cualquier esquina de Sevilla.

—Me han dicho que no están amañadas porque la parte de las apuestas que se llevan los luchadores es alta. Así que suelen ser espectáculos muy violentos e incluso crueles.

Doña Beatriz no dijo nada; sin embargo, su sonrisa pícara delató a don Álvaro que era mujer de pocos remilgos. Pero no tuvo suerte aquella noche, al menos en aquel sentido.

Las actuaciones las comenzó un extraño hombre de aspecto oriental que hizo exhibiciones de habilidad con el fuego. Aunque no logró el entusiasmo general del público, buena parte de éste lo recompensó ruidosamente. Le siguió una bailarina que sí tuvo éxito clamoroso. Doña Beatriz le explicó a don Álvaro detalles de la música que acompañó al baile y de algunos aspectos de éste. Don Álvaro, guiado por don Pablo de Olavide, ya había oído en Sevilla esa rara mezcla de sones gitanos, árabes y los propios de aquella tierra del sur de España que tan popular se estaba haciendo. Quizá lo que más le complació fue saber que doña Beatriz, a pesar de ser marquesa, entendía y disfrutaba de aquella música andaluza que despreciaban las clases altas.

Al cante y baile siguió un caricato bastante soez en sus bromas que, aunque provocó grandes risotadas en muchos momentos, no agradó particularmente a don Álvaro y doña Beatriz. No así al capitán Dávila, a quien nunca a lo largo de la travesía lo habían visto reír de manera semejante.

Ya llevaba la pareja ingeridos tres vasos pequeños de ron cuando se formó un alboroto en el piso inferior, cerca de la entrada del local. Parecía un conato de pelea que, aunque jaleada por gran parte del público de aquella zona, se calmó pronto. El sirviente rondaba cerca de la mesa de don Álvaro, el cual, ante la curiosidad que mostró doña Beatriz por el incidente, le preguntó por lo sucedido. El hombre, medio divertido, explicó:

—Nada, señor. A un marinero que acaba de desembarcar le han dicho que su amante está aquí con otro hombre. Quiere comprobarlo y en su caso matarla. Esas cosas no se dicen, se hacen. Por decirlo le han parado los pies.

—¿Sabes si es verdad?

La pregunta de doña Beatriz sorprendió al hombre.

—Pues sí, es verdad.

—¿Quién es ella?

Ante la insistencia de la mujer, el hombre miró a don Álvaro, quien no hizo ningún gesto.

—Es una de aquellas dos. La de la izquierda.

Entonces don Álvaro sí que mostró una mueca de fastidio, porque el sirviente señalaba hacia donde estaba el capitán Dávila. Agradeció la información y se dispuso a disfrutar de la siguiente actuación; pero, antes, doña Beatriz dijo:

—Quizá debiera advertir al capitán.

Don Álvaro dudó un instante y repuso:

—Por ahora no es necesario. Cuando uno de los dos, me refiero a él o a mí, se vaya a marchar, será más oportuno. Además, como dijo acertadamente el mozo, las amenazas proferidas a terceros suelen anunciar poco peligro.

Pero, cuando atañen al comportamiento, las reglas a menudo no se cumplen. En el tablado, una mujer vestida sólo con perlas se contoneaba con tanta voluptuosidad como la serpiente que se enroscaba por su cuerpo. La sensual danza estaba acompañada por una flauta y la única luz de cuatro teas. Todo el público parecía embelesado y, en particular, doña Beatriz. Pero a don Álvaro no se le escapó la irrupción silenciosa de tres hombres en el pasillo en que se encontraba su mesa. Miraban a su alrededor ajenos a la danza. Aunque la oscuridad apenas permitía distinguir algo, la mirada sombría de uno de ellos hizo que don Álvaro se llevara las manos a la vaina y la empuñadura de su espada. El sonido metálico que produjo al soltar el seguro de desenvaine llamó la atención de doña Beatriz, que rápidamente entendió la situación. Don Álvaro se levantó quedamente y miró alarmado a doña Beatriz al ver que ella hacía lo mismo.

El grito del hombre y el de don Álvaro sonaron casi al unísono en la oscuridad:

—¡Muere, mal nacida!

—¡Capitán Dávila!

El revuelo, bastante sordo, se paralizó en instantes. El capitán forcejeaba con el marinero agraviado, que esgrimía un puñal. Las mujeres contuvieron sus gritos de terror. Los compañeros del hombre vieron detenido su intento de auxilio, uno por la presión de la punta de la espada de don Álvaro en la nuca y el otro por el filo del cuchillo que doña Beatriz le apoyaba en la garganta mientras le tiraba del pelo hacia atrás con la otra mano. Los espectadores vecinos estaban mudos y paralizados en sus asientos. La danza continuaba. El capitán Dávila terminó por desarmar al marinero y éste, de repente, cayó de rodillas llorando descontroladamente.

La presión de la espada de don Álvaro disminuyó, y doña Beatriz, tranquilamente, guardó el estilete en la faltriquera y se volvió a la mesa. La acompañante del capitán Dávila, blanco del ataque del marinero, se acercaba ya a éste, y, aún con prevención, comenzó a acariciarle el cabello intentando consolarlo.

En ese momento aparecieron en tropel varios hombres con gesto decidido, armados de garrotes y con antorchas. Don Álvaro les hizo un ademán apaciguador y el capitán Dávila, dando disimuladamente dinero a la muchacha, le indicó que se llevara de allí al marinero, que don Álvaro vio que era muy joven. También sus amigos salieron con discreción, sin dejar de lanzar una mirada de curiosidad y reproche a doña Beatriz. Ésta seguía disfrutando de la danza, ajena al desenlace de la reyerta. Desde entonces, el interés de don Álvaro estuvo más en ella que en la danzarina de las perlas y la serpiente.

El espectáculo cesó y se anunció que continuaría, aunque por supuesto mucho más excitante, después de media hora. Se iluminó el local intensamente, y en la mesa de don Álvaro se presentó un hombre muy bien vestido diciendo que era el regente del local. Aunque no estaba gordo tenía un aspecto bastante opulento debido, sobre todo, a su gran estatura, el color rojo de casi toda su elegante vestimenta y la oronda calvicie de su cabeza.

—Señor, me han dicho que ha solucionado usted un problema que bien hubiera podido ser... desagradable e inconveniente. Y que lo ha hecho con discreción. ¿Puedo, por ello, pedirle que acepte una copa como invitación mía?

A pesar de la amabilidad del hombre, a don Álvaro no le agradó mucho su tono, que le pareció demasiado melifluo.

—El problema se ha solucionado prácticamente solo, y no he sido yo el único protagonista del pequeño lance.

Don Álvaro sintió que estaba siendo excesivamente distante y por eso añadió:

—En cualquier caso, si la señora acepta, le agradezco su invitación.

Doña Beatriz paseaba su mirada por el local con media sonrisa y tratando de permanecer al margen de la conversación. Al notar la atención de los dos hombres centrada en ella, dijo:

—Estábamos tomando ron. Una copa más creo que entra dentro de mi límite.

El regente del local hizo un gesto al mozo, que esperaba atento detrás de él a una distancia prudencial.

—Gracias, señora, por aceptar mi cumplido. Sé que también usted tuvo su parte en... el lance.

Cuando llegó el mozo con las bebidas, don Álvaro alzó su copa hacia el regente, que había permanecido junto a la mesa, hierático. Doña Beatriz bebió y miró al hombre tratando de explicarse por qué continuaba allí. Éste carraspeó y se inclinó un tanto para decir:

—Señores, ya no como invitación de la casa, pero por un precio totalmente razonable, puedo ofrecerles una grata, y quizá inolvidable, culminación de su velada.

—No, muchas gracias.

—¿De qué se trata?

La negativa tajante de don Álvaro se vio anulada por la curiosidad de doña Beatriz, lo cual hizo sonreír al hombre grande y calvo.

—Si quieren estudiar mi oferta, lo más apropiado es que me sigan y la evalúen con detenimiento.

Don Álvaro, aún mostrando gesto de cierto desagrado, interrogó con la mirada a doña Beatriz. Ella miró alternativamente a su acompañante y al regente, que continuaba sonriendo con amabilidad bonachona. Tras dudar, y con un tanto de perplejidad, decidió:

—Veamos qué ofrece este señor.

Se levantaron ambos, y el hombre de rojo les indicó que lo acompañaran. Caminaron a lo largo del pasillo seguidos por miradas de curiosidad de muchos de los presentes, hasta llegar a una puerta bastante disimulada. El hombre franqueó la entrada, y ante ellos se abrió otro pasillo muy oscuro, al fondo del cual se veía una rendija de luz en el suelo que anunciaba una habitación iluminada. El regente la abrió, hizo algunos gestos autoritarios y se apartó para permitir la entrada de la pareja.

A don Álvaro se le subieron todos los colores al rostro, pero doña Beatriz quedó encandilada sin disimulo. La habitación era pequeña y amueblada apenas con una cama, una mesa, dos sillas y algunos espejos. En la cama, con una sonrisa incitante, estaban un muchacho y una muchacha completamente desnudos y en posturas indolentes. Eran morenos, quizá mulatos, y extraordinariamente bellos de rostro y cuerpo. No tendrían más de quince o dieciséis años. Don Álvaro, realmente azorado, miró a doña Beatriz con expresión casi compungida, pero ella, sin prestarle atención, se dirigió al regente del excitante local diciéndole con una amabilidad inesperada para los dos hombres:

—Muchas gracias por su oferta. Quizá en otra ocasión.

Doña Beatriz dio media vuelta sin perder su sonrisa y abandonó la habitación. Don Álvaro miró desconcertado al regente, y éste hizo un gesto de resignación divertida.

Eran más de las dos de la madrugada cuando don Álvaro y doña Beatriz subieron al coche para regresar a sus aposentos. Para sorpresa de ambos, las calles estaban aún más animadas de gentío que antes de entrar en El Guacamayo. Iban los dos en silencio, observando distraídamente el paisaje urbano de La Habana. Pero don Álvaro tenía el ánimo tan alborotado que se asombraba de sí mismo. ¡Qué mujer tan extraordinaria y bella era doña Beatriz! Y tan desconcertante. Había matado a su marido, había intervenido en una reyerta de forma pasmosamente calma, no había simulado su complacencia ante la sensualidad de algunos espectáculos que habían visto y... ¿había sido una simple fórmula de negación aquel «quizá en otra ocasión»? ¿Qué tenía que hacer él en ese punto de la noche? ¿Qué le pasaba en el estómago? Concluyó que lo que realmente deseaba era amar esa noche a doña Beatriz, pero...

—Ha sido una velada muy interesante, don Álvaro, muchas gracias.

Don Álvaro volvió su mirada hacia la mujer y ella se la mantuvo. No sabía si lo que lo aturdía más era la incertidumbre de cómo expresar la pregunta que deseaba hacer, el peso de la mano de doña Beatriz apoyada en la suya o la mirada tan seria que ella mostraba.

—La velada no tiene por qué concluir.

El desconcierto de don Álvaro se transformó en agobio. La voz le había salido trémula y casi en un hálito; la propuesta que acababa de hacer la había expresado de forma harto vulgar y, para colmo, el efecto parecía haber sido desastroso porque doña Beatriz retiró la mano de la suya y cambió la mirada dirigiéndola a su entorno. Así pasaron tres minutos eternos hasta que ella, sin mirarlo, dijo con aplomo:

—Dígale al cochero que nos lleve a su fonda y despídalo después.

La Habana, 11 de noviembre de 1753

Sanseacabó: de mi nombre sólo me queda lo de Blanca. Esta mañana, con una simpatía que no se me olvidará nunca, don Jaime Sánchez de Montearroyo, el capitán del *San Vicente de Paúl*, me ha dado mi cédula y el pasaporte. Blanca de Guzmán y Mendoza. No sé a quién le he dado más besos, si al capitán o a los papeles.

Aparte de esta alegría tan grande, estoy triste porque ya mismo nos vamos de Cuba; con lo bien que lo hemos pasado todos aquí. Y, además, yo de amores y mi tía también. En el barco, adiós a los amoríos, adiós a la preciosidad de La Habana... y que no tengamos que darle la bienvenida al mareón.

De los de Bermejo sólo me ha gustado su casa y el almacén. Los niños, más malos, maleducados y consentidos no pueden ser. Y ellos, los señores, no saben ni hablar bien de incultos que son.

Una de las mil cosas que me han gustado de Cuba ha sido encontrar, tan lejísimos de Sevilla, gente que habla casi igual que nosotros. Entonan distinto y usan algunas palabras raras, pero en general se expresan muy bien y ligerito. Pues los señores de Bermejo son gazmoños hasta para eso, ya que no dicen más que pamplinas pronunciadas muy secamente y con ceces cada dos por tres. Pero tengo que ser justa, pues la verdad es que nos han tratado muy bien y se han desvivido por nosotras. A la señora, que es gorda como un tonel, le he cogido cariño porque es bondadosa en extremo, y él, el señor, aunque habla mal a los sirvientes y es rastrero con sus clientes poderosos y adulador con los nobles, me ha tratado siempre con tal deferencia que le estoy muy agradecida.

La fortuna tan grande que deben de tener estos señores les viene del trajín de la inmensa bodega que poseen. Un día nos llevaron a mi tía y a mí para que la viéramos, y salí realmente encantada. Está en el puerto y es tan descomunal como una catedral. Allí hay de todo lo imaginable y en una abundancia que da vértigo. Cómo se genera la riqueza en la bodega es tan sencillo que pasma, por lo que yo creo que lo difícil es empezar el tejemaneje, que después la cosa funciona casi sola. En tal sitio de Nueva España se colecta cacao, o café, o se fabrican abanicos y mantones, o sombreros, o salazones o qué sé yo, siempre que sea en cantidad como para llenar un barco. Pues el señor de Bermejo compra todo lo que trae el barco desde donde venga y lo coloca en el almacén a fuerza de negros. Luego se pasan por allí los dueños de tiendas de La Habana o del interior de la isla, armadores de barcos pequeños o grandes, que van para España o a cualquier parte del imperio, y el señor de Bermejo les vende lo que quieran en la variedad deseada y a un precio mayor del que él ha pagado. La diferencia se la guarda y el resto lo dedica a comprar más mercancías. ¿Que un lote grande de lo que sea no se lo compran pronto?, pues lo deja allí tranquilito, que como la bodegona es tan grande no molesta, y ya llegará alguien a quien le interese. Y si no, le baja el precio y lo que pierde por ahí lo gana encareciendo lo que más se lleva la gente. Pues así de sencillo se consigue tener una casa grandiosa con dos docenas de criados, tres coches y no sé cuántos caballos.

Yo sé que muchas cosas de La Habana las guardaré siempre en mi recuerdo, pero lo que jamás se me olvidará de ella es que aquí me declaró su amor Sebastián Quintero. Es lo más bonito que me ha pasado en mi vida. Con él he aprendido que el amor no es otra cosa que este desasosiego tranquilo que me inunda el pecho cuando pienso en él. Y pienso mucho en él. Yo sé que en el barco no podremos estar juntos ni expresarnos nuestros cariños, pero me consuela saber que estaré muy cerca de él.

Fue en el malecón al atardecer. En realidad, cuando lo hizo ya era de noche pero, mientras se iba la luz del sol, las palabras y las miradas de Sebastián habían ido encendiendo mi corazón. Me dijo cosas muy bellas de él y de mí de las que no se me olvidará ni una de las palabras, pero lo más bonito fue la ternura tan natural con que me las expresó. Nadie me había besado antes en la boca, y aquel primer beso de Sebastián me hizo volar. Los besos de mi tía no cuentan, porque, por más sofoco que me provoquen, no tienen nada que ver con la alegría que me dio el de Sebastián. Después nos besamos más veces, y nos abrazamos con más fuerza, y nos dijimos muchas más cosas que antes del primer beso; pero lo que yo sentí cuando el sol de aquella tarde se escapó tras el mar, forma ya parte de mí.

Y mi tía. ¡Qué alegría más grande me dio cuando la vi con don Álvaro! Fue aquella misma tarde, y yo creo que verla acompañada me animó mucho a dejarme llevar por los primeros arrullos de Sebastián.

Iban en calesita y guapísimos los dos. A mí don Álvaro me dejó pasmada porque no me imaginaba yo que, siendo tan serio y tan mayor, pudiera ponerse tan requeteguapo. Además, tan ufano y pizpireto como Sebastián. ¡Qué gracia!

Lo que pasa es que lo de don Álvaro y mi tía ha ido a las bravas, porque si no a ver dónde estuvo ella toda aquella noche, que no apareció hasta por la mañana y a hurtadillas. Ahí me la jugué yo bien jugada pues, a pesar de lo angustiada que estaba pensando continuamente que a lo peor le había pasado algo malo, tuve la desfachatez de decirles a los de Bermejo en el desayuno que mi tía no se sentía bien y que por eso no iba a bajar. Ellos se preocuparon al principio, pero estos tres últimos días ya ni me preguntan por el paradero de mi tía para no hacerme mentir. Por las noches viene a casa y dos veces ha cenado con nosotros, pero el día se lo pasa por ahí y de fijo que con don Álvaro. Además, cuando está conmigo tiene la mirada siempre perdida, y a mí me entra mucho cariño por ella porque, a pesar de estar como ida, sonríe mucho. Para colmo ha escrito poesías otra vez, que yo la he visto hacerlo. Y hace un rato, cuando le he preguntado si iba a cenar en casa, me dijo que no, que iba a ir a El Guacamayo. Vete a saber qué es eso, que yo, por lo lenta y enigmáticamente que me lo dijo, ni me atreví a preguntárselo. Me parece a mí que mi tía me ha salido un poco pendón; pero después de tantas tristezas y melancolías que ha sufrido la pobre, me agrada mucho que se dé las alegrías que quiera. Y si es con don Álvaro de Soler, tan serio y apuesto él, tanto mejor.

5

Todos los habitantes del poblado escuchaban en tensión los sonidos que provenían de la selva. La noche se echaba encima, y aún no había regresado la partida de veinticuatro hombres que había salido antes del amanecer a tender una emboscada a los españoles.

El ataque se había evaluado como fácil, y la misión era importante. Se trataba de aniquilar a una expedición que había partido de Manila quince días antes y que, por todos los indicios e informaciones directas, debía de estar a muy pocas leguas de distancia. Quizá no más de dos.

Los informes hablaban de sólo seis soldados que acompañaban a un fraile, el cual debía de ser el guía, y a cuatro hombres «buscadores». Así llamaban genéricamente los nativos de Luzón a los técnicos y científicos que a menudo se internaban en la isla para medir el terreno, buscar metales o recolectar plantas. Entre los tagalos, aquellas incursiones de los españoles eran tenidas por más peligrosas que las exclusivamente militares, porque, si los buscadores encontraban algo que consideraran interesante, detrás llegarían tropas que no se andarían con contemplaciones para facilitar la explotación del hallazgo. Cuál podría ser éste casi nunca se lo imaginaban los habitantes del interior, porque tildaban a los españoles de estúpidos en lo relativo a sus propios intereses. Pero, por arbustos tan absurdos como el de la canela, el abacá o el añil, metales tan inútiles como el cobre, y averiguaciones tan tontas como la distancia exacta entre tres colinas, habían destacado a veces fuertes contingentes de tropas que habían allanado cualquier obstáculo humano o natural que se interpusiera en sus objetivos.

A Marcial Tamayo no le habían advertido de la emboscada hasta la noche anterior. A pesar de que llevaba ya varios meses en aquel poblado y había dado muestras más que suficientes de su buena disposición para curar a los heridos de varios ataques, Seyago y los demás jefes aún no consideraban suficientes esas pruebas de lealtad.

Se encontraba en su choza, la más grande del poblado porque hacía las veces de hospital, sentado en el porche y prestando la misma atención a la jungla que todos los demás habitantes. Él no estaba acostumbrado todavía a los sonidos de la selva, y por eso fue el último en distinguir el cambio y percatarse de la bandada de pajarillos que volaron ligeramente por encima de los árboles. La gente se agitó y, sin decir nada, se fueron agrupando en la dirección en que se había alterado el pálpito de la intrincada foresta.

Marcial, una vez más, repasó mentalmente los preparativos que había hecho: el agua de las dos grandes perolas no había dejado de hervir con gran cantidad de telas dentro; todos los frascos de yerbas desinfectantes, secas y húmedas, estaban a mano y repletos; escalpelos, tijeras y bramantes brillaban perfectamente limpios. Y él se sentía tranquilo y confiado.

Por fin empezaron a aparecer los hombres entre el follaje. La gente se arremolinó en torno a ellos, y comenzaron las imprecaciones, los gritos desgarrados y las órdenes perentorias.

Sólo volvían diecinueve de los veinticuatro hombres de la partida. Seis de ellos heridos, de los cuales cuatro parecían de gravedad. Además, según fueron informando, de los españoles habían escapado por lo menos siete. Un desastre, porque además apenas habían capturado armas, pertrechos ni casi nada de valor.

En la cabaña de Marcial, entraron en tropel tantos hombres como cabían y depositaron sin muchos miramientos a los heridos que transportaban en parihuelas improvisadas. A dos los dejaron en el suelo y a otros dos en las únicas camas que había allí para tal propósito. Marcial mandó desalojar la choza, pero sólo se fueron los que estaban más cansados y hartos de la jornada. Seyago, seis hombres más y cuatro mujeres que acababan de entrar se acomodaron por los rincones sin intención de abandonar la enfermería. Marcial inspeccionó las heridas y concluyó que cinco eran de bala en tres de los heridos, y dos de machete. Éstas serían fáciles de apañar fueran cuales fuesen los resultados del apaño, pero extraer balas era mucho más entretenido y la prevención de las infecciones bastante más complicada.

Marcial terminó su tarea de madrugada, ya casi sin espectadores, con hambre y satisfecho porque sólo había muerto uno de los heridos. Los otros era casi seguro que se recuperarían, salvo uno que habría que ver cómo evolucionaba, ya que las heridas en la barriga siempre eran traicioneras.

Mientras las mujeres limpiaban todo, Marcial salió al porche, comió de una escudilla que tenía preparada y encendió un cigarro de dimensiones y hechuras propias de los poblados del interior. Seyago, que lo observaba en silencio y con gesto fatigado, se sentó junto a él. Afuera se oían los llantos de algunas mujeres y niños, que se iban apagando paulatinamente. En algunos corros en torno a pequeñas candelas se cuchicheaba. La selva había recuperado su pulso normal sin más cambio que el del tono de los cantos, silbidos y graznidos de los pájaros, pues los diurnos daban paso a los nocturnos.

A Marcial le pareció que Seyago tenía ganas de hablar después de la larga y aciaga jornada que había vivido. Y así era, pero empezó la conversación de forma que a Marcial le extrañó.

—No sé cómo te puede gustar tragar ese humo. Se ve que no abandonas las costumbres españolas.

—Supongo que es bueno para los pulmones, pues el humo de una planta tan fuerte y aromática como el tabaco debe de ahuyentar muchas miasmas. Sobre todo las propias de la selva. Además, espanta bastante a los mosquitos.

Seyago quedó en silencio con la mirada perdida en la oscuridad de la noche. Marcial lo observó. Era imposible adivinar la edad que tenía, pero joven no podía ser. De tez macilenta y con los rasgos propios de su raza malaya, lo que singularizaba a Seyago era su mirada, tan aguda y sagaz que habría inquietado a un felino. Y seguramente el aplomo de sus gestos, en contradictoria lucha con su actitud de tensión continua.

—¿Quieres contarme la emboscada?

—No, no tengo ganas. Imagínatela a partir de los resultados. Malditos sean los españoles.

Marcial se estremeció un tanto por el odio que Seyago había puesto en su maldición. Estaba acostumbrado no sólo a que se insultara a los españoles, sino a él mismo por ser considerado como tal. Por lo único que lo toleraban en el poblado era por su habilidad curando y porque suponían que también debía de guardar rencor hacia los españoles por haberlo condenado. Lo cual no se apartaba mucho de la realidad. Pero su crianza con ellos lo tenía inmerso en un mar de confusión desde que lo habían detenido y enjuiciado hacía ya tantos meses. Seyago lo intuía, y Marcial sabía que sólo con él podría alguna vez expresar ciertas dudas cuya formulación tenía más clara.

—¿No crees que los españoles nos atacan porque nosotros los atacamos?

—Claro.

—¿Y que dejarían de atacarnos si los dejáramos tranquilos?

Seyago miró a Marcial afiladamente.

—Depende de a lo que llames tú atacar.

Marcial aspiró humo de su tabaco.

—Quiero decir que esto no nos lleva a nosotros a ninguna parte.

—¿A quiénes te refieres?

Marcial no quiso responder a la seca provocación de Seyago. Cambiando el tono, dijo algo cansinamente:

—Los españoles pasan menos hambre que nosotros, se mueren más viejos y muchas de las cosas que saben les ahorran trabajo.

—¿Y qué?

—Si viviéramos en paz con ellos, quizá aprenderíamos cómo pasar menos hambre, morir más viejos y trabajar menos.

—Si viviéramos en paz con ellos, los únicos que mejorarían serían ellos.

—Sé lo que quieres decir y en buena parte estoy de acuerdo contigo: si les dejáramos el dominio completo de las islas, se enriquecerían mucho, vendrían más desde España o Nueva España y nosotros seguiríamos igual. Seguramente. Pero, si aprendiéramos lo que saben ellos, podríamos beneficiarnos nosotros.

—Te equivocas. Los españoles de Filipinas no saben nada útil, y si viven bien es porque a su rey le interesa que vivan bien. Les manda los medios para ello y para que peleen por él. Sólo por los intereses del rey, no por el de ellos.

El médico guardó silencio unos instantes y al cabo hizo gesto de haber quedado poco convencido por el difuso argumento del cabecilla rebelde.

100

—Mira a tu alrededor, Seyago: todo selva, y de la selva no sacamos nosotros ni comida. Los buscadores con los que habéis peleado hoy sabían que se jugaban la vida, y lo que buscaban no lo encontraremos nosotros jamás porque no sabemos lo que es ni para qué sirve aunque nos estemos tropezando con ello a cada instante. Aprendamos de los españoles primero y echémoslos de Filipinas después. Tal como estamos ahora ni sacamos ventajas ni los venceremos jamás.

El jefe rebelde quedó pensativo y preguntó despacio:

—¿A quiénes te refieres cuando hablas de nosotros? Te lo pregunté antes y no has contestado.

—A los filipinos. A todos los que hemos nacido en las islas.

—Hay miles de islas; y moros, sangleyes, siameses, cochinchinos y hasta buena parte de los españoles, como tú, han nacido en ellas.

—Los que decidamos no depender del rey de España.

Seyago quedó meditabundo largo rato hasta que, casi con rabia, concluyó la conversación diciendo:

—¿Cómo lo decidiremos? ¿Quién mandará entonces y sobre quién? Creo que no sabes lo que quieres y, si lo supieras, seguramente me gustarían tus ideas tan poco como me gustan las de los españoles. Vamos a dormir, que el día ha sido largo hasta para ti.

En el puente de mando del *San Vicente de Paúl* estaban sólo el capitán y el segundo cuando un vigía que acababa de cambiar el turno pidió permiso para hablar. El oficial que lo había acompañado desde la cubierta hasta el alcázar quedó a la espera de la autorización de don Jaime Sánchez de Montearroyo. Éste miró al vigía, que esperaba respetuoso con su gorra en la mano, y encontró un tanto extraña su actitud. El capitán agradeció al oficial su servicio, despidiéndolo así, e indicó al vigía que se acercara y expusiera lo que deseaba.

—Con su permiso, capitán. Desde que entré de guardia he tratado de distinguir un velamen a sotavento. —El rostro de don Jaime reflejó de inmediato la gravedad de lo que acababa de escuchar—. En todo este tiempo no he conseguido confirmarlo con claridad, pero estoy casi seguro de que está por allí manteniéndose en el límite de la visibilidad del catalejo maestro. No he creído oportuno cantar la vista. Tampoco le he dicho nada al compañero que me ha relevado para poder así corroborar mejor mi sospecha.

El capitán miró a su segundo oficial un instante y después de nuevo al marinero. Le pareció un joven tranquilo y seguro de sí mismo, y por ello, muy probablemente, competente en su trabajo. Además, el capitán se había percatado de que el marinero se había expresado con inusitada corrección, por lo que debía de ser un muchacho instruido.

—Gracias, marinero; ha hecho usted bien. Si se ratifica la presencia de un barco, su servicio habrá sido excelente. Manténgase discreto con la tripulación como hasta ahora.

El marinero se retiró, y el capitán no pudo evitar dirigir su mirada a sotavento aun sabiendo que era imposible que distinguiera nada desde el alcázar y a ojo desnudo.

—¿Qué opina, don Estanislao?

El segundo tendría unos treinta años y era de cuerpo bajo y robusto. Su curtido rostro, de barba cerrada y espesa al igual que sus cejas, apenas dejaba traslucir en su mirada al horizonte la intensidad de sus pensamientos. Por eso tardó un tanto en contestar a la pregunta que le había hecho el capitán en actitud pareja a la suya.

—Conozco al vigía y es de los que mejor vista tiene de todos. Seguramente hay un barco. Y lleva varias horas viéndolo; o sea, que mantiene la distancia constante y no así el rumbo, pues lo hemos abatido varias veces para ir de bolina. Creo que existe una probabilidad cierta de que nos esté observando mejor que nosotros a él y que se mantenga a la expectativa. El barco debe de ser de gran arboladura.

—Estoy de acuerdo con sus apreciaciones. No haremos nada más que observar con discreción. Si el nuevo vigía del mayor no confirma la vista en la próxima media hora, doble la vigilancia. Mientras, cerciórese con los oficiales, como por pura rutina, de que todo esté en orden para un zafarrancho general incluyendo a los infantes.

—A sus órdenes.

Cuando el segundo abandonó el puente de mando, el capitán miró hacia el sol mientras suspiraba. Eran las once de la mañana, se acercaba el día de Navidad y pronto cambiaría el invierno en verano. El calor que hacía no variaría por atravesar el Ecuador.

Estaban frente al Brasil, y divisar un navío portugués no sería extraño. Si tal fuera el caso no habría combate. Los intereses de holandeses e ingleses habían quedado atrás hacía más de dos semanas, pero nunca se podía saber lo que maquinaban ciertos almirantes de esas armadas, sobre todo de la inglesa. Piratas en barcos de porte eran infrecuentes y de poco temer.

Don Jaime Sánchez de Montearroyo trató de saber cómo se sentía y, tras un rato concentrado en sí mismo, se turbó al pensar que deseaba el combate. El último en que había participado había tenido lugar hacía ya más de seis años, y entonces no ostentaba el mando del navío. Aquello fue un desastre sin victoria para ninguno de los cuatro contendientes, dos barcos españoles y dos ingleses. No hubo abordaje y ninguna nave se hundió, pero dos quedaron desarboladas, una de cada bando, por lo que el deplorable resultado de la pírrica batalla fue de dos naves dañadas alejándose parsimoniosamente entre sí, cada una de ellas arrastrada por su respectiva compañera en un mar casi en calma.

El capitán, haciendo un esfuerzo por olvidar el rubor que le produjo evaluar la posibilidad de combate en función de sus intereses personales, trató de pensar en términos militares.

Una batalla contra una nave inglesa en las circunstancias en que se encontraban sería muy provechosa. Las posibilidades de ganarla eran altas si había abordaje, pues la infantería de marina que llevaban era un arma suplementaria contundente. La moral de la marinería y la tropa parecía alta y, aunque el entrenamiento de ambas no era completo, podía ser suficiente. La experiencia que les diera un combate victorioso supondría convertir la soldadesca en veterana, con ventajas para el reforzamiento de la guarnición de Filipinas. Al fin y al cabo, ello era parte fundamental de la misión que tenía encomendada en aquel viaje. Sin embargo, el capitán temió que los ingleses siguieran su táctica habitual en los combates navales con los españoles: jamás abordar la nave enemiga hasta que las bajas hechas por la artillería y las armas cortas fueran enormes. Los barcos españoles, tanto de guerra como mercantes, casi siempre llevaban dotación militar aparte de la marinería. Tanto así, que el mando de la nave solía recaer en un civil de alcurnia o en el militar de más alto rango, casi nunca en un capitán de navío. El gobierno y la navegación quedaban subordinados a un contramaestre. Pero eso estaba cambiando por deseo expreso del marqués de la Ensenada. ¿Lo sabrían ya fehacientemente los ingleses? En cualquier caso, don Jaime estaba seguro de que los ingleses confiarían exclusivamente en su artillería y, en cuanto se percataran de que el *San Vicente de Paúl* era un navío de guerra, o sea, con poco valor en sus bodegas, su objetivo sería hundirlo evitando el abordaje. El duelo artillero sería estremecedor si se desencadenaba el combate. Pero cstc pensamiento, en contra de lo que hubiera esperado cualquier capitán de navío español, animó a don Jaime Sánchez de Montearroyo porque su artillería, además de poderosa y de buena calidad, estaba en manos de oficiales, y sobre todo de suboficiales, muy curtidos en tierra y mar. Finalmente, a don Jaime le satisfacía que las condiciones marineras del barco se hubieran demostrado óptimas. Concluyó el capitán del *San Vicente de Paúl* que deseaba que el otro navío, si es que existía, fuera inglés. O, a lo peor, holandés.

Entonces sí dio rienda suelta don Jaime Sánchez a su ensoñación personal. Se recreó en los detalles aparentemente nimios del otorgamiento de los honores a los que se haría merecedor tras la victoria. El primero que lo asaltó fue el de la mirada exaltada de doña Beatriz. El corazón del capitán se alegró hasta tal punto que casi se tradujo en una sonrisa mientras mantenía los ojos fijos en el mismo punto del horizonte que suponía que era el indicado por el vigía. Después pasearon por su imaginación los saludos efusivos de los oficiales y el griterío admirativo de la marinería. Por supuesto también habría ceremonias fúnebres pues, por pequeño que fuera el coste en vidas humanas, la batalla causaría un número de bajas. En el palacio del gobernador en Manila, el marqués de Ovando le sonreiría durante la cena que daría en su honor al rememorar las batallas de la campaña de Italia en las que ambos habían participado. Y más tarde vendrían los agasajos en la corte. Para colmo, aquello podía conllevar riqueza. Raro sería, pero no extravagante, que el botín fuera suculento. Pero eso dependía de demasiadas circunstancias; pues, si era un barco de guerra, o llevaban botín apresado o lo único de valor era el propio buque. Y se podría capturar si el abordaje era rápido y poco cruento, que si no, antes de entregarlo lo hundían en el mar.

—¡Barco a la vista! ¡Veinte grados a estribor de la crujía!

El sobresalto del capitán, a pesar de estar sobre aviso, fue parecido al de toda la tripulación cuando se escuchó el grito del vigía de la cofa del palo trinquete. El silencio se extendió por la fragata. La voz de mando del capitán, al no hacerse esperar, tranquilizó un punto a todos:

—¡Oficiales al puente! ¡Vigías, distingan bandera!

Además, nunca la habían escuchado tan resuelta, fuerte y clara. Poco a poco empezaron los rumores entre la tripulación, y se reanudaron las tareas aun de forma cansina y descuidada. Los infantes de marina, como siempre, fueron los que se agitaron antes y con más viveza.

El puente de mando se llenó de oficiales que apenas podían disimular su nerviosismo, todos mirando al horizonte con distinta suerte de catalejos. Apenas hablaban entre sí, y cuando lo hacían era en voz queda, pues todos esperaban las palabras del capitán. Éste apartó su catalejo del ojo y parpadeó varias veces para equilibrar su vista, tras lo cual la dirigió a todos los reunidos.

—Señores, obviamente tenemos que esperar a saber qué bandera tiene el barco a la vista para decidir el procedimiento que seguiremos, pero mi intuición y el comportamiento que muestra me dicen que es un barco enemigo y que puede que nos presente batalla. La orden es zafarrancho general de combate con las siguientes características. Los infantes de marina, desde este preciso instante, deben hacer todos sus preparativos ocultos absolutamente a la vista exterior desde cualquier ángulo. Artilleros de todas las andanas han de ensayar continuamente la fulminación rápida y calcular con exactitud los segundos que duran en promedio. Organicen la comunicación segura e instantánea, o sea, sólo visual, entre el puente, las baterías y los timoneles. Preparen a toda la tripulación para una navegación atagallada y con fuertes guiñadas. Manden al piloto y a los timoneles fuera de servicio al puente en cuanto ustedes lo abandonen. Señores —el capitán cambió el tono de seguridad total con que había impartido las órdenes, suavizándolo un tanto sin perder resolución—, sospecho que ese barco anda tras de nosotros y es posible que esté tratando de encontrar las circunstancias apropiadas para atacarnos. Eso va a cambiar desde ahora pues vamos a tomar la iniciativa. Considero que el viento es ahora más propicio en la zona donde se encuentra él que en ésta, pero tal extremo es incierto. Si hubiera combate comenzará esta tarde o, más probablemente, mañana al amanecer. No duden en hacerme llegar sus sugerencias, pero cualquier idea o propuesta que tengan, medítenla bien y coméntenla entre ustedes antes de someterla a mi consideración. ¡Adelante, señores!

Los oficiales abandonaron el puente en tropel, y se los notaba casi eufóricos a pesar de los gestos graves que querían aparentar. En pocos instantes toda la tripulación del barco estaba contagiada de una actividad frenética y bastante silenciosa, porque los infantes habían desaparecido rápidamente de la cubierta.

El capitán, en su soledad, se sintió muy preocupado. Quería probar el procedimiento de disparo que durante mucho tiempo había imaginado y cuyas innovaciones eran bastante drásticas respecto a la tradición de las baterías navales. Se basaba fundamentalmente en una sincronización entre el puente, el timonel y el oficial artillero. Los suboficiales se comprometían, entrenándose hasta la extenuación sin abrir portas ni troneras y midiendo la mezcla fulminante con la precisión de un grano, a que todos los servidores de piezas tardaran exactamente el mismo tiempo en aplicar fuego al fulminante y provocar éste el disparo. El timonel se comprometía, ayudado de un nivel de sensibilidad extrema, a mantener la inclinación del barco constante y sin cambios respecto al horizonte durante dos intervalos de tiempo, uno de duración suficiente para que el oficial artillero pudiera hacer la lectura del ángulo de puntería y el otro que durara como mínimo lo que la fulminación. Ambos intervalos estarían separados por otro no largo pero de duración indefinida. Un ayudante del timonel comunicaría con banderas al puente y al oficial artillero sus maniobras. El capitán debía situar el barco en la zona de viento y marejada más favorable para permitir la aplicación del procedimiento de disparo de las andanadas. Éstas se organizarían usando los cuatro tipos de balas: las rasas, esferas sólidas de hierro fundido, en las tres cuartas partes de los cañones; las de metralla, saquetes con balas pequeñas, sustituirían a la mitad de aquéllas en las andanadas de aproximación; las rojas, esferas de hierro de calibre algo menor que las primeras pero calentadas al rojo vivo, en la octava parte de cada andana; y las encadenadas, balas unidas por una cadena que se enredaba en el aparejo para destrozarlo, en la octava parte restante.

Don Jaime Sánchez de Montearroyo sentía que quizá fuera a vivir uno de los días más importantes de su vida. Esa sensación que

106

tenía era original para él, y trató de analizar en qué consistía. ¿Cuántas cosas de las que iban a pasar dependían exclusivamente de él y cuántas de infinidad de circunstancias, incluida la casualidad? En un combate naval eran demasiadas las decisiones cruciales que debía tomar el capitán. Las Reales Ordenanzas, la experiencia, los oficiales y el sentido común ayudaban sobremanera, pero hacían sólo eso: ayudar. ¿Acertaría él en la combinación de sensatez y arrojo a lo largo de todo el combate? Aquel pequeño universo que era el barco se lo merecía, y el futuro de la animosa e incipiente armada española también. ¿Los defraudaría? Don Jaime desechó de su mente temores e incertidumbres, decidido a concentrarse en todos los detalles necesarios para el ataque; pero antes de hacerlo, agarrado a la baranda del alcázar, se asombró de sentirse más dichoso que atribulado.

En un momento dado el capitán vio que, al pie de la escalera que llevaba hasta donde estaba él, había tres personas esperando para hablarle. Eran Sebastián Quintero, el piloto, y dos de los pasajeros, don Álvaro de Soler y el rico hacendado y comerciante. Hizo subir a los tres a la vez. El capitán, un tanto molesto por la intrusión, dijo en el mismo tono resuelto que había usado con los oficiales:

—Don Sebastián, hemos de hablar usted y yo con bastante detenimiento. ¿Qué desea usted, señor? —añadió, dirigiéndose al hacendado sin mucho miramiento, pero el hombre gordo y majestuoso no se sintió en absoluto amilanado.

—Capitán, como usted puede imaginar, mis intereses se verían seriamente afectados por una acción que...

—Señor, esto es un buque de guerra y sus acciones se llevan a cabo en función de intereses que dicto yo.

El gordo miró en derredor, pero la presencia de las otras dos personas no lo disuadió de decir lo que quería a pesar de ser consciente de los riesgos que conllevaba la propuesta que tenía en mente.

—Pues si lo desea podemos hablar de cómo armonizar sus intereses militares y los míos económicos.

El silencio que siguió sólo se vio perturbado por el viento sobre las velas, las olas contra el casco y los murmullos del trajín de la tripulación. El capitán tardó en contestar y lo hizo entre dientes:

—Abandone el alcázar inmediatamente. Le aconsejo que se enclaustre en su habitáculo. Si lo veo hablar con oficiales o tengo noticia de ello, dese por arrestado durante el tiempo que dure la acción militar sin menoscabo de acciones posteriores contra usted. ¿Qué desea, don Álvaro?

Don Álvaro esperó a que el gran hacendado terminara de resoplar su indignación y abandonara el alcázar, y luego el castillo, con todo el estrépito que le permitía el desaire que acababa de sufrir.

—Perdone, capitán, que le robe ni un segundo de su tiempo. Sólo quería ofrecerme para lo que usted considere útil.

El capitán seguía muy molesto por lo que había considerado una propuesta de soborno del pasajero prominente, y lo inquietaba a su vez que pudiera haber hecho una mala interpretación. Por eso aún no se concentraba en lo que le decía el otro pasajero, el cual, a diferencia del anterior, gozaba de su simpatía.

—¿Qué sugiere?

—Puedo participar con cierta eficacia en varias tareas, ya que tengo experiencia militar.

—Pues defiéndase si en algún momento tiene necesidad de ello.

—Gracias, capitán.

Don Álvaro se dispuso a abandonar el alcázar, y el capitán se arrepintió de haber tratado así a una persona como él. Cambió el tono y le dijo:

—Perdóneme, don Álvaro, pero puede imaginar cómo me siento.

—Perfectamente. Perdone usted mi intromisión.

—Quédese. Lo conozco lo suficiente para saber que la mejor ayuda que me puede prestar es haciéndome compañía en ciertos momentos. Por lo menos sé que no molestará. Si llega el caso tendrá que proteger usted al resto del pasaje.

—Lo haré. El pasajero Chen Dazhao ya se ha ofrecido para defender a las damas. Por otra parte, debo decirle que el capitán Dávila, como usted sabe, ha sido infante de marina y a fe mía que es bueno en la lucha. ¿Le permite usted que se una a los oficiales de los infantes? Es lo que desea.

—Si ellos lo aceptan, por mí no hay inconveniente. Pero insisto en que, si vienen mal dadas, quizá sean ustedes más útiles a la defensiva que en ofensiva. Don Sebastián —dijo, dirigiéndose al piloto—, hemos de analizar las zonas cercanas, distancias exactas y previsiones meteorológicas. Tráigase aquí las cartas y los instrumentos que necesite.

Tras ausentarse el joven piloto quedaron los dos hombres en silencio oteando el horizonte. Al rato, el capitán le preguntó a don Álvaro:

—¿Qué opina usted de tomar nosotros la iniciativa respecto a esa nave?

—Que es lo correcto.

La primera guiñada del *San Vicente de Paúl* fue brusca y bien preparada para servir de ejercicio. El repentino cambio de rumbo no tomó por sorpresa a nadie salvo a la nave enemiga. Quedaron claras dos cosas tras la maniobra: que la nave era eso, enemiga, y que sus catalejos eran poderosos, pues tardó menos de cuatro minutos en cambiar de rumbo a su vez. Los vigías seguían sin poder avistar su bandera. Pero hubo algo de lo que se percató el capitán una hora después de la guiñada y que lo llenó de júbilo: la nave no era más rápida que la suya sino, quizá, apreciablemente más lenta. El capitán hacía trabajar a Sebastián perentoriamente animándolo con entusiasmo. Los oficiales subían al alcázar y se iban con frecuencia casi matemática. Don Álvaro permanecía la mayor parte del tiempo en silencio con el capitán. Aunque se había propuesto no hablar más que si don Jaime se lo pedía, en una ocasión se aventuró a tomar la iniciativa. Fue a las tres horas de iniciarse la maniobra de encuentro. Tenía ya bastantes datos por los cálculos del piloto y los comentarios del capitán, a los que había asistido como testigo mudo.

—Esa nave quiere combatir. Desea esperar hasta mañana porque su capitán piensa que los vientos le serán más favorables que los fuertes de ahora. Con más calma, la diferencia de velocidad máxima alcanzable por los dos navíos tendrá menos importancia.

—Acertado. Y a un combate nocturno se arriesgan pocos capitanes. Pero hay que estar preparados. En cuanto oscurezca, absolutamente ninguna luz brillará en los barcos salvo si decidimos poner señuelos. Yo no lo haré. Cambiaremos ambos de rumbo y tal vez mañana no nos divisemos.

—Quedan menos de tres horas de luz. ¿Nos podremos acercar mucho?

—Mucho no, pero sabemos que ellos buscan calma. ¿Qué rumbo sugiere, don Sebastián?

—El que llevamos: sur-sudoeste.

La batalla comenzó una hora y media después de amanecer.

La noche había sido extraordinariamente larga para todos. La oscuridad absoluta y la exigencia de silencio total habían sobrecogido el ánimo de la tripulación aún más que el peligro de un posible combate. Quienes más trabajaron fueron Sebastián Quintero y el capitán. La esperanza del piloto era tentar a la improbable suerte de detectar alguna estrella eclipsada por la arboladura del barco enemigo, para localizarlo así. Tuvo suerte con Rigel, de la constelación de Orión, a las tres de la madrugada. Las constelaciones del norte estaban tumbadas totalmente en el horizonte, en las cercanías del hemisferio sur donde se encontraban, lo cual hacía más fácil su observación.

El acierto de Sebastián fue clamoroso para el capitán porque, a las primeras claras del día, los vigías divisaron casi simultáneamente la nave enemiga a menos de siete millas. Las órdenes se distribuyeron a gritos cuando los vigías cantaron la bandera que la nave acababa de desplegar: inglesa. Obviamente pedían guerra. El viento era fuerte y de componente idóneo para la aproximación.

Entre la tripulación, tras un rancho frugal, empezó el tiempo de rezos y aguardiente. Se repartieron entre los marinos cuatro frascas del licor prohibido y siete entre los infantes. Éstos permanecían obedientemente agazapados en las bodegas, de donde habían salido sólo por la noche, por turnos y en silencio total, para airearse y aligerar el cuerpo.

Los dos capitanes aguantaron firmes los rumbos después de adentrarse ambos barcos en la zona de alcance artillero. Uno y otro esperaban que del enemigo surgiera el disparo inicial que sirviera para ajustar los ángulos de tiro. En el *San Vicente de Paúl* todos sabían que se iba a experimentar la nueva maniobra de tiro, la cual, aun ensayada innumerables veces con fuego real contra blancos móviles, sería la primera vez que se efectuara en combate contra otro barco artillado; por eso las miradas de los que no estaban concentrados en el gobierno del barco iban del timonel al capitán pasando por el oficial artillero más visible.

Doña Beatriz se encontraba en el rincón de la pequeña cubierta a la que solía ir. El capitán la había visto y, aunque apenas la miraba, una de las escasas veces en que lo hizo vislumbró en ella una sonrisa. Blanca estaba con don Álvaro y el chino Dazhao no muy lejos de allí. Al capitán Dávila se lo debía de haber tragado la bodega de los infantes. El hacendado permanecía enclaustrado en su cámara.

A todos se les encogieron las entrañas cuando, en lugar de un único destello como era lo acostumbrado, vieron incendiarse violentamente el costado de estribor de la nave inglesa. De repente, un vendaval de hierro pasó por encima del barco a escasa distancia de las cofas. De inmediato se oyó el grandioso estruendo de la andanada. Los artilleros ingleses eran formidables.

Los gritos de angustia se confundían con los de alegría por no haber sufrido ningún daño el barco, y entre la algarabía se escucharon las órdenes de silencio de los oficiales.

El barco inglés inició una ceñida, y don Jaime Sánchez de Montearroyo ordenó otra, con lo que se entró en combate. Todos enmudecieron al restablecerse el equilibrio, y las miradas se concentraron en el alcázar.

El primer intento del timonel fue infructuoso. Aunque casi nadie sabía muy bien en qué consistía el invento del capitán, se percataron de que no marchaba. Todos cambiaron sus agobiadas miradas hacia la nave enemiga, que, en una maniobra brusca, podría presentar su costado de babor para lanzar la segunda andanada.

El siguiente intento del timonel y el capitán también falló; pero al tercero, cuando era inminente para todos la descarga de babor del buque inglés, se desencadenó la tremenda tormenta de fuego del *San Vicente de Paúl*. Casi todas las balas hicieron blanco y, si bien era imposible evaluar los destrozos ocasionados al barco enemigo, la andanada que se esperaba de él quedó abortada momentáneamente. El capitán ordenó cortar la bordada que llevaban y efectuar una ceñida directa al barco enemigo. Entonces surgió la andanada de éste, que sí acertó al *San Vicente de Paúl*; no obstante, al haber sido en la dirección marcada por la crujía desde proa, fueron pocas las balas que lo impactaron. Pero algunas de las que lo hicieron habían barrido la cubierta haciendo estragos entre la marinería.

Sin preocuparse por daños propios ni ajenos, don Jaime ordenó otra guiñada mostrando su flanco de babor al enemigo. Al medio minuto largó la segunda andanada. La distancia entre ambas naves había quedado reducida a menos de un cuarto de milla.

Cuando se fue levantando la inmensa humareda, los gritos de alegría del barco español se aunaron hasta llegar al aullido general: el barco inglés estaba desaparejado y prácticamente desarbolado. Inmóvil.

Don Jaime ordenó un rumbo que pareció de retirada, pero sólo buscaba viento favorable para sus propósitos.

En la siguiente media hora el *San Vicente de Paúl* recibió catorce impactos y el buque inglés, del que ya todos sabían el nombre, *The Silver Seagull*, setenta y cuatro. Las bajas españolas habían sido diecisiete, hasta entonces todos heridos y ningún muerto. Las peores heridas eran por astillas. Los daños del barco podían repararse todos por carpintería de a bordo. La arboladura estaba intacta, y el aparejo roto y las velas rasgadas eran sustituibles.

Don Jaime llamó a asamblea de oficiales para organizar el abordaje. En el barco inglés habían sofocado los incendios. El *San Vicente de Paúl* se mantenía fuera del alcance de la artillería dando vueltas en torno al enemigo herido. El sol estaba muy alto y el calor era intenso, por lo que en las bodegas bullía la impaciencia. Mientras se reunían los oficiales, el capitán hizo una seña a don Álvaro de Soler, y éste subió al alcázar.

—La batalla no está ganada todavía, ¿verdad, capitán?

—No, pero prácticamente. El problema es el número de víctimas que va a ocasionar el abordaje. Si en las condiciones que ha quedado ese barco su capitán no da muestras de rendición es porque guarda alguna esperanza.

Ambos quedaron en silencio hasta que don Álvaro se aventuró a hablar.

—¿Piensa ese capitán que tiene posibilidades de hacerse con esta fragata?

—Sí. Si sus andanadas son certeras cuando nos acerquemos, aún podría hundirnos. Y, si el abordaje tiene éxito para ellos, pueden tomar este barco. Su problema es que no sabe cuál es nuestra dotación de infantería de marina, pero tal vez él dispone de una baza similar. Así que es cierto: la batalla está lejos de haber sido ganada y el número de bajas queda por determinar. Pero vamos a ello.

Los oficiales ocuparon el puente de mando, y la reunión duró cerca de una hora, para desconcierto de la marinería y agobio de la infantería de las bodegas.

Tras el rancho del mediodía y nueva ración de ron y rezos, el *San Vicente de Paúl* largó todo el trapo en un mar encrespado y brillante.

Las andanadas que intercambiaron los buques durante el acercamiento tuvieron fortuna pareja, aunque un tanto desigual a favor del navío español; pero el abordaje, que apenas duró diez minutos, fue decisivo en la batalla. Cuando las bodegas vomitaron las casi dos centenas de jóvenes ansiosos y aparentemente enloquecidos, la dotación inglesa sufrió un gran desconcierto a pesar de que era habitual la presencia de ejército en los buques españoles. Los silbatos de los oficiales ingleses llamaron pronto a la rendición.

Con lentitud y algarabía se fue imponiendo cierto orden en el conjunto de los dos barcos unidos de costado en direcciones opuestas. Los ingleses, huraños y desarmados, se vieron rodeados por los jocosos infantes, que no dejaban de proferir insultos. La oficialidad inglesa, con cierta ceremonia, pasó al puente de mando español a formalizar la rendición.

Tras los saludos formales y sin dar apenas relevancia al acto, don Jaime Sánchez de Montearroyo mandó a todos los oficiales, ingleses y españoles, a evaluar las bajas y organizar la atención de los heridos. El barco inglés se convertía en hospital atendido por los cinco cirujanos disponibles, tres ingleses y dos españoles, y prisión de las tres cuartas partes de la marinería del *The Silver Seagull*. La cuarta parte restante quedaría prisionera en el *San Vicente de Paúl*. Los oficiales ingleses ocuparían los sitios de los españoles que pasaran al buque inglés para comandar su nueva dotación. Sólo al capitán se le autorizaba a ocupar su cuarto habitual una vez saqueado.

Las bajas habían sido más cuantiosas de lo que hubieran deseado todos. Habían muerto veintitrés españoles y cincuenta y nueve ingleses. El número de heridos guardaba proporción similar, y en total había que atender a más de cien de muy variada gravedad. Algunos morirían con seguridad. El *The Silver Seagull* sería arrastrado por el *San Vicente de Paúl* hasta un puerto brasileño por determinar. Las condiciones de liberación de la tripulación y el destino de la nave se negociarían con las autoridades portuguesas y, eventualmente, tendrían la última palabra las representaciones diplomáticas de ambos países en Brasil.

San Vicente de Paúl, 22 de diciembre de 1753

¡Santísima Madre de Dios! No he pasado más miedo y angustia en todos los días de mi vida.

¿Por qué jugarán a esto los hombres? Si por las mujeres fuera, me parece a mí que poquitas guerras habría. Por lo menos si todas fueran como yo, porque si hubiera muchas como mi santa tía serían capaces de organizarlas peores, que durante toda la tarantantera de ayer le brillaban los ojos como ascuas y, para mí, que le ha faltado un pelo para lanzarse al abordaje en medio de la algarabía. ¡Jesucristo!

¿Que a qué viene este comienzo de pliego? Pues a que nos hemos enzarzado con un barco inglés que hemos dejado para el arrastre, que es lo que estamos haciendo ahora: arrastrarlo hasta no sé dónde. Por si el viaje hasta las Filipinas era corto, nos entretenemos en mandangas.

Hace dos días empecé yo a temerme que íbamos a tener jaleo porque no se hablaba de otra cosa. Que se había visto un barco a lo lejos; pues bueno ¿y qué? Como si en esta inmensidad de océano no cupiésemos todos. Pues nada, uno detrás del otro hasta que se encararon. Y menos mal que hemos ganado, porque los ingleses estos tienen unas jetas que dan repeluznos.

La noche de antier, que pasó entre que se divisó el dichoso navío y cuando se desató la batalla, no durmió nadie a bordo, y yo menos que nadie. No había ni una luz más que las de las estrellas, que nunca he visto el cielo más cuajado de ellas que a lo largo de esa noche. Tenía tanto miedo, por las cosas que me habían contado de las guerras entre barcos, que una vez, cuando no me podía ver nadie, me hinqué de rodillas y pedí al Cielo que no nos pasara nada. Cualquiera que me hubiera visto habría pensado que era una pagana adorando a las estrellas, y yo al único que tenía en las mientes era al Santísimo Jesús del Gran Poder de Sevilla, al que le pedía que al amanecer el maldito barco inglés apareciera por ensalmo, o mejor, por milagro, en las costas de Escocia. Pero nada, al alba estaba por allí y más cerca que nunca. Encima Sebastián, que era quien más falta me hacía en aquellos momentos de la noche, andaba en el trajín de lo suyo con el capitán en el alcázar.

Yo empecé a temblar cuando este barco inició unas ceñidas de escalofrío. Se tumbaba de tal manera que parecía que iba a volcar, porque las bordas lamían el agua. Y de repente para el otro lado. Yo creí que me entraba otra vez el mareón, que si no me ha venido es porque quería estar muy atenta a todo, y si me atontaba me lo perdía.

Pues aquel miedo por la velocidad y los vuelcos no fue nada en comparación con el que sentí cuando los cañonazos. Uno dio a menos de tres varas de donde yo estaba. ¡Qué destrozo y qué horror! Yo nunca he oído estruendos tan grandiosos ni visto humaredas tan espesas como aquéllas.

En este plan de largarnos cañonazos el uno al otro pasamos media mañana; y lo espantoso faltaba por llegar: el abordaje.

El barco inglés se había quedado tan quieto y desmantelado que parecía abandonado y a la deriva; sin embargo, cuando nos acercamos empezaron a disparar cañonazos como locos. Y nosotros más cañonazos todavía. Algunas de las últimas tracas fueron a pocas varas de distancia. ¡Santa Virgen Bendita!

En medio del sahumerio y los truenos, cuando los barcos estaban muy cerca, nuestros marineros empezaron a lanzar de todo al barco inglés: escaleras, tablones, cabos con ganchos de todas clases, redes y demás. Y semejante ajetreo en medio de disparos de pistolas y fusiles.

Cuando los cañonazos ya vi yo a algunos caer heridos; pero, como los retiraban antes de que se levantara el humo, apenas me percaté de detalles salvo los gritos estremecedores que lanzaban los que eran alcanzados por las balas o las astillas que surcaban el aire como exhalaciones levantadas por las explosiones. Pero justo antes del abordaje sí vi con detalle a los que caían víctimas de los disparos. ¡Qué impresión me hacía aquello! Y lo peor estaba por venir.

Al quedar los barcos atados el uno al otro, se lanzaron los ingleses como gatos para invadirnos. Pero, en éstas, de nuestras bodegas salieron las catervas de infantones gritando como posesos, con los fusiles embayonetados, y arrasaron a los ingleses más osados. ¡Qué brutos! Del ímpetu que llevaban, por lo menos nueve cayeron al agua. Después me he enterado de que a siete los recogieron, pero que de dos nunca más se supo.

Cuando las primeras oleadas de infantes lograron llegar al otro barco, lo cual fue tan difícil que en éste los rezagados empezaron a gritar de impaciencia más que de ardor guerrero, se desperdigaron por allí peleando como fieras corrupias. Primero trataban de ensartar a un inglés con la bayoneta; si se ponía la cosa rara, disparaban el fusil, y si había mucha bulla lo tiraban al suelo y sacaban el espadín y una pistola. Tras disparar ésta también la tiraban y se dedicaban a dar mandobles con la espada a diestro y siniestro. Así todos, pero en particular el capitán Dávila.

Ése salió de los primeros y, como me fijé en él por la sorpresa, me di cuenta de que llevaba a doce infantes detrás haciendo todo lo que él les decía y nada más. Se lanzó como una tromba al puente de mando del barco inglés y allí organizó una escabechina atroz. Él y los siete soldados que le quedaron fueron los que apresaron al capitán albión y a seis oficiales. Este desenlace me lo han contado, porque antes de que yo lo viera me ocurrió lo del muerto.

Yo estaba mirando desde mi cubierta todo esto, cuando de pronto apareció a mis pies un infante herido. Su jadeo fue lo que me hizo advertir su presencia. Venía todo ensangrentado y parecía que quería descansar. Bajé todo lo rápido que pude para ayudarlo a no sé qué. Cuando llegué junto a él, se me agarró a las piernas y su jadeo se tornó en llanto. Sus lágrimas se abrían paso en la sangre de sus mejillas hasta que no pudieron más que disolverse en ella. Abrazado a mí soltó una gran cantidad de aire en un suspiro tan lastimero que jamás lo olvidaré. Y se fue cayendo a lo largo de mi falda con la cara tranquila. Entonces yo perdí el sentido y no desperté hasta dos horas después en mi cuarto y atendida por mi tía.

Anoche fue la gran fiesta. De esto sí me gusta escribir y no de guerras y muertes, que si lo he hecho es porque mi tía me ha dicho que, como ayer me excusó de escribir, hoy tenía ración doble de pliegos y que, además, tema no me iba a faltar con la batalla. A veces la detesto.

A los hombres les encantan las guerras, y ganarlas, lógicamente, lo que más. Yo no lo entiendo y me esfuerzo mucho en ello; quizá lo que pasa es que todo es muy intenso y, si uno es de los que lo pueden contar, eso agrada. Porque hasta los heridos que no están en las últimas participaron en la fiesta. Y muchos ingleses también, que es lo que más me pasmó.

Del barco inglés y del nuestro se eligieron las mejores viandas y se organizó todo en cubierta. Don Jaime Sánchez decretó que la oficialidad no haría cena aparte sino con todos al rebujón. Aquello agradó mucho a la marinería y a los infantes. Éstos fueron, como siempre, los que más aguaron el cotarro, al menos para mí, porque estuvieron enardecidos y mal educados desde las primeras. Hasta mantearon al capitán Dávila. Los infantones estos no saben ni cantar, con lo bonito que lo hicieron los marineros. Pero tengo que reconocer que para lo que valen, o sea para hacer el salvaje, no tienen precio, porque todos halagaron mucho su comportamiento en el abordaje, pues si no hubiera sido por ellos las cosas no habrían estado claras, ya que los marineros ingleses eran más que los españoles, más viejos y con más malas ideas.

La noche fue muy bonita y lo de Sebastián, precioso.

Desde que dejamos La Habana, tanto mi tía como yo, y por tanto don Álvaro y mi Sebastián, sabemos que en la travesía nos tenemos que dejar de meloseos. Hablamos poco y siempre en momentos oportunos. Y tampoco nos echamos miradas especiales ni nada de nada. Eso nos desasosegaba al principio a los cuatro aunque nunca habláramos de ello, pero ya estamos acostumbrados. Sin embargo, anoche, en un aparte que yo hice mientras escuchaba la canción de un marinero que la entonaba con una dulzura y pasión muy grandes, Sebastián me rodeó por la cintura. Me alarmé mucho, pero después, sabiendo que nadie nos veía, me dejé llevar por él. Los besos de La Habana, salvo el primero que me dio, no fueron nada en comparación con los de anoche.

Hoy he pensado mucho en ello y creo que lo de la guerra es muy complicado. Sebastián apenas participó porque sólo disparaba, yo creo que a bulto, desde el puente de nuestro barco al inglés. Pero todos le reconocen una parte muy importante en la victoria por haber localizado al enemigo y acertar en elegir la zona más apropiada para el combate. El caso es que se siente tan lleno de vida por eso que a mí me lo transmitió en los besos. Esa pasión que ponía mientras me abrazaba estoy segura de que no era ajena a lo que había vivido ese día. No sé si esta conclusión me gusta o no, pero los besos no los olvidaré nunca.

6

La comitiva la formaban seis hombres vestidos con camisones y
calzones negros, escasamente cubiertos por gorros de cuya parte
posterior surgían largas coletas de pelo igual de negro aunque más
brillante. Llovía en el parián de los sangleyes, el barrio y mercado
chino de Manila, y quizá por eso las seis figuras caminaban encor-
vadas y con pasos cortos; pero tal vez fuera porque la entrevista que
iban a tener con Li Feng los atribulaba tanto que propiciaba en ellos
una actitud de sumisión previa.

El parián era grande, bonito y salubre a pesar de la cercanía del
río Pásig y de estar situado extramuros de la ciudad. La mayoría de las
casas eran topancos de dos pisos, como en Manila, hechas de caña y
nipa muy bien entrelazadas; pero abundaban las construidas de
adobe, argamasa e incluso de piedra y ladrillos. Los adornos en las
puertas y la rectitud y amplitud de las calles era lo que distinguía el
parián de los barrios de Manila. Seguramente también la limpieza
general y la gama de olores que emanaba de las especias con que co-
cinaban sus habitantes y de los sahumerios de los inciensos que continuamente ardían en el interior de las casas. Al ser más amplio el
barrio sangley que el espacio urbano rodeado de muralla, la vegetación era más exuberante, variada y alta que en Manila, por lo que el
frescor de la umbría permanente en que se encontraba el parián se
agradecía cuando el calor agobiaba.

Li Feng no ocupaba ningún cargo reconocido por las autoridades españolas en la jerarquía interna del mercado; en realidad éstas
ni siquiera sabían que existiera estructura política alguna. Pero su
puesto estaba claro para los sangleyes: él era el poder. Ese poder sur-

gía del control directo de las ciento treinta tiendas de mercaderías del parián, pero sólo básicamente pues, de las otras doscientas de tejedores, verduleros, arroceros, tabaqueros, madereros y treinta suministros más, la organización de Li obtenía una partida mayor que la impuesta por los españoles para la Corona. Li Feng no abusaba de sus congéneres tanto como le habría permitido su ejército en la sombra. Era constante en la extorsión, pero jamás toleraba una arbitrariedad. Esto hacía que la evolución, de los negocios fuera predecible para los comerciantes, pues incluso, si hacía falta, Feng ayudaba en momentos de crisis. Un sampán hundido o robado podía significar la ruina de varias familias, pero en esos casos Feng asumía el contratiempo. Aunque eso sí: nunca gratuitamente. Además, Feng era la justicia del parián. Raro era el sangley agraviado por violaciones de leyes o costumbres que acudía a la justicia española, ya que Feng era más fiable, rápido y contundente en la aplicación de las penas. Y casi nunca sentenciaba erróneamente.

Antes de que se abriera el portalón de la enorme casa de Feng, la comitiva terminó de empaparse, pues la lluvia arreció durante el largo rato que la hicieron esperar. Finalmente entraron en una antesala y allí, sin sentarse en sitio alguno, aguardaron una media hora más. Era casi de noche cuando los hicieron pasar sigilosamente a una salita pequeña situada al final de un interminable pasillo.

Los visitantes se arremolinaron en silencio y un tanto embarulladamente tras cruzar el umbral de la puerta. Quedaron sobrecogidos después de que su vista se adaptó a la penumbra del lugar.

La decoración era inexistente y en el suelo, tumbado semidesnudo, con la cabeza apoyada en un taco de madera y los ojos cerrados, estaba Feng. Parecía viejo, muy viejo; el olor del humo, que formaba tenues nubes azuladas a lo largo y ancho de la habitación, fue lo que más inquietó a los visitantes. La pipa de opio la atendían dos mujeres sentadas en el suelo, una de las cuales era joven mientras que la otra tenía edad indefinida. Los dos hombres que escoltaron a la comitiva hasta aquel tugurio permanecían hieráticos en la puerta.

Un ligerísimo ademán de Feng provocó el movimiento de la mujer mayor. Le acercó la boquilla de la gran pipa al yaciente y, tras una eterna exhalación de humo, Feng abrió los ojos apenas unas rendijas y volvió pesadamente la cabeza hacia los intrusos. Para ello

120

la hizo rodar por la cara del taco de madera sobre la que la apoyaba, hasta quedar en una postura inverosímil. Abrió la boca, y todos se removieron cuando oyeron su cavernosa voz; lo que los asombró fue que sonara tan clara a pesar de las condiciones en que parecía estar el patriarca chino.

—Sé quiénes sois. Es grave lo que os ha traído a mí. Creéis que es grave.

Habló muy lento y terminó sin preguntas, por ello nadie sabía qué hacer. Se animó el más viejo de los visitantes.

—Maestro, se avecina una guerra...

—Siempre hay guerra.

Feng prolongó su interrupción con un nuevo gesto hacia la mujer para que le acercara la pipa.

—Maestro, ésta será general y rápida. Los españoles están decididos a terminar con sus enemigos en las islas conquistándolas y sometiéndolas a todas.

Quedaron todos a la expectativa, y Feng permaneció aturdido tanto tiempo que los miembros de la comitiva empezaron a mirarse entre sí. Evaluaban si había sido acertado acudir a Feng a presentarle sus cuitas. De repente todos abrieron mucho los ojos pues, para su sorpresa, el yaciente había hecho lo propio.

—¡Entonces, ganarán!

¿Qué quería decir Feng en su delirio? La voz cavernosa se oyó de nuevo:

—Hace cien años los sangleyes éramos más de veinte mil y los españoles setecientos. Y habíamos llegado a Filipinas antes que ellos. Nos rebelamos y nos sometieron. Hace apenas nueve años ocurrió lo mismo, y estábamos en proporciones similares. El año pasado, igual. Es hora de que entendáis que es mejor someternos y dominarlos.

Los representantes del parián se sentían confusos, pero reconocían que Feng estaba lúcido y divagaba menos de lo que parecía. El mismo que había hablado antes volvió a hacerlo.

—El problema es que...

Feng casi levantó la cabeza del taco al interrumpirlo con voz sonora:

—El problema es que no sabéis lo que os conviene: si ayudar a los españoles u obstaculizarlos. Podéis hacer lo que queráis, pero os diré lo que haré yo. Puesto que van a ganar, haré que esa victoria dependa tanto de mí como pueda. Y obtendré ventajas de ellos. O sea, ganancias.

Los comisionados se miraron entre sí de nuevo, y el que quizá fuera más joven se atrevió a hablar.

—Maestro Feng, existe la posibilidad de que en esta guerra tan abierta podamos hacernos con la victoria nosotros y librarnos de los españoles para siempre. Después dominaremos las islas poco a poco total y absolutamente. Es muy probable que ésta sea nuestra oportunidad definitiva.

Feng quedó como desmayado y, cuando el tiempo que mantuvo esa actitud empezaba a desconcertar de nuevo a todos, el taco de madera comenzó a resonar en el suelo de un modo casi imperceptible. El temblor de la cabeza de Feng se hizo pronto evidente y la comitiva casi dio un paso atrás cuando, como si levitara, se fue incorporando lentamente del suelo hasta quedar sentado y con los ojos muy abiertos. Su voz sonó entonces quebrada de ira.

—Imbéciles. Filipinas jamás será china, porque ni es posible ni nos conviene. Es imposible porque los españoles son más listos que nosotros en asuntos militares y navales. No nos conviene porque con ellos somos prósperos, e independientes sólo seríamos una presa apetecible y fácil. En particular de nuestros hermanos chinos. Imbéciles...

Lo de «hermanos» casi lo escupió Feng, quien tras la perorata quedó tan relajado que parecía que dormía de nuevo.

—¿Nos conviene más ayudarlos, pues?

—Imbéciles...

Algún miembro de la comitiva empezaba a dar muestras de indignación, pero muy ligeras. Cuando ya no sabían si la entrevista estaba concluyendo, Feng habló de nuevo con los ojos bastante abiertos, posiblemente porque hacía ya buen rato que no inhalaba opio.

—Los españoles procurarán nuestra neutralidad e incluso nuestra ayuda. Lo harán en proporción a la magnitud de las operaciones que planteen. Si va a ser una guerra en toda regla, nos condicionarán obligándonos a ir a su lado y a que les prestemos dinero, de forma que nuestra única esperanza de recuperarlo sea con su victoria.

Los representantes del parián intercambiaron miradas graves y de inteligencia entre sí. Feng aumentó la ansiedad que sus últimas palabras les habían producido.

—Y seguramente tomarán más medidas contra nosotros.

—¿Cuáles?

Con la misma parsimonia con que se había incorporado, Feng apoyó otra vez la cabeza en el taco e hizo una nueva solicitud de opio. Cuando a los visitantes les pareció claro que la entrevista había terminado, se oyó la voz de Feng, de nuevo cavernosa pero clara:

—Haced lo que no hicisteis cuando organizasteis la revuelta del año pasado: lo que yo os diga. Seguramente tardará el momento en que os haga llegar mi orden. Entonces haréis sólo eso, y mientras tanto no hagáis nada.

Los guardianes de la puerta se movieron, y la comitiva salió aliviada del asfixiante cubículo. Algunos de sus miembros se tambalearon por el largo pasillo que los devolvió a la lluvia del parián de los sangleyes gentiles.

Cuando el *San Vicente de Paúl* apareció en la Bahía de Todos los Santos con su extraña carga, una proporción no pequeña de los cien mil habitantes de la capital de Brasil, San Salvador de Bahía, lo miraba con curiosidad.

Casi simultáneamente, del puerto salió una falúa al encuentro de los navíos, y del *San Vicente de Paúl* un chinchorro con un oficial y dos remeros. A mitad de camino, tras sortear varios de los numerosos barcos de todas clases y portes que estaban atracados en la bahía, se encontraron ambas embarcaciones y la falúa arrió la vela. La entrevista duró apenas diez minutos. Las dos lanchas se separaron y la portuguesa, desplegando de nuevo la vela, se dirigió hacia la fragata española. El chinchorro la siguió con lentitud.

La autoridad del puerto de Salvador, como abreviadamente llamaban todos los brasileños a la gran ciudad, fue recibida por don Jaime Sánchez de Montearroyo con todos los honores, es decir, con la oficialidad de la fragata formada y luciendo los uniformes de gala. El portugués parecía un tanto desconcertado y, tras estrechar la mano de todos los oficiales, desapareció con el capitán camino del camarote de éste.

Después de media hora de parlamento, la falúa regresó a puerto y dos horas después volvía al barco. El gobierno del virrey aceptaba todas las propuestas del capitán español. Tras el reconocimiento oficial del apresamiento por las representaciones diplomáticas inglesas y españolas, aquéllas se concretaban en sacar a pública subasta los restos del navío inglés y, por lotes, todo su equipamiento, armamento y pertenencias. Solicitaba el capitán español, además, permiso para desembarcar la tropa y la marinería, efectuar la aguada y comprar alimentos y mercancías. Por su parte se comprometía a entregar todos los prisioneros ingleses a las autoridades portuguesas y a pagar almojarifazgos, tasas y arbitrajes tras la subasta. En total, el permiso de estancia requerido lo calculaba el capitán en un mes, aunque, si todo se desarrollaba a satisfacción, quizá dos semanas bastaran para levar anclas.

Conforme los oficiales iban comunicando a la tripulación las perspectivas de descanso y dinero, se escuchaban vítores a lo largo y ancho del barco.

Mientras se organizaba el desembarco, tarea ardua en las condiciones en que se encontraban los navíos, don Jaime hizo señas a don Álvaro porque tenía ganas de compartir con él sus alegrías, cosa que apenas se permitía ni con su segundo, quizá por diferencia de carácter y edad, quizá por las barreras que imponía la jerarquía militar.

—Se le ve contento, capitán.

—¡Y codicioso!

La carcajada alegre de don Jaime confirmó a don Álvaro que su ya amigo era seguramente poco codicioso.

—¿Esperaba usted que los portugueses nos acogieran tan bien?

—Yo me fío poco de los portugueses desde que se aliaron con los ingleses en nuestra guerra para la Sucesión. Así que todo está por ver. Pero, desde el Tratado de Límites que firmaron con España hace casi cuatro años, por lo menos los portugueses de las colonias se andan con mucho miramiento con nosotros, ya que el acuerdo los favoreció. En particular aquí en Brasil, donde además están pasando por un período de riqueza inusitada desde que han descubierto inmensas fortunas en oro, diamantes y muchas piedras preciosas en una zona que llaman ya Minas Generales. Lo que menos les interesa justo ahora son líos con los españoles. Y por eso dije lo de la codicia, pues quizá ningún puerto de América sea más favorable que el de Salvador para organizar una subasta como la que haremos, ya que aquí hay más dinero del que se puede gastar.

—¿Ha hecho un cálculo de lo que se puede obtener?

—No; pero si quiere se lo hago ahora.

A don Álvaro lo regocijaba la jovialidad que mostraba el capitán y lo animó a dar rienda suelta a sus ilusiones pecuniarias.

—Una fragata como la inglesa, con todo su aparejo y dotación, no baja de los ciento cincuenta mil pesos. En las condiciones en que está, que por cierto no son tan malas, un tercio de su valor lo aceptaría en este momento. Todo su contenido, que ya se ha clasificado convenientemente, calculo que en subasta puede rematarse en otros diez mil pesos. El balance tras pagar a las autoridades portuguesas puede dar un resultado de varias decenas de miles de pesos.

—¿Cómo dispondrá del capital?

—Tengo permiso escrito de disponer de un tercio de inmediato. Los otros dos tercios los he de someter al criterio del ministro Ensenada, aunque la costumbre ya puede imaginar cuál es: los capitanes victoriosos disponen de todo y luego amañan las cuentas.

—Usted no es de ésos.

—Pues ésos son todos.

—Bien, dígame qué hará.

—Veinte mil pesos es muchísimo dinero. Mi paga anual es de seiscientos y la de los marineros y soldados, entre setenta y ochenta. Imagínese que, repartiendo en proporción, estamos hablando del salario anual de toda la tripulación.

Bajando la voz y en tono travieso, el capitán añadió:

—Si quiere que le sea sincero, espero bastante más que eso. Ya verá. Y nada de mil-reis, que es la moneda que usan aquí; ni en pesos, que no creo que haya muchos, sino en oro o diamantes.

Don Álvaro se sentía a gusto con don Jaime Sánchez, así que cambió de tema deseando departir más tiempo con él.

—Yo conozco parte de América, como le dije, pero apenas sé nada de Brasil. ¿Lo conoce usted?

—Sí. Es un grandioso burdel y peligroso como una caja de áspides. El negocio más floreciente es el de la compra y venta de esclavos. Y, encima, el virrey es quien más se beneficia de ese tráfico, pues los mineros han de pagar entre quince y veinte gramos de oro por cada negro que poseen, y dicen que en las minas ya hay más de doscientos mil esclavos. Puede usted imaginarse que buena parte de los hacendados son gente sin escrúpulos. Las clases bajas no son mejores, pues tienen que batallar con los esclavos y los garimpeiros. Éstos son mineros clandestinos, sobre todo de diamantes, que roban o extraen sin dar cuentas a nadie, o sea, sin pagar impuestos. Son los peores, y los guardianes tienen obligación de darles muerte en cuanto los descubren. Ésa es la ley en las minas. Salvador es la capital y donde se concentra todo el trajín minero, que en los últimos veinte años domina absolutamente sobre el negocio agrícola de café, cacao, etc. Así que la población fluctuante de esta ciudad es, posiblemente, la más canalla del mundo en estos días.

—Supongo que lo que dijo de que esto es un burdel es porque...

—Literalmente lo es. Imagínese lo que generan hombres con dinero cuando llegan aquí tras pasar largas épocas de dureza y privaciones. La ramería de Salvador es impresionante.

—Algo positivo tendrá esta ciudad, ¿no?

—Antes sí. Las órdenes religiosas, sobre todo los jesuitas, le daban una impronta de cultura. Había varias academias, y el número de edificios nobles, como verá, es notabilísimo. Algunos se dedican a actividades artísticas, y uno alberga una biblioteca muy importante. Pero en estos días todo eso está muy apagado por la excitación de la riqueza de Minas Generales.

Don Álvaro quedó con el gesto ausente, y el capitán hizo lo propio mientras disfrutaba de su estado de ánimo.

El silencio de los contertulios se prolongó porque un buen número de infantes de marina se afanaba por desembarcar los caballos de la fragata. Ya lo habían hecho en Cuba, y la operación se presentaba tan delicada y arriesgada para la integridad de los animales como allí.

Cuando la operación parecía estar encarrilada, el capitán se aventuró a explorar un tanto a don Álvaro.

—En estos meses que llevamos conviviendo me ha parecido descubrir que usted es persona sensible a los avatares sociales. ¿Es así, amigo mío?

Don Álvaro sonrió con un punto de amargura al capitán y le respondió:

126

—Creo que ya soy más cínico que otra cosa respecto a lo que usted me pregunta. Pero sí, le confieso que, durante toda mi vida, los avatares sociales, como usted los ha llamado, me la han condicionado bastante.

El capitán pensó que hasta allí era prudente llegar. Quedaron otro rato en silencio y al cabo, con bastante rubor y sin mirarlo a los ojos, don Jaime Sánchez de Montearroyo se atrevió con otra pregunta mucho más osada que la anterior.

—Don Álvaro, si lo ofendo con lo que le voy a decir, le pido de antemano que me perdone. Se trata de doña Beatriz.

Don Álvaro lo miró con más curiosidad que alarma, pero el capitán, aun acentuándose el enrojecimiento de su rostro, mantuvo su mirada en algún punto de la Bahía de Todos los Santos. Su voz tremoló un tanto cuando prosiguió:

—Le confieso que me siento muy atraído por ella. No tengo idea de si puedo albergar esperanza alguna respecto a sus sentimientos hacia mí. Y además sé que… bueno que usted y ella… Excúseme, don Álvaro. La cuestión es si… usted se sentiría agraviado en el caso de que yo la invitara… no sé, a cenar o así. Pero sepa que mis intenciones serían…

—Seducirla.

—Pues… sí, eso.

Don Álvaro había quedado serio y en silencio. Entonces fue cuando don Jaime lo miró de soslayo y vio que estaba mirando a un punto tan perdido como el que hasta entonces había estado mirando él. Don Álvaro se incorporó separando los codos de la barandilla donde los había tenido apoyados y le dijo a don Jaime:

—De los avatares sociales a los que antes aludimos, uno muy importante es el de la libertad personal.

—Ya; sé lo que me quiere decir.

—No, don Jaime, no lo sabe. Atiéndame, por favor. La libertad de las mujeres es de lo más raro y exiguo de estos tiempos. Aunque entre caballeros sea una transgresión grave hablar de una dama en según qué términos, no me importa confesarle, en parte por respeto a ella y en otra parte por amistad hacia usted, que los anhelos de libertad de doña Beatriz son extraordinarios por no decir singulares. Por eso, si alguien seduce o intenta seducir a doña Beatriz, sólo es asunto de ella que admita esa seducción. Si usted, yo, o los dos, sufrimos o gozamos por doña Beatriz, ésa es cuestión que nos concierne, pero en la que no podemos involucrarla.

Don Jaime había atendido la plática de don Álvaro muy serio y tratando de seguir su razonamiento. Sin demasiada convicción dijo:

—Creo que entiendo, don Álvaro. —Dando repentinamente una palmada al aire y otra en el hombro de su amigo y contrincante amoroso, don Jaime dio por concluidos sus devaneos—. ¡Bueno! Espero que disfrutemos de San Salvador de Bahía, que las subastas sean provechosas y que la tripulación regrese al barco completa y físicamente íntegra. Que ya sería raro.

Aquella mañana muchas personas interrumpieron sus quehaceres al ver salir a Marcial Tamayo del poblado, pero Zoraida, manteniéndose en la penumbra de su cabaña, no pudo evitar que dos lágrimas surcaran sus mejillas hasta alcanzar la comisura de los labios. Todos sabían que Seyago le había dado permiso para internarse por la selva cuando no tuviera heridos que atender y, por tanto, debían dejarle el paso franco; pero también todos eran conscientes de que aquello era el inicio de la despedida del médico. Llevaba ya muchos meses con ellos, y Seyago le había comunicado hacía poco que el compromiso de permanencia se cumpliría. El jefe mantenía su palabra por tristes o crueles que fueran las consecuencias de esa firmeza de carácter en el mando. El cristiano había sido aceptado a duras penas tras su llegada, pero su habilidad con las medicinas y las heridas, su seriedad en el trato con los pacientes y su calma ante la actitud distante de todos, fueron poco a poco abriéndose paso en los corazones de los doscientos habitantes de aquel conjunto de chozas y cabañas de bambú. Sobre todo en el de Zoraida, que hacía mucho tiempo que estaba perdidamente enamorada de él.

Marcial cabalgaba a lomos de un caballito algo famélico, pero fuerte y tranquilo, que había tomado prestado del padre de un niño al que le había curado una feísima infección en una pierna. Había dejado dicho que pasaría todo el día fuera y que regresaría de la selva antes de anochecer. Había conseguido de Seyago una brújula española que conservaba como recuerdo de un ataque y que él no sabía usar ni falta que le hacía. A ambos lados de la grupa del caballo colgaban dos pequeñas angarillas hechas por Marcial que en la ida le servirían para transportar su comida, un poco de grano para el animal y algunos enseres más; y en la vuelta para traer las yerbas, tierras y piedras que tenía la esperanza de encontrar. Además, Marcial llevaba terciada en la espalda una carabina pequeña, y de su cintura pendía un machete.

La humedad del aire en la selva no era agobiante, aparte de que Marcial ya estaba acostumbrado a bochornos mayores; pero, a pesar de ello, en muchas zonas se divisaban a ras de suelo jirones velados de bruma. Las copas de los árboles tapaban totalmente el cielo, y la gama de verdes era completa alrededor del jinete.

A media mañana, ya en los montes bajos de las estribaciones de la serranía cercana, cuando la selva se hacía más rala, el jinete tenía que descabalgar tan frecuentemente para evaluar sus hallazgos que decidió continuar su marcha a pie llevando al caballo de reata y permitiéndole pastar buenos ratos mientras los analizaba.

Tras muchos titubeos, alborozos momentáneos y ligeras decepciones, Marcial notó que el bienestar que le estaba proporcionando el paseo se estaba transformando en excitación. Pronto abandonó la variedad de sus expectativas y se dedicó únicamente a un arbusto de tallo recto y hojas compuestas que parecía abundar por allí. Casi todos tenían las flores en espiga y el resto en racimos, pero unas eran púrpuras y otras rosáceas. Los frutos, dentro de vainas arqueadas, eran granillos duros y lustrosos como perdigones de plomo, a los que se parecían hasta en el color, pues a veces eran grises, aunque en la mayoría de los casos se presentaban parduscos o verdosos. Era el añil. Del tallo y las hojas del añil, por maceración con agua, se obtenía la pasta que definía el sexto color del arco iris: el índigo, que era el azul oscuro con visos cobrizos más bello de todos los azules. Lo que más fascinaba a Marcial de aquel arbusto era que se encontraba por doquier en todas las etapas de su ciclo sexual.

El médico casi vació las angarillas de todo lo que había acumulado en ellas y las fue llenando de bolsitas con espigas, puñados de tierra, hojas, granos y papelitos escritos adosados a ellos. También hizo muchas anotaciones sentado en la cima de un monte mediano a la que llegó cuando el sol empezaba a declinar. Marcial se percató entonces de que llevaba muchas horas sin comer. Tras el frugal ágape que se permitió en honor a lo que consideraba un descubrimiento, mirando al amplio y desierto paisaje que se extendía en todo su entorno, Marcial Tamayo se sintió más dichoso que en los últimos dos años.

El capitán Dávila miró de soslayo a su acompañante, el chino Chen Dazhao, que mantenía su mirada imperturbable dirigida al trozo de calle que se divisaba desde la ventana de la taberna junto a la cual estaba la mesa que ocupaban. Ya en La Habana, al capitán le había dado un poco de pena que nadie le hubiese ofrecido compañía al enigmático pasajero oriental. Quizá por eso, o quizá porque al capitán Dávila lo cansaban pronto sus ruidosos colegas militares, aquel segundo día de estancia en Salvador le ofreció a Chen acompañarlo a pasear por la ciudad. Éste aceptó con una grave inclinación de cabeza, y al cabo se encontraban ante dos copas generosas de aguardiente de melaza de caña que allí llamaban cachaza.

El capitán bebía lentamente pequeños sorbos, y Chen sólo lo había probado. Tras mucho tiempo en silencio, a pesar de que así era como más a gusto se sentía el capitán Dávila, consideró que sería bueno hablarle al chino.

—¿Piensa hacer aquí lo mismo que en La Habana, o sea, nada?

—En La Habana paseé a veces.

—Ya, pero siguió viviendo en el barco.

—Aquí haré lo mismo. ¿Y usted?

—Yo buscaré hembras.

Chen miró atentamente al capitán y se aventuró por aquel terreno.

—¿Le gustan mucho las mujeres?

—Sí, pero sólo si son putas.

—Eso podría ser consecuencia de que usted ha tenido muchos o grandes desengaños amorosos. ¿Es así?

El bisbiseo de Chen llamó más la atención al capitán que la propia pregunta, la cual pasó por alto pues, antes de que su compañero la formulara, había tomado la decisión de que por ese camino habían llegado al límite.

—¿Usted es chino, chino?

Chen sonrió levemente y, mirando al frente, respondió lenta y pensativamente:

130

—Mi país es pequeño, pero siempre ha sido fuerte y con ansias conquistadoras. A China la ha conquistado muchas veces y en una de ésas nací yo, de padre samurái y madre china.

—¿Samu...?

—Samurái. Los samurái son individuos de una clase inferior de la nobleza constituida por los militares al servicio de los daimios.

—¿Los daimios? Bueno, es igual. Así que tú también eres militar.

Aquella información implicaba automáticamente el tuteo.

—Mi padre era samurái. Pero... sí, soy militar.

—Brindemos por ello. Por cierto, ¿por qué no participaste en el abordaje al barco inglés?

—Nadie me lo pidió y mi intervención no era necesaria.

Tras beber un sorbo de sus bebidas, el capitán Dávila siguió mostrando su curiosidad, más meditabundo que alegre.

—¿Cómo llegaste a España?

La mirada que le dirigió Chen al capitán hizo ver a éste que el interrogatorio lo estaba llevando mucho más lejos de lo que él mismo le hubiera permitido a cualquiera, y menos a Chen. Se sonrojó al percatarse de ello y dijo rápidamente:

—Perdona, ni me importa ni me gustan las curiosidades. Si tú me preguntaras, por ejemplo, por qué voy a Filipinas, no te contestaría. Yo voy a apañar pronto el asunto de las mujeres; ¿te interesa acompañarme?

—Voy a responderte a la pregunta anterior.

—¿Por qué?

—Porque eres discreto y, sobre todo, porque eres un buen luchador. No te perdí de vista en el abordaje.

—¿Y qué tiene eso que ver?

—Para mí, tiene. Mis padres fueron repudiados por sus respectivos señores. Eso es muy complicado para los occidentales; baste saber que implica el destierro. Pero, por la cuna de mi madre y los méritos militares de mi padre, fue un exilio con honor. Tras varias jugadas del destino, terminamos en Filipinas. Cuando yo ya era algo mayor, a mis padres... mis padres murieron. Yo volví a China y me embarqué hacia Japón no mucho tiempo después. El sampán en que iba fue capturado por un barco español. Mis conocimientos de la lengua española y... digamos, mi origen y experiencia me salvaron porque se consideraron potencialmente útiles. Terminé en España y ahora, tras muchos años, vuelvo a Filipinas.

El capitán Dávila trataba de entrever las inmensas lagunas que había dejado el relato a retazos de Chen. De todas las preguntas que hubiera hecho sólo se le ocurrió formular una que lo había alertado en particular.

—Tus padres murieron...

No terminó, y Chen lo miró sin contestar hasta que, dirigiendo la mirada a la calle, lentamente y sin parpadear, dijo:

—Los asesinaron. Los asesinaron inicuamente los sangleyes filipinos.

Inicuamente, quedó pensando el capitán Dávila. Con maldad o crueldad. El chino debía de ser culto y dominar muy bien el español. Aparte de odiar a los sangleyes.

—Bueno, ¿qué me dices de las mujeres?

—Que, si lo permites, iré contigo.

—Pues volvamos al barco para prepararnos antes de que anochezca, pues creo yo que en esta ciudad, de noche, es mejor ir bien armado.

San Salvador de Bahía, 28 de enero de 1754

Íbamos a estar como un mes en Brasil, y a los cuatro días nos han echado y a las bravías: o levamos anclas y nos perdemos en el ancho mar, o nos cañonean hasta reducirnos a mondadientes.

Todo por culpa de lo de siempre: las peleas entre hombres; y, sobre todo, de la cruz de batallón de marina que llevamos a cuestas. Aunque el lío más gordo parece que lo han organizado el chino y el Piñoseco, que otra vez lo llamo así por enredador. Y a ver en qué queda la cosa, porque esos dos son los únicos que los portugueses se niegan a soltar, y el capitán dice que sin ellos no se va, que es una cuestión de honor o algo de eso. El caso es que el plazo que nos han dado se cumple mañana a las diez, así que ya estoy otra vez aterrorizada porque en el magín escucho de nuevo los ca-

132

ñonazos, los gritos y todo lo demás. ¡Que el Santo Cristo de la Veracruz nos proteja!

Por lo que más confiada estoy es porque el que lleva tratando todo el día el asunto con el gobierno portugués es don Álvaro de Soler, que me parece a mí que es el único hombre cuerdo que hay en el barco, porque hasta don Jaime Sánchez de Montearroyo nos ha salido tarambana. Y mi Sebastián peor todavía, que no llevamos un mes de amoríos y ya me ha dado el primer disgusto.

La ración de pliegos de hoy va a ser generosa pues yo no me acuesto hasta que me entere de que no va a haber bombazos; porque para dar vueltas en la cama, aquí en el barco y además sola en el camarote, me quedo escribiendo, que el tiempo pasa mejor y más deprisa.

Por una parte me da pena dejar esta ciudad, que es preciosa y no la he podido visitar despacio, pero por otra estoy deseando que nos vayamos porque su gente, nada más que por verla, me da escalofríos.

La mayoría de las calles están entarimadas y se puede pasear sin llenarse una los pies de barro y resguardada de la lluvia que cae todos los días a ratos y en cantidad. Por la noche está muy bien iluminada, y me han dicho que el aceite que se quema en las luminarias lo sacan de las ballenas. ¡Qué cosa más rara! Pero es verdad, y el brillo de las llamas es el más intenso que yo he visto nunca.

Hay casas de todas clases y condición, que normalmente son de madera, pero hay muchísimas de piedra y obra. Conventos, iglesias y la catedral son los edificios más sólidos y bonitos, como en todas partes; sin embargo, también hay otros, aparte de los del gobierno, que son muy armoniosos y grandes. Otra cosa muy bonita es que desde casi cualquier punto de la ciudad se ve la bahía.

A pesar de lo linda que es, un paseo por Salvador de Bahía lo hace una rodeada por un pelotón de hombres armados, o no lo hace y se queda en casa. O sea en el barco. ¡Qué barbaridad! Aquí hay más negros que en el África negra; pero, curiosamente, los tratan mejor que en La Habana y con más miramiento del que se tienen los blancos entre sí. Es porque los negros cuestan caros, ya que los mineros que tienen dinero, mejor dicho, oro o diamantes, que son muchos, pagan cualquier cosa por ellos para que trabajen en las minas. Aunque me siga dando mucha pena que los lleven de un lado a otro encadenados y a reata por tipejos armados hasta los dientes y con el pelo recogido en una coleta larga, no he visto pegarles ni maltratarlos como en Cuba.

Los mineros son aventureros solteros en busca de fortuna rápida y dispuestos a todo. La Corona portuguesa está impulsando el paso de mujeres blancas al interior para fomentar la pacificación y el asentamiento, pero eso no ha hecho más que empezar y de malas maneras, así que los que encuentran algo de valor en las minas vienen a Salvador y lo primero que hacen es buscar hembra como sea y la que sea. Ésa es la causa de que el número de mulatos esté aumentando más rápidamente que en La Habana, que ya es decir.

Los peores mineros son los que se llaman faiscadores, que son los blancos pobres que buscan minas por sí mismos o con ayuda de algún negro. Si encuentran algo, vienen para acá y se lo gastan todo a lo bestia; si no encuentran nada, que es lo normal, se vienen también aquí, pero como vagabundos, buhoneros o malhechores. No se sabe qué es menos conveniente.

Pues todavía peores que los faiscadores, y desde luego más asquerosos, son los *capitães do mato*. Estos canallas, normalmente negros, mulatos y mestizos libres, son los encargados de capturar a los negros huidos de las minas. Los amos después les pagan sus hazañas en oro. Estos capitanes deben destruir los quilombos, que son pueblos de negros fugitivos que surgen en la selva, y a los que atrapan los marcan con una «F» a fuego en el hombro. Esto para los negros es un orgullo y se valora entre ellos; pero, si reinciden, la marca los delata, y los capitães los castigan con horrorosas mutilaciones. Pues estos pendejos, en cuanto terminan su trabajito, se vienen a San Salvador a disfrutar de sus ganancias. Se les nota lo que son porque van todos con las mismas pintas, tan espantosas que parecen una tribu rara, y porque la gente los mira con más prevención que a otros canallas.

En este panorama es fácil imaginar lo que es la ramería de la ciudad. La de La Habana era abigarrada, pero ésta es impresionante. En realidad es parecida salvo que todo más exagerado: mayor número de pelanduscas, las jóvenes son niñas y las mayores viejas, los colorines que usan para pintarrajearse son más variados, el descaro y la osadía con que se dirigen a los hombres y se ríen de las mujeres son mucho más desgarrados que en Cuba, y así todo. Yo vi una pelea entre dos de ellas que creí que se mataban. Se formó un corro de gente riendo, gritando y apostando en torno a ellas y, aunque las dos tenían la cara ensangrentada, yo creo que una perdió un ojo. Al final ésa quedó inconsciente y tendida en el suelo. ¡Qué espanto!

Lo único bonito que me hubiera podido pasar en esta ciudad fue la cena en honor nuestro que organizó la embajada de España, y hasta eso se me aguó.

El embajador invitó al capitán y a una representación del barco elegida por él de hasta quince personas. Ahí empezaron los primeros problemas. Por lo pronto, don Álvaro declinó la invitación del capitán, y yo creo (ahora estoy segura por lo que pasó después) que fue porque doña Beatriz había aceptado ser la pareja de aquél en vez de la suya. Del pasaje no invitó a nadie más, y el gordo hacendado se molestó muchísimo. Entre la oficialidad, el capitán hizo algo que a mí me pareció acertado pero que también generó rencillas. Los reunió a todos y les dijo que asistirían a la cena su segundo y el piloto Sebastián por lo decisivo de su trabajo en el combate. Los otros ocho comensales los decidirían ellos mismos por sorteo. Así se hizo aunque a regañadientes, porque algunos de ellos consideraban que tenía que elegirse por estricto escalafón. El regañadientes se transformó en malhumor cuando se vio el resultado del sorteo, pues según todos fue injusto en relación con los méritos de muchos agraciados en el combate con el barco inglés. Un desbarajuste. Para colmo, Sebastián le pidió al capitán que yo lo acompañara; éste aceptó, y parece que eso ha ocasionado todavía más problemas entre unos y otros.

A pesar de todo, la cena se presentaba espléndida, pues la embajada es muy grande y todo el mundo, que eran más de sesenta personas, casi todo hombres, estaban elegantísimos. Pero lo único positivo que se sacó de ella, y no fue poco, es que parece que allí mismo se remató la operación de venta del barco inglés con todo su aparejo y contenido sin necesidad de subasta. O mejor, la subasta se organizó allí aunque de manera más torticera que si hubiese sido pública.

Lo más increíble fue lo del barco, que resulta que se lo ha quedado el hacendado gordo. Por eso tenía tanta ansia por ir a la cena, para controlar a los que pujaron subrepticiamente por él. Parece ser que el gordo tiene buenos contactos e intereses aquí desde hace infinidad de tiempo, y en cuanto pisó tierra los puso en pie de guerra para hacerse con el barco. Seguramente porque él sabe mejor que nadie en qué condiciones está, pues lo ha visitado muchas veces en la travesía con la excusa de la curiosidad. Y las condiciones, a pesar de la batalla, deben de ser mejores de lo que puede suponer cualquiera para un barco derrotado en una batalla naval.

La ventaja de esta operación para todos nosotros es que el gordo no continúa el viaje sino que se queda aquí. Y por supuesto el precio del remate, que según todos ha sido altísimo porque quedó en ochenta mil pesos. Los tejemanejadores del gordo empezaron por veinticinco mil, pero varios mineros ricos, un hacendado de cacao, los representantes de dos países que no se saben cuáles son y hasta los ingleses por medio de terceros, porque en la cena no había ni un albión, hicieron sus pujas; y al final la cosa se remató en lo dicho. Una locura, pero ninguna tontería porque el gordo ese es cualquier cosa menos tonto. El caso es que todo este trapicheo se hizo en menos de media hora y antes de empezar la cena.

Don Jaime andaba agobiado de un lado a otro porque se ve que es hombre poco acostumbrado a esto, pero lo ayudó mucho el embajador español, que ése sí conoce bien todo este percal.

El galaneo entre mi tía y don Jaime me estaba poniendo a mí mal de los nervios. Él estaba muy lanzado por lo contento que quedó con lo del barco inglés, los discursos con elogios de todas clases que se pronunciaron y el hecho de que doña Beatriz parecía más que complaciente con él. Y yo, claro, me acordaba de don Álvaro y me daba mucha rabia. Yo nunca le he tenido inquina a mi tía; pero, como eso me parecía muy mal, esa noche se la cogí.

La gente de alta alcurnia de aquí, que yo a pocas cenas he ido de señorita marquesa para opinar con propiedad, me parece muy zafia y bastante zopenca. Lujo había por todas partes: en la vajilla y cubertería, en los dos salones y el jardín en que discurrió el homenaje, en las joyas que lucían mujeres y hombres, en los vestidos, etc., pero de buenos modales y educación estaban necesitadísimos casi todos. Por eso ocurrió lo que ocurrió.

Una vez terminados los postres, le entregaron un billete a Sebastián. Él hasta entonces lo había pasado muy bien. Desde luego mejor que yo, pues me preguntó varias veces que si me sucedía algo. Sebastián leyó con interés la nota que le había dado el criado, y yo me asusté porque se puso blanco como el mantel. Cuando le iba a preguntar por la causa se levantó de un salto, lo que causó tal revuelo que casi todos se fijaron en él. Se fue para el criado y, agarrándolo por la casaca, le preguntó a gritos que quién era el firmante del papel. El lacayo, aterrado, se lo indicó y resultó ser un tipejo lleno de adornos por todas partes y con una mirada que daba tiritera a pesar de su media sonrisa.

Sebastián se acercó a él y, sin decir palabra, le largó un bofetón. No le dio del todo en la cara porque el individuo fue presto en apartarse, pero lo pilló. Yo no sé si grité o no, pero tras el incidente, en vez de formarse escándalo, hubo un silencio sepulcral. La sonrisa del carabicha se hizo más ancha, y su mirada hacia Sebastián la afiló como una navaja de afeitar.

Entre la gente, unos parecían divertidos y otros atribulados. Los primeros que reaccionaron fueron el capitán y el embajador. Cuando se controló la situación, me enteré de lo que había pasado y de sus consecuencias. El canalla aquel le había ofrecido dinero a Sebastián por mí. Ahí es nada.

Y Sebastián, por el bofetón, se tenía que batir en duelo con él. Ahí es menos que nada.

Para colmo, el pajarraco ese podía elegir armas porque estaba decidido por todos que el ofendido había sido él y no Sebastián. Y para mí tenía yo que la única ofendida había sido quien suscribe.

Si se decidía por las pistolas, mi Sebastián estaba muerto porque no sabe manejar más que instrumentos de navegación, y de su oponente decían que es un tirofijo. Y, si elegía espada, mi Sebastián estaba más muerto todavía porque no se ha colgado en la cintura más arma que el puñalito de adorno del uniforme de los pilotos de San Telmo. ¡Qué sofocón más grande!

El duelo tendría que haber sido esta tarde, que hay que ver por dónde ya tengo algo que agradecerles a los infantones.

Antes de abandonar la embajada el capitán y todos nosotros, se quedaron firmados los papeles de venta del barco y sus aparejos, que una cosa son los disgustos y otra los negocios. Yo estaba con una mezcla de vergüenza, miedo e indignación tales, que hasta rechacé a mi tía cuando vino a acompañarme.

Ahora sé que quien realmente me hacía falta en esas circunstancias era don Álvaro, que de toda esta patulea es el único que sabe lo que tiene que hacer y hoy es el único que lo está haciendo. Si no nos cañonean mañana habrá sido exclusivamente gracias a él, porque hasta el capitán está disfrutando su preocupación. Y seguro que mi tía no es ajena a su estado de ánimo, porque después de toda la trifulca se fue con él a su camarote. Menos mal que lo hizo con tal discreción que sólo lo sé yo y, naturalmente, don Jaime Sánchez de Montearroyo. ¡Qué corajina me dieron todos!

Y Sebastián lo mismo, pues iba de ofendido por el barco y diciendo que a lo hecho, pecho, y tonterías de ese estilo. Los demás andaban continuamente animándolo y riéndole la gracia. Pero eso sí, las pocas veces que estuvo conmigo hasta lo de los infantes de marina, se lo notaba acongojado. Porque él no se arrepiente de haberle sacudido el bofetón a ese hombre, y además piensa que lo hizo por amor a mí y todo eso, pero, claro, no quería morirse.

A media mañana empezaron los correveidiles a hacer su trabajo. Primero se presentó en el *San Vicente de Paúl* la misma autoridad del puerto que nos visitó cuando arribamos. Resultaba que al mismo tiempo que la cena de marras, los infantes habían formado una tremenda marimorena, y el chino, junto con el capitán Dávila, otra en otro sitio. Estos dos últimos estaban en presidio, cinco infantes amortajados y listos para la sepultura, y cuarenta más presos en un fuerte militar. Y del resto pocos quedaban ilesos.

Nadie se ha puesto de acuerdo todavía sobre el número de finiquitados, heridos y destrozos que dejaron detrás de ellos; pero parece claro que había sido una barbaridad. Así que, o nos íbamos de allí a las primeras, o nos hundían. Los presos se quedaban todos donde estaban y del barco no bajaba absolutamente nadie. Ésas eran las condiciones esta mañana. Además, sólo permitirían embarcar a lo largo del día a los marineros que había en tierra y a los infantes que la gente no denunciara como integrantes de la algarabía. ¡Qué bonito todo!

Don Jaime, con lo ufano que se ha debido de despertar con mi tía a su vera, se quedó sin habla. Menos mal que don Álvaro andaba por allí cuando nos abordó la falúa del portugués. Don Jaime le ha dado plenos poderes para que negocie el asunto. Los portugueses lo han aceptado por ser la única autoridad civil del barco.

Hasta ahora, que es por la tarde, ha tenido éxito porque ya han embarcado casi todos los infantes, incluyendo los presos, pero los que no han aparecido son el chino y el Pinoseco.

Del duelo de Sebastián con el carabicha ya no se acuerda nadie, ¡gracias a Dios! Lo único que deseo es agradecerle también a Dios que guíe el quehacer de don Álvaro y nos vayamos todos de aquí mañana tempranito o esta noche si pudiera ser.

. . .

Don Álvaro de Soler rememoró inmediatamente la Cárcel Real de Sevilla cuando traspasó el portalón del presidio de San Salvador. No se parecían en nada, pero el tufo que emanaba de su interior era el mismo.

Lo hicieron esperar al final de un pasillo en un lúgubre recoveco de piedra, el hueco de una escalera, que a esa hora de la tarde se hallaba oscuro. Del techo se desprendían cansinamente gotas de humedad, y las paredes estaban cubiertas de musgo espeso y viscoso. Don Álvaro encontró casi a tientas un banco de la misma piedra que las paredes, se sentó en él y esperó un buen rato hasta que cuatro guardianes bien armados se presentaron con el capitán Dávila.

A pesar de la oscuridad, don Álvaro se percató de que lo habían maltratado a fondo y tuvo el convencimiento de que no había sido en la reyerta sino en la propia prisión. Los guardianes se quedaron cerca del rincón, y don Álvaro indicó al capitán que se sentara. Entonces le miró el rostro con más detenimiento pero no dijo nada. Después observó todas las cadenas que llevaba encima y tampoco hizo ningún comentario.

Los guardias tomaron posturas indolentes a pocos pasos del prisionero y su visitante, y se pusieron a charlar entre ellos. Don Álvaro, sin saludar al capitán Dávila, empezó a hablarle en un tono que éste no le conocía pero que supuso que era de rabia contenida.

—Bien, capitán, supongo que sabe que su situación es harto comprometida.

El capitán Dávila, aun sintiéndose contento al verse asistido en su desdicha por don Álvaro, no era hombre al que agradaran regañinas ni reproches.

—He estado en otras peores.

La rabia de don Álvaro se soltó un tanto.

—Hasta donde yo sé, peor es ésta que en la que se encontró cuando finiquitó a tres hombres en Sevilla. Entonces lo condenaron a muerte, pero lo hizo un oidor al que le cayó usted en gracia y amañó el indulto anual del Jesús del Gran Poder.

Al capitán, a pesar de su estado, se le notó una sonrisa en un leve rictus.

—Buen hombre, don Fernando Cruz.

Pero don Álvaro estaba de muy mal humor.

—Don Fernando Cruz será muy bueno, pero lo mantuvo a usted en la cárcel.

El capitán Dávila frunció el entrecejo.

—Claro.

—De claro, nada. Él tenía potestad para soltar al indultado, que además es lo que normalmente se hace.

—¿Ah, sí?

—Sí. Además hizo bien porque a la vista está que usted puede ser un peligro público. —El gesto del capitán Dávila se hizo hierático—. En cualquier caso, ni aquí está don Fernando Cruz, ni el gran poder del Jesús de Sevilla llega hasta estos parajes.

Don Álvaro se estaba arrepintiendo de su tono gruñón, que no solía utilizar, y además fue consciente de que el poco tiempo que tenía lo estaba malgastando. Los guardias continuaban charlando entre chanzas.

—Está bien, capitán Dávila. La situación es la siguiente. La reyerta de ustedes dos fue relativamente poco importante en comparación con la que organizaron los infantes de marina. A base de conversaciones, alguna amenaza, mucha ayuda de nuestro embajador y una cantidad exorbitante de dinero, he conseguido que suelten a todos y ya deben de estar embarcados. Lo que no he logrado hasta ahora es que nos amplíen el plazo de permanencia en este puerto para completar la aguada y el avituallamiento, ni que suelten a ustedes dos. Según el capitán del barco lo primero no representa un grave problema, pero las autoridades locales los consideran civiles, tanto a Dazhao como a usted, y la justicia ordinaria es más renuente a la negociación que la militar.

El capitán Dávila había estado atento, pero al final miró para otro lado y dijo:

—No se preocupe, don Álvaro; Chen y yo veremos cómo apañarnos en el futuro. Es cosa nuestra.

Otra vez le volvió la irritación a don Álvaro.

—¡Y un cuerno! O pasa algo, o el futuro de ustedes termina mañana en cuanto levemos anclas.

—¡Pues sea!

A don Álvaro le sorprendió que el capitán también fuera hombre de genio. Guardó un rato de silencio con los antebrazos apoyados en sus piernas casi a la altura de las rodillas. Al cabo, con un tono tajante pero sin visos de irritación, dijo:

—Mire, capitán, dejémonos de fruslerías. Lo primero que ha de hacer es contarme lo que pasó. Tengo dos entrevistas pendientes para esta noche y sólo sé la versión, por cierto que confusa y exagerada, de las autoridades de aquí. Dígame.

El capitán se movió un tanto en su sitio, y se oyó el tintineo sólido de las cadenas que le apresaban las manos y los pies. Habló con aplomo, y durante su narración a don Álvaro le fascinó escuchar al capitán una parrafada tan larga como no le había oído desde que lo conocía.

—Estábamos en un tugurio grande y lleno de gente. Por asunto de mujeres, o por pura diversión, unos tipejos nos provocaron. Créame que no hicimos caso e intentamos en todo momento evitar la pelea, sobre todo Chen. Los insultos que recibió fueron asquerosos a pesar de que no entendíamos bien el portugués. Chen me invitó a marcharnos y yo, he de decir que a regañadientes, acepté. Pero no nos dejaron y fueron ellos los que desenvainaron primero. Nos defendimos, pero la cosa se complicó porque eran muchos y bastante salvajes. La pendencia terminó de malas maneras pues, hasta que logramos salir de allí, yo maté a uno y herí a varios. Y Chen hirió a muchos más.

—El balance que me han dicho es distinto: usted mató a tres y Chen a dos además de dejar seriamente tullidos a más de cuatro.

La voz del capitán mostró cierto recato cercano al azoramiento.

—Bueno..., quizá se murieron luego.

—¿Y después?

—Nos persiguieron en la calle y nos topamos con una patrulla de alguaciles armados. Nos rendimos cuando vimos que los alguaciles podían evitar que la turba nos liquidara allí mismo. Eso es todo.

—¿Todo? Usted lucharía a espada, ¿no?

—Y a cuchillo.

—¿Y Chen?

El capitán Dávila miró fijamente a don Álvaro.

—Con un palo.

—¿Cómo dice usted?

—Con un palo algo más largo que una espada y más grueso, pero no mucho más.

142

Don Álvaro guardó silencio evaluando la información que acababa de recibir. Aquello podía favorecerlo en las negociaciones. Un palo.

—Un palo.

—Don Álvaro, Chen es un guerrero. O sea, militar.

—¿Y...?

El capitán no sabía muy bien lo que quería decir, pero estaba seguro de que a don Álvaro le tenía que confesar algo que a nadie le diría debido a su manera de ser discreta y retraída.

—Chen Dazhao es un tanto misterioso. Lo es por varias razones que si salimos de ésta le explicaré. La que le puede interesar es que va a Filipinas con un encargo más claro que el que llevamos nosotros. Eso sospecho.

—No sé a qué se refiere. ¿Piensa que es un espía o algo así?

—Algo así.

Quedaron absortos cada uno en sus pensamientos hasta que don Álvaro, haciendo ademán inútil de comprobar si al día le quedaba alguna luz, quiso concluir la visita.

—Bueno, capitán, voy a utilizar en su defensa el hecho de que usted efectivamente es militar, de que sólo mató a uno y de que fue en defensa propia. Respecto a Chen, argumentaré que se defendió con un palo de varios atacantes con armas blancas. ¿Me podría indicar algún testigo de la reyerta que pudiese apoyar esta versión?

—Pues...

—Es igual porque, al fin y al cabo, lo de esta noche no va a ser un juicio y confío más en el dinero que en otra cosa. Última pregunta: ¿están ustedes juntos en la misma celda?

—Sí, pero compartida por diez o doce reclusos más.

—Explíqueme todo lo que pueda de la situación de la celda en el presidio. Espero fervientemente que den resultado mis negociaciones, pero si no, estén preparados usted y Chen para una posible huida asistida desde el exterior una hora antes de amanecer.

El capitán Dávila, bajando la voz en prevención de que los centinelas pudieran colegir de qué estaban hablando, explicó a don Álvaro lo que sabía de la distribución de dependencias del presidio. Al final, le dijo muy seriamente al real comisionado:

—Don Álvaro, créame que no deseo que usted ni nadie se exponga a riesgos graves para ayudarnos.

143

Don Álvaro suavizó la mirada adusta que había mantenido hasta entonces en la entrevista y relajó el tono de su voz.

—Usted se expuso a ellos por mí en varias ocasiones.

—Era mi trabajo.

Don Álvaro volvió a su actitud resuelta, aunque no pudo evitar dar una palmada amistosa en la pierna del capitán Dávila antes de decir:

—Capitán, tengo prisa. Haga lo que le he dicho y no se atribule demasiado, pues mi última baza es comprar una fuga. Es una buena salida porque las autoridades no se comprometen, y con algún castigo simbólico a guardianes bien pagados queda solucionado el asunto. Si tuviera que jugar esta mano habrá que hacer teatro, así que esté dispuesto y no le diga a Chen, si llega el caso, que hay farsa de por medio. ¿Está claro?

—Está claro.

144

7

—Hace un mes que dejamos Salvador de Bahía y desde entonces apenas hemos hablado, Álvaro. ¿Es éste un buen momento para ti?

—Es un buen momento, Beatriz.

El viento era favorable, y la noche se intuía más por los cambios en la rutina de la tripulación del *San Vicente de Paúl* que por la posición del sol, que, al estar escondido tras nubes espesas, era imposible precisar. Don Álvaro había visto a doña Beatriz desde la pequeña cubierta en que él miraba al horizonte y ella, al descubrirlo allí desde la borda donde se encontraba con Blanca, sintió un impulso fuerte de acompañarlo. Se unió a él discretamente y le dirigió apenas una sonrisa a modo de saludo antes de hablar.

Mientras doña Beatriz se acercaba a él, don Álvaro sintió una alteración desbocada del ritmo de su corazón. Su fugaz amante de La Habana estaba más bella que nunca. En su tez, que tenía un color de cuero fino curtido por brisas suaves y persistentes, se dibujaban sus rasgos de forma cada vez más delicada y precisa. Los contornos de sus labios eran nítidos, y el blanco de los ojos y dientes refulgía mucho más que con el color primitivo de su piel. La cabellera, más larga y abundante, contribuía también a realzar la belleza de su rostro. Y seguía cuidando su vestimenta y discretos adornos en toda circunstancia.

Tras la primera frase que utilizó a guisa de saludo, la mujer se apoyó en la baranda y, sin mirar a don Álvaro, le dijo:

—Me está pesando ya infinitamente este viaje. Es largo el tiempo y grandes las incertidumbres de futuro. A pesar de la hermandad que se está estableciendo entre todos nosotros y la seguri-

145

dad que nos da este mundo limitado y rutinario, a veces me acongojo demasiado. Ahora en concreto me siento más confusa de lo habitual. ¿Realmente crees que es un buen momento para hablar?

Don Álvaro permaneció en silencio y al cabo, cuando habló, no contestó a la pregunta de su amiga.

—Pronto alcanzaremos el cabo de Hornos y entonces tendremos poco tiempo para aburrirnos porque debe de ser terrible. Después iremos al encuentro de muchas islas de la Polinesia y eso nos puede apasionar. Quizá sea ésta la parte más tediosa del viaje pues, cuando empecemos a intuir la inminencia de la llegada a nuestro destino, la vida será más llevadera en el barco. No tenemos más remedio que armarnos de paciencia. A mí no me está viniendo tan mal esta parsimonia. Y tú ¿escribes?

—Sí.

Tras un breve titubeo, añadió con cierta decisión aunque con gesto que trataba de ser ausente:

—Te he dedicado algunos poemas.

Don Álvaro no pudo evitar un suspiro y lamentó que hubiese sido demasiado ostentoso. Doña Beatriz lo miró de soslayo y, tras volver a clavar los ojos en el horizonte, dijo:

—Te he hecho daño.

Don Álvaro tardó en replicar.

—Sí, Beatriz, estoy dolido. Pero creo que el daño no me lo haces tú. —Continuó en forma casi de monólogo con tono algo apesadumbrado—: Yo no escribo; lo que hago es pensar mucho. Y por más que pienso no llego a conclusiones claras.

La pausa que hizo el hombre hizo temer a doña Beatriz que anunciara el inicio de un mutismo provocado por la timidez. Por eso lo animó diciéndole:

—Háblame, Álvaro.

Don Álvaro habló porque hacía mucho tiempo que lo deseaba.

—Pienso mucho en las causas reales de mi rencor porque hayas sido de don Jaime... que hayas estado con él, quiero decir. Y me confundo. Pienso mucho en qué es lo que realmente me gusta de ti. Y me confundo. Pienso mucho en las mujeres que he amado y por qué paso tanto tiempo comparándolas contigo. Y termino confundido. Pienso mucho en lo que sería el resto de mi vida contigo y termino no sólo confundido sino amargado. Mezclar sentimientos y razón lo único que produce es una amalgama amarga.

Don Álvaro guardó silencio y doña Beatriz tardó en hablar, pero cuando lo hizo su voz mostraba un timbre empapado de seriedad y cariño. Esto último se tradujo en un leve roce provocado de su mano en el brazo de don Álvaro.

—Lo mío es distinto y seguramente peor, Álvaro. Yo no te puedo comparar con hombres de mi vida porque apenas he tenido. Don Jaime, créeme, es una buena persona de la que no estoy hablando ni creo que hablaré. Pero presentí que eras... que podías ser el complemento de mi vida.

Doña Beatriz quedó en silencio y don Álvaro, en su expectativa, volvió su mirada hacia ella, pues hasta entonces ambos habían hablado mirando al mar y al cielo.

—¿Y?

Ella adoptó un gesto altanero después de limpiarse una lágrima incipiente en el párpado inferior del ojo derecho.

—Creo que no deseo ningún complemento a mi vida.

—Lo sé. Quiero decir que a esa conclusión he llegado yo también algunas veces. Te confieso que en otras ocasiones llego a conclusiones distintas, pero esa certeza me ha invadido con frecuencia. Tu necesidad de libertad es demasiado grande.

—No te confundas, Álvaro: añoro cosas muy primitivas de ti. Y en demasiadas ocasiones otras muy dulces. Pero recuerda que he estado a punto de acabar con todo, o sea, de morir o de terminar recluida en un convento de por vida. Incluso...

—¿Qué...?

—No te voy a dar detalles, pero a veces me convenzo de que no necesito ni de ti ni de ningún hombre.

El sol declinaba en el horizonte cuando se liberó de las nubes. El cielo se tiñó de rojo de forma bastante repentina y aquéllas adquirieron textura de bajorrelieve, con mil matices y oscuridades. La pareja contempló la transformación de la tarde en silencio y, cuando el ocaso estabilizó su ritmo, don Álvaro continuó la conversación.

—Sabes que soy de natural reservado, Beatriz; quizá por eso lamento especialmente que no vayas a estar junto a mí en el futuro. —Ella lo miró atenta porque no estaba segura de lo que quería decir el hombre, pero presentía que le iba a interesar—. Un aspecto apasionante de la convivencia puede ser el hecho de que el ser querido nos conozca a fondo. Seguramente, su perspectiva es más enriquecedora que la visión que uno puede alcanzar de sí mismo. Si uno atiende y escucha a su cónyuge convenientemente, con seguridad profundiza en el conocimiento propio. Tras tantos avatares en mi vida, me da pena privarme de ello en el umbral de la vejez en que pronto me encontraré. Y creo que tú hubieras sido una mujer adecuada para completar mi vida, porque eres sagaz y te preocupas por cosas parecidas. Después de conocerte, detesto tener que seguir explorándome a mí mismo en soledad. —En este momento don Álvaro sonrió con amargura mientras miraba intensamente a doña Beatriz—. Tú tienes otros intereses y no pasan por mí. Yo los apruebo, pero entiende que me sienta muy decepcionado. Además, me atraes físicamente de forma imperiosa, por tu belleza y tu ausencia de inhibiciones.

Doña Beatriz suspiró y cambió de nuevo su mirada hacia el sol. Don Álvaro, un tanto avergonzado por lo que había dicho, la miró de reojo y vio que por sus mejillas corrían dos lágrimas que brillaron con irisdiscencias en las que predominaban los tonos rojizos. Aquellas lágrimas conmovieron tanto a don Álvaro que su corazón se desbocó. Se fijó en los surcos que habían dejado en el rostro de la mujer amada y después observó cómo caían desde su mentón hasta el repecho de la baranda de madera sobre la que estaban apoyados. A las dos primeras lágrimas, que seguían brillando sobre la caoba con tonos rojizos más oscuros, siguieron otras dos que desencadenaron la amargura de don Álvaro. Apartó la mirada de las cuatro lágrimas y refrenó su impulso de abrazar a la mujer para consolarla. Ambos permanecieron un rato en silencio con la mirada perdida en el horizonte hasta que doña Beatriz, con la voz quebrada de emoción, dijo con cierta brusquedad:

—Te amo, Álvaro. Pero, sin saber por qué ni para qué, quiero ser libre. Libre.

—Lo sé, Beatriz, pero tal vez exista la posibilidad de que seas libre conmigo.

Doña Beatriz sacó un pañuelo bordado de la manga de su tenue corpiño y se secó la cara parsimoniosamente. Don Álvaro temió que hubiera dado por concluida la conversación y que ya no volvieran a hablar más de sus sentimientos en mucho tiempo. Quizá por eso quiso ser osado y que su pudor no le impidiera expresar todo lo que deseaba, como solía ocurrir. Pero, debido al atolondramiento que ese temor le provocó y a la osadía que decidió esgrimir, eligió el más escabroso de los pensamientos que había rumiado en torno a su amada.

—Beatriz, recuerda, por ejemplo, la última noche en El Guacamayo. Aquello puede sugerir más cosas que una diversión exótica e incluso sórdida.

Doña Beatriz, que había estado a punto de marcharse, se apoyó de nuevo en la baranda, interesada en el inesperado rumbo que había tomado la aciaga charla.

—He pensado mucho en aquella aventura y estoy de acuerdo contigo: presenta muchas facetas. Yo no sé para qué ni de qué manera quiero ser libre, ya te lo he dicho, y quizá la respuesta es que deseo alcanzar, en primera instancia, la libertad de la que gozáis los hombres.

—Parca aspiración. Además, apenas entreveo qué relación tiene eso con El Guacamayo.

—La tiene. Confusa, pero la tiene.

—Realmente confusa, porque tú con aquella muchacha... disfrutaste; en cambio yo...

Don Álvaro se sentía muy azorado, y doña Beatriz lo notó aunque ello no le produjera ningún regocijo. Fue ella la que continuó lo que el hombre había dejado en el aire.

—En cambio, a ti el muchacho te enturbiaba el ánimo cada vez que se te acercaba. —Don Álvaro se estaba sintiendo realmente incómodo; sin embargo, doña Beatriz mantenía muy serio su gesto—. Esa barrera insalvable para ti la he sentido yo muchas veces con hombres. Por ejemplo, con mi marido. En demasiadas ocasiones la he tenido que sobrepasar, y no estoy hablando sólo de sexo. Esa humillación intensa, aunque sorda y sutil, es raro que los hombres la padezcan.

—Te entiendo pero no sé adónde quieres ir a parar respecto a la libertad que buscas y en la que yo no tengo lugar.

—Ya te he dicho que estoy confusa, pero deseo alcanzar la potestad de los hombres respecto a todos los aspectos de la vida, no sólo el sexual. Me has devuelto la dicha de saber que existen hombres como tú a los que puedo amar sin barreras. Ha supuesto un alivio para mí entender que, al menos en ese sentido, puedo conseguir la libertad. Te lo agradeceré siempre.

Doña Beatriz se estaba agobiando porque no sabía bien lo que quería decir, pero se había convencido de que lo debía intentar porque don Álvaro se lo merecía.

—¿De qué viviríamos, Álvaro?

Aquello sorprendió un tanto a don Álvaro, pero se sintió aliviado por cambiar de asunto.

—No lo sé, ni me interesa mucho.

—A mí sí. ¿De qué?

—Pues en Filipinas estaré en comisión real. Eso significa un buen salario, y en España...

—Yo tengo una fortuna que no es magra y un envidiable patrimonio en Sevilla.

—Entonces, ¿qué te preocupa?

—Lo tuyo es tuyo, y lo mío me viene de mi marido y mi familia. Quiero conquistar la libertad que tenéis los hombres de buscar el sustento y la fortuna. Y, si necesito una pareja, ni siquiera estoy segura de que me plazca que la relación mutua sea de igual a igual, pues debe de ser dulce amar dominando como lo hacéis los hombres. Soy consciente, Álvaro, de que mi egoísmo es desmedido y que hago daño a quien me ama. Pero reconoce que en esta búsqueda desquiciada de libertad asumo riesgos tan intensos como las heridas que provoco. Maté a mi marido, sí, pero apostando mi vida, porque siempre supuse que sería ejecutada por ello. He arrastrado a Blanca a un futuro tan incierto que raro será que no termine odiándome, y la amo tanto como si hubiera surgido de mis secas entrañas. Estoy jugando con tu amor, y sé que eres el único hombre al que podría amar con pasión y serenidad. Pero hay un persistente viento en mi interior que me impulsa hacia un mundo que deseo explorar aunque me lleve por un rumbo escabroso y extraño.

Tras dar un apretón al brazo de don Álvaro, doña Beatriz se alejó de él rápidamente. El sol desapareció por el horizonte, y los silbatos de los oficiales llamaron a rancho.

Marcial Tamayo se sentía dichoso sin saber por qué, aunque seguramente tenía que ver el hecho de que llevaba demasiados días atribulado y con ánimo siempre variable. Estaba en el poblado a la fuerza y, sin embargo, se daba cuenta de que aquello le proporcionaba cierta seguridad. A Manila no podía ir por ser un prófugo, y en otros pueblos grandes tampoco tendría oportunidades de instalarse a ejercer la medicina. Allí no quería quedarse porque, a pesar de sentirse cada vez más respetado, llevaba una vida sin aliciente de ningún tipo ya que no tenía con quién hablar, salvo quizá Seyago, y con éste siempre discutía de las mismas cosas, pues ambos mantenían invariablemente los mismos puntos de vista. Zoraida estaba perdidamente enamorada de él, pero ni era hermosa ni sabía apenas hablar. Se acercaba el plazo de un año de servicios médicos exigido por Seyago a cambio de su apoyo en la fuga del presidio de Zamboanga, y ninguna perspectiva lo satisfacía. Su porvenir era enterrarse en vida en aquel pueblucho haciéndole hijos a Zoraida y malcurando infecciones, siempre expuesto a un ataque español, o irse a la aventura corriendo el riesgo de ser detenido y devuelto a Zamboanga con su situación penal agravada. Todo ello era lo que le tenía desasosegado el ánimo. Y sin embargo aquella tarde, tras dormir una larga siesta, se sentía dichoso.

Marcial se sentó en la terraza de la primera planta de su topanco y miró hacia la selva. Muchos niños entraron correteando en el centro del poblado que se podía considerar la plaza principal, y Marcial se entretuvo observando sus juegos. Varias mujeres estaban afanadas en las puertas de sus chozones moliendo grano y repasando ropa. Hacía calor pero era más soportable que el de días anteriores.

De la selva surgió un grupo de hombres portando sacos abultados que no parecían pesados. Entre ellos iba Seyago, quien, al pasar por debajo de la enfermería, saludó a Marcial señalándole uno de los sacos. Marcial devolvió el saludo dando a entender que aprobaba el suministro, pues se trataba de hierbas, matas y arbustos que le había encargado al jefe para extraer de ellos medicinas y ungüentos que necesitaba reponer.

Seyago se sentaba al rato junto a él dejando el saco en el suelo. Marcial inspeccionó cuidadosamente su contenido y agradeció de nuevo con un gesto la labor del cabecilla del poblado. Desapareció después y volvió con una jarra casi llena de una mezcla de zumos de varias frutas que sabía que agradaba especialmente a Seyago. Tras llenarle un vaso y esperar a que lo saboreara, Marcial le preguntó:

151

—¿Va todo bien?

—Va bien.

Cuando hablaba español, el tono del hombre era sin entonación ni entusiasmo. Después de un silencio pesado, Seyago fue el que preguntó:

—¿Y tú?

—¿Yo...? No sé. Como siempre.

—¿Como siempre?

Aquello era una invitación a que le contara sus cuitas. Marcial intuyó que no era porque estuviera aburrido ni por amabilidad, pues Seyago no era persona cuyo ánimo deambulara por esos pagos. Marcial pensó que quizá le interesara hablar con el hombre del que dependía en parte su futuro.

—Seyago, no falta mucho para que se cumpla el plazo que tú y yo sabemos.

—No.

—¿Me dejarás marchar?

Seyago miró inquieto en torno suyo y, con tan poca convicción que alarmó a Marcial, dijo:

—Te he dicho muchas veces, y deberías saber, que siempre cumplo mi palabra.

Quedaron de nuevo en silencio hasta que Seyago preguntó:

—¿Adónde irás?

—No sé. Pero me iré.

Seyago se estiró en su asiento y bebió de su vaso.

—Lo sé. Sin embargo...

—¿Qué?

Seyago cambió de actitud y se irguió un tanto mirando a Marcial atentamente mientras le decía:

—Escucha. Va a haber una guerra abierta. Será dura. Yo participaré, pero no peleando como hasta ahora, sino en partidas mayores. Nos hará falta un médico.

Marcial Tamayo sintió una opresión en el pecho que ya le era familiar.

—Si no acepto, ¿me dejarás marchar?

Seyago se repantigó de nuevo pero con gesto decepcionado. Al cabo, repitió cansinamente:

—Siempre cumplo lo que digo.

Quedaron callados hasta que Seyago apuró su vaso e hizo gesto de marcharse.

—Espera.

—¿Qué quieres?

—Podría haber una solución intermedia. —Seyago se interesó y le clavó la mirada—. Sabes que no puedo ir a Manila ni a ningún poblado grande. Y para hacer de médico en la selva preferiría quedarme con vosotros, lo cual tampoco es mi deseo. Si me instalara cerca de aquí, ¿respetarías mis tierras? Yo, a cambio, atendería a los heridos y enfermos que me llevaras.

Seyago estaba intrigado y Marcial esperaba con ansiedad sus palabras, no porque pudiera decepcionarlo una negativa suya, sino porque Seyago era tan sagaz y realista que seguro que sus preguntas u objeciones lo ayudarían a perfilar un proyecto que tenía aún demasiado vagamente elaborado.

—¿A qué te refieres cuando dices tus tierras?

—A una zona deshabitada a menos de dos leguas de aquí.

—¿Cómo estableces sus límites?

—Los establecería de acuerdo contigo, de palabra, y con el compromiso de que convenzas a los jefes de los poblados cercanos de que me respeten vida y propiedad. Yo, te repito, os curaría a todos a cambio de ese respeto y algo de ayuda.

—¿Ayuda para qué?

—Tengo que vivir.

—¿Alimentos, ropa y eso?

—Y quizá trabajo.

—Trabajo, ¿para qué?

—Te voy a hablar claro, Seyago: quiero explotar esas tierras. Voy a cultivar añil y cayaver para fabricar tintes azul y grana. Quizá también abacá. Además, cultivaré catorce plantas medicinales con las que haré cuatro medicinas y dos ungüentos. Más adelante elaboraré un aceite para ahuyentar mosquitos y otros insectos.

Seyago parecía interesado y preguntó algo que casi le parecía obvio, buscando así tiempo para meditar sobre lo que acababa de decirle Marcial:

—¿Qué harás con todo eso?

—Venderlo a los españoles y a quien lo pueda pagar. A vosotros os lo cambiaría por trabajo, pero sin abusar jamás.

—Eso último sobra porque no te lo íbamos a permitir.

Marcial sonrió con un punto de entusiasmo que pronto comprobó que no le transmitía a Seyago.

—No podrás vender tus productos ni tendrás documentos de propiedad de las tierras que acepten los españoles.

—Lo sé, pero lo primero se puede hacer mediante terceros. Sólo es cuestión de ofrecerles beneficios encareciendo para ello el producto. En cuanto a lo de la propiedad...

—A la primera de cambio te detienen, se quedan con todo y se lo regalan al primer fantoche que les caiga en gracia a las autoridades.

—Ése es el riesgo; pero, si me ayudáis y respetáis, es posible que los españoles ni se enteren de la existencia de la hacienda...

—¿Hacienda?

—Sí, hacienda; tampoco se preocuparán por la procedencia de los productos si éstos se pueden vender en Manila y exportar a Nueva España en el galeón con ganancias para los intermediarios.

—Estás loco. ¿No te has enterado de lo que he dicho de que va a haber una guerra abierta?

—Las guerras no tienen por qué destruir todo.

—Pero, si los españoles se enteran de que hay una enfermería en la selva, la atacarán.

Tras una breve pausa y cambiando de tono, Seyago añadió:

—Tú quieres jugar en dos bandos y en ninguno te quieren, porque yo me fío poco de que tus planes no nos perjudiquen a largo plazo si prosperan.

—¿Por qué?

—Porque son planes muy españoles.

—Pero yo...

—Tú eres tan español como todos. Podrás irte de aquí cuando se cumpla el plazo, pero ándate con ojo..., español.

Ésta fue la brusca despedida de Seyago. Marcial quedó apesadumbrado pero, curiosamente, también ilusionado pues el hecho de haber formulado en voz alta sus planes tuvo la virtud de ordenarle las ideas, y aquello le daba una certeza sobre sus deseos que antes nunca había logrado alcanzar.

• • •

Ya no sé qué escribir en estos pliegos y, por más que le insinúo a mi tía que sería buena idea lo de relajar esta vaina, ella dice que ni hablar, y que me haga a la idea de que seguiremos en las mismas mucho tiempo. Así que como siempre: o escribo y leo, o no como. Y hace tres días comprobé fehacientemente que el asunto no iba en broma. Ya he copiado hasta las Reales Ordenanzas navales enteritas y es porque, con el grandioso aburrimiento que tenemos encima, muchos días no tengo ganas ni de que me ocurran cosas para escribirlas.

Con mi tía ya hace mucho tiempo que me llevo muy bien, pues se me pasó la tirria que le cogí en Salvador. Es curioso que desde aquello ha vuelto a escribir poemas. Un día que lo hizo muy de noche se quedó dormida encima del escritorio; me levanté a despertarla para que se viniera a la cama y no pude evitar leer lo que había escrito (o sí pude, pero me atreví a leerlo). Era un soneto dedicado a don Álvaro. Cuando terminé, empecé a llorar como una tonta por lo bello que me pareció. Ella se despertó y al verme con el papel en la mano se enfureció, pero suavizó el gesto cuando me vio llorar y se fue muy dócilmente a la cama sin decirme nada ni quitarme el papel. A ver quién se explica que esté enamorada de don Álvaro de esas maneras y no sólo no le haga caso sino que, para más escarnio, coquetee con don Jaime. Ya he escrito muchas veces que a mi tía no hay quien la entienda, pero yo la quiero mucho. Don Álvaro la quiere más todavía y de don Jaime para qué hablar. En fin...

¡Qué lindo es mi Sebastián! Aunque apenas hablamos, me mira muchas veces y me envía billetes con mil zalamerías. Y no es nada pesado, porque yo hablo con mucha gente y a él le encanta verme de cháchara; incluso con los que podrían considerarse sus rivales, como Juanito el botánico, que el pobre sigue encandilado conmigo.

Con Juan tengo conversaciones muy entretenidas, como por ejemplo cuando hablamos de la canela.

Dice Juan que la canela que se consume en todo el mundo la benefician los holandeses, los cuales se la compran en exclusiva al rey de Candi, señor de la isla de Ceilán, que es donde se produce. Y Juan mantiene que la canela de Zamboanga, en Mindanao, es mejor que la de Ceilán porque su sabor picante y aromático es más vivo. Pero no puede competir con aquélla porque tiene una babilla o goma que la hace despreciable a la gente. Yo le pregunté a Juan que si se puede eliminar esa goma y me dijo que sí. El método que él quiere emplear me pareció pasmoso y, además, sostiene que será un procedimiento que se empleará mucho en el futuro. Es más o menos así. Se siembra un montón de semillas de canela; cuando brotan, se observa muy bien cuáles tienen menos babilla aunque la diferencia sea muy ligera; se tiran todas las demás y se siembran las semillas de ésas junto con otras, pero estas últimas en condiciones de tierra y agua más precarias que aquéllas. Y otra vez lo mismo. Así, fastidiando a las que tienen más babilla y mimando a las que presentan menos, se llega a una generación en que la babilla ya no existe.

· Él me lo contó con mucho detalle y muy ilusionado, pero a mí aquello me pareció una barbaridad y así se lo dije. Porque a ver qué va a ser de este mundo si el método se generaliza. A un rey le da por tener almendros rojos, y al poco tiempo se acabaron las flores blancas de esos árboles tan bonitos le guste o no a la gente; a un sátrapa le gustan los melones chicos, y con el tiempo no queda ni un melón en condiciones. Y todo así o peor. Porque eso se lo puede una imaginar también con la gente. Se empieza eliminando a los tontos y se sigue con los que no gusten a la mayoría o al rey, y terminamos todos igualitos. Al principio Juan se reía de mí, pero como yo estaba muy lanzada en contra de ese dislate, al final no tuvo más remedio que tomarme en serio y se quedó muy meditabundo.

Después pasamos a qué provocaba la dichosa baba. Me dijo que nada, que como mucho una espumilla cuando se usaba la canela en platos o bebidas calientes. Pero que era precisamente esa espumilla la que despreciaba la gente.

Y entonces yo sí que salté, claro. Le dije que en lugar de alterar arbitrariamente la naturaleza, o sea por capricho, por qué no alterar el capricho. Basta con que el rey ese que decía yo, o el sátrapa, invite a tomar chocolate a los principales del país, le ponga canela con babilla y diga en voz muy alta, con los ojos casi en blanco de mirar al techo y echándole mucha comedia: «¡Qué riííca está la espumita!» De fijo que a todos los demás les encanta y en cuanto lleguen a sus casas hace cada uno lo mismo con sus amigos. Al poco tiempo está un país entero más que contento con la espumita de la canela filipina. Y los holandeses viendo cómo se arruinan o tratando de que su canela de Ceilán tenga babilla.

Yo, como es de imaginar, todas estas tontunas las dije por pasar el rato, pero Juanito se quedó tan pasmado que me preocupó, y es que a los hombres les encanta complicar las cosas, porque yo estoy segura de que, si desde entonces anda por el barco como un ánima del purgatorio, es porque sigue dándole vueltas en la cabeza a las dos cosas que le dije de la canela. Pobrecillo.

El caso es que el asunto no quedó ahí. (Yo es que me muero de risa por lo simplones que son los hombres.) El capitán tiene verdadera obsesión con el escorbuto. Me han dicho que en una travesía como ésta es de esperar entre un cinco y un diez por ciento de muertos por enfermedades, y la reina de todas ellas es el escorbuto. Nos tocan como veinte o treinta defunciones, y hasta ahora ésos son los tripulantes que han caído pero por hacer el bestia. Por enfermedad, ninguno. Ésta es la etapa peor para agarrar el escorbuto. Parece que al que le toca se llena de cardenales por todas partes porque se le va la sangre por los músculos y la piel, y las encías se le vacían, entra en un sopor de muerte y se le escapa la vida poco a poco e irremisiblemente. Una pena muy grande.

La mejor manera de prevenir el escorbuto es haciendo comer a todo el mundo limones, naranjas y verduras. Pero eso se acaba a la larga en una travesía como ésta. Pues hay un invento, que en realidad parece que viene de muy antiguo, que se está tratando de implantar en la marina aunque por ahora con poco éxito. Es un zumo de malta no fermentada que se llama cerveza o algo así. Por toda Europa la llaman el vino de los pobres y hay mucha afición a ella; pero, como en España producimos caudales de vino, la cerveza esa no se sabe ni lo que es. Juan el botánico la hace muy bien y malta tenemos no por arrobas, sino por quintales. El problema es que está malísima, así que cuando el capitán obligó a los marineros y los infantes a beberse aquello, se formó un desbarajuste grande porque hubo acuerdo general de que la cerveza era un sucedáneo del meado de burra. Los más tontos dieron un buche y tiraron como pudieron el resto; los listos ni eso. Se llegaron a usar hasta los castigos, que eso en este barco es raro. Hasta no hace mucho sí eran frecuentes y crueles porque, según me han contado, a quien blasfemaba más de la cuenta le cortaban un trozo de lengua con unas tenazas o le clavaban en ella un clavo al rojo vivo. ¡Qué espanto! Pero, gracias a Dios, eso ya es historia porque ahora a los marinos que se portan mal los encierran en una parte de la bodega un día o dos, y a los infantes díscolos les dan una tunda de palos entre varios suboficiales para regocijo de todos. Los muy bestias. Pues ni por ésas se tragaban el dichoso juguito.

Y ahí entró mi idea sobre la espumita de la canela. Juan habló con el capitán, y éste llamó a asamblea de oficiales. A los pocos días aparecieron éstos charlando muy tranquilitos por ahí con una jarra de cristal llena de la cerveza esa cada uno, bebiendo muy despacito y hasta brindando de vez en cuando. Todo teatro porque a ellos les gustaba menos que a nadie, pero las órdenes se cumplen y punto.

Al principio, los marineros y sobre todo los infantones se reían de ellos más o menos disimuladamente, a vueltas con lo de la burra; a los pocos días ya andaban escamados con el deleite con que parecían beber el jugo los oficiales; a la semana, o poco más, los más lanzados pidieron un poquito para ellos. Y, por supuesto, les dijeron que no porque aquello era privilegio de los oficiales. Apenas pudieron contener el enfado generalizado, y entonces el capitán, en un gesto de magnanimidad soberana, permitió que circulara más o menos abiertamente la dichosa cerveza que, para colmo, achispa un poquito. Y ya tienes a todo el mundo más contento que unas pascuas con sus jarritos y frascas de cerveza. ¿Son o no son tontos los hombres? Si les dices que o se toman el jugo o se mueren, capaces son de morirse antes que bebérselo; les dicen sus jefes: ¡qué riííca la cerveza!, y a beber hasta reventar. ¡Señor, Señor!

El Pinoseco y el chino, que de otra manera no los llamo desde que liaron la que liaron en Salvador, se han hecho muy amigos. Y es que son tal para cual. ¡Qué raros son! No hablan apenas; se juntan por ahí y pasan el rato callados uno al lado del otro. De vez en cuando se dicen algo y después otra vez como estatuas. Los infantes siempre andan detrás de ellos porque, claro, como parece que pelean muy bien y eso es lo único que a aquéllos les interesa en la vida, están deseando que les enseñen trucos y mañas. Pero ellos, nada de nada, siempre se desentienden de los infantes. Eso, por lo menos, me hace gracia de los dos. La verdad es que conmigo son muy amables; aunque el Pinoseco puede pasar, pero el chino... Se me siguen erizando los pelos del cogote nada más que pienso en esos ojillos y ese siseo cuando habla.

Y dentro de nada el mareón otra vez, porque lo del cabo de Hornos dicen todos que es apoteósico. ¡Qué ganas tengo de llegar a Filipinas!

8

Los dominicos, orden encargada de cristianar a sus habitantes, habían construido muchos templos en el parián de los sangleyes, y todos acabaron destruidos. Unos ardieron, otros los derribaron temblores o vendavales y alguno hubo que el gobernador de turno hizo demoler por representar un peligro para la defensa de la ciudad un edificio de cantería tan próximo. En la ruina más sólida de todas por estar hecha de cal, arena, conchuela de la mar y miel de cañas, se celebraba aquella noche la asamblea más inquietante que nunca tuvo lugar en el barrio chino extramuros de Manila.

Sólo seis cirios iluminaban el semisótano en el que se hallaban reunidos unos cuarenta jóvenes sentados en el suelo sobre bloques de piedra, o de pie apoyados en las paredes. La estancia tendría apenas cien varas cuadras, y en un rincón cercano a la única puerta de la estancia estaba Li Feng rodeado de seis sicarios de gestos hieráticos. El único color de las vestimentas de todos los presentes era el negro. Entre el grupo de Li Feng y los que parecían hacer el papel de espectadores había una distancia de unos dos pasos. La actitud de todos se aproximaba a la contrición. En un silencio sepulcral se oyó la voz firme de Li con tono cavernoso:

—Sois los elegidos para algo que va mucho más allá del cumplimiento de la misión que os han dicho. Vais a la guerra, y la guerra pasará. Entonces, cuando haya de nuevo paz, es cuando comenzará realmente vuestro destino. Sobre vosotros se cimentará el futuro en buena medida.

Las miradas apenas se apartaban del suelo, pues pocos de los presentes osaban mirar a Li Feng. La pausa que abrió fue tan larga que algunos supusieron que la alocución había terminado. Pero nadie se movía. Al cabo se escuchó de nuevo la voz del patriarca sangley.

—La misión que os hemos encomendado la cumpliréis.

El tono no había sido amenazador sino casi lacónico.

Li hizo un leve gesto con la mano derecha. Varios sicarios se movieron y salieron de la ruinosa habitación dejando la puerta abierta.

El silencio se vio disturbado por un rumor de pasos que iba aumentando en intensidad. Parecía como si algunos hombres se esforzaran en transportar algo pesado. Todas las miradas estaban enfocadas en el oscuro rectángulo del hueco de la puerta.

Los hombres que se habían ido volvieron cargando un extraño bulto sobre dos recios tablones de madera de menos de vara y media cada uno cruzados en aspa. El movimiento y la incierta luz de las llamas de los cirios apenas dejaban entrever qué era lo que había unido a los tablones. Finalmente, apoyaron el artilugio en el suelo cerca de la pared, y sobre ella quedaron descansando dos de los extremos de la extraña aspa. Cuando se apartaron de allí los hombres que la habían transportado y la luz permitió verla con detalle, muchos de los cuarenta sangleyes gentiles emitieron gritos ahogados. Y todos se removieron aterrados en su sitio.

Amarrada a los maderos estaba aspada una forma humana. Extraña y estremecedora no sólo porque era ya cadáver, sino porque su extrema pequeñez era debida a que le faltaba buena parte de sus cuatro extremidades. Su desnudez era tal que ni piel le quedaba. Ni siquiera en buena parte de la cara.

A otro gesto de Li Feng, un sicario se acercó a la masa sanguinolenta y la rozó enérgicamente con un hisopo impregnado en alguna sustancia de olor penetrante que llegó a todos. El estupor de los presentes rayó en el paroxismo sordo cuando la cabeza del supuesto cadáver se movió y sus ojos se abrieron desmesuradamente. Su boca se abrió con esfuerzo, y parecía que trataba de emitir un grito o quejido lastimero. Pero nada se escuchó, y algunos adivinaron que no tenía lengua. El despojo humano, aún vivo, comenzó a temblar. Los ojos de los espectadores parecían a punto de salirse de sus órbitas. A un nuevo gesto de Feng, uno de sus sirvientes se acercó lentamente al aspado y, desenvainando un cuchillo, se lo acercó al cuello. Con un rápido movimiento lo degolló, y su expiración emitió apenas un gorgoteo que todos escucharon sobrecogidos.

Los hombres que habían transportado la siniestra aspa se la llevaron del habitáculo, mientras los congregados trataban de reponerse de la angustia que la escena les había producido.

Los hombres volvieron; dos de ellos llevaban un gran canasto. Tras otro gesto de Feng fueron repartiendo entre los jóvenes una bella bolsa de terciopelo rojo idéntica para cada uno. Lo hicieron con gran lentitud y comprobando cuidadosamente la correspondencia entre cada bolsa y su destinatario. Nadie sabía qué hacer con ella hasta que uno de los repartidores indicó con un enérgico mugido que la abrieran.

Los asistentes descubrieron dos cosas en cada bolsa. La primera los llenó de un júbilo extraño porque era una gran cantidad de dinero. Les costó más trabajo desentrañar el significado de la segunda porque era un papel escrito que, para descifrar su contenido, tenían que orientarlo a la luz de los cirios esforzando la vista. Los gestos mostraron pronto gravedad y las miradas que se intercambiaban dejaban ver la inquietud que les estaban provocando los escritos. En ellos, aparecía el nombre de cada uno y el de todos sus familiares hasta un grado lejano de parentesco, su dirección y algunos datos más, tanto físicos como circunstanciales.

Antes de que salieran de la atribulación que les produjo el contenido de la bolsa, Li Feng se levantó con cierta agilidad y salió por la puerta. Poco después, sus sicarios dieron orden de abandonar la extraña sala.

No había nubes sobre Manila, y la luz del sol restallaba en el empedrado de las calles y las fachadas de las iglesias, las casas y los principales edificios civiles y militares. La plaza principal, circundada por la catedral, el palacio del gobernador, la Real Audiencia, el Cabildo y una manzana de casas particulares de buena construcción, uno de cuyos bajos era la principal farmacia de Manila, estaba atestada de gente que lucía su polícroma variedad de atuendos y razas. La multitud, apretujada en la calle Cruzada por la que discurriría el desfile desde la puerta de los cuarteles hasta la puerta opuesta de la muralla, atravesando así la ciudad intramuros por su mediana más larga, empezaba a sudar e impacientarse cuando se oyeron los primeros y lejanos clarines. Incluso muchos creyeron percibir el redoble de tambores que respondió a la llamada de las cornetas. Eran las diez de la mañana. El público se removió, y muchas personas de la Plaza Mayor miraron al palco entarimado que se había colocado en la puerta del palacio para la presidencia del desfile. Sentados estaban el marqués de Ovando, varios militares, algunas autoridades civiles y seis o siete dignatarios eclesiásticos. Tras ellos, de pie, había otros tantos hombres engalanados. El calor era casi insoportable mientras se oía el retumbar de los tambores que llegaba del arrabal de Bay-Bay resonando en el hueco de la puerta de la muralla que daba a él. Los gritos entusiastas de los chiquillos encaramados en verjas, rejas y árboles anunciaron simultáneamente el inicio del desfile.

El escuadrón de caballería que iniciaba la que se preveía nutrida comitiva militar, regocijó a todos. El oficial que iba a la cabeza, con casaca roja, calzas blancas inmaculadas, botas de reluciente cuero negro y tricornio emplumado, montaba un esplendoroso semental castaño que viraba al negro amorcillado. El caballo retrotaba casi en el sitio, y de trecho en trecho el jinete le hacía dar piruetas de ejecución perfecta y, tras ellas, prolongadas elevadas.

Lo seguían unos setenta jinetes, casi todos lanceros, entre los cuales iban los músicos. Cuatro timbales dobles colocados en angarillas sobre la cruz de los caballos y diez cornetas acompañaban, más bien respondían, al clarín solista. Este jinete tocaba los solos con tal energía y entusiasmo que se alzaba sobre los estribos apuntando el cornetín al cielo y enrojeciendo por el esfuerzo. En una respuesta de timbales y cornetas, el oficial de cabeza hizo piafar al semental ante el gobernador al son de la música. El público no pudo más que aplaudir y dar vítores de alegría. En el palco había profusión de sonrisas.

Tras el escuadrón marcharon las compañías de zapadores y fusileros. La gente quedó asombrada al comprobar fehacientemente lo que había sido comidilla en Manila durante los tres últimos meses. Entremezclados con los españoles desfilaban nativos, mestizos y sangleyes. Y no eran pocos. En algunos casos, el descubrimiento de rostros exóticos en las tropas despertaba admiración entre el público, en otros risas. Pero en general el pueblo de Manila se mostraba complacido por las nuevas medidas y órdenes de recluta emitidas por el gobernador. En algunos grupos de familias ricas o de abolengo, que trataban de aislarse entre la multitud, se oyeron suspiros y hasta algún desmayo al descubrir entre las abigarradas filas de soldados a sus hijos o hermanos. Era la primera vez que en Filipinas se habían cerrado todas las vías para eludir el servicio militar.

La artillería despertó la admiración del público, que en algún caso rayó en la estupefacción. Abrían el desfile de esa arma militar las piezas transportadas a lomo de mulas. Las reatas de bestias, perfectamente limpias y preparadas para el acontecimiento, mostraban una marcialidad en su paso pareja a la de los soldados. Tras ellas, arrastradas también por acémilas y caballos, empezaron a pasar las piezas en sus cureñas en orden creciente de calibre. Los últimos veinte cañones, arrastrados por seis caballos cada uno, provocaron tal estruendo con sus ruedas herradas sobre el pavimento que muchas personas se llevaron las palmas de las manos a las orejas.

Tras amortiguarse el ruido de la artillería se abrió una pausa en la que casi nadie hablaba porque la expectativa era grande ante la parte más vistosa del desfile, que estaba por llegar. La marina y la infantería de marina recién llegada de Nueva España.

Los marinos desfilaron de blanco, con correajes negros y bonetes granates, armados con fusiles embayonetados y pistolas. Salvo por la ausencia de casacas de distintos colores, aun dominando el azul, la vistosidad de la marina fue pareja a la de la infantería, así como el ritmo e intensidad de la música con que marchó. Pero el público ya empezaba a vislumbrar muchos rostros forasteros entre los marineros, lo cual regocijaba a un pueblo tan aislado y escaso en número que prácticamente se conocían todos entre sí. O al menos habían desarrollado una intuición casi infalible para dictaminar si alguien era uno de ellos o no.

La infantería de marina hizo estallar de nuevo el júbilo del público, que lo mostró con vítores y aplausos. Habían dejado un buen trecho tras la marina no por aumentar la expectativa sino porque la velocidad con que desfilaron fue casi el doble que la de toda la soldadesca anterior. Lo iniciaban ocho gastadores gigantescos precedidos por un oficial de infinita gallardía y prestancia. Los movimientos perfectamente sincronizados de sus brazos y piernas rozaban la exageración en amplitud y energía. El ritmo casi frenético del paso lo marcaban unos cincuenta tambores y bombos aporreados sin mesura por infantes enardecidos. Tras ellos, seis compactas compañías pasaron casi como una exhalación. Tan frenético ritmo, antes que decepcionar a la muchedumbre por haberle impedido una explora-

164

ción detenida de los rostros, la colmó de entusiasmo y puso un llamativo punto final al desfile.

La gente se fue desparramando en grupos por la ciudad y, traspasando la muralla por sus seis puertas y cuatro postigos, la mayoría se encaminó hacia las orillas del río Pásig y el puerto. Aquel domingo se presentaba de fiesta grande, pues toda la milicia que había desfilado tendría pronto permiso para disfrutarlo con los paisanos.

El gobernador y todo su séquito pasaron del palco al patio del palacio, donde esperaban criados con bandejas repletas de dulces y zumos de frutas. Todos se congratulaban del éxito del desfile y presagiaban una clara y rotunda victoria en la campaña que se avecinaba. No podía ser otro el resultado con tropas tan bien equipadas, nutridas y con unos ánimos y moral tan encendidos.

San Vicente de Paúl, 5 de abril de 1754

Cincuenta días hace que no escribo mis pliegos, y cinco años parece que me han caído encima de golpe. Nadie a bordo es igual que antes de cambiar de océano por el cabo de Hornos. Desde hace tres días navegamos en un mar apacible, rumbo a las islas de Juan Fernández, y no se palpa en el ambiente del barco el más mínimo síntoma de júbilo. Hasta los infantes andan solitarios y taciturnos por doquier. Ni cuando quería morirme al saber que era una niña abandonada por sus padres, he rezado con más pasión en mi vida.

Parece que ocurrió hace años nuestro encuentro con los indios patagones cuando desembarcamos para hacer acopio de agua y frutas antes de encarar el pasaje de Drake, que también llaman así al límite marino del sur de América. Eran los indios más atrasados y miserables que yo he visto nunca. Los que me he imaginado, porque la verdad es que he visto pocos. Viven en unas chozas de sólo tres paredes y la parte abierta no está orientada al lado opuesto del viento dominante, que ya hay que ser torpe para no acertar ni con eso en un paraje tan inhóspito y frío como aquél. Tienen una melena larga y pegajosa y un cuerpo con bastantes deformaciones. O, si no son deformaciones, al menos son muy raros. Hablan de una manera que quedaba claro que sólo se comunican entre ellos las cosas más elementales. Yo creo que saben hacer fuego y poco más, porque hasta los arcos y flechas que usan les sirven para poco, que por eso supongo yo que comen más frutas y raíces que otras cosas.

La mar bravía se presentó sin anuncio una tarde plomiza. Aquella primera noche pensé que habíamos entrado en el Apocalipsis. Tomé certeza de tres cosas: que el barco zozobraría, incapaz de resistir los embates de olas como montañas; que las entrañas de una persona no estaban hechas para soportar, enteras y en su sitio, aquel enloquecido movimiento; y que el crujido de las cuadernas y el retumbo del mar harían estallar todos nuestros cerebros. Cincuenta días con sus noches. Cincuenta días, hora a hora, minuto a minuto, con el mundo limitado a un gris del mar y del cielo y un pardo del maderamen en torbellino sobrecogedor.

El balance ha sido trágico por más que diga el capitán y los oficiales que ha sido una buena travesía. Dos infantes, cuatro marinos y tres caballos han muerto. A los marinos se los debió de tragar la mar, uno de los infantes se descerrajó un tiro en la cabeza, y el otro deambuló largo rato por la cubierta aullando en su locura hasta que una ola se lo llevó. Los caballos estuvieron cuatro días cadáveres a bordo, y sólo se hizo el esfuerzo sobrehumano de subirlos de la bodega y echarlos por la borda cuando el olor se volvió insoportable.

Seis veces vimos el sol y en una de ellas se divisó un barco inglés. Un carbonero, dijeron. Tan extraño que seguramente tenía una misión inquietante por aquellos parajes, y por eso se pensó en entablar batalla. Era absurda la idea en aquellas condiciones y así se estimó pronto. Catorce días se estuvieron observando las dos naves. Yo creo que menos por desconfianza que por el alivio que suponía saber que la soledad no era absoluta. La nave inglesa, un amanecer, había desaparecido como por ensalmo. Todos creímos que se había hundido y aquello aumentó nuestro desconsuelo.

Quizá lo más desesperante fue cuando, tras cuatro días estremecedores, se corrió la voz de que no sólo no habíamos avanzado sino que habíamos perdido muchas millas navegando hacia atrás.

Sevilla. Cuántas veces habré pensado en nuestra casa de Sevilla.

Sólo espero que la melancolía se disipe de este barco como se desvanece la niebla dando paso al sol. Me faltan ánimos para escribir en mis pliegos el horror pasado.

9

Cada noche, al acostarse en el chozo de apenas cinco varas cuadras que había construido, a Marcial Tamayo le desfallecía el ánimo. Llevaba ya dos meses trabajando la tierra y apenas había desbrozado tres aranzadas y construido cuatro semilleros y el chozo. Las escasas herramientas que tenía estaban ya mochas, y la dieta de raíces, bayas y frutas le enmagrecía el cuerpo y debilitaba sus fuerzas. Sabía que su rostro debía de haberse transfigurado y a veces sentía algo de pavor al imaginárselo, lo cual despertaba su curiosidad. Pero no tenía ningún espejo. La barba se la notaba larga y tupida al palpársela y los párpados inferiores le pesaban. En ocasiones hacía muecas con el rostro para sentirlo vivo, pero le apesadumbraba sentir la piel seca, sin ninguna turgencia, que recuperaba su forma normal muy lentamente.

A lo largo de aquel tiempo aciago Marcial había visto a Seyago al menos tres veces, aunque sospechaba que éste lo había estado observando muchas más. Nunca se acercó a hablar con él; aparecía a unas cien varas y se quedaba allí quieto y en silencio. Las dos primeras veces que lo vio, Marcial lo saludó con la mano sin poder ocultar su alegría, pero Seyago permanecía inmóvil y desaparecía inesperadamente.

Tras pasar una noche agitada y triste, Marcial se levantó por la mañana con los ánimos mejor dispuestos para el trabajo que lo habitual en los últimos días. Sin embargo, al no divisar ninguna nube antes del amanecer y notar el aire especialmente en calma, se volvió a deprimir. Haría mucho calor ese día, y los dos lomos de tierra removida que se había propuesto hacer no los podría acabar. Se dispu-

so a ir en busca de agua a un arroyo cercano para acompañar las dos
frutas con las que iba a desayunar, así como para refrescarse el rostro, cuando se sintió inquieto sin saber por qué. Estaba tan acostumbrado a los sonidos de su entorno que la más leve alteración le
hacía percibir algo extraño. Tanto que se abrochó el cinto del que
pendía el machete y buscó con precipitación creciente su carabina.
Estaba descargada, y mientras buscaba el cornete de la pólvora y la
bolsa de las balas notaba que crecía su frenesí. Al comenzar a cargar
el arma miraba ya desesperadamente para todas partes. Desde el
suave alto en que vivía se divisaba bastante paisaje al frente. De
repente, Marcial creyó desfallecer y detuvo todos sus movimientos.
Hacia él avanzaba una muchedumbre que salía de la jungla y se aden-
traba en el monte bajo abriéndose paso entre la maleza. Marcial
pensó que debía huir o al menos esconderse lejos del chozo. Él sabía
dónde podía estar seguro si aquella multitud iba simplemente de
paso; sin embargo, un sexto sentido hacía que se mantuviera inmóvil. Cuando la gente se aproximó hasta unos doscientos pasos, a
Marcial le llamaron la atención dos cosas: una, que muchos llevaban
terciados a la espalda haces de unas cuatro varas de largo que él sabía
bien que eran de nipa y anea; y la otra, que el número de bestias car-
gadas y carretas repletas que arreaban los hombres era grande.
Aquello era impropio de una partida guerrera.

Marcial reconoció a Seyago por estar destacado de los demás
sirviéndoles de guía. El corazón le saltó de alegría sin saber la causa,
pero presentía que no era sólo porque se fuera a mitigar pasajera-
mente su soledad mientras pasaba por sus pagos aquella insólita ca-
ravana.

Seyago y Marcial se encontraron frente a frente y, mientras que
el segundo sonreía ampliamente a modo de bienvenida, el jefe tagalo miraba a su entorno rehuyendo así la mirada del otro. La multitud, de más de cien personas, exploraba también el lugar con cierta
curiosidad y se mantenía a la expectativa.

Seyago le dijo a Marcial:

—Te he estado observando.

—Lo sé.

La mirada del nativo seguía siendo huidiza.

—No has avanzado mucho en tu trabajo.

—No. Pero es cuestión de tiempo.

Permanecieron en silencio un rato mientras la gente parecía seguir esperando instrucciones y apenas hablaban entre ellos.

—Quedamos en que construirías una enfermería en la que nos atenderías si llegara el caso.

—Sí.

—No la veo.

Marcial sonrió con un punto de amargura. Seyago continuó:

—La guerra es ya inminente, así que hay que apurarse. La construiremos nosotros. —Marcial se animó, y a Seyago lo seguía dominando la timidez—. Además, he traído gente para que te adelante un poco la tarea agrícola. Para levantar el topanco sólo me hacen falta quince o veinte hombres. Organiza tú a los demás en los campos.

Marcial no cabía en sí de gozo.

Fueron seis días de trabajo, risas y canciones. Al amanecer del séptimo, cuando los nativos se marchaban, el topanco de madera, nipa, anea y caña, de dos plantas de más de cincuenta varas cuadradas cada una, se alzaba hermoso y acogedor; los lomos de tierra desbrozada y preparada para la siembra se extendían paralelos por más de veinte aranzadas; los semilleros de madera trazaban quince rectángulos perfectos; en un corral se agrupaban quince cabras; en un gallinero revoloteaban cincuenta gallinas, y el caballito que tan bien conocía Marcial Tamayo pacía tranquilamente en un cercado próximo al topanco.

Al amanecer del día de la despedida, Marcial buscó a Seyago entre la gente para agradecerle su tarea, pero no lo encontró.

El marqués de Ovando paseaba por la zona de maniobras de la fortaleza de Santiago acompañado del coronel don Arturo Castroviejo. Se dirigían al campo de tiro donde se efectuaría la primera prueba del invento que el gobernador había ideado y que deseaba que tuviera el resultado que tantas veces había imaginado.

En una explanada había unos trescientos reclutas a los que instruían soldados veteranos y suboficiales. Sus ejercicios principales consistían en atacar espantajos de badana rellena de estopa con fusiles de bayonetas caladas. El gobernador se detuvo en tres ocasiones a inspeccionar los ejercicios. Lo hizo desde lejos porque no quería interrumpirlos, ya que su presencia haría que los oficiales formaran las compañías en su honor para darle novedades. En un momento en que los atacantes de los espantajos eran reclutas sangleyes y éstos se distinguieron por una torpeza que desató la hilaridad de todos los veteranos de su entorno, el coronel miró gravemente al gobernador. Éste sonrió moviendo la cabeza y encogiéndose de hombros para restar importancia al hecho.

En el campo de tiro, a más de trescientas varas del de maniobras y oculto de éste por una arboleda, la presencia del gobernador sí que formó revuelo. Había unos cien soldados listos para practicar el disparo de fusil. Los oficiales, sorprendidos al descubrir a su jefe máximo, se desgañitaron llamando a la formación de todos. El marqués de Ovando miró al coronel mientras se alineaban las compañías, y éste mostró su consternación.

—Ha habido un error o contraorden de algún oficial superior, Excelencia. Yo tenía previsto que a esta hora sólo hubiera aquí un oficial, dos suboficiales y diez soldados veteranos para probar su arma.

El comandante de la tropa en prácticas de tiro se acercó marcialmente al gobernador y le dio novedades:

—A las órdenes de vuecencia. Ciento dieciséis soldados de las compañías tercera, decimoquinta y vigésima. Prácticas de tiro de fusil con blanco fijo. Puntería a treinta, sesenta y noventa varas. Ejercicios de velocidad y destreza en la carga.

—Gracias, comandante. ¿Cuál es la hora prevista para que concluya la práctica?

—Las once, Excelencia.

—Pueden continuar.

—A la orden de vuecencia.

Ya que estaban allí, el gobernador decidió que observarían la práctica. Se situaron él y el coronel en un extremo de las hiladas de soldados, a la sombra del confín de la arboleda.

A las primeras descargas, tras la comprobación en los blancos de sus efectos, se oyeron las imprecaciones de los oficiales maldiciendo la mala puntería de la tropa. El marqués de Ovando se dirigió al coronel con la mirada fijada en la lejanía.

—La fusilería sirve para poco más que para amedrentar al enemigo. Las únicas armas de fuego eficaces son las piezas de artillería.

171

El coronel, tras asimilar con un tanto de sorpresa las palabras del gobernador, argumentó:

—Reconocerá vuecencia que el fusil ha supuesto un salto adelante respecto al arco y las flechas.

El marqués de Ovando dirigió lentamente su mirada al coronel y se la mantuvo sin responder. Éste, tras quedar pensativo un rato y después de sonar la segunda descarga, dijo:

—Por cada disparo de fusil, un soldado podría disparar varias flechas. Pero observe Su Excelencia a esos sangleyes o a cualquier recluta en general. En pocas semanas aprenderán a cargar con cierta habilidad y a disparar con algún tino. ¿Cuánto tiempo sería necesario para que fueran hábiles con un arco? Aparte de que las condiciones físicas que requiere el disparo certero de los arcos no las reúne más que un porcentaje pequeño de cualquier leva. Una compañía disciplinada y nutrida, disparando sus fusiles ordenadamente, es un arma contundente contra cualquier chusma. Y con la bayoneta calada, los fusiles requieren también menos entrenamiento para ser eficaces frente a sables. O crises y campilanes.

El gobernador habló con tono resuelto.

—Introducir el cartucho, atacarlo con la baqueta, llenar la cazoleta, armar el percutor, apuntar y disparar, es operación que con los nervios de la batalla se estropea por todas partes. Si llueve o simplemente con que la humedad del aire sea alta, la pólvora de la cazoleta no arde. Encima, la puede derramar el soldado o su vecino con cualquier movimiento brusco. El pedernal del percutor se gasta con facilidad o falla. La humareda estorba toda la tarea; si en el fragor de la lucha el soldado deja la baqueta clavada en el suelo y ha de retirarse unos pasos, el fusil queda inutilizado. Y etcétera.

El coronel continuaba un tanto perplejo. Al rato, el gobernador añadió:

—La habilidad en la carga y la puntería tienen sus límites. Lo único que se puede hacer es aumentar el número de disparos por minuto.

—¿Cómo?

—Ahí es donde puede desempeñar algún papel mi invento. En realidad el invento ha sido del maestro armero del polvorín de Cavite. El que usted me recomendó como el mejor de Filipinas. Yo sólo le di la idea.

—Ansioso estoy por probarlo.

Con algo de regocijo aunque tratando de parecer molesto, el marqués de Ovando le dijo:

—Habrá que esperar hasta las once y media o las doce para que se despeje esto. Y le advierto que, aunque funcione, seguiré teniendo poca fe en la fusilería.

A las doce y media, el gobernador, el coronel y un grupo más numeroso de soldados y oficiales del que se había previsto estaban de pie observando dos extraños artilugios que parecían haces de seis fusiles sin culata engastados en dos piezas circulares de acero y apoyados en un sólido trípode. Tenían una cazoleta enorme común por la que bajaba pólvora hasta la recámara de los cañones al accionar una palanca. El maestro armero explicaba que, cuando se efectuaba un disparo, el fusilero hacía girar la roseta y dejaba el siguiente cañón listo para ser cebado. Y así seis veces en unos quince segundos. Para cargar el arma de nuevo, un servidor del fusilero, o él mismo, tardaría poco más que el doble del tiempo requerido para cargar un solo fusil, pues había de utilizar nada más que una baqueta para los seis cañones y ahorrarse la carga de la cazoleta que, con el mecanismo ideado, valía para muchos disparos y era de rellenado sencillo. La eficacia del arma se multiplicaba al situarlas en grupos de dos o cuatro de ellas en un mismo punto.

Todos los presentes tenían gestos entre escépticos y entusiasmados. El coronel Castroviejo, mirando al gobernador, arguyó:

—Esa rapidez del disparo tiene un inconveniente, Excelencia.

El marqués de Ovando conocía suficientemente bien al coronel para saber que su objeción sería grave.

—Diga.

—Tras el primer disparo, la humareda impedirá al soldado apuntar al objetivo.

Al gobernador se le iluminó el rostro con una sonrisa.

—Tiene usted razón, y ya lo hemos comentado el maestro armero y yo. En la fábrica de pólvora se está experimentando con una nueva cuya deflagración apenas libera humo. Caso de que no esté lista pronto, en según qué condiciones de batalla, una descarga nutrida de disparos, aun sin apuntar, puede proporcionar gran ventaja. Experimentemos, señores, y cronometren la velocidad de disparo.

La prueba dejó satisfechos a todos, pues las dos armas consiguieron, tras seis descargas, el escalofriante promedio de catorce disparos por minuto.

La euforia del marqués de Ovando no disminuyó ante el anuncio de un oficial del pobre resultado en cuanto a puntería. Sin embargo, el coronel se permitió un comentario poco entusiasta:

—Esperemos que la Real Fábrica tenga pronto lista la nueva pólvora sin humo.

El marqués repuso jovialmente:

—Para algo sirven los chinos, que en inventar y elaborar pólvoras no hay quien los supere.

—Cierto es que en la Real Fábrica casi todos los polvoristas son sangleyes.

Esto lo dijo el coronel con un punto de gravedad, pero el marqués de Ovando prestaba ya atención a los comentarios elogiosos de casi todos los oficiales.

San Vicente de Paúl, 4 de junio de 1754

¡Santísima Virgen de la Inmaculada Concepción! La fragata enterita está tan en pecado mortal que si se va a pique ahora le damos al infierno la alegría de la temporada.

Casi nunca he hablado de los cuatro frailes que llevamos porque a nosotras, las mujeres, no nos pueden ni ver y menos hablar. Y, como sólo se juntan con la tropa y ninguno de los hombres del pasaje me parece a mí que sea de mucha religión (don Álvaro de ninguna, que yo lo sé, y el capitán Dávila y el chino, pues a ver), en toda la travesía apenas han dado que hablar. Ahora son los protagonistas porque para volver a cristianar a toda la tripulación después de nuestra estancia en Tahití van a tener que trabajar a destajo hasta que lleguemos a Filipinas. ¡Qué desenfreno más grande! Y más hermoso… que hasta yo…

Llegamos una mañana, y nos rodeó un enjambre de canoas llenas de nativos. Son unas embarcaciones muy esbeltas, picudas y planas por delante y con la popa levantada en curva. Muy estrechas y largas, pero muchas de ellas están

174

unidas entre sí por tablones perpendiculares a cada una. Otras, supongo yo que para que no zozobren en un mar movidito, llevan dos troncos a unas dos varas a cada lado también unidos a la canoa por tablas.

El capitán, como no veía claras las intenciones de los tahitianos, ordenó cargar diez cañones y alertó a los infantes. Lo de siempre. Pero aquí se llevaron los hombres un chasco grande y de los que a mí me gustan. Resultó que esta gente es la más pacífica, más libre y más ladrona del mundo. Y la más guapa y mejor alimentada. ¡Qué maravilla!

Fue don Álvaro, como siempre el más listo de todos, y de estos pliegos no pasa que lo ponga por las nubes porque cada día lo quiero más, el que se dio cuenta de que los cánticos e intentos de asalto del buque por parte de los indios estos, o lo que sean, eran en son de paz. De hecho invitó a subir al que le parecía de más importancia por los adornos que llevaba y resultó que a la primera de cambio, entre mil zalamerías, intentó quitarle la bolsa. Y los demás que subieron después procuraron hacer lo mismo con la tripulación. Es lo único que nos ha llevado de cabeza el mes largo que hemos estado aquí, que en cualquier descuido nos han robado desde un zapato hasta el catalejo maestro. Pero lo único, porque Tahití nos ha dejado a todos cambiados para siempre. Como el maldito estrecho de Magallanes pero al revés.

Aquí el hombre más chiquitujo roza los seis pies de alto y las mujeres, más guapas y de miradas más descaradas no pueden ser. Tienen los dientes blancos como yo no he visto nunca y el color de su piel es tostadito pero muy lindo. Así como el de mi tía después de tantos vientos que le han dado en la cara y los brazos. Los tahitianos se pintan cosas en el cuerpo de una forma que no se borra porque embuten dentro de la piel el pigmento que da color. Lo llaman tatú o algo así. Y están todos bien rellenitos porque se alimentan que da gusto. Del mar se lo comen todo, pescado asado o crudo, mariscos, ortigas y erizos. Y de tierra, frutas de todas clases. Para carne tienen pollos, cerdos y lo más horripilante de todo: perros.

No hay un paraíso en la tierra más bello que Tahití. Tiene montañas, bosques, lagos, ríos y mar por todas partes. La exuberancia surge por doquier, y el clima es el mejor que yo he sentido nunca porque el calor es muy suave y la brisa parece siempre como de seda cuando a una le acaricia el cuerpo. Después de esto ya no puedo más que relatar nuestra estancia aquí desde el punto de vista de la sensualidad, que es lo único que de verdad ha contado.

Nada más desembarcar, los indígenas nos organizaron una asamblea en la que, de comienzo, extendieron un mantel en el suelo delante de nosotros y una muchacha, casi niña, se desnudó con muchas sonrisas, se revolcó en él dando vueltas sobre sí y después se fue. El jefe de los nativos, con mucha reverencia, cogió el mantel y se lo dio al capitán. Allí estábamos, además de él, varios oficiales, los pasajeros y quince o veinte infantes. Ninguno entendió la ceremonia, pero todas las entrañas se nos agitaron.

Entonces el capitán hizo abrir un cofre que llevaba con tonterías. Collares de cuentas de vidrio, espejitos, carretes de hilo de colores y cosas así. El jefe y los superiores de los nativos se enfadaron muchísimo y, salvo el hilo, le hicieron ver al capitán que se podía guardar aquellas baratijas. Don Jaime, consternado, les preguntó por señas que qué querían. Los tahitianos son los tipos menos tontos del Pacífico Sur. Querían todo lo que nos veían. Las pistolas, los catalejos, las cartucheras, los fusiles, el collar de mi tía, mis zapatos, el sombrero de don Álvaro y la bolsa de todos. El capitán les hizo ver que pronto le darían al jefe y a los principales regalos de ésos. Costó que lo entendieran, pero al final se arregló el asunto.

Viven en unas chozas muy curiosas. Son grandes, muy bien construidas y sin paredes. Consisten en un tejado de palma entrelazada apoyado en muchos postes de madera. O sea, que aquí todo el mundo ve y escucha lo que pasa en casa de los vecinos. Bueno, ya lo he de decir. Esta gente el ayuntamiento carnal lo viven al aire libre y no saben lo que es el pudor ni la castidad. Se enfadan si la pareja de uno se va con otro u otra, pero de malas caras y algún empujón no pasa la cosa. Y con nosotros casi se ofendían si alguien no se iba con alguna mujer que estuviera entre los doce o catorce años hasta la madurez. Hay que imaginarse lo que hicieron los marineros y los infantes de marina en cuanto se percataron del panorama. Que, por cierto, no les llevó ni media mañana enterarse cabalmente de ello. Y a nuestro capitán, que ya tengo escrito que es un poco tarambana, le hizo gracia la desbandada porque yo le escuché decir que una marinería y una tropa bien chingada valen por tres.

Al principio era todo a lo bestia, y mi tía y yo estábamos desconcertadas. A los españoles les dábamos reparo y se escondían por allí para hacer sus cosas con las tahitianas, lo cual ellas no entendían, pero los tahitianos no nos tenían ningún recato, y claro, los acaloros se nos iban y venían a diez por cada hora. Naturalmente pasó lo que tenía que pasar, que no íbamos a ser nosotras bichos peludos y venenosos, ¿no?

Don Jaime Sánchez de Montearroyo pronto intuyó que sus intenciones de hacer la aguada y provisión de frutas en dos o tres días no se iban a cumplir. Así que, como buen capitán, al no fiarse de tanta amabilidad y tanto revolcón, hizo construir una empalizada en la cima de un monte que dominaba el poblado principal y la bahía donde estaba anclada nuestra fragata. Después mandó subir seis cañones para organizar una batería por si los nativos se embarbascaban. Y es que nadie entiende que pueda haber un pueblo libre. Pero libre de verdad. Salvo don Álvaro.

Aquí la jerarquía y la religión, que de las dos cosas tienen, las usan para los bailes. Qué cosa más graciosa. Al cacique, rey o como se llame no le hace caso nadie, los niños se ríen de él, y él ni da órdenes ni nada que se le parezca. Y la verdad es que para comer y ayuntarse pocas instrucciones se necesitan. Pero eso sí, en cuanto comienzan a bailar, al jefe y los dioses (tienen uno, el cual a su vez tiene varios hijos, o algo así) les guardan mucha prosopopeya.

¡Qué bailes! Los llaman timoroda. Son los más procaces e insinuantes que una se pueda imaginar. La hija del jefe se destacó en uno de ellos y se fue a provocar a don Jaime. Tras los primeros meneos de caderas y la media sonrisa de la mujer, el capitán largó un bufido y se arrancó hacia ella. Al jefe aquello le plació mucho, pero le dio a entender que de interrumpir el baile nada de nada. Se calmó don Jaime a duras penas y entonces reparó en que doña Beatriz y yo estábamos allí. Se puso rojo como un tomate. Pero la sonrisa ausente de mi tía le hizo ver que a ella se le daba un ardite que le diera un achuchón a la hija del jefe. ¡Qué baile tan sensual en las mujeres y tan enérgico en los hombres! Siguen el ritmo con una perfección matemática y, como van todos casi desnudos, pues los acaloros y sofocones que decía antes son muy fuertes.

El segundo atardecer lo estaba contemplando mi tía desde una loma; don Álvaro se fue para allá, y los dos pasaron la noche juntos al aire libre. Aquello debió de ser una epopeya porque volvieron con una calma y una dicha interior que se les notaba desde la falda del monte.

A mi Sebastián lo tenía yo muy marcado porque, si se me iba con una nativa, lo rajaba. Y, claro, ¿qué podía hacer yo en aquella Gomorra y con Sebastián enardecido de esas maneras? Pues ir a ver el tercer atardecer con él.

¡Qué bonito! De pronto, todo el cariño que le tenía a Sebastián se me multiplicó por diez. Porque qué lindo ha sido él conmigo. ¡Y qué alegría es la libertad! Llevaré Tahití grabada a fuego en mi corazón. Ahora que hemos dejado atrás este paraíso, siento que jamás en mi vida sentiré lo que he sentido allí. Bañarse desnuda con él en una cascada al amanecer. Sin frío ni calor. No temer nada, explorarlo todo, dar placer y cariño en la medida en que se recibe y aumentarla para averiguar a qué cota se puede llegar. Y aprender que no hay cotas. Amar a la gente y sentirse dichosa por saber que todos son dichosos. Conmoverse por el amor de los demás entre sí y saber que su gozo es el mismo que el de una. Y el mar, las montañas, los bosques, los ríos y los lagos. La luz y los colores.

Del pasaje, quienes mejor lo han pasado han sido el chino y el capitán Dávila y quizá, quien peor, don Álvaro. Lo de Juanito el botánico merece párrafo aparte.

Resulta que los tahitianos, además de bailar, se dedican al tiro con arco y a la lucha libre. El tiro de flechas es cosa tonta porque lo único que hacen es lo mismo que los niños con el pis: ver quién llega más lejos. Pero la lucha es muy interesante y además, como todo aquí, provoca sofoco grande entre las mujeres porque los hombres luchan desnudos. Pues el chino, con lo callado, seco y taciturno que es y del que jamás hubiera una imaginado que se iba a prestar a luchar por diversión, a cuenta de un asunto de mujeres o algo raro que no sé qué pudo ser, le dio por ahí. Pero eso sí, medio vestido. Tumbó a todos los luchadores que se prestaron a ello. Las mujeres se volvieron como locas por él, de manera que nunca le faltaba una guardia de ocho o diez rodeándolo y esperando a que tuviera caprichos.

Y el capitán Dávila mejor todavía si cabe. Cuando se vio que la estancia iba a durar más de la cuenta porque don Jaime me parece a mí que poquitas ganas tenía de zarpar, ordenó desembarcar los caballos para que respiraran y se estiraran. Alrededor del fuerte de la batería artillera hicieron unos corrales grandes para las bestias. Los nativos no se habían percatado del desembarque y, cuando el capitán Dávila apareció un día montado a caballo a presenciar un baile, la gente quedó aterrorizada. Era el primer caballo que veían en su vida. Todos lo rodearon y querían tocarlo. Entre la bulla, don Álvaro, muy complacido, le preguntó algo al capitán Dávila y éste asintió ufano. Don Álvaro se apartó del jinete y consiguió hacer entender que el caballero quería que se reanudara el baile. Así se hizo, y entonces quedamos todos pasmados. El capitán Dávila se puso al frente de los bailarines e hizo danzar al caballo al ritmo de la música. ¡Qué cosa más bonita y bien hecha! ¡Qué ternura despertaba el noble caballo! El resultado no podía ser otro que un pelotón de mujeres alrededor del capitán desde entonces hasta que levamos anclas.

Lo de mi tía y don Álvaro es cosa harto complicada. Muy enrevesado todo. Cuando más a gusto parecían estar, cuando más tiernas eran sus miradas, cuando más alegres tenían el alma los dos, va mi tía y se larga, ostentosamente, con dos nativos jóvenes. Y se pasa tres días con ellos sin que nadie sepa su paradero. Ahí es nada. Don Álvaro, al segundo día, va, coge un caballo y hace más monerías todavía que el capitán Dávila. Y otro nubarrón de mujeres que se larga con él. Aparece mi tía y se percata de que don Álvaro está más que bien atendido. Caras largas los dos. A los tres o cuatro días, otro atardecer que ven juntos y de nuevo melosos entre sí. Y así se han pegado todo el tiempo. Son dos atormentados que nadie sabe a qué juegan, pero yo sé que es mi tía la que lo complica todo, porque don Álvaro sólo la quiere a ella y cuando se va con las tahitianas es porque mi doña Beatriz no le deja otra salida aunque él disfrute con eso poco o nada.

Lo de Juanito el botánico ha sido histórico. A mí me ha entrado mucho cariño por él porque se ha enamorado perdidamente. Tan perdidamente que se perdió de manera que todos hemos temido que hubiera sido para siempre jamás. Al principio iba con unas y con otras más contento que los infantones. Pero pronto vimos que, como muchos marineros y algunos infantes, se había emparejado con una nativa fija. La suya se llamaba Aroa. Tendría unos quince años y era lindísima. A todos nos gustaba mucho que él estuviera tan enamorado, pero a la postre ha sido el que más faena ha dado para encontrarlo y embarcarlo y el que más triste y desesperado ha quedado con la partida. Pobrecillo. Ésa es la ventaja más grande que tenemos yo y mi Sebastián con respecto a todos: que nos llevamos de Tahití nuestro amor inmenso.

Cuando el capitán, a las tres semanas de llegar, decidió que partiríamos al tercer día después y ordenó que la gente se fuera preparando, resultó que al concluir el plazo faltaban setenta y dos hombres. Ahí está. Retrasó la partida un día e hizo saber que al que no se presentara se lo buscaría y pasaría una semana encerrado en las bodegas por cada hora que se retrasara. Y, si era infante, con el añadido de una tunda de palos. Pues no al susodicho día sino dos más tarde, aún faltaban treinta y siete y entre ellos Juanito. Se organizaron partidas de búsqueda y captura en las que participaron todos los nativos. A los cinco días todavía quedaban ocho fugados. Y entre ellos Juanito. Tras mucha trabajera y un sinfín de amenazas, se logró finalmente embarcar a todo el mundo. Y el último, el botánico, que todavía está el desdichado encerrado y llorando por su Aroa. ¡Qué pena más grande me da!

Esta mañana he hablado con don Álvaro de todo esto. Empecé yo con cierto recato porque ahora me siento algo aturdida por lo que ha pasado en Tahití. Él se limitaba a escucharme sin apremio ninguno a pesar de que yo no sabía muy bien lo que quería decir ni cómo decirlo. Pero al fin me habló y con unas pocas frases me dejó limpia de remordimientos e inquietudes.

Incluso me habló de una cosa que da vueltas en mi cabeza. Hay una palabra griega que en cristiano se escribiría como *arkía*, o algo así. Se traduciría por anarquía y podría significar una sociedad en la que no hubiera ni rey ni ley. Con esto se explayó don Álvaro y le brillaban los ojos como en un ensueño. ¡Qué hombre tan sabio y cariñoso es! Cuánto dolor tengo por que mi tía sea tan complicada, pues hombre mejor que él y que la quiera más no encontrará nunca.

10

La batalla, tal como la había planteado el marqués de Ovando, tendría lugar en el corazón de Luzón. Para ello había ideado una estrategia que en los últimos dos meses había causado la desesperación de jefes y oficiales del ejército en muchas ocasiones. Fue una estrategia sencilla pero laboriosa y pertinaz. Consistió en hostigar al enemigo incitándolo a presentar batalla en toda regla. Partidas militares de una o dos compañías, unos cien hombres en total como máximo, se esparcían por una zona más o menos densamente poblada. Entraban en los pueblos que no planteaban resistencia y detenían sin mucho rigor a quienes consideraran que podrían ser enemigos. Hacían proclamas y organizaban algunos aspectos de la economía del poblado. Llegaban incluso a ayudar a construir cercados y almacenes para el ganado y el producto agrícola menos perecedero que produjeran. Después se marchaban llevándose a los detenidos. De éstos trataban de averiguar quiénes podían ser buenos guerreros o si habían atacado alguna vez a los españoles. Si alcanzaban alguna certeza fusilaban sin ningún miramiento a los sospechosos y después soltaban a los débiles o asustadizos. Si el poblado al que se aproximaban presentaba resistencia a la ocupación, lo arrasaban sin contemplaciones e igualmente ajusticiaban a los hombres fuertes y dejaban escapar a los débiles. En bastantes de estos poblados había misioneros de las órdenes más variadas. Si tal era el caso, se les solicitaba información pertinente desde el punto de vista tanto militar como político. Por lo común colaboraban animosamente con el ejército, y en pocos casos se mostraron cerriles a favor de los indígenas.

Estas operaciones de hostigamiento se llevaban a cabo en un círculo de muchas docenas de leguas perfectamente delineado desde las estribaciones de Sierra Madre, en las zonas de Quirino y Nueva Vizcaya, hasta casi la costa del mar de China; militarmente, trataban de provocar que el enemigo decidiera que la táctica de pequeñas emboscadas podía ser sustituida por un enfrentamiento masivo en el interior de la bolsa circular, con claras posibilidades de victoria para ellos, a pesar de que nunca podían averiguar la fortaleza del enemigo. Para evitar este conocimiento, el marqués de Ovando había basado la estrategia en la movilidad de las tropas y en las comunicaciones entre todas las unidades. Y era esto precisamente lo que tenía desconcertados y hastiados a oficiales y tropa. En cuanto una unidad concluía una acción, se desplazaba rápidamente ya fuera a través de la jungla, en el llano o en los montes. Y partían jinetes a toda velocidad para comunicar la situación de dicha unidad al puesto de mando del gobernador, estuviera éste a cualquier distancia que estuviera.

Los mensajes con espejos durante los días soleados ayudaban al control de la información, y otro tanto las noches sin brumas a base de fogatas, pero aun así los jinetes tenían que cabalgar sin descanso y con gran peligro, porque eran el blanco idóneo para las pequeñas partidas de insurrectos que infestaban el interior de la inmensa circunferencia.

Pero al cabo los rebeldes, basados en información necesariamente fragmentaria y poco contrastada, y confiados en su número, plantearon la batalla abierta.

El ejército destacado por el gobernador sobrepasaba en poco los dos mil hombres; los tagalos habían reunido a unos nueve mil. El paraje donde se habían concentrado todas las tropas era un valle del río Pampanga en la región de Nueva Écija.

Los laboratorios estaban ya casi preparados y ocupaban una buena parte del piso superior del topanco de Marcial Tamayo. Aunque predominaban las vasijas de arcilla, también había profusión de tubos, retortas y alambiques de vidrio.

Las jornadas de Marcial se desarrollaban con cierto orden, pero ninguna se parecía a la anterior. Tras desayunar a base de frutas antes del amanecer, trabajaba la tierra, atendía a los semilleros y cuidaba el ganado. Al mediodía comía algo y descansaba una hora. Hasta el atardecer se dedicaba de nuevo a la tierra, a construir material para los laboratorios o a procurarse agua y comida. Pero estas actividades casi nunca se transformaban en rutina pues dependían más del clima que de las necesidades de Marcial. Si llovía copiosamente se dedicaba a ensayar procedimientos en el laboratorio; si el calor era agobiante, el tiempo de siesta se prolongaba forzosamente; si la recolecta de frutas y raíces o la caza de aves no se le daba bien, pasaba buena parte del día dedicado a tal menester.

Un día a media tarde se presentó Seyago en la finca con veinte hombres que transportaban ocho heridos. Marcial cesó en toda su actividad y se dedicó diligentemente a atender a los pacientes. Bien entrada la noche, dos heridos habían muerto, dos tenían un futuro incierto y el resto se recuperaría. Los hombres sanos se distribuyeron entre los que cuidarían a los heridos y los que vivaquearían alrededor del topanco estableciendo turnos de vigilancia. A pesar de que Marcial estaba cerca de la extenuación y quería dormir, se sentó a charlar con Seyago mientras fumaba. Fue el jefe tagalo quien comenzó a hablar.

—Esto está bien situado. Ha habido movimiento de tropas por todas partes y nadie ha pasado por aquí, ¿no? —Ante la negativa de Marcial, Seyago hizo un gesto de escepticismo—. Debe de ser por lo escarpado de la ladera de ese monte y lo inextricable que es la jungla por aquella parte.

Marcial estaba a punto de dormirse, pero quería ser amable con Seyago. Hizo un esfuerzo y le preguntó:

—¿Cómo ha sido esta vez la escaramuza?

—No ha habido tal. Ha sido una batalla. —Seyago hizo una pausa y concluyó—: Una barbaridad.

A Marcial le llamó la atención que Seyago no pareciera cargado de odio y cólera sorda como le ocurría siempre que sufría reveses guerreros.

—¿Una batalla? ¿Contra el ejército español abiertamente?

—Sí.

Seyago se mostraba más animado de lo habitual, y por amabilidad Marcial aparentó una curiosidad que no sentía.

—Siempre supe que las correrías del ejército en los dos últimos meses guardaban alguna finalidad oculta, pero ningún jefe me hizo

184

caso. Todos pensaron que una batalla se podía ganar. Ése era el objetivo de los españoles: masacrarnos de una vez por todas.

—¿Lo han conseguido?

—En buena medida.

—Pero…

Seyago hizo una pausa y, con gesto pensativo, dio rienda suelta a la causa por la que Marcial lo había notado poco enfadado.

—Hemos aprendido, aun a costa de mucha sangre, que se les puede ganar. No sé si dentro de diez meses, de diez años o de cien, pero echaremos a los españoles de Filipinas.

Marcial tuvo un ligero estremecimiento y para aliviarlo continuó mostrando interés.

—¿Cómo fue la batalla?

—Las asambleas eran cada vez más frecuentes y entusiastas. Aunque siempre mantuve mi desacuerdo con plantear una batalla, me sentía contento porque nunca había visto a tanta gente resuelta a luchar. Y, sobre todo, pensando y planeando, no simplemente dando rienda suelta al odio.

—¿Cuántos os juntasteis?

—Una multitud, pero la mayoría armados con crises, campilanes y arcos porque apenas teníamos armas de fuego.

—¿Y caballos? ¿Fue en campo abierto o en la selva?

Seyago mostró que aquel aspecto lo amargaba especialmente.

—La caballería española no era muy importante y, de hecho, apenas intervino en la lucha…

Marcial miró a Seyago con atención y éste, al notarlo, explicó lo que le agobiaba:

—Usaron la caballería sobre todo para machacarnos una vez que habíamos sido derrotados y cuando ya nos retirábamos. Una carnicería.

Marcial suspiró y quiso despejar aquel nublado de la mente de su amigo.

—Cuéntame cómo fue la batalla.

—Como todas… Dos cosas hemos aprendido. Una, que la máquina de guerra española es tremendamente eficaz. Y la otra, que nuestra gente es más valiente de lo que nosotros mismos suponíamos.

—¿Me la contarás o no?

Era el cansancio el que volvía impaciente a Marcial. A Seyago lo sorprendió el tono casi inédito del médico, y quizá por eso se explayó dócilmente en los detalles que le pedía.

—Lucía el sol y ése fue un mal presagio porque yo esperaba que lloviera, pues con la humedad los españoles se suelen aturrullar, ya que sus armas funcionan mal. El caso es que diez compañías españolas se encaminaron hacia nosotros a paso de marcha marcado a redoble de tambor. Aquello nos animó porque veíamos fácil el ataque. Lo desencadenamos en una oleada enfervorecida hacia ellos, y entonces empezó el desastre. Los soldados españoles no perdieron el temple y dispararon sus fusiles por filas ordenadamente, y, cuando llegábamos hasta ellos con nuestros crises y jabalinas, enarbolaban sus largas lanzas apuntaladas con el pie en el suelo por regatones. Las primeras filas se defendían con la bayoneta calada, y las traseras continuaban disparando. Y de repente bajaban de las faldas de las montañas más y más compañías igual de disciplinadas. Nunca cruzaron su fuego ni utilizaron artillería. Cuando nuestras bajas ya empezaban a ser insoportables y la moral se quebraba, apareció la caballería. En menos de una hora nos habían masacrado al dejarnos atrapados contra el lago de Pantabañagan. Como esperábamos, no ofrecieron cuartel, por lo que ya habrán matado a los prisioneros y a los heridos que no nos pudimos llevar. Debemos de haber perdido cerca de mil guerreros.

—¿Y ellos?

—Han caído pocos.

Marcial quedó meditabundo, pues de nuevo le conmovía el alma su doble circunstancia. ¿Se alegraba de la victoria española o lo entristecía la matanza de hombres? Él no era ya ni español ni perteneciente a ninguna tribu. Sólo era filipino. Sus sentimientos no sabían qué partido tomar, por lo que todos quedaron alicaídos; pero lo que destacaba era una amargura profunda. Tratando de evadirse de sus disquisiciones, le preguntó a Seyago:

—A pesar de la espantosa derrota pareces optimista respecto al futuro, ¿por qué?

—Ya te lo dije. Nuestra gente fue valiente, la táctica de los españoles es eficaz pero no complicada. Y el odio acumulado contra ellos ha crecido inmensamente. Es cuestión de tiempo que tengamos armas como las suyas; el resto será entonces sencillo.

186

Además, ahora sabemos cuáles son las tribus y gentes que han colaborado con ellos.

Odio, más odio. ¿Qué sería de él en medio de dos bandos enfrentados a muerte? ¿Qué sería de las islas Filipinas?

—Vamos a dormir, Seyago.

El optimismo de la tropa, a orillas del lago de Pantabañagan, llenaba la noche de risas y canciones. La reunión de jefes en la puerta de la tienda de campaña del gobernador, desde el grado de coronel hacia arriba, no era ajena a la alegría que reinaba en el campamento por la victoria de aquel día. Incluso parecía que las fogatas, el humo de los cigarros y el alcohol habían ahuyentado a los temibles mosquitos que se enseñoreaban habitualmente de aquellos parajes a las primeras horas de la noche.

A pesar de sus sesenta años largos, el marqués de Ovando parecía rejuvenecido sin su peluca blanca ni las vestimentas que lucía en los actos oficiales, ocasiones únicas en que lo veían los presentes en la pequeña fiesta. Aún calzaba las botas de montar cuyas cañas sobrepasaban generosamente las rodillas, vestía el calzón de fina cabritilla blanca con manchas difuminadas de sudor de caballo y cueros de los arreos, y su camisa blanca lucía discretos encajes. Aparte de éstos, el único adorno del gobernador era un fajín de seda rojo terminado en lacios faralaes.

Don Arturo Castroviejo, después de escuchar a un suboficial que discretamente se había acercado a él para hablarle al oído, se aproximó al gobernador y en un ligero aparte le informó:

—Excelencia, el degüello ha terminado.

El marqués lo miró gravemente y, con igual discreción, tratando de dar a su voz un tono de rutina, preguntó:

—¿A cuántos prisioneros se ha ejecutado?

—Unos sesenta.

—¿Y la sepultura?

—Se cavará la fosa mañana, pues la tropa está cansada.

—Está bien, coronel.

El marqués se separó de él, pero se volvió para añadir:

—Castroviejo, sé que desaprueba no ofrecer cuartel, pero piénselo bien y acordará conmigo que otra opción plantea más problemas.

El coronel quedó pensativo mientras el gobernador le daba la espalda y se reunía con el resto de los jefes. Uno de ellos repitió lo que acababa de decir, deseoso de que el gobernador oyera su intervención.

—Tras la victoria de hoy, la conquista de toda Luzón será un paseo militar. Y la de Mindanao aún se presenta más fácil porque allí las divisiones entre los nativos se podrán explotar con mucho más éxito que aquí. Además, tenemos el presidio de Zamboanga. Reconozco, Excelencia, que su estrategia ha sido excelente por más que al principio, he de reconocerlo, me exasperara.

El marqués de Ovando no hizo ningún comentario y, como se arrepintió de mostrar su notoria sequedad en un día como aquél, cogió una botella del aguardiente que estaban tomando y rellenó algunas copas de los presentes, los cuales iban agradeciendo el gesto con cortesía extrema.

Conforme la bebida iba haciendo efecto, los jefes y oficiales rememoraban la batalla dando opiniones cada vez más osadas y temerarias sobre el desarrollo futuro de la campaña. En un momento en que hubiera sido embarazoso que el gobernador no hablara, éste intervino. Tras sus primeras palabras se hizo el silencio.

—El dominio completo de Filipinas ha de hacerse por mar. Como ustedes aprecian, el interior de las grandes islas es tarea fácil. Lo difícil es controlar los puertos. Y los accesos y salidas desde el mar es lo que hace productiva o ruinosa la posesión de Filipinas para la Corona. El interés estratégico se basa en lo mismo.

El coronel Castroviejo era el que más meditaba las palabras del gobernador, pues los demás se limitaban a elaborar su intervención de forma que agradara al marqués. Fue otro coronel el que se aventuró:

—Tiene razón Su Excelencia, pero la armadilla que nos llegó de Nueva España con su dotación de infantería de marina es suficiente para hacer bien el trabajo. ¿Cuándo intervendrá?

—Pronto, pero se hará de forma muy distinta de como hacemos en tierra.

Entonces fue cuando el coronel Castroviejo se animó a expresar su opinión, quizá con el ánimo de disuadir al gobernador si su estrategia era otra.

—En lugar de provocar una gran batalla naval hostigando a los barcos enemigos, destruiremos todo navío pirata de porte concen-

188

trando contra él el mayor número de barcos nuestros. ¿Será así, Excelencia?

Se hizo un silencio, y el marqués de Ovando sonrió complacido al coronel. Un tanto enigmáticamente, dijo:

—No exactamente, pero su apreciación es buena.

Los jefes se miraron entre sí porque esperaban que el gobernador ampliara su información. Éste los miró detenidamente y al cabo explicó:

—Los piratas están mejor organizados que los nativos del interior. Hay que hacer lo que dice usted, destruir el mayor número de barcos posibles, pero lo que de verdad hemos de aniquilar es lo otro: su organización.

Todos continuaron a la expectativa hasta que el coronel Castroviejo, bien que gracias a las muchas conversaciones que había mantenido con el marqués de Ovando, musitó con convencimiento:

—Joló.

El gobernador lo miró complacido, mientras que el resto de los oficiales no terminaba de entender.

—Sí, señores, un objetivo clave en esta campaña será el sometimiento del reino de Joló.

San Vicente de Paúl, 30 de junio de 1754

Un verano falta para que haga un año desde que salimos de Cádiz. Cuántas veces he echado de menos Sevilla y cuán inacabable se me ha hecho en ocasiones esta tremenda travesía. Sin embargo, ahora no estoy segura de que desee llegar a Filipinas. Qué raros somos, porque me parece a mí que a casi todo el mundo en el barco le pasa lo mismo. Al final terminamos tan hermanados y con una sensación tal de seguridad que se nos antoja temeroso el mundo fuera de la fragata. No sé muy bien qué es lo que nos sucede por más que pienso en ello. Quizá sea que tanto antes como después de cruzar el estrecho lo hemos pasado muy bien. Sobre todo ahora. Pero no creo que sea ésa la causa sino que apunta más al calor humano que se respira entre toda la gente de esta fragata. Al principio, desde Cádiz hasta La

Habana, los infantes y muchos marineros se entretenían con peleas de gallos, juegos de cartas y dados e inventaban mil pasatiempos. Y hasta el cabo de Hornos lo mismo, pero ya menos. Últimamente, en cambio, sobre todo después de nuestra estancia en Tahití, apenas hay broncas ni juegos, pues lo que hace todo el mundo en la fragata es charlar en corros o por parejas. Por más que seamos casi cuatrocientas personas, ya nos conocemos casi todos por nuestros nombres. Además, como gracias al desfogue con las tahitianas los oficiales no son tan rigurosos con la tripulación en cuanto a relacionarse con mi tía y conmigo, charlamos con todos con una naturalidad encantadora. Así, me maravillan las historias que me cuentan los infantes y los marineros. Sobre todo de sus pueblos, oficios y familias. Yo nunca me imaginé que se podría aprender tanto sobre España como lo estoy haciendo ahora. Al principio me daba agobio ser consciente de la ignorancia tan grande que tenía yo de mi patria. Y es que aquí hay gente de todas partes. Incluso muchos de ellos hablan en otro idioma aparte del español. El más armonioso es el catalán, el más raro el vascuence y el más triste el gallego. Pero hay muchos más. El día del santo patrón del pueblo, ciudad o reino de un grupo de soldados o marinos, piden permiso al capitán y organizan una fiesta al atardecer a la que invitan a todo el mundo. Preparan, como pueden, la bebida o la comida más típica de su tierra. Naturalmente, lo hacen de malas maneras porque aquí no hay ingredientes apropiados, pero todos les reconocen la voluntad y los halagan mucho. Después empiezan los cantes y los bailes propios del lugar, y eso es lo que más disfrutamos todos. ¡Qué lindo! Naturalmente, a muchos les entra de vez en cuando la añoranza de su familia y paisanos, pero todos disfrutan soñando en lo que van a hacer cuando regresen. La mayoría quiere volver rico y creso, lo cual puede ser el caso para muchos de ellos porque con lo del barco inglés se les ha más que doblado la paga de un año y, como aquí no tienen gasto alguno, planean en cómo invertir los ahorros en Filipinas. Pero lo mejor de todo, y con mucho, ha sido el invento que hizo don Álvaro poco después de dejar Tahití, que nos tiene encantados a todos y a mí a quien más porque, entre mil ventajas, ha conseguido liberarme parcialmente de escribir tanto pliego sin ton ni son. A don Álvaro le encanta escudriñarlo todo y, con permiso del capitán, consiguió del contramaestre el libro de leva de la fragata. Hizo tablas y dibujos muy primorosos de las zonas de procedencia de los marinos e infantes así como agrupaciones de ellos según edad, enfermedades que habían tenido, nombres comunes… ¡qué sé yo! Estando en éstas, descubrió que de los trescientos cincuenta y ocho jóvenes enrolados había ciento treinta y cuatro analfabetos y pergeñó un proyecto que puso en consideración del capitán y los oficiales. Se trataba, nada menos, que de enseñar a leer y escribir a los ciento treinta y cuatro mozos iletrados. Casi nada. El plan era organizar una grandiosa escuela con veintisiete maestros elegidos entre los más cultivados, y coordinados todos por dos tenientes de infantes, don Estanislao, el segundo de a bordo y yo. Qué buena cabeza tiene don Álvaro, porque dicho así parece cosa fácil, pero en la práctica es complicadísimo ya que hay que tener en cuenta los servicios de todos, el nivel de luces de cada mozo, el aprovechamiento del poco papel que tenemos en la fragata, los lugares y horas en que se ha de poner cada grupo a recibir clase, el método común que han de emplear todos los maestros… un sinfín de pequeños detalles que se están cumpliendo casi sin necesidad de reajuste con respecto al proyecto inicial de don Álvaro. Y en éstas estamos. Yo lo paso muy bien porque esta tarea me tiene entretenida todo el santo día a pesar de que sólo enseño dos horas, y es que, como soy la que más tiempo libre tiene de los cuatro organizadores, estoy siempre preparando planas, vocabularios, plumas y demás para todos los que hacen de maestro. Lo de la escasez de papel lo ha solucionado en parte el carpintero haciendo varias pizarras grandes de madera y una infinidad de pizarrones. Llevamos en ese plan dos semanas y la cosa funciona. Hay muchos que yo ya sé que no van a aprender en toda su vida porque tienen la sesera berroqueña, pero por lo menos cien terminan sabiendo leer y escribir antes de que lleguemos a Filipinas. ¡Fijo! Al principio, tanto los listos como los torpes se tomaban a chusco lo de las clases, pero con paciencia y dos tundas de palos que se llevaron los dos infantes más graciosos, se han entregado todos con más o menos entusiasmo pero, eso sí, calladitos y atentos como seguro que no lo han estado en su vida.

Aparte de la escuela, ¡qué requetebién lo estamos pasando en las islas que visitamos! Y visitamos muchas sin necesidad, porque a mí me parece que don Jaime se ha contagiado de la atmósfera general y tiene pocas ganas de llegar a Filipinas.

Estamos viendo los paisajes más bellos que jamás se podría haber imaginado una y la gente más rara que debe de haber en el mundo. Por supuesto, nada es como en Tahití y apenas nos detenemos en cada isla más de uno o dos días. Lo suficiente para que Sebastián y otros oficiales comprueben las cartas de navegación para ver si pueden corregir algo que sirva a futuros navegantes. Ésa es la excusa. Y también que Juanito el botánico explore las plantas cercanas a las playas. (Ya está suelto y mejor de su pena; además, otra vez habla conmigo de ciencia y esas cosas. Por supuesto, él es uno de los maestros.)

La rutina es la siguiente. Divisamos una isla y el capitán, de acuerdo con los oficiales y Sebastián, decide si merece la pena acercarse a ella o no. Si es el caso, nos acercamos a la playa y se envían seis o siete barcas con infantones armados hasta los dientes. Exploran aquello y tratan de averiguar si los nativos son buenos, malos o regulares. Si se decide que no hay peligro, desembarcamos casi todos dejando en la fragata una buena guardia. Entre los indios hemos visto de todos los tipos humanos: guapos, raquíticos, enfermizos, grandes como cofas, simpáticos, huraños y lo más estremecedor de todo: caníbales antropófagos. Una vez que me enteré de unos que eran de esa condición, desde que bajé y los vi no pude apartar la vista de ellos en todas las horas que estuve allí. ¡Qué espanto! Porque además parecían hasta buenas personas, pero unos infantes me enseñaron, para risas de ellos, una cabeza humana y un brazo, ambos medio podridos, diciendo que se veía que los habían mordisqueado. ¡Santa Madre de Dios!

Si los nativos son de poco fiar, los infantes ven la forma de mantenerlos a raya en caso de necesidad y sólo entonces desembarca la mayor parte de la tripulación. Y de nuevo baños en la playa, excursiones al interior de la isla, comidas de pescado, marisco, frutas y, si los salvajes no lo son demasiado, música y bailes. También lo demás, claro, porque otra vez parece que la cosa entre mi tía y don Álvaro se ha encarrilado. Y yo y mi Sebastián… Tratamos de ser discretos hasta la exageración, pero creo que nadie se toma en serio nuestros disimulos. A mí eso me sigue dando gran agobio, pero ¡es tan bello todo!

¡Ay, qué pena me da que se acabe todo esto! Ya falta poco y me ha dicho Sebastián que antes de un mes llegaremos a Filipinas. Entraremos por el sudoeste. Por Joló.

11

—¿Por qué entraremos en Filipinas por Joló, capitán?

—Tengo orden expresa del propio marqués de la Ensenada.

La relación entre don Álvaro y don Jaime Sánchez de Monte-arroyo había pasado por distintas etapas a lo largo del viaje. Los dos sabían que las fluctuaciones de su afecto mutuo obedecían a la relación de don Álvaro con doña Beatriz. Sin embargo, el aprecio que se tenían no disminuía: simplemente la comunicación entre ambos amigos languidecía en los períodos en que doña Beatriz era complaciente con don Álvaro, y se animaba cuando se mostraba esquiva con él.

Aquel amanecer caluroso en que los dos, don Jaime y don Álvaro, se descubrieron contemplándolo en bastante soledad y con aparente melancolía, uno en el alcázar y el otro apoyado en la borda de estribor, se sintieron unidos. Quizá por eso don Álvaro aceptó con cierta jovialidad la invitación que le hizo el capitán de que lo acompañara en el puesto de mando.

Tras saludarse con afabilidad, habían entablado conversación sobre la llegada a Filipinas. La respuesta de don Jaime a la pregunta de don Álvaro lo había dejado insatisfecho y, aunque éste no siguió mostrando curiosidad, el capitán se explicó:

—Joló es la capital de una isla bastante pequeña que, junto con otras aún menores, forma un reino musulmán que se pretende independiente. Sulu, se llama. Está entre dos mares frente a Zamboanga, en la gran isla de Mindanao, y es el mayor foco de piratas de las siete mil islas que forman Filipinas.

—¿A quiénes roban esos piratas?

194

—A todos.

—¿No pueden acabar con ellos siendo una isla pequeña?

—Yo sabía poco de Joló, pero cuando leí la parte de mi orden de navegación relativa a esa isla, me interesé en averiguar su historia. —El capitán hizo una pausa pensando en cómo explicar a don Álvaro las características de Joló y decidió servirse de una pregunta—. ¿Por qué es España poderosa teniendo apenas diez millones de habitantes?

Don Álvaro apenas tardó en responder:

—Por su organización. Cuando le flaquea la organización política, militar, económica o todas a la vez, que es lo más frecuente, el imperio se tambalea.

—Exacto. Joló tiene un sultán, una religión que da cohesión a su política y unos enemigos potenciales a los que contenta a discreción.

—¿Y tiene ejército?

—Pirata, pero formidable. El sultán les paga con largueza, los protege en toda circunstancia adversa y los castiga con crueldad si no se avienen a sus intereses o caen en la tentación de la traición.

—Todo eso no explica por qué hemos de entrar por Joló.

—Ya le he dicho que lo haremos porque el ministro así lo desea.

Don Álvaro sonrió ante la tozudez del capitán, por eso insistió con simpatía, sin sentirse agraviado por el pertinaz silencio de don Jaime.

—Pero ¿por qué?

Éste lo miró y, con un punto de rabia contenida y algo de grandilocuencia, respondió:

—Porque el sultán Alimudín, rey de Joló, se rió de él y, en consecuencia, de España. El marqués de la Ensenada ordena que entremos por allí y que hundamos cuanto barco joloano se nos ponga a tiro. Y el marqués de Ovando lo aprobará fervientemente, pues en primera instancia fue de él de quien se mofó ese canalla.

Viendo la indignación de don Jaime, don Álvaro trató de que no se hiciera patente su regocijo, pero tenía gran curiosidad por saber cómo el sultán de una isla minúscula en el confín del universo se había podido burlar del gobierno del rey de España.

—¿Cuándo tuvieron lugar los hechos?

Don Jaime puso el gesto adusto porque no le gustaba hablar de aquello pero, tras observar la actitud serena de don Álvaro, le explicó:

—Un año antes de llegar el marqués de Ovando a Filipinas, o sea, en 1749. Los sultanes de Joló siempre han sido unos grandísimos intrigantes enemigos de España. Y el que más, el padre de Alimudín, pues lo primero que hizo con su hijo de mozalbete fue enviarlo a vivir varios años con los jesuitas. Observe la visión de futuro del tal sultán porque, desde que los españoles conquistaron Filipinas, Joló siempre hizo la guerra contra el imperio. De hecho, el presidio de Zamboanga se construyó para mantener a raya a Joló. Cuando murió el padre de Alimudín, en 1735, éste estrechó las relaciones con los jesuitas y el gobernador del presidio; y, a la primera oportunidad que intuyó beneficiosa para él, lo hizo con el gobernador general. Era fray Juan de Arechederra, uno de los pocos gobernadores eclesiásticos que ha tenido Filipinas. Alimudín, nada menos, le ofreció su conversión y bautismo. El ingenuo fraile se alegró infinito y lo recibió en Manila con toda pompa en enero del 49. Encargó a los jesuitas que lo catequizasen, y en abril del 50 fue bautizado con el nombre de Fernando en honor de nuestro propio rey.

Don Álvaro quiso ser condescendiente con el capitán.

—Deberá reconocer que era una buena mano para la jugada de pacificar un reino tan tradicionalmente rebelde.

—¡Hay que estar loco! Aquello fue empeño personal de Arechederra, ya que muchos ponían en duda la conversión de Alimudín. Aunque hay que admitir que el sultán era listo pues, ante el escepticismo de la gente, el fraile gobernador reunió a quince representantes de órdenes religiosas para que examinaran la vocación del neófito y todos lo hallaron preparado. Pero a quienes les debería haber hecho caso era a los jesuitas, que siempre pusieron en cuestión la sinceridad del sultán.

—Aún no entreveo las ventajas que de la farsa trataba de obtener el sultán.

—Espere y verá. Poco después de las celebraciones del festejo, que por cierto fueron por todo lo alto con luminarias, fuegos artificiales, toros, comedias y una misa solemne, llegó a Manila la noticia de que a don Fernando I de Joló, el traidor sultán Alimudín, lo había destronado su hermano Bantilan ayudado por el dato Sabdula, vecino de Joló.

196

—Cierta lógica tiene el asunto.

Don Jaime se dio cuenta de que don Álvaro esperaba un desenlace sorprendente, aunque le molestaba que se mostrara un tanto divertido.

—En éstas tomó posesión del cargo de gobernador el marqués de Ovando.

—Harina de otro costal.

—Don Álvaro...

—No me recrimine, don Jaime. Estoy sinceramente interesado en su historia.

Mosqueado, el capitán replicó:

—Pues en buena parte se equivoca, porque el nuevo gobernador se convenció de la bondad de la jugada de su antecesor y de la certeza del destronamiento. Así que en 1751 organizó una escuadra con cuatro falúas, una goleta, dos sampanes grandes y otras embarcaciones de apoyo. Además, se fundieron cien cañones pedreros, y todo para restituir al trono a su majestad don Fernando I de Joló.

—O sea que, tal como usted lo presenta, parece que las intenciones ocultas del sultán eran, conchabado con su hermano, derrotar a los españoles haciéndolos prisioneros y adueñándose de su flota. ¿Es así?

—Exacto. Pero le salió mal la treta gracias a don Antonio Ramón Abad y Monterde, el maestre de campo de la armada.

—¿Cómo la desentrañó?

—Descifrando una carta.

—Asombroso.

—Resultó que Alimudín pidió despachar una misiva al rey de Tamontaca para que alzara a sus partidarios que se habían agrupado en Basilan y los ayudara contra su hermano Bantilan. Parece que don Antonio pasó casi una noche entera estudiando la carta y finalmente dio con una ingeniosa clave, de forma que lo que se decía en la carta, con toda claridad, era que las tropas debían estar alerta para atacar a los barcos españoles salvo el sampán en que iba él con su séquito.

—Muy perspicaz don Antonio.

—Y valiente, porque mandó al sultán a Zamboanga con orden de remitirlo a la primera oportunidad a Manila y, aprovechando la carta de Alimudín, escribió otras con su sello, letra y clave cifrada y las remitió después poco a poco a su conveniencia.

—¿Derrotó a las fuerzas joloanas?

—No tan a fondo como él hubiera deseado, porque lo hirieron muy pronto y las condiciones climatológicas fueron adversas para una buena campaña.

—¿Y Alimudín?

—Hasta aquí llegan mis conocimientos. Todo esto ocurrió hace apenas dos años. Supongo que aún estará preso en Manila.

—Ahora entiendo que Ensenada y Ovando deseen desquitarse de su hermano Bantilan.

—Convencido estoy de que el marqués de Ovando ha vuelto a enviar la flota para castigar contundentemente a Joló. En cualquier caso, le juro que barco joloano que nos topemos, barco joloano que va a pique.

Don Álvaro soltó una alegre carcajada y le dio una palmada en el hombro a su enfadado amigo.

San Vicente de Paúl, 20 de julio de 1754

Con lo que a mí me gustan las guerras, nada más avistar Filipinas nos metemos en una y me entero de que por aquí todo está que arde. A ver por qué no nos hemos quedado en Tahití para siempre jamás.

A media mañana de hace tres días, con una luz y un mar preciosos, una brisa que daba alegría y todos contentos porque ya mismo íbamos a estar en Filipinas, dos vigías, casi a la vez, avisan de barcos a la vista. Parece que don Jaime lo estaba esperando porque gritó con voz desgarrada que cada cual a su puesto y llamó a zafarrancho de combate. Todos se pusieron como locos de contentos, y a mí me entró la temblequera de nuevo.

En menos de media hora ya divisábamos a simple vista barcos salpicados por doquier guerreando entre ellos. El alcázar estaba lleno de oficiales que observaban la lejanía con sus catalejos y discutían con acaloro porque no parecía estar claro el porqué de aquella batalla. Mi tía y yo estábamos en una toldilla cerca del puente y nos enterábamos de las cuitas del alcázar. Entre las dos colegimos que había nueve embarcaciones españolas peleando contra casi veinte piratas. El retumbo de los cañonazos nos llegaba cada vez más claramente, y en mi pecho resonaba el corazón al son de ellos.

Cuando ya nos encontrábamos a media milla y todos listos para meterse en el fregado, nos enteramos mi tía y yo de que los piratas estaban zurrando a los españoles. De hecho ya habían abordado tres barcos nuestros, y la escabechina que tenía lugar en ellos era feroz.

Poco después, nuestra fragata empezó a largar andanadas de una manera que yo creí que me iba a volver loca. Porque no eran como cuando lo del barco inglés allá por Brasil, que entonces, después de un grandioso estruendo por disparar todos los cañones a la vez, venía un rato de calma; ahora disparaban no más de seis cañones contra un barco; muy poco después, otros seis contra otro, y así el pavoroso cataclismo apenas si le daba respiro a una. Y las ceñidas, aunque no tan violentas como cuando lo del inglés, a mí me aturdían casi lo mismo que los cañonazos.

Nuestra fragata se metió en medio de la batalla como una exhalación y en menos de una hora había hundido o destrozado a casi toda la flotilla pirata.

Aquello fue mucho más atroz que la pelea con el albión por muchas razones. Por lo pronto, en aquella ocasión el abordaje se decidió pronto a nuestro favor gracias a los infantes, pero con los piratas se desató la locura más sangrienta que una se pueda imaginar. Y encima los tiburones. ¡Qué espanto!

Tras la batalla, en el mar había mil hombres nadando hacia todos los barcos, incluido el nuestro, y muchos lograban subirse a los que habían abordado antes de que nuestra fragata hundiera los suyos. El *San Vicente de Paúl* se dirigía a uno de ellos y desembarcaba a una partida de infantes, e inmediatamente navegábamos hacia otro y se repetía la operación. Los aullidos de dolor, los alaridos de las imprecaciones y los gritos de las órdenes desgarraron la bella mañana.

Pronto aparecieron manadas de tiburones y el mar empezó a teñirse de rojo. Los piratas lograban rajar muchos marrajos, pero cada vez acudían más y más, enloquecidos por el olor de la sangre.

A las dos horas se rindieron los pocos piratas que quedaban enteros en los barcos abordados y se procedió a sacar del agua a los supervivientes. En total tenemos, repartidos entre los barcos, a casi cuatrocientos tirones, que me he enterado de que así les dicen aquí a estos moros piratas. Los he visto sólo de lejos, pero tienen un aspecto estremecedor y sus miradas son rayos de odio.

Esta vez no me he desmayado como cuando lo del inglés, pero me he quedado como hueca por dentro. No quiero escribir del sanguinario horror que he contemplado en el mar, pues me ha emborrascado tanto el alma que temo que si lo plasmo en papel se me fijará aún más en las mientes. Aparte del espanto, estoy entristecida porque a varios de los infantes que han muerto les tenía yo mucho cariño por lo de las clases. En particular me apesadumbra la muerte de Esteban Muñoz, un extremeño que ponía tanto interés en aprender que a mí me despertaba mucha ternura porque, a pesar de ser bastante brutote, leía ya muy bien y escribía con bastante primor por más lento que lo hiciera. Cada vez detesto más las guerras y la crueldad de los hombres.

Tras la masacre y una vez que se han tranquilizado las cosas, se han reunido aquí, en el *San Vicente de Paúl*, los oficiales mayores de la flotilla española. Lo primero ha sido, cómo no, tratar de explicar por qué les iban ganando los tirones antes de llegar nosotros. La excusa es que la artillería había fallado de forma sistemática e inexplicable. Y han llegado hasta tal punto en su justificación, que han embarcado pólvora y cañones de sus barcos para que nuestros artilleros den fe de lo mal que funcionan. Se han hecho disparos de prueba, y yo creo que les han dado la razón para conformarlos, pero que aquí nadie cree ese cuento. Como si cuando dos se pelean fuera raro que uno gane y el otro pierda. ¡Qué simples son los hombres!

Pues aquí andan, mientras yo escribo estos pliegos, discutiendo casi cuarenta de ellos, tan grandes que algunos peinan canas, a ver qué hacen ahora con los joloanos de tierra, porque parece que la cosa no se va a quedar así, ya que la orden que tienen los españoles filipinos estos es conquistar la capital de Joló armando en tierra la de Dios es Cristo que no han podido armar en el mar. Menos mal que entre ellos está don Álvaro (aunque para compensar también están los cabezalocas del chino y el Pinoseco), y parece que cada vez le hacen más caso cuando habla. Yo ni los oigo ni los escucho porque casi lo único que hago es llorar.

Bantilan, regente de Joló como hermano del cautivo sultán Alimudín, se sentía algo más sosegado que la noche anterior, pues de nuevo la había pasado casi en blanco pensando en las consecuencias de la derrota que había sufrido dos días antes. Era demasiado el tiempo que llevaba su hermano en Manila prisionero de los españoles, y sentía que él no tenía ni su astucia ni su suerte. Porque sólo la mala suerte y no una artera maniobra del enemigo había hecho aparecer aquella infernal fragata en medio de una batalla que ya tenían casi ganada. Por lo menos así lo apreciaban sus jefes militares; por fortuna, porque cada vez los temía más, ya que ellos eran los que realmente echaban en falta el gobierno rígido y eficaz de su hermano. A pesar de la derrota, los jefes tirones apreciaron que su estrategia había dado buen resultado hasta que irrumpió la poderosa fragata en el horizonte.

Se encontraba solo apoyado en el brocal del pozo del jardín de su palacio. Era media mañana, y del mar soplaba una brisa agradable que, a la sombra del limonero más cercano, aliviaba el calor asfixiante que estaban teniendo aquellos días. Bantilan no sabía qué hacer, ya que las tres reuniones que había tenido con los jefes piratas y los militares de la guarnición de palacio desde que le habían llegado las noticias de la derrota no habían hecho más que aumentar su desconcierto pues, por lo pronto, los españoles habían desaparecido.

Por la puerta más próxima al jardín apareció uno de los alféreces que más apreciaba el regente. Lo miró casi con temor esperando alguna mala noticia, que no podía ser otra que el inminente desembarco de las tropas españolas para presentar batalla en tierra.

Bantilan le hizo un gesto al alférez para que se acercara y éste, tras dos nuevas inclinaciones de torso y el saludo a la mahometana, dijo:

—Majestad, hay un español en la playa del sur.

—¿No lo habéis matado?

—No, Majestad. Por orden mía expresa.

—¿La causa?

El alférez titubeó y al final respondió:

—Venía a caballo y parece ser persona de importancia. Lo hemos interrogado como hemos podido, y parece ser que lo que desea es hablar con Su Majestad.

Bantilan manifestó su intriga y desconcierto con un movimiento rápido y azaroso de la mirada.

—¿Qué opinas?

El alférez también parecía dudar, pero dijo en tono grave:

—Siempre se lo puede matar luego. No se pierde nada con saber quién es y qué desea.

El regente seguía sin saber qué hacer. Incluso temía no entender al español, porque él no lo hablaba tan bien como su hermano; pero recordó que en su escolta había dos o tres hombres que dominaban esa lengua.

—¿Cómo es?

—Fuerte, seguro de sí mismo, bien vestido y su caballo…

Bantilan miró al alférez esperando información sobre el caballo. Con un brillo en la mirada, el hombre concluyó:

—Es magnífico.

—Traedlo aquí. Lo recibiré en la sala de audiencias. Rápido.

En la playa, a la sombra de un grupo de palmeras, esperaba don Álvaro noticias de palacio rodeado de diez hombres silenciosos y de aspecto peor que huraño. Interiormente se sentía inquieto, aunque tenía bastante seguridad de que no lo iban a matar. Esa certeza la adquirió cuando vio que los primeros hombres armados que se le acercaron quedaron casi paralizados por su aspecto. Era una de las cartas más peligrosas que había de jugar: el primer encuentro. Por eso se había puesto su traje blanco que en toda la travesía sólo había utilizado en La Habana, y había engalanado al caballo con los mejores arreos que pudo reunir en el barco; los cuales eran realmente impresionantes en la platería incrustada en las bridas, los estribos repujados, los cueros engrasados y el sudadero granate bordado en oro a juego con la capa castaña encendida del semental.

La entrada de don Álvaro en Joló fue seguida por cientos de miradas en las que se mezclaban varios sentimientos entre el odio y la admiración. Desde la ventana del palacio real, Bantilan observaba su llegada con temor no falto de esperanza.

Don Álvaro desmontó en la puerta del palacio y, cuando algunos hombres quisieron hacerse cargo del caballo, los detuvo con un gesto enérgico y le hizo una seña al alférez. Éste se acercó intrigado y el jinete, con cierta solemnidad, le extendió las riendas. El alférez asintió con gravedad dejando ver que había entendido la exigencia de trato especial para el caballo. De la escena fueron testigos al menos cuarenta hombres fuertemente armados de crises, jabalinas y pistolas.

Mientras seguía a cuatro de ellos a través de salas y pasillos, don Álvaro lamentó no poder concentrarse en la belleza del palacio, pues no cesaba de sopesar las tres añagazas alternativas que tenía preparadas. Él sabía que la probabilidad de que alguna de ellas prosperase era pequeña, y, si Bantilan era tan listo como parecía ser su hermano Alimudín, la probabilidad de que le tendiera una trampa a él mismo y que cayera en ella no era en absoluto pequeña. Pero, aun en contra de la opinión de buena parte de los oficiales de la armada española destacada en Joló, don Álvaro creía que merecía la pena arriesgarse. Además, confiaba en el capitán Dávila.

Cuando estuvo ante Bantilan, los dos hombres se observaron mutuamente de hito en hito durante largos instantes. El regente debía de tener poco más de veinte años y, aunque no era gordo, se veía que la buena vida le gustaba. Sin embargo, su mirada era viva y le daba nobleza a un rostro en el que predominaban unos labios carnosos y una piel que parecía impregnada con una pátina que le daba aspecto de retrato antiguo al óleo.

Don Álvaro, sin inclinarse pero con voz amable, le dijo:

—Sultán, os saluda don Álvaro de Soler, comisionado en Filipinas del rey de España.

A Bantilan le costó cierto esfuerzo evitar removerse en su asiento. ¿Qué era eso de comisionado? No lo preguntaría. El intruso era insolente como todos los españoles, y más si era persona de rango, pero había que saber cuáles eran sus intenciones. A Bantilan le llegó la hora de hablar, y tener que utilizar el español le aumentaba el desasosiego.

—¿Qué deseas?

—Disfrutar de vuestra hospitalidad durante cinco días.

Entonces sí que Bantilan se removió en su asiento. Miró fijamente a don Álvaro con gesto adusto hasta que preguntó:

—¿Por qué piensas que no voy a ordenar que te maten inmediatamente?

Bantilan se sintió más contento por comprobar que el español que le había enseñado su hermano era mejor de lo que él mismo creía, que por la fuerza que acababa de mostrar.

—Dentro de cinco días la flota española desembarcará aquí y conquistará Joló. Vos y yo quizá podamos evitar eso.

Bantilan había hecho que cuatro hombres de su corte estuvieran presentes para que lo asistieran en caso de dudas con el idioma. Sus ojos se cruzaron fugazmente con las miradas de sus también inquietos cortesanos.

—¿Tienes poderes para negociar?

—Los tengo.

El aplomo con que había contestado don Álvaro convenció más a Bantilan que cualquier credencial que le hubiera presentado.

El silencio fue tenso hasta que, tan inesperadamente que don Álvaro se sobresaltó, Bantilan se levantó y, tras gritar varias órdenes en su idioma joloano, se precipitó a la puerta más cercana y desapareció por ella.

Don Álvaro tenía poca experiencia con el mundo islámico, pero pronto apreció que la proverbial hospitalidad que lo caracterizaba tenía cierto fundamento.

Cuatro mujeres de belleza y edades desiguales, junto con dos extraños hombres que pronto adivinó don Álvaro que eran eunucos, lo sirvieron en silencio y con prestancia. Durante toda la tarde del día en que apareció en la ciudad de Joló no hizo otra cosa que comer, tomar un baño y pasear por el espléndido jardín del palacio. Bien entrada la noche, cuando ya esperaba que lo recluyeran en alguna habitación para dormir, se presentó Bantilan con dos hombres armados. Quería iniciar las negociaciones.

Don Álvaro expuso sus condiciones sin introducción ni acritud. Entrega de todos los prisioneros españoles que se habían hecho en los dos años y medio de ausencia de Alimudín. Devolución de ornamentos sagrados, copones e imágenes que se habían robado de las iglesias. Obligación de Joló de castigar a cualquier dato o sácope pirata e igualmente a los tirones. Para ello se establecería una guarnición española permanente de ayuda, lo que garantizaría el cumplimiento de un tratado que estableciera y llevara a la práctica que cualquier nación enemiga de España lo sería también de Joló y viceversa. Tras el acuerdo, se liberaría a Alimudín a los seis meses de cumplimiento de aquél.

Bantilan escuchó con atención y entró en una sorprendente fase de conversación que don Álvaro encontró artificialmente deshilvanada y llena de divagaciones. Tras dos horas de hablar sin decir nada, el regente le dio con amabilidad extrema las buenas noches. Don Álvaro lo saludó también cortésmente y, cuando ya se alejaban uno del otro, le dijo a Bantilan:

—Majestad, pido excusas por abusar de vuestra hospitalidad, pero quisiera pediros algo.

Ante la mirada suspicaz del regente, don Álvaro animó su tono y le dijo:

—Mi caballo ha sufrido una larguísima y dura travesía encerrado. Desearía que me permitierais ejercitarlo para que mueva los músculos y respire aire limpio. Si consideráis que no debo alejarme de palacio, os rogaría que ordenarais a un buen jinete, amable y entendedor de los caballos, que lo hiciera por mí.

Bantilan inclinó el torso a modo de despedida y entró en el palacio.

A la mañana siguiente despertaron a don Álvaro cuando apenas se entreveía el alba. Vistiendo aún sólo el calzón, los eunucos le sirvieron agua, higos, pan y dátiles, tras lo cual lo invitaron por señas a que se lavara y vistiera porque el sultán lo esperaba. También con gestos, le indicaron que calzara las botas de montar en lugar de zapatillas. Entonces don Álvaro sonrió.

En la puerta de palacio, ya con el sol anunciando un día diáfano y caluroso, se encontró con una tropilla de unos diez jinetes y su caballo perfectamente limpio y enjaezado. Cuando, ya montado, don Álvaro ajustaba los pies en los estribos y comprobaba la tensión de la cincha, apareció Bantilan a lomos de un bello ejemplar árabe que, aunque de talla bastante menor que el caballo de don Álvaro, era de una viveza y donosura fuera de lo común incluso entre los equinos de esa raza. Al estar situado el palacio muy cerca de la playa, los jinetes no atravesaron la ciudad como hubiera sido el deseo de don Álvaro.

El paseo fue muy agradable por playas y forestas. En dos ocasiones se detuvieron y en la segunda, a la sombra de un palmeral, el regente musulmán expuso con alguna claridad su oferta. Devolución de todos los prisioneros de la batalla naval. Liberación inmediata de Alimudín. Ausencia de fuerzas militares españolas en Joló, pues con las de Zamboanga se garantizaba la ayuda prometida y la paz. Expedición conjunta contra el dato Abdulá. Todas eran inaceptables pero fueron bien acogidas por don Álvaro.

Mientras cabalgaban, don Álvaro apreció a Bantilan como buen jinete aunque no excepcional, pero aun así exageró un tanto sus elogios y en una ocasión le rogó que cambiaran de monturas. Los caballos iban siendo cada vez más el único nexo de unión de los dos negociadores. En un momento dado, Bantilan propuso una carrera. La sonrisa de don Álvaro para sus adentros fue mucho más amplia que la que mostró a Bantilan. Rehusó con amabilidad arguyendo que el caballo, debido a la travesía, no estaba en buena forma y podría dañarse. Quizá más adelante.

Todos los días salieron a caballo don Álvaro y Bantilan, por lo que muchas negociaciones las hicieron al aire libre. Don Álvaro se percató pronto de que todas las propuestas del jeque árabe permitían el incumplimiento cuando no la trampa. Algunas de forma realmente sutil. Sin embargo, avanzaban hacia el objetivo de evitar la invasión, y Bantilan mostraba su contento siendo cada vez más amable con don Álvaro y adoptando una actitud relajada cuando hablaban de asuntos ajenos a la tregua en la que se encontraban. El principal era sobre los caballos.

—¿Consideras que tu montura está en buenas condiciones para competir con la mía?

Don Álvaro puso gesto adusto y evaluó gravemente la propuesta mirando al animal.

—Hemos galopado poco estos días y no estoy seguro de cómo anda de pulmones el animal. Os propongo lo siguiente. Hagamos un galope lento y largo por la playa. Si tras él apreciamos vos y yo que mi caballo está en buena forma, competimos.

Bantilan se mostró conforme y contento; pero aun así preguntó:

—¿Estarías de acuerdo con apostar si llegara el caso?

—No entiendo una competición sin premio.

La tropilla se puso al galope. Recorrieron lenta y acompasadamente más de media legua de la costa sur de la isla, y volvieron por el mismo sitio en dirección a la ciudad de Joló. Tras casi una hora de ejercitar los caballos de esa guisa, don Álvaro, sonriendo, le dijo al sultán regente:

—Majestad, detengámonos y examinemos al caballo. Me parece que sí está en buenas condiciones. Si decidimos que es así, descansaremos un poco y fijaremos las condiciones de la carrera y la apuesta. ¿De acuerdo?

Bantilan se sentía alegre pues sabía que en las negociaciones estaba obteniendo ciertas ventajas, a pesar de la firmeza y sabiduría política del español, y además tenía la certeza de que ganaría la carrera.

Una vez descabalgados, tomaron el pulso y el ritmo respiratorio del caballo de don Álvaro y el del pura sangre árabe de Bantilan. Eran prácticamente los mismos. Entraron a discutir las condiciones de la carrera. La playa, que era extensa y desierta, unía el mar con unas dunas de tamaño creciente aun sin llegar a poder llamar montes a las más altas. Don Álvaro y Bantilan subieron a pie a una de las dunas pequeñas y desde allí estuvieron escudriñando la playa. A unas mil quinientas varas descubrieron una torre de vigía que parecía en ruinas. Fue Bantilan quien propuso como itinerario rodear la torre desde donde se encontraba su escolta y volver al mismo punto. Don Álvaro aceptó aunque arguyó que, si de lo que se trataba era de competir en velocidad, rodear la torre implicaba hacer una curva excesivamente cerrada y, por ello, lenta y con riesgo para los tendones de su caballo aún poco ejercitados. Bantilan quedó pensativo y finalmente aceptó su objeción. Don Álvaro, ante la duda mostrada por su rival, propuso que, si lo deseaba, se mantendría la distancia propuesta alejando la salida de la torre. Quedaron de acuerdo y, mientras bajaban la duna, discutieron la apuesta. En el premio propuesto por Bantilan entraron aspectos de la negociación de la paz sobre los que aún no habían llegado a acuerdo alguno. Don Álvaro puso muchas resistencias a algunos de ellos y aceptó otros aun a sabiendas de que alguno escondía posibles artimañas. La apuesta final la consideraron ambos equilibrada y, cuando se disponían a montar, Bantilan hizo la última consideración:

—Sería un honor para mí que, si gano, me regalaras tu caballo.

Don Álvaro repuso con aire grave:

—Mi caballo lo regalaré a Vuestra Majestad en cualquier caso como recuerdo de nuestra amistad y en recompensa por vuestra hospitalidad durante estos días. Si gano yo la carrera, un buen premio para mí sería vuestro caballo.

Bantilan evaluó la oferta y al cabo soltó una carcajada aceptando y reconociendo una vez más que don Álvaro era un buen negociador. Cuando ya se disponían a montar, Bantilan dio unas órdenes que ensombrecieron el rostro de don Álvaro aun sin entenderlas. Quizá porque las temía hacía un buen rato.

La tropilla se desplazó alejándose de la lejana torre, y hacia ésta se destacaron tres jinetes que se separaron del grupo en sentido opuesto. Cuando llegaron a un acuerdo sobre el punto de partida de la carrera, volvieron grupas y don Álvaro, como esperaba, comprobó que la torre no se divisaba por la forma convexa respecto al mar que adoptaba la playa en aquella zona.

Tras acortar ambos las aciones de los estribos para galopar alzados sobre sus sillas, don Álvaro se despojó de toda impedimenta en el vestir dejando a uno de los jinetes de la escolta su casaca y la espada que en todo momento le habían permitido portar. Este gesto le dio confianza al regente de Joló quien, aun sin saber por qué causa, todavía desconfiaba del embajador español. Bantilan hizo lo mismo, lo cual incluyó su capa y el cris que siempre llevaba colgado al cinto. Pero no así su puñal.

La carrera comenzó como una exhalación. Los jinetes apenas mantenían contacto con el freno de las bocas de sus caballos a través de las riendas, y sólo los dirigían con los pies para mantenerse paralelos entre sí a una distancia de varias varas. Don Álvaro tenía el pelo bastante crecido y el aire, rasgado por la velocidad del caballo, lo hacía ondear. El turbante blanco de Bantilan amenazaba con descomponerse. Los animales parecían estar disfrutando de su esfuerzo, pues se observaban de reojo a pesar de tener las orejas y los ojos pendientes del deseo de sus jinetes. El calor húmedo de la mañana hizo que jinetes y cabalgaduras empezaran a sudar, pero nada les era más grato que escuchar el rumor de los portentosos músculos de los corceles y el murmullo de los cascos al batir la mullida arena de la parte de la playa lamida por el mar. El caballo árabe sacó cierta ventaja al de don Álvaro, el cual, aun teniendo que esquivar las salpicaduras de arena del caballo que lo precedía, se puso tras él de modo que se perdió parte del paralelismo de sus trayectorias. El regente tenía el ánimo exaltado por la euforia que le estaba provocando el galope; don Álvaro se sentía igual por más que su ánimo estuviera conturbado por otras inquietudes. A las quinientas varas recorridas, ambos divisaron la torre de meta, y en ese momento Bantilan arreó con energía a su caballo. El pura sangre árabe reaccionó como impulsado por un resorte y dejó atrás a su competidor. En lugar de responder de igual manera, don Álvaro azuzó gradualmente su montura para evitar que la ventaja que le estaba sacando Bantilan aumentara en exceso. Éste, al comprender la táctica de su adversario, no pudo evitar un grito de júbilo pues sabía perfectamente que en una carrera de caballos sólo se podía acelerar una vez, y don Álvaro contaba con hacerlo cerca de la meta cuando el suyo diera muestras de flaqueza por el esfuerzo. Pero él conocía a su noble caballo y estaba seguro de que antes moriría que permitir que lo adelantaran.

A unas trescientas varas de la torre, algo desconcertó a Bantilan. Los jinetes que había destacado en la meta se encontraban allí, pero su actitud, sin saber por qué, lo alertó. No obstante, la ventaja que le estaba sacando a don Álvaro le devolvió la euforia, pues le llevaba más de cuatro cuerpos de ventaja y eso, por más que reaccionara el caballo castaño, sería suficiente para ganar. Cuando ya veía la victoria inevitable, ocurrió un hecho que lo dejó atónito. Desde una duna cercana se acercaban hacia él a un galope estremecedor dos jinetes desconocidos, los cuales, antes de que Bantilan saliera de su estupor, se pusieron a sus flancos y trataron de arrebatarle las riendas del caballo. El animal, también desconcertado, disminuyó su velocidad e intentó defenderse dando coces a diestro y siniestro.

Entre los dos jinetes extraños, que no eran otros que el capitán Dávila y un teniente de dragones, ayudados por don Álvaro, controlaron rápidamente el caballo de Bantilan y, cuando éste miró hacia la ya cercana torre esperando ayuda de sus escoltas, descubrió con terror que estaban maniatados y que sus caballos los montaban otros jinetes. Entre ellos había un extraño chino vestido de negro.

Siguieron galopando todos a menor ritmo, pues sabían que a la guardia de Bantilan le llevaría bastantes minutos reaccionar a la tardanza del regreso de los jinetes al punto de salida de la carrera.

A menos de una legua de la torre llegaron todos a una ensenada en la cual esperaba un patache de medio porte. Embarcaron los caballos con cierta dificultad y, cuando ya la compleja operación se hallaba casi concluida, apareció la tropilla de Bantilan, cuya única tarea posible fue dar fe de que los españoles habían raptado a su sultán regente.

Al día siguiente, toda la flota española con el *San Vicente de Paúl* a la cabeza apareció en la bahía frente a Joló. Desembarcó una fuerza de unos trescientos hombres al mando del comandante en jefe, enarbolando bandera blanca. Exigían abrir un período de negociaciones exclusivamente militares con los jefes de la guarnición regular y pirata de Joló. Con el sultán Alimudín cautivo en Manila y el regente, su hermano Bantilan, capturado, las condiciones españolas se impusieron con facilidad. A los dos días del desembarco se firmaron los acuerdos, y el sampán que transportaba a Bantilan partió hacia Zamboanga, mientras que el *San Vicente de Paúl* ponía proa hacia Manila con una parte de la flota.

12

San Vicente de Paúl, 1 de agosto de 1754

Cada día aprecio más a don Álvaro de Soler, por listo, por valiente y por buena persona. Él solito ha evitado una guerra. Bueno, con ayuda del capitán Dávila, el chino Chen y tres o cuatro más; pero el que se la ha jugado bien y el que ha inventado todo el ardid ha sido él.

Desembarcaron cerca de Joló antes del amanecer y todos los barcos nos alejamos, dejándolos allí. Don Álvaro, así por las buenas, se fue a hablar con el sultán, que hay que tener valor para intentar semejante cosa en una isla llena de soldados, piratas y familiares de muertos y prisioneros hechos por nosotros. Pues no le pasó nada y habló largo y tendido con el jefe moro. Además, paseando a caballo como si tal cosa.

El capitán Dávila se dedicó a seguirlos por todas partes, también a caballo, vestido de moro por si acaso alguien lo veía. El chino y los demás estuvieron escondidos casi cuatro días en una gruta de la playa, y cada noche se unía a ellos el capitán. Éste, como debe de conocer muy bien a don Álvaro, aparte de que ya estaban conchabados en muchas cosas, adivinó dónde iba a haber una carrera a caballo entre don Álvaro y el sultán. Puso en alerta a los demás y remataron todo el teatro que había organizado don Álvaro. El chino le dio una somanta de palos a los guardias del sultán, y el capitán y un teniente de infantones le echaron mano a

211

aquél en plena carrera y se lo trajeron preso al barco. Hay que estar locos.

Pero el hecho es que no ha habido guerra porque, claro, sin su jefe, esta gente parece que sabe hacer poco y han llegado pronto a un acuerdo con nuestros militares. Por otra parte…

Manila, 10 de agosto de 1974

¡Ya hemos llegado! De hecho llevamos aquí dos días aunque apenas nos hemos instalado con comodidad. Esta casa donde vivimos mi tía y yo será nuestro alojamiento provisional porque, cuando le dé audiencia el gobernador, ella está segura de que nos iremos a otra grande y con servicio. Don Álvaro y el capitán Dávila viven en un cuartel, y el chino Dazhao se ha esfumado. Sebastián, Juanito el botánico y dos o tres oficiales están en una fonda muy bonita, y don Jaime Sánchez de Montearroyo ha alquilado una casa preciosa; la mayoría del resto de los oficiales está en una residencia de la marina, y dos o tres de ellos se han quedado en la fragata, que a lo mejor no están hartos de vivir en ella. Los infantones están recogidos en sus cuarteles y los marinos han hecho como el chino: desaparecer.

¡Qué linda es Manila! Como La Habana pero mejor, aunque eso sí, más pequeña. Además tiene un río, el Pásig, que le da una gracia especial por las alamedas que sombrean sus orillas y los arenales que produce. Es mejor que La Habana y Salvador de Bahía porque aquí ni se ve ramería, ni esclavos, ni gente de mal vivir. Todo como muy endomingado. Yo creo que es porque hay más curas y frailes que en ningún sitio. A veces, tantos agobian. Por lo mismo, el número de iglesias y conventos es enorme, pues los hay por todas las esquinas. La ventaja de tanto templo es que le dan mucha prestancia a la ciudad. También hay muchos edificios de piedra con oficinas, la biblioteca, el hospital, el cabildo, la audiencia, la universidad, escuelas y alguna que otra fábrica. Que, por cierto, de éstas hay pocas porque me estoy

212

enterando yo de que aquí la gente vive bastante del cuento. Este cuento no es otro que el comercio con Nueva España por medio de un galeón anual en el que se embarca todo lo que se produce, que es poco, y lo que se le compra barato a los chinos, siameses y cochinchinos que allí se pueda vender caro. No se ven más que militares, frailes y ociosos españoles, así como un sinfín de criados de todos los tipos de achinados. Ninguno esclavo.

Árboles raros y bonitos hay por todas partes, sobre todo extramuros, y eso le da una sensación de frescor a Manila muy de agradecer, porque el calor pegajoso que hace aquí le enzonza el ánimo a cualquiera. La muralla es del estilo de la de La Habana, pero más envolvente y pequeña, pues no tiene más que seis puertas y cuatro postigos. Y hay dos fortalezas que son el castillo de Santiago (en éste están don Álvaro y el capitán Dávila) y el de San Felipe, así que toda esta piedra da una buena sensación de seguridad que falta nos hace, porque yo lo primero que he hecho es confirmar mis temores de que todo esto está en guerra. ¡Jesús!

Las casas de las gentes son de dos tipos, las de obra y las de caña, que no hay más que verlas para saber a qué clases sociales pertenecen. Pero las pobres son bonitas y acogedoras, aunque el peligro de que ardan debe de ser grande. A las calles les están poniendo aceras de losas de Cantón y están quedando muy bien y cómodas. Pero, a pesar de todas estas lindezas, hay un montón de solares y casas en ruinas sin habitar y me han dicho que es porque hay pocos españoles que vengan. Yo lo entiendo mejor que nadie, pues meterse casi un año en un barco para llegar hasta aquí le enfría los ánimos al más desquiciado.

Las calles, trazadas a cordel, son todas derechitas y entre sí no son más que paralelas o perpendiculares. El edificio que más me ha gustado…

Al coronel don Arturo Castroviejo le agradaba sobremanera que, cuando se entrevistaba con el gobernador don Francisco de Ovando, éste, a pesar de su extrema arrogancia, abandonara su asiento tras la mesa de despacho y se sentara a su lado en uno de los sillones confidentes. Aquella habitación era el corazón del palacio y estaba entre la sala de espera y la de audiencia. Pese al lujo de aquellos dos inmensos salones, el despacho del gobernador era sobrio a primera vista. Sin embargo, un examen detallado descubría algo extraordinariamente curioso y grato: la gran variedad de maderas preciosas que había por doquier. El colorido de éstas iba desde el negro casi azabache de algunos marcos de cuadros hechos con madera extraída de una variedad del ébano, hasta los tonos rosados del cerezo, caoba o teca de que estaban construidos algunos muebles y la mesa. Estos tonos rojizos eran distintos entre sí y, en particular, diferentes del tono del palisandro que recubría el zócalo, el cual tenía largas vetas negras.

El coronel estaba concluyendo su narración de los hechos de Joló, pues ésta era la que más interesaba al gobernador por encima de documentos y partes de guerra, ya que sabía que don Arturo acumulaba información oficial obtenida por jefes y oficiales junto con la extraoficial que le ofrecían soldados y marineros. El coronel Castroviejo concluyó su relato diciendo:

—Así que ese don Álvaro de Soler debe de ser un buen elemento.

—¿Lo conoce usted?

—Aún no he tenido el placer. Tampoco sé su cargo ni la misión que tiene encomendada.

—Ahí tengo sus credenciales —el gobernador señalaba la mesa— y la carta de presentación del ministro Ensenada. También tengo las del resto del pasaje. Las leeré después. Ahora dígame si usted aprecia, al igual que yo, que el desarrollo de las campañas está siendo irregular en exceso.

Al coronel le sorprendió que el marqués de Ovando no hiciera comentario alguno sobre el insólito y favorable desenlace de la campaña de Joló ni que dedicara el más leve elogio al papel desempeñado por don Álvaro de Soler. Sin embargo, como estaba acostumbrado a la altanería del gobernador y a lo reacio que siempre era a prodigar halagos e incluso comentarios, se concentró en dar la apreciación que le había pedido.

—Irregular y desconcertante, Excelencia. Hay batallas y escaramuzas que se ganan con facilidad y otras, en las que se aplican las mismas estrategias y tácticas, se pierden o tienen un resultado azaroso. Sobre todo en Mindanao.

214

—Y en Joló, pues, según usted, si no aparece la fragata perdemos la flotilla.

—Con certeza. Además, ningún jefe militar encuentra razones comunes por más que indago entre ellos. Unos achacan sus fracasos a la falta de entrenamiento de la tropa, otros al armamento, alguno hay que culpa al estado de la pólvora, otros a las características del terreno en que se desarrolló la batalla; todo un dislate, porque las mismas armas, pólvora, terreno y proporción de reclutas y veteranos tienen las fuerzas victoriosas.

El gobernador mantenía el gesto grave y pensativo. Sin tener realmente interés, pues seguía inmerso en sus cavilaciones, preguntó al coronel:

—Hablando de reclutas, ¿qué tal se están portando los sangleyes?

—Bien. Al menos no son peores que otros.

Iba a arrellanarse el marqués de Ovando en su asiento cuando el coronel, meditabundo, añadió:

—Aunque…

El gobernador lo miró manteniéndose a la expectativa sin decir nada.

—Aunque, al parecer, entre ellos están ocurriendo hechos singulares.

El gesto del gobernador rayaba en la displicencia, pues continuaba sin dignarse animar a don Arturo para que se explicara a pesar de mostrar éste vacilación.

—Han asesinado misteriosamente a tres sangleyes en distintas unidades.

—¿Asesinado?

—Degollados durante la noche.

—¿Es eso realmente extraordinario?

—A los tres les habían metido una piedra en la boca.

El gobernador quedó unos instantes meditando y después preguntó:

—¿Eran sangleyes gentiles o bautizados?

—Uno cristiano y dos gentiles.

El gobernador reflexionó unos segundos al cabo de los cuales inquirió:

—Dígame, coronel, ¿pertenecían esos chinos a unidades que sufrieron derrotas?

El coronel sonrió y contestó:

—Lo he indagado, Excelencia, y no hay ninguna relación entre los asesinatos y la trayectoria bélica de las unidades a las que pertenecían los muertos.

Don Francisco José de Ovando se levantó dando por concluida la entrevista y se dispuso a leer las cartas y credenciales de los pasajeros del *San Vicente de Paúl*. El coronel hizo lo propio y el gobernador, en tono casi ausente, simplemente le dijo:

—Gracias, coronel.

—Buenas tardes, Excelencia.

Cuando don Arturo alcanzaba la puerta, escuchó a su espalda:

—¿Conoce usted a la dama?

Don Arturo vio que el gobernador destacaba en la mano derecha una carta del fajo que mantenía en la izquierda.

—Sí, Excelencia.

—¿Y…?

—Una belleza.

—¿Es lo único que sabe de ella?

—En principio es lo más notable.

La entrevista había realmente concluido.

Marcial Tamayo separó la vista del frasco que contenía su último destilado, y el brillo que irradió el líquido a la luz de los dos candiles y del quinqué que iluminaban su laboratorio lo hizo sonreír. Era exactamente aquello lo que había estado buscando durante largas noches. La estancia apenas tendría cinco varas de largo por tres de ancho con una puerta y una gran ventana, pero se encontraba tan llena de objetos que su volumen se multiplicaba. Las paredes se hallaban cubiertas de anaqueles de madera basta y poco plana sobre los que descansaban infinidad de frascos. Éstos eran de forma y tamaños irregulares porque estaban hechos de piel secada, cosida y endurecida de pequeños animales y de cáscaras de frutas como berenjenas, calabacines y cocos. En casi todas ellas había un papelito pegado y escrito a modo de etiqueta. En un armario apoyado en el suelo y sin puertas, se veían papeles formando pliegos, fajos y legajos de diversas formas y distintos tonos de blanco. Casi todo ese papel lo fabricaba el propio Marcial Tamayo a partir de la pulpa de algunos arbustos. A pesar de que había pocos recipientes de vidrio, no eran escasos los botes, tubos y retortas de ese material más o menos transparente o verdoso. Pero el centro del laboratorio era el alambique para hacer destilaciones, un horno de barro en el que se quemaba la leña que le suministraba el calor suficiente a una gran retorta de cuello cónico curvado hacia abajo, el cual terminaba introducido en un gran barril hermético. Por éste circulaba el serpentín inmerso en agua fría, que se iba renovando con paciencia y esfuerzo. Por un pequeño grifo del lado opuesto inferior de aquel condensador, fluía el líquido destilado. En aquella abigarrada estancia era donde el solitario médico soñaba e inventaba.

A pesar de su soledad, en aquellos momentos Marcial Tamayo se sentía feliz porque sus plantaciones ya daban frutos, sus semilleros eran más productivos que nunca, y cuatro de los seis ungüentos que estaba buscando ya los había conseguido. Pero su soledad no lo abandonaba porque hacía casi tres semanas que no veía a nadie. Como siempre, y al igual que el oleaje incesante, su ánimo se debatía entre el optimismo hacia el futuro y la desesperanza más incierta. Lo único que le daba firmeza a su situación era la seguridad que tenía de que su fuga de Zamboanga le impedía vivir sosegadamente en ningún pueblo o ciudad con presencia española, y que no deseaba vivir en un poblado indígena. Consideraba aquélla su única salida, pero la incerteza de su futuro y su aislamiento lo agobiaban periódicamente.

Su aspecto externo se había estabilizado de nuevo después del adelgazamiento que había sufrido tras abandonar el poblado de Seyago y su gente. Estaba fuerte, moreno y saludable. En su rostro, y a pesar de la barba siempre crecida —pues sólo se la recortaba una vez por semana—, destacaban los ojos en la profundidad de sus cuencas, con la sempiterna mirada apacible que da la soledad.

¿Cómo iba a comerciar con sus productos? ¿Qué comerciantes, más o menos honrados, se prestarían a tratar con él? Tendría que echar mano de Seyago; pero éste no creía en su proyecto, ni la guerra en la que se encontraba envuelto le permitía distraerse.

¿Qué posibilidades tenía de que ninguna patrulla española diera con su finca? Se hallaba situada en una zona que no era difícilmente accesible, pero tan alejada de cualquier poblado que carecía del más mínimo interés militar. Incluso algunas posibilidades de escape tenía; aún más: llegado el caso, podría disimular de alguna forma su condición de presidiario fugado. De los nativos nada temía, pues Seyago y su gente habían esparcido la noticia de que aquel extraño estaba bajo su protección y que les podía ser útil a todos.

Los días seguían siendo largos para Marcial Tamayo. Las noches, eternas.

A Chen Dazhao lo sorprendía la mezcolanza de emociones que le despertaba su paseo por el parián de los sangleyes de Manila. Allí había crecido, pues había vivido desde que tenía cuatro años hasta que lo abandonó a los doce. Hacía ya veintiséis años. A partir de entonces, Chen había sido siempre reservado e incluso taciturno, pues no podía desarrollar otro carácter tras la cruel muerte de sus progenitores, así como de la educación y el entrenamiento que le habían dado los compañeros de su padre.

Chen había sido muy feliz en el parián. Sus padres, ricos y respetados, supieron siempre imbuirle el sentido de la disciplina equilibrado con asuetos de libertad sin límites. Con su gran variedad de tiendas y almacenes que alojaban infinita gama de productos, el parián podía ser un universo de ensueño para cualquier niño. De Siam, de Camboya, de la Cochinchina, de Java, todo lo que producían tierras y gentes de aquel medio mundo se podía encontrar en el parián de los sangleyes de Manila. Y del otro medio, porque no eran raras las mercancías procedentes de Nueva España y Europa.

Veintiséis años no habían cambiado el parián en exceso, según la apreciación de Chen. Lo que sí lo desasosegaba de vez en cuando eran las dimensiones de algunos lugares que invariablemente le parecían mucho más pequeños de lo que recordaba. La mayoría de las casas y bodegas se habían transformado, sobre todo porque, debido al fuego, los topancos de caña, anea y nipa tenían una vida relativamente efímera. A ello contribuía en no escasa medida el azote de temblores y huracanes.

El parián estaba tan animado como Chen siempre había recordado. A pesar del permanente trajín en calles y tiendas, el ruido del ambiente no era muy fuerte. Quizá porque los productos que se transportaban por las calles no exigían grandes carruajes, quizá porque los sangleyes eran discretos y silenciosos por naturaleza.

En una de las plazas del parián, encrucijada de dos de las calles más anchas, se detuvo Chen un buen rato. El centro lo dominaba el brocal de un pozo que no recordaba de su infancia. Se alzaba como una plataforma de más de seis pies de alta rematada por una hilera de pequeñas columnas. En su interior se conformaba un pasillo circular de unas diez varas de perímetro por el que deambulaban dos hombres. Éstos eran los servidores del pozo. Jalaban alternadamente de una cuerda, la cual pasaba a través de una garrocha que colgaba de la cúspide, formada por cuatro columnas de hierro rematadas en ojivas que confluían en ese punto. Las mujeres y los niños hacían cola en torno al pozo para que los hombres les llenaran sus recipientes con el agua que extraían con un cubo. Mientras esperaban, charlaban entre sí en voz baja emitiendo de vez en cuando risas recatadas. Chen se fijó en los pies de las mujeres y comprobó, apenado, que seguían siendo extraordinariamente pequeños. En las esquinas de la plaza, corros de hombres charlaban, seguramente cerrando tratos. Las mujeres llevaban vestidos de vivos colores, y un pañolón que les cubría la cabeza. En cambio, todos los hombres vestían de la misma manera: los mayores, un camisón negro, que les llegaba casi hasta la mitad de los muslos y que terminaba en un ribete blanco de casi un palmo de ancho, y pantalones hasta los tobillos, que invariablemente eran blancos o negros. En cambio, los niños llevaban calzón corto, sin medias, y camisa de diversos colores. También los jóvenes vestían así, y, más o menos, iban bien afeitados, mientras que los adultos lucían un bigote de guías caídas que se confundían en la barbilla con una perilla bastante larga. Un pequeño bonete negro o gorrito igual de minúsculo tapaba parte del pelo y de él surgía una coleta trenzada que llegaba hasta mitad de la espalda. También se diferenciaban los mayores de los jóvenes en que aquéllos, como parte ostentosa de su dignidad, portaban una sombrilla. El lujo de ésta, que bien podía ser de empuñadura de marfil, varillas de teca y tela de seda, era lo único que permitía distinguir la extracción social de su portador.

Cuando Chen llegó a la calle donde debería haber estado su casa y se detuvo ante la que ocupaba su solar, su corazón pareció detenerse. No pudo evitar que la imagen de su madre destrozada llenara su mente, y entonces lo inundó una profunda rabia.

Iba vestido con ropa ligera y fresca porque, a pesar de lo espesamente nublada que estaba la mañana, el calor era bochornoso. Durante la travesía de Cádiz a Manila, la imagen de Chen para todos sus compañeros había sido muy monótona, pues casi siempre vestía de negro. Allí, en cambio, sus medias y calzas eran claras y sólo el blanco de la camisa que llevaba hacía ver que tornaban más bien al pardo. No era ropa que se distinguiera por pobre ni por ostentosa. Con ello había querido Chen pasar inadvertido; sin embargo, se percataba de que mucha gente lo miraba reconociéndolo como forastero.

Cuando se decidió a continuar su paseo después de cerrar los ojos por un instante tras el estremecimiento que padeció, Chen notó que la dicha lo había abandonado. Al rememorar su niñez aquella mañana, Chen había sentido un regocijo que, aunque breve, lo sorprendió por ser desacostumbrado en él.

Cerca del río y con vistas a la muralla que rodeaba Manila en la otra orilla, Chen se sentó en unas balas de paja que formaban un montón irregular. Estaba sudando y sabía que, en un día tan nublado, ni la sombra ni la brisa aliviaban el calor. El lugar, aunque menos concurrido que las calles del parián, presentaba cierta animación.

Un hombre de raza china se acercó a Chen y le dijo algo que no entendió bien, pero sabía que le había hablado en el chino cantonés deformado usual en Manila. Chen lo miró interrogativamente y el hombre, de edad y complexión cercanos a los suyos, repitió sonriendo lo que había dicho, esta vez en español:

—Te conozco porque trabajo en la aduana y te vi al desembarcar. Además, me han hablado de tus hazañas durante el viaje, sobre todo en Joló. —Chen se sintió alarmado, pero mantuvo su gesto inmutable y a la expectativa—. Me llamo Antonio Mozo. ¿Te importa que me siente a tu lado y hablemos?

Chen hizo un ademán con cierta desgana aunque procurando no ser desagradable con el desconocido. ¿Por qué lo había abordado de aquella manera y se había presentado con un parco preámbulo, tan desacostumbrado entre los chinos?

—¿Vas a quedarte mucho tiempo en Manila?

—¿Por qué lo quieres saber?

—Perdona. No quiero parecer indiscreto, sólo que...

¿Hasta qué punto quería impedir Chen la intromisión del desconocido?

220

—Me quedaré en Manila, quizá para siempre. Me llamo Miguel Daza.

—¿Cómo? Me habían dicho…

—Que mi nombre es Chen Dazhao. Te han dicho bien.

El otro quedó con gesto intrigado hasta que al fin se le iluminó la cara al creer que había comprendido.

—Aunque te hayan bautizado sigues siendo gentil, ¿no?

Chen no contestó y mantuvo el gesto ausente, si bien en su interior estaba deseando obtener información del desconocido.

—¿A qué te vas a dedicar? ¿Cuál es tu oficio? —Ante la mirada severa de Chen, el chino se apresuró a explicar su curiosidad—: Te lo pregunto porque quizá pueda ayudarte.

—Estás muy interesado en mí. ¿Por qué no me hablas de ti? A lo mejor siento algún interés yo también. O, mejor, háblame del parián.

El llamado Antonio Mozo quedó un tanto azorado. Aun así, Chen se dio cuenta de que no se iba a marchar por sentirse ofendido a causa de su actitud seria y taciturna. Con algo de desgana, el sangley cristiano dijo:

—Pues ya lo ves. Es el barrio más próspero de Manila y casi tan populoso como la ciudad intramuros. Sin embargo, siempre tenemos problemas con los españoles.

—¿Qué clase de problemas?

—¿No sabes que el año pasado hubo aquí una rebelión?

—No.

—Pues sí. Fue una barbaridad que organizó cierta gente de aquí por su cuenta y riesgo. No sólo salieron perdiendo los revoltosos sino todos, pues los españoles, como siempre, dominaron la situación contundentemente. Hay algunos que no se enteran de que como mejor vivimos es en paz con los españoles. Ahora ya se han convencido los militares de que no va a haber más revueltas y apenas tienen destacados aquí una docena de soldados que hacen rondas con desgana. Yo estoy también tan convencido de ello que te puedo asegurar que no habrá más revueltas. Así que has venido en un buen momento si quieres dedicarte a los negocios. ¿Me dirás ya cuál es tu oficio?

Chen, que había seguido muy atento las explicaciones de Antonio Mozo mirándolo a los ojos, desvió la mirada y respondió en tono un tanto escéptico:

—Mi oficio es inútil aquí, pues me dedico a la hidráulica de terrenos secos. —La mirada atónita del otro, que Chen distinguió por el rabillo del ojo, le provocó una leve sonrisa—. En España, de donde vengo y soy, llueve mucho en algunos sitios y en otros casi nada, así que hay que llevar grandes cantidades de agua de un lado a otro. Aquí no existe ese problema.

—Claro que no; y si lo hubiera la solución no es complicada, porque nadie se iría a vivir a los sitios secos. —Tras una pausa y ante la inesperada locuacidad del forastero, el desconocido animó un tanto su interrogatorio—. Entonces ¿por qué te has venido aquí?

—¿No te parece que estás preguntando mucho?

—Tienes razón, excúsame. Pero he oído hablar de ti y me enorgullece que a uno de los nuestros lo aprecien como a un héroe. Por ello quisiera ayudarte y para eso tengo que saber de ti. Si te estoy molestando, me lo dices y te dejo tranquilo.

Antonio Mozo parecía realmente atribulado por la descortesía de Daza, pero éste no era un hombre amable que tratara de corregir al punto los estragos provocados por su sequedad.

—¿Soy yo uno de los vuestros?

El otro se impacientó.

—Eres chino, ¿no? Y lo primero que has hecho en Manila es venir al barrio chino. ¿No eres entonces uno de los nuestros?

—Es cierto. Perdona, pero es que no me gustan los interrogatorios.

El otro suavizó el gesto y se mostró comprensivo.

—Lo entiendo. Soy un desconocido para ti. Por otra parte, es bueno ser discreto.

Quedaron en silencio, y Chen se tranquilizó cuando vio que Mozo no se iba como había temido. Tratando de ampliar la incipiente relación con él, añadió información sin demanda:

—Tengo algún dinero, no mucho, que seguramente trataré de invertir en el comercio. Antes de ello buscaré trabajo como empleado de algún comerciante que me inicie en el negocio. Cuando tenga algo de experiencia me independizaré y probaré fortuna.

Antonio Mozo se volvió a animar ante la nueva actitud de su posible amigo.

—No te será difícil, sobre todo porque yo puedo ayudarte en eso y mucho. Ya verás. Recuerda lo que te dije de que trabajo en la aduana, y eso significa que conozco a todos los comerciantes de aquí y mi relación con ellos es ventajosa.

—Te lo agradezco.

—Además, no teniendo familia…

Chen encontró cierta lógica en la insistencia de Mozo.

—Efectivamente, no tengo familia. Bueno, familia sí que tengo, pero no esposa e hijos. Mi padre murió hace unos años y mi madre, ya muy anciana, ha quedado al cuidado de mis dos hermanas. Ya no la volveré a ver, pero está tan vieja que hace tiempo que ni siquiera nos reconoce.

—Y te fuiste de España…

Chen Dazhao sonrió, y el otro hizo lo propio cuando entendió que por lo menos hasta allí tenía que llegar la información del que pronto sería su recomendado.

—En España hay pocos chinos y, aunque los españoles admiten bien a los extraños, esto tiene el límite de la competencia en asuntos de negocios o de amores. —Chen hizo una pausa al cabo de la cual suspiró y continuó hablando—: Tuve problemas y decidí probar fortuna lejos. El único sitio del mundo donde hay chinos que hablan español es aquí. Además, me dijeron que son mucho más prósperos que en China y en cualquier otro sitio.

El aduanero parecía complacido, si bien eran muchísimas las cosas que aún quería saber de Dazhao.

—¿Y cómo apareció un chino como tú en España?

—No lo sé muy bien. —Ante la sorpresa del otro, se explicó—: ¿Cómo apareciste tú aquí? Mi bisabuelo formaba parte de una embajada comercial muy numerosa de oriente. Iban en un barco más de un centenar de chinos, japoneses, siameses y de no sé cuantos países más. Naufragaron cuando ya se avistaba la costa de Andalucía. Parece ser que sobrevivieron casi todos porque el barco se fue a pique lentamente y los pudieron auxiliar. Con el tiempo, los viajeros hicieron buenos negocios allá y la mayoría se quedó definitivamente. Tuvieron numerosos descendientes porque iban muchas mujeres en el barco. Hoy día hay varias poblaciones del sur de España en las que se pueden distinguir gentes de rasgos como los nuestros viviendo felices e integrados, sobre todo porque suelen ser ricos y educados. Yo me fui a Madrid y todo iba bien hasta que… Sobre esto no voy a entrar en detalles.

—Es una historia deliciosa.

Antonio Mozo había quedado realmente maravillado por la aventura de la embajada comercial oriental. Finalmente, cuando Chen Dazhao pensaba que ya había facilitado información suficiente para que el otro actuase en su favor, éste, pensativo y un tanto cauteloso, añadió:

—Eres un buen luchador…

Chen quedó unos instantes como extrañado y, al cabo, respondió:

—Sé a qué te refieres. Parece ser que la embajada de comerciantes de la que te he hablado llevaba guardias muy diestros en la lucha. La forma de ganarse la vida que eligieron en España fue la preparación física de muchachos. Crearon muy buenas escuelas, y en el ejército español se aprecia a los reclutas que han pasado por ellas. Casi todas nuestras familias nos envían a las escuelas que aún perduran, y por eso sé algunos trucos y mañas. Pero no creas que fui muy destacado en esas artes. A lo largo de la travesía y sin mucha voluntad por mi parte, he hecho uso de ellas en dos ocasiones. Después se ha exagerado todo al transmitirse los hechos de unos a otros.

—¿Y no te gustaría aprovechar aquí esas destrezas?

A Chen le saltaron muchas alarmas en su interior y casi todas le produjeron alegría, pero supo disimular su estado de alerta en la respuesta desenfadada que le dio a Antonio Mozo.

—Mis destrezas, como las llamas, apenas valen para defenderme en caso de necesidad. En cualquier caso, lo que nunca dan es dinero. Lo que deseo es comerciar.

—Bien. Si me lo permites, te acompañaré por el parián, te explicaré algunas cosas y te presentaré a personas que te puedan convenir. Luego podremos comer en un sitio muy bueno para que recuperes tus costumbres ancestrales.

—Gracias. Vamos.

224

13

A don Álvaro de Soler lo habían citado en el palacio del gobernador a las once de la mañana. Pero, al saber por el capitán don Jaime Sánchez de Montearroyo que a él mismo y a todo el pasaje del *San Vicente de Paúl* los habían citado entre las nueve y las diez de la mañana del mismo día, decidió dirigirse a las nueve y media a la antesala del despacho de audiencias para amenizar la espera con sus amigos, a muchos de los cuales hacía ya bastante tiempo que no veía. Cuando llegó los encontró a todos excepto al capitán de la fragata, que estaba en esos momentos con el gobernador. La alegría se extendió por la sala. La más efusiva con don Álvaro fue Blanca, pues, para diversión de los presentes, llegó a besar en las mejillas al recio hombre. A don Álvaro lo conmovió el brillo de los ojos de la muchacha al saludarlo porque le pareció que lo causaban lágrimas a punto de desprenderse de ellos, tal era la alegría que le daba un reencuentro con él tras siete días sin verse. Doña Beatriz también se mostró muy contenta al ver a don Álvaro, aunque en su saludo se podía vislumbrar cierta turbación reprimida.

Cuando se volvieron a sentar todos tras la irrupción del comisionado y antes de comenzar a charlar entre ellos, aquél se fijó en su entorno.

La sala, realmente fresca, resultaba acogedora por su decoración discreta y noble. El suelo era de una clase extraña de mármol cuyas losetas se distribuían de forma que hacían intuir un dibujo que sólo debía de apreciarse estando la habitación vacía y quizá con el observador a cierta altura. Los colores de las losas que trazaban el posible dibujo sobre el fondo blanco tenían tonos ocres y rojizos. Aunque la habitación era casi desproporcionadamente amplia, los muebles y los adornos de las paredes le daban una calidez propia de estancias más pequeñas. El mobiliario lo constituían apenas dos alacenas con jarrones y cristalería en su interior, dos estanterías con libros de encuadernación en piel y una mesa de caoba labrada sobre la que descansaba un reloj engastado en un bello conjunto escultórico. Sillas, sillones, divanes y escañiles eran de madera ligera con respaldos de esterillas tensas de nipa entrelazada. Como para distraer la atención de los que esperaban audiencia, ninguno de los diez asientos era igual a otro. En las paredes, de escasa superficie porque los grandes ventanales rematados en arcos de medio punto dominaban la verticalidad de la sala, se distinguían estuches vidriados con hermosos abanicos en su interior, varios escudos heráldicos y unos cuadros de buena calidad entre cuyos motivos dominaban las marinas. Del centro del techo pendía una ostentosa araña de mil lágrimas de cristal de variadas formas que debían de centuplicar el brillo de las tres docenas de velas que podía albergar.

Cuando todos los presentes estaban describiendo y comentando su alojamiento en Manila y las primeras impresiones que les había causado la ciudad, apareció don Jaime muy sonriente. Al percatarse de la presencia de don Álvaro lo saludó con una alegría que parecía causada tanto por el encuentro como por su entrevista con el marqués de Ovando. Se sentó con él en un aparte mientras un ujier llamaba al capitán Dávila. En la conversación, ambos trataban de no dar ningún indicio sobre si tenían relación de cualquier tipo con doña Beatriz, mientras cada uno intentaba descubrir alguno en las narraciones del otro. Doña Beatriz los miraba a hurtadillas y complacida desde la esquina en que escuchaba con relativa atención la animada charla de Blanca.

El capitán Dávila salió a los quince minutos de haber entrado y se dirigió hacia don Álvaro. Don Jaime aprovechó para despedirse de ellos y, cuando iba a hacer lo propio con las damas, el ujier las llamó, por lo que sólo les pudo hacer un alegre ademán de despedida. Chen Dazhao permanecía sentado en silencio, aunque se mostraba amable con todo aquel que se dirigiera a él.

El capitán Dávila fue elogioso acerca del gobernador y le dijo a don Álvaro que lo había reconocido como tripulante de *La Galga* después de tantos años. No se había mostrado especialmente curioso por las causas de su presencia en Filipinas y le había ofrecido incorporarse al ejército con grado de comandante de escolta y sueldo acorde. Naturalmente, siempre que don Álvaro lo aprobase, porque el pasaporte del marqués de la Ensenada le daba destino a sus órdenes. Don Álvaro le dijo al capitán Dávila que siempre sería él quien decidiera su futuro, pero que consideraba prudente esperar a su entrevista con el gobernador no fuera que lo necesitara en una hipotética misión. El capitán estuvo de acuerdo y se despidió de él y de Chen Dazhao. Con este último quedó citado en un lugar que don Álvaro no supo situar en Manila.

Eran ya las once y don Álvaro supuso que no faltaba mucho para su entrevista con el marqués de Ovando, aunque seguramente recibiría a Chen antes que a él.

Pasaron largos minutos en silencio hasta que, cerca de las once y media, apareció en la antesala un sacerdote, escoltado por dos ujieres, que saludó con cierto comedimiento a los dos presentes. El silencio se hizo aún más profundo, pues sólo se escuchaba el rumor del follaje de los árboles y arbustos del jardín vecino. El calor era casi agradable porque la brisa apenas veía impedido su paso por las cortinas de los ventanales. Don Álvaro, que observaba al cura de reojo mientras éste hacía lo propio con Chen, se sentía sorprendido por el tiempo tan largo que estaba durando la audiencia de doña Beatriz y Blanca con el gobernador de Filipinas.

Salieron al cabo las damas y se dirigieron hacia él. Doña Beatriz parecía complacida y, curiosamente, Blanca tenía el gesto un tanto adusto. Mientras se despedía de ellas, don Álvaro quedó extraordinariamente sorprendido porque el ujier estaba llamando simultáneamente a don Miguel Daza y al padre Murillo Velarde; y Chen Dazhao y el sacerdote, sin duda jesuita, entraron a la vez en el despacho del gobernador.

Cuando quedó solo en la antesala, don Álvaro se sintió molesto sin saber por qué, aunque mirando al reloj de sobremesa consideró que la causa de su malestar no era otro que la impaciencia, porque pasaba de una hora el retraso que llevaba su cita.

¿Qué era eso de Miguel Daza relativo a Chen Dazhao? Había algunas explicaciones lógicas, pero ¿que relación podía tener Chen Dazhao con un sacerdote jesuita de Filipinas? Los misterios sin resolver siempre fascinaban a don Álvaro y jamás encontraba paz si no desentrañaba alguno que le importara. ¿Realmente le importaba aquél?

Rozaba don Álvaro la exasperación a la una de la tarde cuando del despacho salieron las penúltimas visitas. Ya de pie, suponiendo inminente la llamada del ujier, se llevó otra sorpresa porque no lo llamaron hasta más de media hora después. Supuso, ya francamente irritado, que el gobernador estaba tomando un refrigerio. Don Álvaro no era soberbio, pero le había sido inevitable suponer que el gobernador lo había dejado para el final por considerarlo el visitante de más alto rango y con el que seguramente habría de departir más tiempo. Por supuesto, no sabía en qué términos se refería a él el ministro del rey en su carta al gobernador de Filipinas, pero éstos debían de ser sin duda lo suficientemente claros y elogiosos para que el marqués de Ovando le tuviera más consideración de la que estaba mostrando.

Cuando don Álvaro entró en el despacho del gobernador lo descubrió leyendo y, asombrosamente, no alzó la mirada hasta haber pasado un buen rato en su presencia. Al cabo, mientras dejaba la pluma que había usado en la escribanía, dijo casi sin entonación:

—Siéntese, por favor.

—Excelencia.

Cuando don Álvaro se hubo acomodado al otro lado de la mesa del marqués de Ovando, éste le mantuvo la mirada sin hablar. La tensión era grande entre los dos hombres y don Álvaro, aun sin explicarse las causas de la actitud del gobernador, sintió que iba recuperando su aplomo paulatinamente.

—He leído su pasaporte y la misión ordenada por el marqués de la Ensenada relativa a su persona.

El gobernador había hablado con lentitud, como midiendo las palabras; pero, a pesar de ello o quizá por eso, don Álvaro notaba una gran animosidad en el tono del marqués de Ovando hacia él.

—Por mi parte, Excelencia, sólo sé que estoy comisionado por el ministro para entrar a sus órdenes en las tareas que tenga oportuno encomendarme.

—He leído con atención las cualidades y habilidades que le atribuye el ministro, y por el capitán y el resto del pasaje del *San Vicente de Paúl* conozco sus hazañas durante la travesía. Puede que las apreciaciones del ministro acerca de usted sean correctas.

No dijo nada más. Don Álvaro quedó en una expectativa molesta tratando de que no se manifestara en su gesto, aunque el esfuerzo que hacía para ello no era muy grande.

De improviso, el marqués de Ovando se levantó con cierta brusquedad diciendo:

—Está bien, don Álvaro de Soler. —El gobernador le extendió la mano de manera un tanto lánguida—. Sea bienvenido a Filipinas. Buenas tardes.

Don Álvaro le estrechó la mano con cierta fuerza y, sobreponiéndose a su pasmo, decidió atacar por el frente.

—Gracias, Excelencia. Pero permítame decirle que no entiendo su actitud hacia mí. Es su derecho y sepa que yo lo admiro a usted y siempre lo apreciaré en lo que vale. Buenas tardes.

El marqués de Ovando permaneció de pie con un punto de ira en su mirada mientras don Álvaro daba media vuelta y se encaminaba hacia la puerta.

—Colijo de la carta del ministro que usted es un exiliado de lujo y un espía potencial. Ni una cosa ni la otra me son necesarias en las circunstancias en que se hallan estas islas.

Don Álvaro se había vuelto y el gobernador lo miraba de hito en hito. A pesar de tan desafiante actitud, don Álvaro repuso en tono educado:

—Permítame argüir que en Joló esas circunstancias se vieron favorecidas por...

—Precisamente, el resultado de su intromisión en la campaña de Joló es algo que detesto profundamente. Se le dará sueldo, alojamiento y tratamiento acorde a la posición en que lo sitúa el marqués de la Ensenada. Y ahora, permítame que insista: buenas tardes.

—Buenas tardes, Excelencia.

Manila, 12 de septiembre de 1754

Yo, de marquesita, he estado en pocas fiestas, es verdad, pero la que ha dado el gobernador en honor del *San Vicente de Paúl* ha sido tiesa y aburrida como una no se podía esperar. ¡Qué tedio!

Se celebró en la antesala de su despacho, en donde nos recibió hace una semana. Allí, entre las autoridades civiles y militares de Manila, estábamos todos los de la fragata más un nublado de curas, frailes y monjes. A los oficiales de infantería de marina, los del barco y los pasajeros nos dio una alegría incontenible encontrarnos todos juntos otra vez; pero entre lo seco que es el gobernador, lo tonta que es su mujer y lo manida que está, junto con el soserío de los eclesiásticos, se nos cortaron pronto las ganas de bullicio que teníamos todos. Es que la travesía nos ha hermanado mucho y, claro, ¿cómo puede congeniar nuestro tropel, después de todo lo que hemos pasado en Cuba, Brasil, el cabo de Hornos, las batallas y la perdición de Tahití, con todos estos mojigatos? A mí, que a religiosa no hay quien me gane, pues rezo hasta antes de dormir la siesta e igual me santiguo cuando don Álvaro me dice una de sus finuras paganas como cuando a un infante le escucho un blasfemón, cada vez me dan más coraje los curas. La verdad es que los curas no, sino las pilas de curas, porque uno a uno... no sé.

El marqués de Ovando cohíbe a cualquiera y sobre todo a mí. Pero lo de la audiencia ya se me ha pasado porque a la fiesta, por lo menos, le he sacado eso: la confirmación de que lo de ser sobrina de mi tía va para largo. Me explico. Durante la entrevista, el gobernador, como ya se me está haciendo habitual con todo macho viviente, se quedó prendado de mi tía. Con más de sesenta años que tiene el muy picarón. A mí, ni se había molestado en mirarme durante todo el festejo que le inició a mi tía. Y ella tan alegre y contenta. De pronto volvió su mirada de águila hacia mí, de forma que se me erizaron los pelillos del cogote, y me preguntó que si yo soy sobrina de mi tía de verdad. Yo quería mirar a mi tía, pero sólo pude bajar la cabeza como para ocultar el tremendo sonrojo que cogí. Tras un silencio que me pareció eterno, él simplemente dijo: lo eres. Así, como una sentencia. Después se volvió hacia doña Beatriz y continuaron hablando como si tal cosa. ¡Qué bochorno! Pero en la fiesta me ha tratado con la deferencia que yo me debería merecer y en algunas ocasiones me ha parecido sincero en sus amabilidades y muy natural cuando me llamaba marquesita. O sea, que no ha sido por hacerse el gracioso con mi tía sino que me ha dejado entrever, muy elegantemente, que le agradó que yo no le mintiera.

Lo de ponerse gracioso con mi tía durante la fiesta ha sido horrible porque todas las zalamerías e ingeniosidades que le ha dedicado lo ha hecho sin el más mínimo reparo a que su santa esposa estuviera presente. Y menos reparo aún le dieron los curas, y esto es extraño porque me han dicho que el marqués de Ovando es un hombre extremadamente religioso. Esta tía mía es que hace enloquecer a todo varón que se le encare. Tanto que a veces cavilo yo que no es asunto sólo de lo requeteguapa que se pone, los vestidos que luce y el cuerpo tan juncal que permite imaginar, sino que sus miradas son insinuantes y que su estado de viuda anima al más pusilánime. Para los hombres es verdad dogmática que no son frecuentes hembras como ella.

Hubo música interpretada al clavecín por la marquesa de Ovando acompañada por un violinista apergaminado. Entre lo mal que tocaban y lo tristes que fueron las piezas que interpretaron, parecía que estábamos todos en la misa de gallo de una parroquia pobre. Los oficiales no sabían qué hacer y alguno hubo que durmió a pierna suelta. Don Álvaro andaba por allí con aspecto patibulario y parece que sólo congenió con un cura al que vi el día de la audiencia; el capitán Dávila se fue a las primeras de cambio. El chino, si es que lo habían invitado, ni apareció. Juanito, para su desgracia, fue el capricho de cuatro frailes y la marquesa. Sebastián andaba de un lado a otro entreteniéndose en lanzarme miradas arrobadas y haciéndome mojigangas cuando creía que no lo veía nadie. Y en este plan estuvimos toda la noche.

Manila cada vez me gusta más, aunque a veces sienta que me asfixio por estar tan aislada. Es una sensación rara que me la tengo que quitar. Tenemos una casa que no es grande en comparación con la de Sevilla, pero que, además de a nosotras, acoge con comodidad a dos mucamas (así le dicen aquí a las criadas), un sirviente, dos caballos y un coche pequeño pero bonito. Aunque está cerca de la muralla, su entorno es agradable porque es de casas de ricos. Además, desde la azotea se ve el río y el mar a lo lejos, y eso, por las tardes y los días en que no hace mucho calor, es realmente bonito.

Sebastián viene a verme todos los días que está en Manila. No son muchos porque lo han destinado a Cavite, que es un puerto militar muy importante que está a cuatro o cinco leguas de aquí. Se dedica a enseñarles cosas a muchos futuros pilotos porque por lo visto andan escasos de ellos.

Ésa es mi vida: apañar unas pocas cosas de mi tía y estar atenta a las mucamas, pasear con ella algunas veces que me lo pide, esperar a Sebastián y leer y escribir como siempre.

La que me preocupa de verdad es mi tía. No ve a nadie y, aunque muchos lo intentan, ella siempre encuentra excusas para no recibirlos. Con el único que ha estado dos veces ha sido con don Álvaro. Una de ellas pasaron la noche juntos, pero a don Álvaro se lo ve cariacontecido cuando se va de aquí. Yo creo que lo está pasando mal y no sólo por lo de mi tía.

Uno de los dos caballos que tenemos es medio bueno y el otro da pena verlo, aunque desde que está con nosotras tiene mucho mejor aspecto. Con el grande se va mi tía por ahí de jinete, de forma que levanta mucha curiosidad entre la gente, pues eso aquí es desacostumbrado. Las mujeres, en coche es como tienen que ir. Y a ella eso le da igual. Cada vez se aleja más de la ciudad y ya le han advertido en dos ocasiones que por aquí no está la cosa para liberalidades. El peligro mayor que corre, según me han dicho, es que la rapten los naturales rebeldes. Eso es lo que hacen, raptan a un principal y piden dinero o armas por él. Pues ella como si tal, y yo angustiada hasta que la oigo en el zaguán.

Don Álvaro de Soler estaba considerando seriamente marcharse de Filipinas embarcando en el siguiente galeón a Nueva España. Lle-

232

vaba casi un mes en Manila y su inactividad empezaba a pesarle en exceso. Además, intuía que esa ausencia de empleo iba a durar siempre debido a la actitud del gobernador con él. Las causas de dicha actitud ya las había adivinado don Álvaro. Eran al menos tres. El marqués de Ovando sospechaba que el enviado del rey iba a espiarlo precisa y exclusivamente a él y su tarea en Filipinas. Por otra parte, Joló siempre había sido una espina clavada en la garganta del gobernador y había deseado ardientemente una victoria militar en toda regla; de alguna manera, la intromisión de don Álvaro la había aplazado, si no abortado definitivamente. Además, lo había forzado a tomar una determinación sobre el sultán Alimudín, al que consideraba una presa suya personal. Para colmo, en su jovial conversación con el capitán Sánchez de Montearroyo durante la audiencia, había deducido que don Álvaro importaba mucho a doña Beatriz, y, aun antes de conocer a la dama en persona, el gobernador había sentido una punzada extraña de animadversión hacia él. Después de haber confirmado lo que intuía por las cartas de presentación del asistente de Sevilla y del ministro en cuanto a lo extraordinario del carácter de doña Beatriz, esa animadversión se había transformado en simples celos.

La vida de don Álvaro en Manila era de una rutina pesada que le hacía los días interminables. Ya no vivía en la fortaleza militar, sino que había alquilado una pequeña casa cerca de la Plaza Mayor. Tenía un sirviente y una criada que no pernoctaban allí, y él hacía la vida entre un salón que había convertido prácticamente en biblioteca y su dormitorio. Por las mañanas se levantaba y, después de asearse y desayunar, paseaba por Manila aunque ya se la conocía tan bien que estaba especializando su deambular en unos pocos sentidos. El puerto, la botica mayor, el mercado, las librerías y las bibliotecas. En el puerto observaba el trajín de barcos y mercancías. En la botica había hecho amistad con el viejo boticario, don Facundo Valle de Campoamor, que se había descubierto paulatinamente para don Álvaro como uno de los hombres más cultos de Manila. Los mercados de las ciudades siempre habían interesado a don Álvaro, y el de Manila, aun sin ser de los más grandes y variados que conocía, no cesaba de apasionarlo por lo desacostumbrado y exótico de sus productos. Las bibliotecas que procuraba escudriñar eran casi todas de conventos e iglesias y, a pesar de tener que hacer un esfuerzo ímprobo para separar algún grano de auténticas montañas de paja, con mucha frecuencia encontraba libros de auténtico valor. También le complacía a don Álvaro consultar los registros civiles y eclesiásticos, pues consideraba que allí estaba el sustrato real de la vida de una ciudad. La edad de don Álvaro, su serenidad amable y el hecho de que se conociera ya ampliamente su condición de comisionado real, le abrían puertas, y despertaba simpatías en los lugares que visitaba.

Aun cuando sus relaciones en Manila eran amplias, echaba de menos la compañía del capitán Dávila, pues siempre se sentía a gusto con él aunque sus conversaciones nunca trataran asuntos íntimos ni profundos. O quizá por eso. El capitán había recibido permiso de él para aceptar la oferta del gobernador y debía de estar destinado en algún lugar del interior de Mindanao.

Su relación con doña Beatriz era lo que realmente oprimía el corazón de don Álvaro, y lo mantenía en un permanente estado de desasosiego. La sentía tan cercana y a la vez tan inasible que algunas noches pensaba que estaba rozando una honda melancolía. ¿Qué quería Beatriz? Muchas veces le había dicho ella y adivinado él que la libertad era su horizonte al precio que fuera, incluido el del amor profundo que sentía por él. Justo eso era lo que le hacía devanarse los sesos. ¿Qué impide que un hombre y una mujer sean libres amándose? La respuesta no podía ser otra que el resto del mundo. Pero los demás, consideraba don Álvaro, bien pudieran ser más invenciones nuestras que entes reales. ¿Se puede vivir decretando que el entorno es una quimera? Don Álvaro no llegaba a conclusiones claras; doña Beatriz había concluido que era posible, pero no por decreto personal. Sólo le restaba averiguar el cómo; pero, mientras, no quería ligaduras que cada vez pudieran constreñir más la búsqueda de esa libertad. El hecho de que hubiera asesinado a su marido le dejaba claro a don Álvaro que estaba dispuesta a dar la vida por liberarse de toda atadura. En comparación con ese grandioso sacrificio, el amor por él era una barrera pequeña que Beatriz superaría sin gran dificultad en su alocada carrera hacia la libertad que buscaba.

Lo único que realmente alegraba la vida de don Álvaro en Manila era *Rompedor*, el semental que había corrido en Joló contra el caballo árabe del regente Bantilan. En la fortaleza de Santiago, donde había vivido después de llegar a Manila y donde estaba el depósito de sementales del ejército, había conseguido que se lo cedieran en usufructo. Debía estar disponible para la cubrición de yeguas y cualquier otro servicio militar que lo requiriera, y él lo mantendría a sus expensas tanto en alimentación como en cuidados veterinarios y de herraje. Don Álvaro se sintió muy feliz porque era un buen acuerdo para ambas partes, ya que el semental era arisco con los jinetes sin mucha experiencia, su comportamiento en manada y en cuadra dejaba mucho que desear, y el depósito ahorraba así algún dinero. Las cubriciones las hacían los militares en primavera más por tradición que por necesidad de que los potros disfrutaran de los primeros pastos del año, pues allí, en Filipinas, ni había invierno real ni la buena yerba dependía de otra cosa que no fuera una estación de las lluvias que hubiese sido propicia. Pero, gracias a esa tradición de la cría caballar militar, don Álvaro tendría mucho tiempo para redomar el caballo a fondo, tarea que lo complacía sobremanera. *Rompedor* vivía en una cuadra con corral adosado, en un topanco situado a menos de cincuenta varas de su casa.

Don Álvaro cabalgaba sólo por los alrededores de Manila, pues le habían advertido que alejarse implicaba peligro cierto. Su recorrido predilecto era pasar a la orilla derecha del río Pásig y, dejando atrás el parián de los sangleyes, dirigirse a la ermita de San Antón, rodeada de hermosas casas de caña y nipa. Después, trazando un arco paralelo a la muralla de la ciudad, don Álvaro se dirigía a los pueblos de San Lázaro y Bagumbayán, ya frente a la puerta real de Manila. Si aún deseaba continuar su paseo, a la orilla izquierda del Pásig se encontraban los pueblos de Tondo y Binondo separados por otro estero. Después de visitar sus iglesias, don Álvaro entraba en Manila por una de las dos calles principales, la de la Escolta y la del Rosario, que fuera de las murallas estaban separadas por huertos pero en las que ya se levantaban muchas casas siguiendo el trazo recto y perpendicular de las calles intramuros. Desde allí se dirigía bordeando las huertas hasta el pueblo de Dilao, que se alzaba a ambos lados de un estero del río y que tenía una bella iglesia y un convento muy antiguo de cantería. Más de una vez se cruzó con doña Beatriz y pasaron muy buenos ratos paseando juntos a caballo. Pero ambos sabían que nunca acordarían una cita para ello.

Una mañana, estando don Álvaro en la rebotica de don Facundo, éste le hizo un extraño anuncio:

—Don Álvaro, hay un coronel que pregunta por usted.

El interpelado levantó la vista del inmenso libro en el que estaban dibujadas con detalle y primor infinidad de plantas medicinales y se quitó los anteojos para mirar asombrado a don Facundo. Éste, muy alto y delgado, frisaba ya los sesenta años. Su rostro era alargado y lo más destacado de él era la serenidad que emanaba de la mirada de sus ojos azules tras unos anteojos de liviana montura. Tenía barba y bigote más canos que rubios, y se cubría la cabeza con un bonete y el cuerpo con una bata azul.

—Gracias, amigo. ¿Le importa a usted que lo reciba aquí? Por supuesto, estaré encantado de que usted se quede con nosotros sea cual sea el asunto que trae aquí a ese coronel.

—Ya sabe que está usted en su casa. Estarán cómodos porque yo tengo trabajo en la botica.

El boticario salió, y en el marco de la puerta apareció el coronel don Arturo Castroviejo, que se quedó mirando el entorno antes de dirigirse hacia don Álvaro.

La rebotica era realmente impresionante. Tenía no menos de cien varas cuadradas de superficie y la altura sobrepasaba los doce pies. Era toda interior por ser estancia intermedia entre la botica y la vivienda de don Facundo. La luz le entraba por una inmensa claraboya que, como don Álvaro había descubierto, se abría con un ingenioso artilugio de varas metálicas inventado por el boticario. Las paredes estaban totalmente ocultas por anaqueles que alojaban sólo dos tipos de objetos: libros y tarros de porcelana. Para acceder a los que se encontraban en las alturas, había una escalera con ruedas que, a pesar de su robustez y dimensiones, se podía desplazar con facilidad. En medio de la habitación había dos mesas, una inmensa y rectangular llena de retortas, tubos, morteros, alambiques y vasos de todos los tamaños, y la otra, bastante más pequeña y cuadrada, rodeada por un sillón y tres escañiles, en cada uno de los cuales se podían sentar cómodamente tres personas.

Don Arturo se presentó a don Álvaro y, una vez que se hubieron acomodado, los dos hombres se estudiaron mutuamente antes de hablar. En sólo unos instantes, ambos se examinaron con análoga perspicacia. ¿Se parecían entre sí? En poco más que la edad, pues, mientras que el militar estaba casi calvo y lucía luengos bigotes y abundante cabellera castaña que surgía a la altura de las sienes, el comisionado tenía el pelo corto y negro, pues las canas se agrupaban en unas pocas mechas. Además, los rasgos del coronel eran más suaves que los de don Álvaro pero, a pesar de todas las diferencias, ambos establecieron una tenue corriente de identidad común. El militar hizo una introducción previa a la explicación del motivo de su visita.

—Señor, debo decirle algunas cosas antes de que entremos en la materia que me trae. Soy ayudante del gobernador sin nombramiento especial, y él no sabe que me voy a entrevistar con usted. Por otra parte, tengo conocimiento contrastado y con cierto detalle de sus aptitudes y de cómo las ha empleado durante la travesía. Sobre todo en el conflicto de Joló. Le confieso que a mí particularmente me es grato el desenlace de éste que provocó usted allí.

—No así al gobernador.

—Lo sé.

A don Álvaro le estaba agradando la actitud del coronel pues, aparte de la primera impresión favorable que le había causado su rostro, le parecía muy sincero y serio, lo cual se ajustaba a su propio carácter. Sus ojos, más pequeños que los de don Álvaro, irradiaban una viveza que delataban seguramente una inteligencia brillante.

Por su parte, don Álvaro también le estaba agradando al coronel porque su actitud e imagen correspondían con generosidad a la que se había ido formando durante la acumulación de información que había hecho sobre él. En ese instante, provocado por la conclusión anterior, el coronel Castroviejo hizo un gesto de audacia. Sin apartar la mirada de don Álvaro, se llevó el dedo índice de la mano derecha a la ceja izquierda para atusársela suavemente; después, manteniendo la misma actitud, paseó el pulgar de la mano izquierda por su labio inferior. Don Álvaro sintió que los pensamientos se aceleraban en su mente y que los latidos de su corazón alteraron el ritmo. El coronel era francmasón. ¿Le devolvería el gesto don Álvaro mostrándole su simpatía por aquella nueva hermandad entre los hombres de ideas surgidas de algunos gremios de constructores franceses? Don Álvaro, en realidad, no pertenecía a ninguna logia, pero había conocido a muchos francmasones a los que admiraba. Decidió no hacer gesto alguno, aunque le pareció injusto no devolverle al coronel una información que éste le había ofrecido no sin cierto riesgo para él. Pero quizá el coronel había captado algún destello indiscreto de su mirada y podría, por ello, tener cierta seguridad de que don Álvaro era persona en quien confiar. Don Arturo, lejos de traslucir en su mirada desánimo o aliento, dijo:

—El motivo de mi visita es para solicitarle auxilio en lo relativo a ciertos aspectos del desarrollo de la campaña militar en que estamos inmersos.

Don Álvaro no pudo evitar enarcar las cejas como muestra de sorpresa.

—En las aptitudes que usted me atribuye no están las militares de forma destacada.

—No son ésas las que me interesan. Permítame preguntarle si estaría usted de acuerdo en llevar una investigación de modo discreto. Con toda la discreción con que pueda hacerse una tarea como ésa, naturalmente.

—Quiere usted insinuar que debería evitar que al gobernador le lleguen noticias de ella. ¿Es así?

—Así es.

—Veamos primero si la tarea que me propone me parece posible de llevar a cabo con una mínima garantía de éxito.

—Bien; se trata de lo siguiente…

Don Arturo se extendió en detalles de la guerra haciendo hincapié en la irregularidad de los resultados de las batallas y escaramuzas. Los militares, en general, no sólo no se ponían de acuerdo en las posibles causas, sino tampoco en la certeza de que hubiera causa común alguna. Sin embargo, el coronel tenía el convencimiento de que se estaba llevando a cabo algún tipo de estrago sutil de manera organizada y sistemática.

Durante más de dos horas el coronel respondió a las preguntas de don Álvaro con paciencia y detalle. Quizá lo que más complació al militar de la actitud de don Álvaro fue la confirmación de que era minucioso hasta límites inauditos cuando recababa información. Muchas preguntas que le hizo lo sorprendieron, pero ninguna fue fútil ni de respuesta trivial. Un ejemplo llamativo para el coronel había sido el gran detalle que exigió don Álvaro que le diera sobre los asesinatos de sangleyes en las unidades militares. Pero también inquiría sobre los procesos de fundición de cañones, la administración de la intendencia, la organización de la logística y las comunicaciones, el origen último de alimentos y equipos destinados a la tropa, la relación entre militares y civiles en cuanto a negocios, matrimonios, propiedades, etc., y un sinfín de aspectos de la vida militar. En un determinado momento don Álvaro le había pedido a don Arturo permiso para apuntar algunos datos que éste le daba. Cuando ya vislumbraban el final de la entrevista, don Álvaro llevaba acumulados cinco o seis pliegos de anotaciones con letra menuda.

—Bien, don Álvaro, ¿considera que nos puede ayudar en los términos que le apunté al principio?

—Sí, coronel, lo haré por la siguiente razón: la guerra, a pesar de lo extendida que está la idea contraria, es totalmente previsible y su desarrollo deja poco lugar al azar. Estoy hablando de modo muy general. —El coronel asentía gravemente—. Si la táctica militar se traza, como no debe ser de otra forma, tanto en base al estado de la moral de la tropa y su preparación como al planteamiento técnico en función del terreno, el armamento y el conocimiento del potencial enemigo, la guerra se podrá ganar o perder, pero es muy improbable que el azar desempeñe papel alguno.

—¿Conclusión?

—Me ha convencido de que existe sabotaje.

—¿Sabotaje?

—Perdón, así llamarían los franceses al estropicio ocasionado por quienes, subrepticiamente, desean entorpecer la fabricación de cosas para obtener un beneficio. Eso implica que hay algo que descubrir, y ése era el mínimo de garantía de éxito al que me refería antes cuando lo puse como condición para aceptar su encargo. En cuanto a la discreción, sabe usted que es asunto complicado, porque tendría que indagar directamente en algunas unidades y eso siempre despierta curiosidad o recelos.

—Y aún lo agrava más el hecho de que, como ya habrá supuesto, yo no tengo grado ni autoridad para encargarle a usted nada y mucho menos concederle ciertas autorizaciones por encima de mis superiores. Que, por cierto, son infinidad.

—La única ventaja que tenemos —ya había indicios de complicidad entre los dos hombres— es que sigo siendo comisionado del rey por más que le desagrade al gobernador. Será cuestión de utilizar tal circunstancia con prudencia.

—Muchas gracias, don Álvaro. Le confieso que tenía ciertos temores antes de dirigirme a usted. Me han desaparecido a pesar de que la solución del caso, por lo que han insinuado las preguntas que usted me ha hecho, puede ser mucho más compleja de lo que había supuesto.

—Establezcamos una forma de comunicación discreta entre nosotros.

Don Arturo se sentía cada vez más contento por la arriesgada determinación que había tomado. Miró a su alrededor y dijo:

—Éste es un buen lugar. ¿El boticario es hombre de confianza?

—Lo es.

—Lo invitaría a tomar algo para mostrarle mi deferencia, pero…

—Comencemos a ejercer la discreción. Buenas tardes, coronel Castroviejo.

—Buenas tardes, don Álvaro de Soler.

Por primera vez desde que había llegado a Manila, don Álvaro de Soler se sintió dichoso.

14

Chen Dazhao y Antonio Mozo estrechaban su relación paulatinamente charlando dos o tres veces por semana al atardecer. Chen llevaba una vida austera y metódica en el parián y se iba ganando la confianza y aceptación de las personas de su entorno. Su trabajo le era grato porque estaba al servicio de un tratante de especias cuyo negocio tenía una envergadura considerable. La tarea de Chen era auxiliar al dueño y a un contable, a cual más viejo, en las cuentas y en la redacción de cartas y documentos destinados a autoridades y comerciantes españoles. Todos, dueños y clientes, se mostraban satisfechos con Chen porque desarrollaba el trabajo a la perfección y aprendía con facilidad a manejar el negocio. Hasta tal punto llegó la satisfacción de sus patronos que le hicieron prometer informalmente que cuando se independizara continuaría ayudándolos en su tarea. Él les agradeció la confianza y aseguró que haría todo lo que pudiera para recompensar el favor que le estaban haciendo.

Una tarde, como ya iba siendo habitual, pasó Antonio Mozo a recogerlo para invitarlo a ir a la alameda de la orilla del Pásig, que partía del puente que conectaba sus dos orillas, a la que solían ir a beber limonada y charlar hasta la hora de la cena. Hacía calor a pesar de que por la mañana se había desencadenado un aguacero tormentoso. Cuando estuvieron acomodados en uno de los pocos bancos que quedaban libres, pues a esas horas aquella zona umbría se hallaba muy concurrida, Antonio inició la charla:

—¿Te has fijado ya en la viuda que te dije?

Chen sonrió y contestó:

—Sí, me he fijado en ella después de que me lo indicaste. Es bella y tiene buen cuerpo, pero ya te dije que hasta que me establezca firmemente no voy a pensar en formalizar ninguna relación.

—¿Y cuándo va a ser eso?

—Creo que pronto. Tung me ha dicho que puedo invertir en especias sin necesidad de entrar en competencia con él. Considera que traficar con algunas boletas del próximo galeón que salga para Nueva España puede ser un buen comienzo.

Antonio se quedó mirándolo seriamente.

—¿Eso te ha dicho?

—Sí. ¿No lo apruebas?

—No soy yo quien ha de aprobarlo.

A Chen le extrañó el tono un tanto enigmático que había empleado Antonio en su respuesta.

—Claro; quiero decir, si te parece oportuno... Por tu trabajo en la aduana debes saber si…

—El tráfico con las boletas del galeón, en rigor, es ilegal.

—Ya lo sé, pero todo el mundo lo hace. Hay quien dice que hasta el propio gobernador lo tolera y se beneficia de ello.

—No, el gobernador no. Pero tienes razón en que, aunque está perfectamente establecido cuántos fardos de las mercancías que sean le corresponden a cada español en virtud de su cargo y circunstancia, que no otra cosa son las boletas, les resulta cómodo a muchas viudas y militares vender las que les tocan y no tener que preocuparse por su comercio en Nueva España ni asumir los riesgos que se puedan presentar. Así consiguen una renta fija renunciando a ventajas mayores.

—¿Entonces?

Antonio Mozo perdió la mirada en el río, y Chen puso en alerta sus sentidos aun manteniendo el silencio. Finalmente, Antonio habló midiendo las palabras.

—En el parián tenemos cierta organización. No sé si te has percatado ya de ello.

—¿A qué te refieres?

Antonio Mozo miró detenidamente a Chen Dazhao y le preguntó:

—¿Sabes quién es Li Feng?

A Chen le latió el corazón con fuerza.

—Naturalmente. Todo el mundo lo conoce.

—No. Todo el mundo sabe quién es.

—La verdad es que yo no lo he visto nunca.

—¿Sabes a qué se dedica?

—Más o menos. Son muchos los negocios que tiene.

—Los tiene todos.

Antonio se sentía incómodo, y Chen no quería forzarlo a que le contara más sobre lo que estaba deseando saber. Tras un rato en silencio, la información anhelada empezó a fluir.

—La actividad de Feng nos conviene a todos y a ti te puede beneficiar sobremanera. ¿Cuánto dinero piensas invertir?

—Tengo cerca de quinientos pesos. Invertir trescientos me parece prudente para empezar.

—Es un buen capital aunque modesto. La organización de Li te puede asegurar un mínimo de beneficio e incluso prestarte una cantidad igual. Con seiscientos pesos ahorrarás tiempo e incertidumbres.

—Mi patrón Tung también se ha ofrecido a ayudarme con un préstamo.

—Tu patrón Tung hará lo que autorice Li Feng. Y tú deberías hacer lo propio.

Ante la mirada sinceramente extrañada de Chen, Mozo tomó confianza y le explicó muchos aspectos de las actividades del jefe del parián de los sangleyes de Manila. Al final, cuando ya era noche cerrada, quedó a la espera de la opinión que le merecía tal organización a Chen Dazhao. Éste, tras meditar un rato, se la ofreció:

—Si no comete arbitrariedades respecto a la administración de justicia, la organización de Li Feng no me parece mejor ni peor que la de cualquier estado. Incluso no se puede ser demasiado escrupuloso en cuanto a lo anterior, porque las arbitrariedades son frecuentes en todas partes.

Antonio Mozo se sintió tan complacido que invitó a Chen a cenar. Éste aceptó con la condición de que él pagaría las bebidas, pues deberían brindar por su primera inversión en Manila de nada menos que seiscientos pesos.

• • •

Manila, 29 de octubre de 1754

En estos pliegos de hoy me voy a explayar sobre mi tía porque se está pasando de castaño oscuro, acercándose al negro del carbón de encina, a un ritmo que asustada me tiene.

Sus paseos a caballo me ponen sobre ascuas porque cada vez duran más. Un día se fue antes de amanecer y volvió después de que el sol se había puesto; lo cual no fue nada en comparación con lo que supuso que en una ocasión no viniera a dormir. Y todo eso sin avisar, que a ver si no es motivo para ponerme bien brava. La noche en que desapareció armé tal remolino que no creo que lo vuelva a hacer mi santa tía, pues hasta al gobernador le hice llegar recado. Naturalmente, nadie cree que en semejantes escapadas no se aleja de los alrededores de Manila, y menos que nadie el gobernador, pues de una patrulla militar le ha llegado noticia de haber visto a mi tía de amazona muy adentro de Luzón. Tan preocupado quedó el marqués de Ovando por la noche que pasó ausente mi tía y lo que se alejaba en sus excursiones, que vino a casa personalmente a advertirla. Por lo menos eso es lo que ha dejado caer en todos los mentideros de Manila.

Vino a casa casi sin avisar porque el oficial que nos anunció su visita apenas lo precedió en media hora. Eran las siete de la tarde, y en la calle todo el mundo se paraba y volvía la mirada al paso de la calesa del marqués. Iba escoltado por tres militares que lo acompañaban en el coche y cuatro jinetes alrededor, así que, en semejante romería, la visita se podía apreciar de muchas maneras salvo de discreta.

Aquí empieza la segunda causa del enojo que tengo con mi tía doña Beatriz de El Estal, que Dios guarde por siempre jamás: el pasteleo que ha tenido con el gobernador. Mientras él la reconvenía por haber pasado la noche fuera en la selva y ella se excusaba explicando que hubo de resguardarse de una tremenda tormenta, yo estaba presente y asintiendo en silencio mientras le echaba miradas de reproche a mi tía. Pero al rato, al volver con una jarra de zumo de

244

frutas que le había ofrecido yo a la visita, me encuentro con que el gobernador estaba con el antebrazo apoyado en su pierna izquierda, el otro brazo en jarra y el torso inclinado hacia mi tía de forma que, sentado junto a ella, le decía picardías con los ojos como pavesas. Y ella riéndole todas las gracias. Yo deposité la jarra en una mesita, coloqué muy cuidadosamente dos posavasos de esterilla, escancié el zumo con primor, me puse después muy derechita y, apuntando con mi nariz al techo, le di las buenas tardes al gobernador. Mi tía me preguntó que por qué no me quedaba. Yo le contesté que porque tenía que escribir mis pliegos. Ella me había hecho la pregunta con cierta sorna, pero con más sorna le contesté yo. Aunque parezca imposible, escuché la sonrisa del viejo truhán, y de reojillo vi que mi tía hacía con la mano un gesto como si quisiera espantar una mosca indicándole a él que no me hiciera caso.

¿Por qué me dan rabia a mí las frivolidades de mi tía con el gobernador? No lo sé, pero seguramente por lo mayor que es él y por lo que quiero yo a don Álvaro. Y mi tía a él, que cada vez lo descubro más claramente mientras más oscuras se me hacen las causas por las que reprime su amor.

El marqués de Ovando le saca a mi tía casi treinta años de edad y ella a él casi un palmo de estatura. A ver si eso cuadra. Él tiene a su legítima, por tonta que sea, y mi tía tiene a don Álvaro, por lo que no me viene al magín la gracia y la necesidad de ese meloseo que se sabe cómo empieza y no de qué maneras termina. No son fantasías mías, porque una vez pasé a posta por la puerta del salón y vi que ya le tenía el marqués agarrada una mano a mi tía mientras le hacía el cortejo con gesto más serio. Y al despedirse de ella intentó besarla en la boca. Ella sólo le permitió que lo hiciera en la mejilla, pero su gesto estaba más cerca de la complacencia que del rechazo. Yo los vi desde la balaustrada que da al patio.

Tampoco son fantasías mías el amor de doña Beatriz por don Álvaro. Leo los poemas que escribe sobre él cada vez con más frecuencia. Un día me jugué un bofetón bien dado de mi tía, que yo sé que por esa causa lo hace, porque le di a don Álvaro uno de esos poemas. Sé que está mal pues se puede entender como una traición a la fidelidad que le tengo y debo a doña Beatriz, pero no puedo soportar el daño que se están haciendo las personas que yo más quiero en el mundo. Dejando aparte a mi Sebastián, como es natural.

Don Álvaro ni evita venir a esta casa ni lo hace con frecuencia, pero tiene tal elegancia este hombre que deja claro, sin decir nada, que no va a tratar de forzar la voluntad de mi tía y que él no está a la espera del capricho de ella.

Él y yo sí que pasamos mucho tiempo juntos. Últimamente bastante menos porque está ocupado en no sé qué asuntos. Solemos pasear por las alamedas del río, por las tiendas del parián de los sangleyes y por el arenal a lo largo de la muralla. También subimos a la terraza de nuestra casa y charlamos mirando al mar hasta que la noche hace brillar en su superficie las estrellas y las luces de Manila. Y si no se nos ocurre nada sobre lo que charlar, nos quedamos callados pensando cada uno en sus cosas contentos y tranquilitos. A mí me enseña infinidad de cosas don Álvaro, sobre todo porque me hace discutir y el hecho de tener que expresar en palabras lo que creo yo que es mi opinión, me la fija en las mientes de una forma tan indeleble que después, durante las largas noches calurosas, puedo meditar despacio sobre ellas.

Don Álvaro está encantado con la relación entre Sebastián y yo. Nada más que por esto yo le estoy muy agradecida porque ha sido él quien me ha quitado todo el desasosiego que me producía antes nuestro noviazgo. Cuando Sebastián viene a Manila se queda en nuestra casa con una naturalidad que ya provoca habladurías entre los vecinos de la calle. A pesar de todo lo que he cambiado a lo largo del viaje en eso de los amoríos, yo sigo teniendo mucho reparo a vivir continuamente en pecado mortal. Tampoco puedo evitar que me estremezca el «qué dirán». Pues don Álvaro me razona estos asuntos de una manera que a mí me convence y me da mucha fuerza. Además, me cuenta cosas de América, de la historia de Europa, de la sociedad española actual, pero siempre evitando hablar de él mismo. Yo lo sonsaco sobre ello con tanta insistencia y habilidad que al final cae en mis trampas, o se deja atrapar motu proprio, y entonces es cuando más disfruto de su charla. Quizá lo que más me impresionó de él fue que estuvo dos años preso en el Perú y con condena a muerte. ¡Qué pavor! Yo lo miro con un cariño inmenso, pero no puedo evitar que me agrade como hombre porque cada vez lo considero más atractivo. Tiene unas manos que me encandilan por lo fuertes que son y la suavidad con que se mueven cuando expresan algo. Las imagino como dos leones nobles que, siendo conscientes de su poderío, nunca hacen ostentación de él. Luego está su rostro, tan anguloso y recio que al principio llaman la atención unos rasgos tan marcados, pero si se examina detenidamente aprecia una cada parte en toda la perfección que tienen. Cejas largas y bien pobladas, la nariz grande y recta, los labios dibujados con rigor de pintor, el mentón como un cuadrado suavemente redondeado y las mejillas y la frente amplias y surcadas por arrugas tenues y onduladas. El pelo, aún negro en su mayor parte, lo entreveran hiladas de plata brillante. Es el padre que nunca tuve y, aunque sé que jamás dirá algo en este sentido, a él le hubiera gustado tener una hija como yo. ¡Qué felices podríamos ser mi tía, él y yo juntos!

Pues negro veo esto último, porque la susodicha está desquiciada. Unas veces, cuando nos ve juntos a don Álvaro y a mí, nos saluda al paso como si fuéramos vecinos; otras se queda con nosotros un buen rato y participa en la conversación con ganas e ingenio; ocasiones ha habido en que ha recibido a don Álvaro con un beso en la boca y apretones de mano por todas partes, y otras, sabiendo que estábamos en la azotea, ni se ha dignado darnos las buenas tardes.

En una ocasión nos pasó a mi tía y a mí algo parecido a lo que ocurrió alguna vez que otra en el barco. Era una noche tan calurosa que apenas si podía yo pegar ojo. Me levanté a buscar zumo fresco y vi que ella estaba escribiendo en un rincón del patio que le agrada mucho, alumbrada por una torcida. Me acerqué con un poco de tiento porque no la quería molestar, y cuando estuve junto a ella me quedé sobrecogida porque lo que estaba haciendo era llorar muy sordamente. Yo me agaché sin decir nada y, en cuclillas, apoyé la cabeza en su regazo y me puse también a llorar de pena que me había dado su tristeza. Me incorporé y la empujé suavemente para que se fuera a dormir. Ella se dejó llevar y, agarrada por la cintura, me la llevé hasta su cama y me metí con ella para consolarla. No habíamos dicho ni una palabra. Hacía tanto calor que ella se despojó de su fina bata y yo hice lo propio. Estuvimos un rato abrazadas y suspirando en silencio. Cuando ella ya estaba más calmada y yo me iba a ir a mi habitación, me besó. Yo le devolví la caricia pero, cuando ella ya me empezaba a mostrar que se le estaba desatando la pasión, yo rehusé instintivamente. Yo creo que porque desde que vivo el amor con Sebastián… No sé, pero ya no es lo mismo que cuando estábamos en el barco o en La Habana. Ella me lo notó y cesó en sus caricias, pero musitó que me quedara. Al poco rato, antes de dormirnos, noté sus lágrimas cálidas surcando mi pecho.

Al otro día, o sea, ayer, me comunicó mi tía y señora marquesa de El Estal que tiene permiso del gobernador para acompañar a Juanito el botánico en una expedición, con escolta militar, a coger orquídeas. Mira qué bonito.

Don Álvaro de Soler siempre hacía caso a sus intuiciones cuando investigaba algún asunto. No evaluaba la probabilidad de que correspondieran a la realidad, sino que las tomaba en consideración como material de trabajo. La intuición en esta ocasión le había dicho que tantos sangleyes como había visto aquella mañana trabajando en la fábrica de pólvora bien pudieran propiciar el sabotaje. En realidad, no fue esto lo que alertó la parte subjetiva a la que él hacía caso, sino el hecho de que los degollados en las unidades militares también fueran sangleyes.

Sobre esta hipotética relación quería trabajar don Álvaro de Soler aquella tarde oscura y lluviosa. Se sentó a una mesa bajo la ventana y puso en ella el fajo de pliegos que había acumulado sobre el caso. Desató los cordeles que los mantenían unidos y, antes de en-

248

frascarse en el estudio de los que le interesaban, sopesó mentalmente todo el trabajo hecho hasta entonces.

Allí estaban, libra por libra, todos los alimentos consumidos por las tropas durante el último año; la composición de las aleaciones, hasta la precisión del escrúpulo, empleadas en la fabricación de cañones; los sueldos y fecha de cobro de todos los jefes y oficiales; copias de datos del registro civil relativos a los sangleyes muertos; composición racial de las unidades militares; listas de nombres de los soldados de cada una de aquéllas según sus poblados de origen; estado de cuentas del ejército; relaciones aduaneras de barcos y de mercancías entradas y salidas en el puerto, y muchos más papeles y anotaciones propias de don Álvaro que engordaban el legajo.

Él sabía que la acumulación excesiva de información podía enterrar lo que realmente estuviera buscando; pero, al igual que buscando una aguja en un pajar lo fundamental era separar una palada de paja en la que se tuviera certeza de que se encontraba la aguja, por grande que hubiera de ser tal palada, don Álvaro sabía que en aquel legajo estaba la clave del sabotaje si tal existía. Esa seguridad se la daba la experiencia. Ahora le tocaba el turno a las intuiciones.

Con el coronel Castroviejo se había visto sólo en tres ocasiones, las únicas en las que su concurso y autorización fueron imprescindibles, y en las tres se había profundizado la simpatía y el respeto mutuos entre los dos hombres. Cuando el coronel apostó arriesgadamente por don Álvaro no se hubiera podido imaginar el alto grado de profesionalidad que éste podía llegar a desarrollar como detective. Cuando don Álvaro conoció a don Arturo temió que, a pesar de su condición de francmasón, fuera un militar de escasa formación y mucha fantasía, características opuestas a las que le estaba descubriendo.

Don Álvaro entresacó varios pliegos del fajo y dejó el resto en el suelo. Extendió algunos sobre la mesa y empezó a estudiarlos. La lluvia caía incesantemente, y a la media hora se levantó para prender dos velas, pues la oscuridad de la noche incipiente era ya casi total. El sirviente y la mucama que tenía a su servicio hacía ya rato que se habían despedido. Pudiera ser, pudiera ser: ésa era, insistentemente, la conclusión que se iba abriendo paso en su mente tras el estudio de los documentos relativos a la Real Fábrica de Pólvora y los que se referían a su personal. Casi todo sangley. La pólvora. Pero

¿no planteaba aquello más misterios de los que resolvía? Quizá hubiera encontrado la aguja, pero ¿quién la había escondido?, ¿para qué?, ¿qué se pretendía hacer con ella? La pólvora ardía o no; ¿cómo se puede hacer sabotaje con ella? Los sangleyes. Quien controla la pólvora, controla la guerra.

Don Álvaro escuchó un ruido distinto del provocado por la lluvia y prestó atención. Provenía de la puerta de su casa. Se levantó, pero luego pensó que podría ser alguien que simplemente se estuviera resguardando de la lluvia en el zaguán. Cuando iba a volver a sentarse, llamaron quedamente a la puerta. A don Álvaro le extrañó una visita a esa hora y pensó incluso en armarse de espada o pistola antes de abrir. Desechó la idea y abrió la puerta. No había nadie. Se asomó a la calle, pero la oscuridad y la fuerte lluvia lo hicieron retroceder; se disponía ya a volver a cerrar la puerta cuando, quizá porque había agachado instintivamente la cabeza para protegerse la cara del agua, descubrió un canasto en el portal. Tras dudar un momento, don Álvaro lo cogió por el asa y lo introdujo en el interior. Cerró la puerta y se quedó mirándolo antes de decidirse a inspeccionarlo. Contenía algo pesado envuelto en una bolsa de cuero cerrada con cordeles. Estaba muy mojada, y a aquella zona de la casa apenas llegaba luz de la habitación en que había estado trabajando. Acercó el canasto a las dos velas y finalmente decidió abrir la bolsa. Cuando con cierta dificultad extrajo lo que contenía, no pudo evitar soltarlo ahogando un grito de sorpresa y terror. Era una cabeza humana de la que se desprendió algo al golpear aquélla pesadamente contra el suelo. Don Álvaro se sentó para recobrarse del sobresalto, sin poder apartar la mirada de la cabeza. Una vez repuesto un tanto, aun sin haber terminado de acompasarse el ritmo desbocado de su corazón, se dispuso a examinar los detalles de tan macabro presente. Aunque el rostro estaba deformado por una mueca extraña y tenía los ojos cerrados y aspecto abotagado, se reconocía como de raza china y correspondía a un hombre muy viejo. Al fijarse don Álvaro en que la boca se encontraba abierta, buscó por el suelo ávidamente lo que ya sabía que encontraría. Ayudado por un papel recogió una piedra. A pesar de lo impresionado que aún se sentía, en su ánimo se iba abriendo paso una extraña dicha por haber llegado al convencimiento de que andaba sobre la pista correcta para desentrañar el sabotaje que sufrían las tropas españolas. Éste existía y los sangleyes tenían que ver con ello. Don Álvaro pasó mucho tiempo sentado meditando, mientras contemplaba la cabeza del sangley a la luz de las velas y con el sonido de la lluvia de fondo.

A la mañana siguiente, la casa de don Álvaro se llenó de soldados comandados por el coronel don Arturo Castroviejo. Don Álvaro le había enviado razón a éste en una sucinta y clara nota con un zagal vecino al que conocía y admiraba por su viveza. Una vez que los soldados se fueron con el canasto y su siniestro contenido, tras quedar dos de ellos de escolta en el zaguán, don Álvaro y don Arturo se sentaron y afrontaron la situación.

—Desean amedrentarlo, don Álvaro. Le pondré una escolta permanente.

—No creo que sea necesario. No lo digo por temeridad, sino porque me parece que no van tras de mí. Además, hay algo más extraño de lo que parece en todo esto.

—¿A qué se refiere?

Don Álvaro mantenía una actitud cansina, a pesar de que su mirada era muy viva, lo cual achacó don Arturo a la noche en blanco que había pasado.

—Me han dado un susto tremendo, pero también una información valiosa. No está clara la intención de quienes me han enviado la cabeza.

—Durante sus pesquisas lo ha visto a usted infinidad de gente en muy diversos lugares. Alguien desea que cese en ellas, y la mejor manera es advirtiéndole que corre peligro de muerte si no lo hace.

—Dejemos ese aspecto y centrémonos en la información que nos han proporcionado. Sería importante, y mi intuición así me lo dicta con insistencia, que el muerto hubiera trabajado en la fábrica de pólvora. No tiene por qué ser esto concluyente pero…

—Se trabajará en ello, no le quepa la menor duda. Pero déjeme insistir en el hecho de que la cabeza tuviera una piedra en la boca, igual que los sangleyes que han aparecido degollados en las unidades militares. Eso indica un ritual de amedrentamiento. Ha de tener cuidado, don Álvaro.

—Bien. Continuemos en el otro sentido. Hemos de obtener esta misma mañana muestras de todo lo que produce la fábrica de pólvora de manera clasificada y sistemática. Luego, acompañados de tres o cuatro soldados u oficiales de su absoluta confianza, nos dirigiremos al campo de tiro. Si mis sospechas tuvieran alguna confirmación, aún tendríamos que ir a la botica de don Facundo.

—No se me alcanza, don Álvaro, adónde quiere ir a parar.

—Tengo demasiadas incertidumbres todavía, amigo mío. Muchísimas más de las que se pueden desprender de mi aparente seguridad. Permítame que me ahorre el azoramiento de un fracaso prematuro de mis conjeturas.

—Bien, vamos a la fábrica de pólvora.

—Tal vez no sea conveniente, pues aún necesitamos discreción. ¿El polvorista real es hombre de confianza?

El coronel meditó un momento y al cabo dijo:

—Es un cargo casi honorífico cuyas funciones van apenas más allá de cierto control administrativo. Quien lo ocupa en la actualidad es más bien pazguato.

—Tanto mejor, pues jamás he conocido a un traidor pazguato. Hágale llegar orden escrita de que nos envíe al campo de tiro las muestras en la forma que le indiqué. ¿Tiene potestad para ello?

Don Arturo quedó con gesto dubitativo y al rato respondió:

—Lo apañaré.

—Bien, me reuniré con usted y los militares que elija en el campo de tiro, digamos… a las dos de la tarde. ¿Le parece bien?

—Allí nos veremos.

Cuando don Álvaro de Soler llegó al campo de tiro, que estaba extramuros y lindando con una espesa arboleda a orillas del Pásig, vio a don Arturo Castroviejo acompañado de dos sargentos, un teniente y doce soldados que tenían dispuestos treinta fusiles apoyados de tres en tres por las bocachas formando diez pirámides huecas. En el suelo se distinguían ocho barriletes que contenían unas diez libras de pólvora cada uno. En cajas, también de madera, se hallaban balas, tacos, pedernales y aceites en cantidad suficiente para que la prueba que pretendían hacer se llevara a cabo de forma exhaustiva.

Tras las presentaciones, todo el grupo se encaró a los blancos dispuestos a doscientas varas. El coronel Castroviejo organizó el ejercicio. Cuatro soldados se apostarían en el parapeto junto a los blancos e indicarían el resultado de cada disparo con tres banderolas, la blanca indicaría alto, la negra bajo y la roja diana. Si tras un disparo no mostraban bandera alguna, el resultado era el obvio: no habían detectado el impacto.

A la hora de comenzar la prueba y tras efectuar entre todos más de cien tiros, la conclusión para todos era indiscutible: la pólvora de los ocho barriletes era idéntica en sus efectos. Sesenta y ocho dianas, dieciséis tiros altos, trece bajos y tres no localizados era un buen promedio, y el resultado estaba además distribuido al azar entre tiradores y barriletes.

Don Arturo miró gravemente a don Álvaro después de mostrarle la hoja de papel en la que había elaborado una tabla con el resultado del ejercicio. Tras examinarlo, el comisionado quedó pensativo. Los soldados empezaron a fumar y charlar animadamente entre ellos. Se aproximaba la hora del rancho pero, aun así, don Álvaro le preguntó al coronel:

—Don Arturo, ¿se sentiría ofendido si organizáramos el ejercicio de otra manera?

—En absoluto.

—Será tedioso, por lo que le propongo que dos soldados vayan por vino y viandas que costearé yo. ¿Acepta?

Don Arturo sonrió y llamó a dos soldados a los que, tras hacerles el encargo, pagó de su bolsa la misma cantidad que le pidió a don Álvaro mientras decía:

—En este negocio vamos a medias.

Ante la perspectiva de vino y buena comida, así como la liberación de algunos servicios que debían prestar esa tarde, los suboficiales y soldados se dispusieron animosamente a ensayar nuevas series de disparos.

Todos quedaron pasmados ante la complejidad del ejercicio que organizó el único civil de todo el grupo. Debieron intercambiarse los fusiles, apuntalarlos, en toda ocasión, con una firmeza absoluta, y utilizar la pólvora de cada barrilete sólo cuando el dato quedase registrado por don Álvaro en las nuevas tablas que estaba haciendo en varios pliegos.

A media tarde, tras la hora y media de pausa para comer de que disfrutaron, la conclusión de don Álvaro dejó atónitos a todos los presentes: con la pólvora de seis de los ocho barriletes, la probabilidad de hacer diana era de ochenta y seis por cada ciento; con la de dos de los barriletes, sólo un nueve en un ciento, independientemente de que el tiro fuera alto o bajo. Aunque habían efectuado más de cuatrocientos disparos, aún quedaba pólvora suficiente para que todos pudieran comprobar la conclusión de don Álvaro.

Tras demostrarse fehacientemente, el grupo quedó sumido en la más absoluta perplejidad al advertir que, salvo por los resultados, eran incapaces de distinguir una pólvora de la otra. Para colmo de desconcierto de todos, incluido esta vez también don Álvaro, que no cesaba de comprobar sus tablas minuciosamente antes de cada disparo, era imposible establecer entre los dos barriletes adulterados cuál contenía la pólvora que producía los disparos altos y cuál los bajos. Los últimos disparos se hicieron tratando de comprobar esto último y de observar alguna diferencia entre el humo expelido en la deflagración de las distintas pólvoras, en la intensidad del estampido cuando se utilizaba exactamente la misma cantidad de pólvora, la llamarada producida por cada una, etc. Para ello, todos los presentes, por turnos, se vendaron los ojos y se alejaron del grupo mientras los otros disparaban. En ningún momento se pusieron de acuerdo en cuál era la pólvora buena y cuál la mala. Las cantidades de pólvora y el peso de las balas las habían medido con una balanza improvisada pero exacta. Al finalizar la tanda de disparos, y con la escasa pólvora que ya les quedaba, el grupo de militares y don Álvaro trataron de distinguir las diferencias por sus propiedades en seco y en húmedo como el tizne, el sabor, el olor... nada: las pólvoras eran idénticas salvo que la de seis barriletes era eficaz y la de los otros dos, arbitraria en sus efectos.

La prueba que más fascinó a don Álvaro fue la del retroceso. Si una pólvora impulsaba la bala más o menos que la misma cantidad de la otra, el retroceso que provocaran en el fusil debía ser proporcionalmente menor o mayor. Todos los presentes dispararon para comprobar exclusivamente ese efecto, y no hubo acuerdo claro que permitiera distinguir la diferencia del culatazo en el hombro de cada tirador con las distintas pólvoras. Don Arturo sugirió una explicación tan compleja sobre el modo de actuar la deflagración expandiendo los gases a lo largo del cañón que a nadie satisfizo. Para don Álvaro la conclusión era clara: aquella pólvora falsa estaba elaborada por unos maestros artesanos de una acrisolada experiencia. Ésta no la tenían más que los sangleyes. Los inventores ancestrales de la pólvora.

Don Álvaro le dijo a don Arturo que en el campo de tiro ya no tenían nada más que hacer aquella jornada, pues no quedaba ni pólvora ni luz y los soldados ya habían disparado demasiado para que fueran sensibles a las pruebas. Don Álvaro añadió que quizá hubieran de repetir el ejercicio pocos días después. La única ayuda que se le ocurría recabar por el momento para distinguir las pólvoras era a don Facundo, el boticario principal de Manila y buen amigo, no sólo de don Álvaro, sino ya también de don Arturo tras las entrevistas que habían mantenido ambos en su rebotica.

Al otro día por la tarde estaban los tres allí, y don Facundo explicaba los resultados de sus análisis:

—La composición de las muestras de pólvora que me han traído esta mañana es esencialmente la misma en cuanto a los ingredientes básicos de salitre, azufre y carbón, pero tienen ambas tal cantidad de aditivos, algunos en proporciones ínfimas, que se me hace imposible distinguirlas químicamente. Sin embargo, fíjense con atención.

Don Álvaro y don Arturo se acercaron a donde indicaba el maestro boticario, y quedaron asombrados ante el artilugio que les mostraba. Estaba hecho por tres lentes convexas de distintos tamaños y curvaturas, engastadas en tubos de cuero flexible negro con anillos de madera tintada del mismo color. Todo el ensamblaje se hallaba sujeto entre sí y a la mesa por varillas metálicas. Ante la mirada interrogadora de sus visitantes, don Facundo dijo con orgullo contenido:

—El artefacto es de mi invención.

Sobre la mesa y bajo la lente menor, que era la que estaba más próxima a su superficie, don Facundo colocó unas motas de polvo que desprendió con un dedo del lomo de un libro, sobre un cristal perfectamente limpio. Le acercó una vela que tenía prendida, sin duda para iluminar el cristalito, y después se inclinó y miró por la lente más sobresaliente de los tubos. Movió las varillas ajustando la dimensión de éstos y después, con expresión sonriente, dijo:

—Observen.

Don Álvaro aceptó la prioridad que don Arturo le cedía con un ademán y quedó pasmado ante la imagen que ofrecían las motas de polvo. Era como un paisaje árido y escabroso. Cuando se separó del artilugio no reprimió su gesto de reconocimiento a don Facundo. El coronel Castroviejo reaccionó de forma parecida después de su examen.

Tras aquella demostración, don Facundo les hizo observar muestras de las pólvoras y entonces sí que descubrieron la diferencia: esparcidas por doquier se vislumbraban unas minúsculas motas que irradiaban irisdiscencias rojizas en la pólvora ineficaz y que en la buena no aparecían por ninguna parte.

Los tres amigos se sentaron para debatir sus hallazgos.

—Es ingeniosísimo el procedimiento.

Don Facundo no podía evitar mostrar su admiración profesional hacia el inventor del medio de sabotaje. Pero don Álvaro y don Arturo estaban más que preocupados para divagar sobre la pericia de los polvoristas sangleyes. Por eso, don Arturo asintió gravemente cuando don Álvaro dijo pensativo:

—Nuestros hallazgos no valen para nada si no damos con la manera de distinguir una pólvora de la otra en campaña. Y menos aún si no sabemos qué hace que una pólvora alcance más que la normal y otra menos. Para los fusileros, utilizar pólvora más poderosa que la ordinaria no es gran inconveniente, pero para la artillería es vital.

—No podemos llevar su artilugio de visión a las distintas unidades, ni comprobar toda la producción de la fábrica, ni licenciar a los sangleyes de las tropas, ni sustituir a los artesanos polvoristas, ni…

—Ni seguramente descubrir a los saboteadores de la fábrica o de las unidades. Sobre ellos sí que debe actuar con contundencia el amedrentamiento al que usted se refería ayer.

—Sí, ése debe de ser el origen de los degüellos y el simbolismo de la piedra: advertencias contra la traición y castigo de imprudencias.

Don Facundo asistía en silencio al incierto y amargo diálogo de sus invitados. En una pausa comentó:

—Detrás de esto tiene que haber algo o alguien extraordinariamente poderoso, pero ¿cómo y con qué objeto lleva a cabo el sabotaje?

256

Don Arturo y don Álvaro se miraron seriamente, y fue don Álvaro quien aventuró su hipótesis:

—El cómo no es difícil de imaginar. En una batalla o escaramuza cuyo resultado se desee que sea desfavorable para nosotros, se hace circular pólvora arbitraria. Lo hacen algunos infiltrados, sin duda sangleyes, que conocen el procedimiento para distinguirlas y manipularlas fácil y rápidamente.

—¿Y el objeto?

Entonces fue don Arturo quien contestó con voz casi trémula a don Facundo:

—Controlar casi a capricho el desarrollo y resultado de la guerra.

Quedaron los tres en silencio hasta que fue el propio don Facundo quien sacó la conclusión política del sabotaje:

—Los sangleyes quieren debilitar a tagalos rebeldes, moros y españoles con intenciones más que aviesas.

Pero la política siempre había sido determinante en la vida de don Álvaro y en ese terreno se sentía seguro.

—Decir los sangleyes es decir mucho y nada. Para esto hace falta una organización que una comunidad no alcanza espontáneamente. Tras esto hay una jerarquía, sin duda férrea, encabezada por alguien inteligente y cruel.

Sin decir nada, don Facundo salió de la rebotica y regresó con una frasca de vino tinto y tres vasos. El resto de la tarde la pasaron los tres amigos especulando sobre el sabotaje, a pesar de que pronto los invadió la amargura por ser conscientes de que no vislumbraban ninguna solución realista al problema que debatían.

15

La expedición la formaban nueve soldados, comandados por un teniente y un sargento, además de doña Beatriz y Juan el botánico. Llevaban cuatro caballos y una reata de seis acémilas con abundante impedimenta. La excursión estaba siendo grata para todos porque la tropilla prácticamente holgaba todo el día; a Juan le crecía el entusiasmo por sus continuos hallazgos, que al sexto día no eran ya exclusivamente distintas especies de orquídeas, y doña Beatriz, escoltada por otros tres jinetes, exploraba las forestas y los montes bajos con gran deleite.

Aquella zona de la región denominada Nueva Écija se hallaba totalmente pacificada según los informes militares que el gobernador había exigido antes de autorizar la expedición. La rutina era la misma todos los días. Cada inicio del atardecer, el teniente buscaba un lugar apropiado para vivaquear, ordenaba la instalación de seis tiendas de campaña de diversos tamaños, y organizaba la cena y los turnos de guardia imaginaria y centinela. Al amanecer, según las indicaciones del botánico, permanecían un día más en el lugar o levantaban el campo y deambulaban con parsimonia. Para aliviar el aburrimiento, los soldados se convirtieron en ayudantes voluntarios y entusiastas de Juan, de forma que continuamente buscaban flores exóticas y le comunicaban sus hallazgos al botánico para que comprobara si tenían algún interés. Los paseos de doña Beatriz a caballo los organizaba y toleraba con gusto el teniente porque eran una manera de explorar el terreno y detectar algún peligro eventual. Los nativos que habían encontrado hasta aquel sexto día siempre se habían mostrado indiferentes o amables con la expedición. En dos misiones que visitaron, los misioneros les habían confirmado que no era previsible hostilidad alguna en aquella zona. A pesar de ello, el oficial no relajaba las guardias ni las escapadas de vigía, sobre todo porque en dos ocasiones descubrieron sendos cuerpos colgados de un árbol por el cuello o las piernas. El teniente explicó que, a pesar de lo macabro de los hallazgos, no había que preocuparse excesivamente porque no eran producto de ejecuciones ni asesinatos, sino que era una manera en que los moros zaherían a los cristianos y nativos que rechazaban el islam, pues cuando uno de ellos moría solitario o sin que sus familiares tuvieran fácil la reclamación y enterramiento del cadáver, lo colgaban de aquella guisa.

A media mañana del séptimo día después de partir de Manila, en una zona de jungla y cuando los jinetes que habitualmente salían temprano a explorar los alrededores se encontraban lejos del campamento, la partida de Seyago atacó a la expedición de Juan el botánico.

Hacía casi dos días que los iban siguiendo, y la tarde anterior Seyago había decidido la emboscada. La organizó por la noche con tal sigilo que ninguno de los ocho centinelas que guardaron el campamento en cuatro turnos advirtió el más mínimo signo de la maniobra envolvente que tenía lugar, aunque en ella intervenían más de treinta hombres.

El ataque se inició con flechas, jabalinas y dardos de cerbatana; y, cuando los españoles superaron el trágico desconcierto del primer momento, se iniciaron las descargas de carabinas. A pesar de la invisibilidad del enemigo, el alto número de bajas iniciales y la imprevisión de los soldados, éstos lograron organizar mínimamente la defensa. Pero a la media hora todos estaban muertos o heridos.

Cuando los primeros ocho o diez hombres de Seyago salieron de sus escondrijos para acercarse cautelosamente al claro en que se alzaba el campamento derrotado, de donde surgían imprecaciones y lamentos de los heridos, irrumpieron como una tromba los cuatro jinetes. El grupo lo formaban ese día el sargento y dos soldados junto con doña Beatriz. A pesar de que el suboficial había ordenado imperiosamente a la señora que se resguardara escondida en algún lugar y huyera después pidiendo auxilio, ésta atacó con la misma fiereza que los otros tres jinetes. Descargaron primero dos pistolas cada uno y luego repartieron mandobles de espada con rabia y algo de organización. La idea era atacar y huir en busca de auxilio para los heridos.

Entre los cuatro jinetes provocaron más de nueve bajas a la partida de Seyago entre muertos y heridos, pero todos ellos fueron abatidos. Cuando cayó el último, el sargento, en la jungla se alzó un grito de victoria.

Doña Beatriz yacía en postura inverosímil sobre las retorcidas raíces que un árbol gigantesco tenía al aire. Aunque presentaba heridas y rasguños por todo el cuerpo, lo que la había postrado era un balazo en el costado del que ya apenas salía un hilo de sangre pero que, por la mancha que se extendía en su ropa y el suelo, la debía de haber desangrado.

Los hombres de Seyago comenzaron a degollar a los heridos con parsimonia y gesto casi ausente. Cuando Seyago se aproximó a Juan, que aun desvanecido respiraba entrecortadamente, escuchó a su espalda la voz de la mujer que en un hálito le suplicaba piedad para con el joven. Seyago se detuvo y se volvió hacia ella. La vio recostada apoyándose en una mano mientras que con la otra se apretaba la herida del costado por la que de nuevo manaba la sangre. Seyago, tras observarla unos segundos, reanudó su camino hacia Juan, le alzó la cabeza inerte agarrándola por los pelos y en un gesto rápido lo degolló con su cris. Tras abandonar el cuerpo exánime del botánico se enfrentó de nuevo a la mujer. Otros hombres se acercaron también a ellos y observaron un tanto sobrecogidos a doña Beatriz que, aun pálida como el alba, irradiaba un brillo inaudito por su mirada. Se incorporó como pudo y de la faltriquera de su falda sacó un puñal. Seyago hizo un gesto a sus hombres para que no intervinieran. Él mismo se paró ante ella, quizá dubitativo, sin poder apartar la mirada de sus ojos. Entonces le escuchó decir con voz clara y ronca:

—Ven por mí, canalla, antes de que me muera sola.

Seyago puso enhiesto el cris y se dirigió hacia doña Beatriz. Cuando ella quiso disponerse a entablar la desigual lucha, se desplomó ante él.

Li Feng, sentado en el suelo ante un atril bajo y ancho, que más parecía una tabla ligera inclinada hacia él, escudriñaba el mapa de Filipinas con dos de sus secuaces principales a cada lado. Sus ojos no se veían por tener la mirada baja y los párpados entrecerrados. Su quietud era marmórea y el color de su piel, así como la dureza de su gesto, casi también. La habitación en que estaban los cinco hombres era modesta, pero no faltaban en ella muebles, esteras y tapices de cierto lujo o al menos de buena manufactura. El color dominante eran los amarillos, ocres, sienas y marrones de espartos, cáñamos, nipis, mimbres y maderas.

—La conclusión, pues, es que tenemos controlada la guerra salvo en el interior de Mindanao y las costas que ataca la fragata.

—Sí, maestro. La infantería de marina que desembarcó del *San Vicente de Paúl* está diezmando a las fuerzas moras de Mindanao. Aún utilizan su propia pólvora.

—¿Hasta cuándo no tendrán necesidad de suministro?

—La fragata portaba trescientos barriles de a cien libras. No hemos podido averiguar cuántos desembarcaron para uso de la infantería, pero tal vez no necesiten suministros en toda la campaña.

—¿Hay posibilidad de dañar esa maldita fragata o al menos obtener información de ella?

El secuaz que llevaba la voz cantante miró a sus compañeros antes de responder, pero el gesto grave de éstos lo animó a decir:

—Ninguna, maestro Feng.

Éste, sin mostrar contrariedad, quiso pasar a otro asunto.

—Bien, veamos ahora…

—Perdona, maestro…

Todos volvieron la mirada a quien se había atrevido a interrumpir al patriarca aun con respeto. Cuando se consideró autorizado para hablar, alzó los ojos y dijo:

—Respecto a la fragata, hay una persona que quizá nos pudiera ayudar. —Ante el silencio expectante que causaron sus palabras, continuó exponiendo su idea—: Hay un sangley gentil que vino en ella desde España y que se ganó la confianza y el aprecio de todos los tripulantes. Ahora vive con nosotros en el parián.

—¿Cómo se llama y qué hace?

—Se llama Miguel Daza y…

—¿No dices que es gentil?

—Debe de haber sido bautizado oficialmente porque es español de nacimiento, pero entre los cristianos se hace llamar Chen

Dazhao. —Los rostros de los que lo escuchaban permanecían impasibles, por lo que se animó a seguir con su explicación—: Tiene algún dinero y quiere establecerse como comerciante de especias. Ha aceptado nuestra colaboración de buena gana.

—¿Tienes información fidedigna de él?

El que había hablado de Chen se volvió hacia el que mostraba interés.

—Tengo información, pero no sé hasta qué grado es fiable aunque la fuente sea buena.

—¿Se puede forzar su voluntad si ésta no fuera la de ayudarnos?

Feng atendía a la conversación inmóvil y con rostro inexpresivo.

—No tiene familia y no parece ser excesivamente ambicioso. Es culto, discreto y trabajador. No sé. ¿Considera usted, maestro, que se debería intentar ganarlo para nuestra causa contra la fragata?

—La fragata está ahora lejos de Manila. Hay tiempo, pero obtened su confianza. ¿Cuánto nos debe?

—Trescientos pesos.

—Que gane dinero y procurad que aumente su deuda. Pasemos a los asesinatos.

Uno de los dos hombres que no habían hablado hasta entonces carraspeó e introdujo el asunto.

—Son ya tres los viejos asesinados en estos dos últimos meses. La primera fue una mujer que apareció en su casa rajada desde el hombro hasta el vientre. Prácticamente la habían cortado en dos mitades. El segundo, por cierto un polvorista, fue decapitado y su cabeza no ha aparecido por ninguna parte. Su amigo de usted, Pang, ha sido el tercero. Como sabe, le abrieron el vientre y ha debido de tener una muerte lenta y dolorosa. Así lo quiso su asesino porque estaba maniatado y amordazado.

—¿Han tenido noticias los españoles de todo esto?

—No, maestro, pero es muy difícil y arriesgado intentar evitarlo. Piense que hay en el parián quienes temen que seamos nosotros los causantes de esas muertes.

—¿Hay alguna conjetura sobre una posible relación entre los tres crímenes? ¿Tenéis algún sospechoso de haber cometido alguno de ellos?

—Lo estamos tratando de averiguar y me han llegado mil conjeturas. No considero fiable ninguna.

Li Feng quedó pensativo y los demás, atentos a él. En cierto momento vieron que sus labios y párpados empezaban a temblar imperceptiblemente, y los cuatro sabían a ciencia cierta que aquello denotaba una rabia interior incontenible. Cuando habló, lo hizo muy despacio y entre dientes.

—Todos, absolutamente todos, tenéis como tarea prioritaria desentrañar esos crímenes. El castigo que se infligirá a los culpables lo decidiré yo. Que os quede claro: los quiero vivos y pronto.

Manila, 6 de noviembre de 1754

Estoy aterrorizada porque las probabilidades de que mi tía esté buena y sana son muy pequeñas. Lo que llevo llorado y rezado desde ayer sólo lo sabe Dios Todopoderoso. Fue don Álvaro quien me dio la noticia que le había comunicado un coronel del ejército. Una patrulla descubrió en la jungla, a unos tres o cuatro días de aquí, los restos de la expedición de Juanito el botánico. Los cadáveres de todos sus componentes estaban putrefactos y colgados de los árboles. Excepto el de mi tía. Este extremo ha sido confirmado por la patrulla porque, aunque los cuerpos eran difíciles de reconocer, por las vestimentas, los uniformes e incluso por el pelo, los soldados aseguran que no dieron sepultura a mujer alguna. Lo cual lo confirma, además, el número de víctimas. Por tanto, o mi tía logró escapar de la emboscada o está raptada. O fue herida y murió después en cualquier sitio.

El primer impulso de don Álvaro fue llamar al capitán Dávila y salir a buscarla. El capitán llegó anteayer en el *San Vicente de Paúl*, el cual ha regresado después de su campaña en las costas de Mindanao. Pero el gobernador, como si se lo hubiera imaginado de antemano, le ha mandado orden expresa y por escrito prohibiéndoselo. La orden se la trajo aquí precisamente un suboficial cuando estaba consolándome después de darme la noticia. Él se enfadó mucho y se dirigió al palacio del gobernador. Yo le pedí ir con él y aceptó. En la antesala se encontraban don Jaime Sánchez de Montearroyo y el capitán Dávila, que habían ido a interesarse por la desaparición de mi tía y la suerte de la expedición, ya que la noticia se ha extendido como un reguero de pólvora por toda Manila. No nos dejaron pasar al despacho del gobernador, pues estaba ocupado tratando el caso con la plana mayor del ejército.

A las dos horas de estar esperando allí atribulados y casi en silencio, se abrió la puerta y salieron en tropel al menos doce militares. Después salió el marqués de Ovando y al vernos puso gesto de fastidio. Tras saludar secamente al capitán Dávila y a don Jaime, se acercó a mí para expresarme sus condolencias y transmitirme la seguridad de que, si mi tía estaba viva, regresaría sana y salva. A don Álvaro, en una actitud que no entendí, no lo dejó hablar y simplemente le recordó, de manera desagradable al máximo, que la orden que le había dado era de estricto cumplimiento.

En la calle nos esperaba un coronel que parecía conocer muy bien a don Álvaro y apreciarlo mucho, porque lo trató con deferencia. Nos dijo que el gobernador había ordenado la partida inmediata a Nueva Écija de un batallón, a cuyo frente iría él en persona. La misión era no sólo encontrar a doña Beatriz, sino llevar a cabo una expedición de castigo. Tenía que estar todo dispuesto para el día siguiente. Don Álvaro le preguntó, aún afligido por la actitud del gobernador hacia él, que si podría admitir al capitán Dávila en el cuerpo expedicionario. El coronel dijo que no veía inconveniente dado el grado que oficialmente tenía el capitán entonces: comandante de escolta. El capitán, que esperaba discretamente por allí cerca, se fue hacia don Álvaro cuando éste lo llamó después de despedirse del coronel. Estuvieron hablando un rato mientras yo hacía lo mismo que había hecho hasta entonces el capitán. Después nos vinimos de nuevo a casa don Álvaro y yo.

Mientras estuvo conmigo me calmé un poco, pero desde que me dejó sola estoy otra vez con una opresión en el pecho que de vez en cuando creo que me va a dar una alferecía. Evito los desmayos rezando al Jesús del Gran Poder por mi señora.

264

Hasta el cuarto día desde que la partida de Seyago llevó a doña Beatriz al topanco de Marcial Tamayo, no abrió los ojos la mujer herida. Hasta el sexto no tuvo Marcial cierta seguridad de que se salvaría. Los dos mejores indicios para el médico fueron que la infección que siempre había temido ya no era probable que se presentara y que la mujer quería comer.

Marcial la había cuidado sin descanso poniendo en ello todos sus conocimientos e ideando algunos medios según la experiencia ya adquirida en sanar heridas de bala con las plantas de aquella flora. Siempre se había tomado interés por su oficio, pero con aquella mujer estaba siendo distinto. Había muchas causas para ello, pues era la primera española que veía desde hacía mucho tiempo, su estado era de extrema gravedad, y era una mujer extraordinariamente bella de rostro y cuerpo. Esto lo sabía fehacientemente Marcial, pues la había desnudado en varias ocasiones para asearla y pasó horas interminables escrutando su rostro mientras ella permaneció inconsciente.

Durante los dos días transcurridos desde que doña Beatriz despertó hasta que ingirió alimentos por su propia voluntad y con cierta fruición, no había hablado. Al principio miraba a Marcial y su entorno asombrada, pero poco después empezó a familiarizarse con su situación, aunque en buena medida no la entendiera. Incluso una vez, cuando Marcial terminó de vendarla tras inspeccionarle la herida del costado, ella tomó su mano y le dio un cálido apretón de agradecimiento mientras lo miraba con ternura. Aquel gesto conmovió a Marcial profundamente.

Seyago había ido al topanco una vez durante la inconsciencia de doña Beatriz y al séptimo día lo volvió a hacer. Cuando la enferma lo vio junto a Marcial tardó un tanto en reaccionar; pero, cuando lo hizo, los dos hombres quedaron sobrecogidos. Transformó su rostro en una mueca de rabia y, sin exhalar grito alguno a pesar de que su gesto lo presagiaba, se incorporó y trató de abalanzarse contra el tagalo. Por segunda vez se desplomó ante él. Marcial le recomendó a Seyago que no volviera por allí hasta que la mujer estuviera recuperada.

A los diez días le dio permiso Marcial a doña Beatriz para que se levantase e intentara hacer sus necesidades por sí misma. Esto era lo que peor sobrellevaba la enferma, si bien nunca le hizo a Marcial gesto alguno de rechazo. Antes bien, cada vez que él, con mirada circunspecta, acababa de secarla tras los orines y limpiarla con cuidado en las únicas dos ocasiones en que fue preciso, ella se lo agradecía invariablemente con algún gesto tierno.

Después de trastabillar en sus primeros pasos, doña Beatriz le pidió a Marcial que no la ayudara. Casi se cae, pero recuperó el equilibrio y ya no fue necesario que pasara todo el tiempo en la cama. Primero se sentó en la terraza y atendió a las explicaciones de Marcial sobre el lugar. Más tarde insistió en que la acompañara a visitarlo, y a la vuelta vieron el atardecer en la terraza. Doña Beatriz se sentía fascinada por las explicaciones que le daba Marcial sobre su proyecto agrícola e industrial.

Doña Beatriz había adelgazado extraordinariamente, pero a los quince días de haber sido herida el color había vuelto a sus mejillas y las carnes recuperaron su tersura. Pasaron unos días en los que doña Beatriz ayudó a Marcial en sus cultivos, y éste empezaba a sentirse tan dichoso por su compañía que a veces pensaba que se estaba enamorando perdidamente de doña Beatriz. Hablaban poco, pero cada vez se comunicaban más. El tema favorito de ella era la empresa de Marcial; en particular sentía una curiosidad extraordinaria por una hilera de plantones de abacá. Él le dijo que los había plantado porque por allí abundaban, ya que la tierra era muy propicia para ese arbusto, pero que no entraba en sus planes desarrollarlos porque la comercialización de su producto era muy incierta para él. El abacá, le explicaba Marcial a doña Beatriz, se empleaba en Filipinas en la industria textil porque los filamentos que se obtenían de él eran muy apropiados para muchas prendas, en particular para fabricar sombreros y sombrillas.

A Marcial le complacía que la mujer pasara muchas horas inspeccionando aquellos falsos árboles de casi tres varas de altura, de cuyo tronco aparente surgían grandes hojas con un fuerte nervio que las recorría a todo lo largo. Podía parecerse al banano pero era distinto en muchos aspectos. Sin embargo, a Marcial lo entristecía sobremanera que, tras pasar buen tiempo recorriendo la hilera de abacás, doña Beatriz se encaminaba invariablemente a cuidar su caballo y, aun sin montarlo, el médico intuía que la estancia de doña Beatriz con él estaba llegando a su fin. Seyago no le había dado ninguna instrucción sobre la posible consideración de cautiva de la mujer. En la primera visita que le hizo al topanco, Marcial se lo preguntó, pues temía que Seyago quisiera pedir un rescate por ella, ya que era evidente su carácter de mujer principal. Pero Seyago se limitó a responder con un pertinaz silencio.

La tarde del vigésimo día desde que había sido atacada la expedición de Juan el botánico, Marcial, tras inspeccionar la herida de doña Beatriz y tratando de disimular su tristeza, le dijo que estaba totalmente curada y que la cicatriz apenas se le notaría en el futuro. Cuando él ya se retiraba de la cama donde había yacido doña Beatriz durante la observación, notó las manos de ella en sus hombros deteniéndolo. Ella sonreía mientras lo empujaba suavemente a la cama, donde lo dejó sentado. Desapareció de la habitación y cuando regresó llevaba una palangana con agua, jabón, la navaja de afeitar de Marcial y unas tijeras pequeñas. Durante un buen rato le estuvo arreglando el rostro con esmero. Primero le cortó el pelo y las barbas con las tijeras y después lo afeitó con cuidado y detenimiento. De vez en cuando ella le sonreía y él cerraba los ojos. Se le mezclaba la timidez con el bienestar. Cuando doña Beatriz se dio por satisfecha del resultado de su operación, y tras darle a entender a Marcial con sus caricias en el rostro que lo consideraba un hombre guapo, salió de la estancia. El médico quedó triste y pensando que debería irse; pero, cuando se levantó, escuchó un sonido en la habitación contigua muy familiar para él, aunque totalmente inesperado en aquellos momentos. Doña Beatriz estaba llenando de agua el gran lebrillo de barro, fabricado por el propio Marcial, que le servía de bañera. Del aljibe cercano en que acumulaba agua de lluvia para el riego de las plantas, doña Beatriz sacaba cubos de agua ayudada por la garrucha instalada en el marco de la ventana. Marcial entró en la habitación, y doña Beatriz le sonrió al verlo. No bien consideró que el lebrillo tenía la cantidad de agua apropiada, la mujer se fue lentamente hacia Marcial y con resolución lo empezó a desnudar. Él se estremeció cuando entendió lo que iba a hacer doña Beatriz. El extremo pudor de Marcial estuvo a punto de hacerlo huir despavorido de la habitación en tres ocasiones, pero la serenidad y firmeza de doña Beatriz se lo impidieron. Al cabo terminó sentado desnudo en el lebrillo, y entonces doña Beatriz, con jabón y cepillo, lavó minuciosamente el cuerpo de Marcial.

Cuando terminó de secar al hombre, éste se dejó llevar dócilmente a la cama. Allí tendido ya no hacía caso a su desnudez, pues sólo te-

267

nía ojos para ver cómo se desnudaba doña Beatriz con la brillante mirada clavada en la suya. Cuando ella se encaminó hacia la cama, el color rojo encendido que envolvió su cuerpo al contraluz de la ventana hizo adivinar a Marcial que el sol se estaba ocultando.

Marcial Tamayo se despertó cuando el sol estaba ya muy alto, y de lo primero que fue consciente fue de que había pasado la noche más intensa de su vida, incluyendo no sólo el pasado sino con certeza también el futuro. Lo segundo de lo que se percató fue de la ausencia de Beatriz en la cama. De un salto se asomó por la ventana y, al mirar al corral, descubrió que su caballito estaba solo, pues el de ella había desaparecido. Desnudo y agarrado al marco de la ventana, Marcial lanzó un aullido interminable de dolor antes de que se le desencadenara el llanto.

—¡Claro! Aquello había de ser.

Don Álvaro se incorporó en la cama sin notar que tenía el cuerpo bañado en sudor. Lo que sí advirtió a pesar de su estado de alarma febril, era que debía de estar a punto de amanecer y que el día estaba nublado. Había bebido ron la noche anterior y siempre le pasaba igual cuando ingería vinos o licores: dormía bien pero se despertaba tanto más temprano cuanto más alcohol hubiese tomado. Había sido doña Beatriz, como siempre, la causa de su pesadumbre, la cual trataba de mitigar embriagándose con demasiada frecuencia. Lo conseguía a veces, pero a costa de estar dándole vueltas a la cabeza y a la cama desde una o dos horas antes de amanecer hasta que decidía levantarse aún más triste y apesadumbrado por la desaparición de doña Beatriz. Pero, aun con las borrascas que agitaban continuamente su cerebro, de éste no se apartaba totalmente el enigma que suponía el sutil sabotaje de la pólvora. Quizá como un asidero al que agarrarse para no despeñarse por el barranco interminable de la amargura, don Álvaro se concentraba de vez en cuando en el problema irresuelto que le habían encargado dilucidar.

Había sólo dos tipos de pólvora, no tres. La normal y la que contenía los minúsculos y escasos cristalitos rojos. Lo que hacía que ésta última fuera más poderosa o más débil era un nuevo aditamento fácil de suministrar. Don Álvaro había rememorado la prueba de tiro infinitas veces en su mente, y aquella mañana descubrió la causa. A lo largo de la larga jornada de tiro, todos los soldados, el coronel y él mismo habían orinado una o dos veces. Sobre todo después de la comida. Lo habían hecho en distintos sitios no del todo discretos. Don Álvaro recordó que en dos ocasiones un soldado lo había hecho cerca de los barriletes de pólvora. Tan cerca que el teniente lo había recriminado. ¿Habría alterado el orín la composición de una de las pólvoras malas haciendo que se convirtiera de más poderosa que la normal a menos? ¿O al revés? ¡Claro! Aquello, la segunda meada, tuvo lugar cuando ya habían concluido que dos de los barriletes eran distintos. El cansancio de la prueba habría hecho que tanto él como los soldados mantuvieran su desconcierto al final de ésta sin poder atribuir indistinguiblemente los efectos de los dos barriletes espurios en cuanto que uno fuera el que producía el tiro más largo y el otro el más corto. Aquélla debía de ser la solución del misterio.

Don Álvaro se levantó, se aseó y, antes de desayunar, salió a la calle en busca del chico que le hacía sus recados, pues ni el sirviente ni la mucama habían llegado aún. La madre del chico protestó amablemente a don Álvaro diciéndole que su hijo aún dormía, pero don Álvaro le insistió convenciéndola más con el argumento de que el chico se sentiría feliz porque el encargo que le iba a hacer era de importancia, que por la generosa propina que le prometió a la mujer. Como ésta conocía la amable relación entre aquel señor y su hijo, en menos de diez minutos el chico, de unos nueve años, recogía la carta que le debía entregar al coronel Castroviejo en persona.

El ejercicio de tiro se reanudó de la misma manera que la vez anterior no hacía muchos días. Pero en esta ocasión ni se efectuó de la misma manera ni duró tanto. Además, el jolgorio entre la soldadesca, que don Álvaro había insistido que fuera la misma, fue mucho mayor porque hubieron de orinar controladamente como parte del ejercicio. El resultado fue incuestionable. Tal como venía de la fábrica, la pólvora trucada producía disparos más débiles que la normal. Si se mojaba con unas dos gotas de orina por cada libra, la pólvora se hacía más poderosa. Si la cantidad de orines esparcida en la pólvora era mayor, iba perdiendo gradualmente su poder de nuevo hasta que, en caso extremo de unas ocho o diez gotas, quedaba inutilizada.

Sólo faltaba un misterio por descubrir, y aquello fue lo que impidió que don Álvaro se contagiara de la euforia de todos los militares que participaron en las pruebas y que habían sido testigos de la sagacidad de don Álvaro de Soler: si no se averiguaba el medio por el cual distinguir fácilmente en campaña la pólvora buena de la manipulada, todos los hallazgos eran inútiles.

16

Cuando Antonio Mozo le dijo a Chen Dazhao que una persona importante en el parián quería hablar con él, éste reaccionó mostrando extrañeza y cierta inquietud, por lo que Antonio se apresuró a decirle que no se preocupara porque el crédito de trescientos pesos que había solicitado a la organización estaba garantizado. En su interior, no era extrañeza ni inquietud lo que había sentido Chen, sino alborozo.

A media tarde, con un calor tan sofocante que en el parián todos sus habitantes parecían haber decidido prolongar la siesta, los tres sangleyes estaban sentados en unos insólitos peñascos a la sombra de una junquera frondosa de la orilla del Pásig.

La actitud de Antonio, tras presentar a los otros dos, permaneció tan discreta que se habría dicho que quería desaparecer. El representante de la organización de Li Feng, cuyo incierto nombre adjudicado por Antonio fue de Chu, tenía una edad y un aspecto más parecidos a los de Chen que a los de Antonio Mozo. Chen, vestido muy ligeramente con un calzón que apenas le cubría las rodillas, y camisola, ambos blancos, se mostraba tranquilo y con más curiosidad de la que en realidad sentía.

La voz de Chu era totalmente neutra.

—Antonio me ha dicho de ti cosas que pueden ser de interés para mí. Quieres ser comerciante, tienes amigos en la fragata española y tu discreción es notable.

A Chen se le alteró algo en el interior del abdomen, pero no le prestó atención. Lo que sí supo fue que estaba en una situación que podía ser decisiva para sus planes; quizá por eso mostró la actitud de sorpresa y desconfianza que consideró más oportuna para la situación.

—¿Y qué?

Chu le escrutó el rostro antes de continuar. Al cabo, con la misma parsimonia y sangre fría que había mantenido hasta entonces, dijo :

—Tus proyectos comerciales se verían muy favorecidos si, haciendo un uso eficaz y discreto de tus amistades en la fragata, sirves bien a nuestros intereses.

Chen cambió su actitud radicalmente y evidenció un disgusto rayano en la indignación. Su tono fue casi arrogante.

—¿Quién eres tú realmente para hacerme ofertas relativas a mis proyectos? ¿Quiénes sois vosotros y cuáles son esos intereses?

Antonio lo miró sorprendido y quiso intervenir diciendo en tono inseguro:

—Te he dicho que Chu…

Chu lo interrumpió con un ademán que resultó autoritario aun sin haber sido brusco.

—Represento a quienes te han prestado los trescientos pesos que solicitaste y mis intereses son, o deberían ser, los mismos que los tuyos: los de todos los sangleyes de Filipinas.

Chen se calmó y guardó unos instantes de silencio reflexivo. Al cabo, dijo con prudencia:

—No sé muy bien cuáles son los intereses de los sangleyes de Filipinas. Los míos sí los conozco.

—Me da igual. De lo que estoy seguro es de que esos intereses se pueden ver beneficiados.

—¿Qué tienen que ver con la fragata?

La curiosidad y suspicacia de Chen parecían sinceras, pero en su interior había una expectación singular. Chu se relajó un tanto y le dijo con una frialdad extrema:

—Queremos que utilices tu relación con los españoles de la fragata y el arrojo que sé que no te falta, para que inutilices la pólvora que les queda y tengan necesidad de pedir suministro de la Real Fábrica.

Chen se quedó mirándolo con gesto de sorpresa que pronto relajó y, mirando hacia otro lado, en tono casi indiferente, dijo:

—Sé que la pólvora de la Real Fábrica es… digamos especial.

Aquellas palabras tuvieron el efecto de un relámpago en Antonio y casi otro tanto en Chu. Se miraron alarmados y Chen, que dejó ver que se había dado cuenta de su reacción, explicó:

—¿De verdad creéis que es un secreto? —El gesto de extrema gravedad de sus dos interlocutores mostraba que, efectivamente, así lo creían—. Bien, tal vez sea así, pero os advierto que yo me he enterado por una conversación entre dos amigos vecinos de mi mesa en la taberna de Lan Lai.

El tenso silencio que siguió a tan grave confesión no lo quiso romper Chen, que mantuvo un gesto de tozudez. Al cabo fue Chu quien aventuró:

—No has advertido a tus amigos españoles.

—Te he dicho que lo que tengo claro son mis intereses.

Los ojos de Chu se ocultaban tras las líneas rectas trazadas por sus párpados. Después de un silencio al que Antonio Mozo asistió nervioso, Chu dijo lentamente:

—Si consigues que de la fragata hagan un fuerte pedido de pólvora a la Real Fábrica, el préstamo que recibirás para tu negocio será de mil pesos. Los intereses y las condiciones de devolución se podrán negociar.

Chen suspiró y relajó su postura mirando a su alrededor. Arrancó un tallo de junco y se entretuvo dibujando en el suelo. Los otros guardaban silencio, a la espera de que hablara. Al fin Chen se encaró con ellos y dijo con resolución:

—No lo haré.

Antonio no pudo evitar evidenciar su disgusto, y Chu preguntó:

—¿Puedo saber por qué?

—Por muchas razones. La primera, porque es una tarea difícil teniendo en cuenta que la amistad que me atribuís entre los tripulantes de la fragata no llega a que pueda hacer fácilmente lo que me pedís. Tendría, pues, que comprar voluntades de terceros. Mil pesos no creo que den para ello.

—Eso se podría arreglar.

Chen mantuvo su actitud resuelta y continuó:

—Te podría explicar las demás razones y quizá encontraras arreglo a todas. Así que me las voy a ahorrar diciéndote la última: no me gustan las traiciones.

Chu, sin poder evitarlo, mostró un gesto de alivio.

Tras dos horas de discusiones políticas sobre el futuro de Filipinas y divagaciones filosóficas en torno al concepto de traición, el atardecer refrescó el ambiente en la junquera de la orilla occidental del río Pásig.

Al capitán Dávila se le hacían extraños la jungla y cabalgar en compañía, pero las montañas y una misión de rastreador lo llenaban de alegría. Había partido con el batallón de búsqueda y castigo del gobernador, pero pronto consiguió que lo autorizaran a buscar a doña Beatriz por su cuenta. Aunque, eso sí, acompañado de una escuadra de dragones. Diez jinetes formaban la partida, y el capitán Dávila era el de mayor graduación militar de todos ellos. Por eso le fue fácil hacer uso de su experiencia y seguir las instrucciones que le había dado don Álvaro de Soler antes de partir.

El capitán Dávila consideraba suficientes las pistas que tenía sobre el posible paradero de doña Beatriz. Había situado en un mapa el lugar de la emboscada a la expedición de Juan el botánico, según los informes de los militares que la descubrieron. Todo era cuestión de otear el paisaje desde las cumbres de las montañas e ir eliminando las rutas y los parajes improbables de cabalgada. Primero en grandes extensiones y luego reduciendo poco a poco las superficies por escrutar.

El capitán Dávila aleccionó a la escuadra de tal forma que pronto se sincronizaron los reencuentros en los lugares convenidos tras sus dispersiones en grupos de tres y sus propias escapadas a solas.

Al tercer día, escudriñando la jungla desde una cumbre con el catalejo que le había prestado don Álvaro, herencia del ingeniero don Miguel de Iriarte cuyo asesinato había esclarecido en Sevilla, el capitán Dávila divisó fugazmente una mancha blanca entre los árboles. En la selva, una mancha blanca sólo se podía deber a tres causas: un pájaro, una ilusión óptica o una vestimenta. Aun con su escasa experiencia en la jungla, el capitán sabía que ésta no alojaba grandes pájaros blancos; sus ilusiones ópticas las conocía muy bien, por lo tanto… Volvió grupas y fue al encuentro de su patrulla. Medio día más tarde abordaron a doña Beatriz Mendoza, marquesa de El Estal.

Tras soportar los gestos de rabia primero y de alivio después por parte de la sorprendida mujer, el capitán despidió a su patrulla con la orden de que advirtieran al marqués de Ovando que se encontraba sana y salva camino de Manila escoltada por él.

La noche del día siguiente estaba don Álvaro con Blanca en su casa. Habían pasado una tarde aciaga sin saber cómo consolarse el uno al otro por la incertidumbre del paradero y destino de doña Beatriz. Don Álvaro estaba considerando oportuno despedirse de su amiga, cuando escucharon ambos el sonido de los cascos de unos cansinos caballos a la puerta de la casa. Don Álvaro, como impulsado por un resorte liberado por su intuición o quizá por su deseo, se dirigió a la puerta. Al abrirla y ver a doña Beatriz no pudo más que estrechar a la mujer contra su pecho. Ella se dejó llevar y devolvió las caricias a don Álvaro. Éste, en un momento en que abrió los ojos, agradeció su servicio al capitán Dávila con la mirada. Cuando Blanca descubrió a su tía en el zaguán, abrió mucho los ojos y, llevándose una mano a la boca para ahogar un grito, retrocedió y corrió a su cuarto, en donde se le desató un llanto incontenible.

La dicha de Blanca por el regreso de doña Beatriz a Manila sin daño alguno (ésta no le había informado de la gravedad de su herida) fue languideciendo durante los dos días siguientes. Aquella alegría incontenible llegó a tornarse en inquietud e incluso en miedos renovados parecidos a los que había tenido durante su ausencia. Y ello unido a la pena profunda que la acometía de vez en vez al recordar a Juan el botánico, al que tanto cariño le había tomado durante la eterna travesía y de quien tanto había aprendido.

Doña Beatriz pasó todo el día siguiente de su vuelta a casa escribiendo en su cuarto. Las primeras veces que Blanca irrumpió en su habitación y la descubrió de tal guisa, se llenó de contento porque le gustaba mucho que su tía escribiera poemas. Pero cuando después de comer descubrió que había renunciado a la siesta y continuaba escribiendo, se extrañó.

Con Blanca era muy amable, aunque hubo veces en que la muchacha quedó desconcertada al descubrir inesperadas miradas de su tía hacia ella que le parecieron llenas de infinita melancolía.

A media tarde toda la casa se animó porque, sin avisar, se presentó Sebastián. El joven piloto había tenido noticia en Cavite del hallazgo de doña Beatriz. Cuando supo que había llegado a Manila, solicitó permiso para ir a la ciudad y le fue concedido. Sebastián se había curtido mucho como hombre y como persona. Parecía mayor, quizá por el aplomo que le daban sus nuevas responsabilidades, pues en la fragata no tenía otra cosa que hacer que desempeñar un oficio bien aprendido según ordenaran sus superiores, mientras que, como maestro de pilotos, se había convertido de pronto en el único superior en su trabajo. Pero sin duda su relación con Blanca, la firmeza afectiva que ella le daba, contribuía en no menor medida a esa seguridad en sí mismo que en la fragata no necesitaba.

La casa se llenó de alegría por el alborozo de la joven pareja, tanto que, inesperadamente y para mayor regocijo de los dos, doña Beatriz, muy sonriente, preguntó si les parecía bien que invitara a don Álvaro y entre todos organizaran una cena con la ayuda de las mucamas. Blanca, tan impulsiva como siempre, llenó de besos el rostro de su tía, y Sebastián se ofreció a enviarle razón a don Álvaro.

La velada, que empezó con gran alboroto en la cocina para desconcierto de las muchachas del servicio, continuó en el comedor, terminó en la azotea y llenó de gozo a los cuatro amigos. Cuando pasada la medianoche don Álvaro se removió un tanto inquieto en su asiento dejando augurar su despedida, doña Beatriz, en un tono comedido y ante la expectación de Sebastián y Blanca, usando una fórmula rayana en la timidez, invitó a don Álvaro a quedarse. Al aceptar éste y volver a relajarse en su asiento un tanto desconcertado, le brillaron los ojos a Blanca, y Sebastián sonrió anchamente. La muchacha se levantó con gran energía, besó a su tía y luego a don Álvaro y, agarrando a Sebastián por un brazo, se lo llevó de allí tirando de él.

Nunca habían coincidido don Álvaro y Sebastián en casa de doña Beatriz y Blanca por la noche. Aquello llenó de complicidad a ambas mujeres mientras estaban con sus parejas. Además, aunque sus dormitorios se encontraban separados a lo largo del corredor del piso superior de la casa por el salón-biblioteca, a los cuatro les pare-

276

ció oír los ajetreos amorosos de sus vecinos. La noche fue larga e intensa para los amantes.

Blanca salió de su habitación sigilosamente en busca de zumo y agua hacia las cinco de la mañana. Don Álvaro, con otras necesidades, hizo lo propio unos minutos después. Al regresar de la cocina, Blanca se encontró con don Álvaro al pie de la escalera. Al patio lo iluminaba un cuarto de luna, lo cual fue suficiente para que ambos quedaran desconcertados: Blanca llevaba puesta la camisa de Sebastián desabrochada, y don Álvaro, sólo los calzones. No pudieron evitar mirarse de arriba abajo. El hombre se sonrojó y Blanca, con la mano que tenía libre pues en la otra llevaba una jarra llena de zumo, se cerró la camisa como pudo. Ambos se sonrieron pero no se movieron. Blanca, sin apartar su risueña mirada de los ojos de don Álvaro, se agachó y dejó la jarra en el suelo. Se acercó a él y lo rodeó con los brazos. Don Álvaro, casi tembloroso, notó los pechos de la joven estrechándose suavemente contra el suyo. Y también sus piernas. Se besaron en la boca lentamente y después con fruición. Tras magrearse con ardor unos largos minutos, se separaron y Blanca, después de recoger del suelo la jarra de zumo, subió la escalera riéndose por lo bajo. Don Álvaro quedó apoyado en la baranda de la escalera y le costó un rato salir de su desconcierto. Cuando ambos regresaron a sus estancias, doña Beatriz y Sebastián quedaron gratamente sorprendidos por los nuevos bríos que sus amantes habían renovado con rapidez extraordinaria.

Al día siguiente, una vez que las dos mujeres estuvieron de nuevo solas, a Blanca le volvió la inquietud por la actitud de doña Beatriz, que de nuevo se encerró en la biblioteca todo el día para escribir, y en cuyo rostro volvió a aparecer la expresión de preocupación y tristeza. Al atardecer del cuarto día de su regreso de la selva, doña Beatriz llamó a Blanca.

Cuando la muchacha entró en el salón-biblioteca y vio el gesto adusto de su tía supo que le iba a hablar de algo importante. Aún más, intuyó que le iba a comunicar algo grave.

Doña Beatriz, vestida de azul oscuro y sin adornos en rostro, cuello ni muñecas, la miró muy seria mientras Blanca se sentaba frente a ella como le había indicado. La muchacha llevaba un vestido blanco que resaltaba el color moreno que había adquirido su piel de forma ya casi definitiva. Tía y sobrina se rozaban las rodillas cuando comenzaron a hablar. Blanca, con un ligero temblor en la voz, preguntó:

—¿Qué quieres?

—Me voy a marchar, Blanca.

El rostro de ésta reflejó miedo y asombro.

—¿Cómo dices?

—Tranquilízate, Blanca, y escúchame, porque es largo lo que te he de decir.

Doña Beatriz había recuperado su tono resuelto, pero su mirada expresaba cierto temor e inquietud.

—Sabes que eres la persona que más quiero en la vida y no es porque en mi vida haya pocas personas. —A Blanca se le saltaron las lágrimas más de miedo que de ternura por aquella confesión—. También está Álvaro, que es el hombre al que más amo y he amado. Mas, por encima de ti y de Álvaro, más allá de estas clases de afectos, tengo otro diferente pero más intenso. Por eso he de irme.

Blanca se mordió los labios y empezó a llorar sin apartar la mirada de los ojos de doña Beatriz. Ésta le tomó una mano con las dos suyas y continuó:

—Deja de llorar. Sé que lo que quieres preguntar es adónde me voy, por cuánto tiempo y por qué. Me voy a la selva, no demasiado lejos de aquí. No sé por cuánto tiempo, pero seguramente pasarán muchos meses antes de que sepas de mí. El porqué es lo más difícil. Digamos que es porque quiero hacer algo por mí misma.

Blanca se sonó ruidosamente y encontró fuerzas para preguntar:

—¿Es ese deseo lo que es más fuerte que el amor por mí y por don Álvaro?

—Sí. Si quieres, llama a ese deseo libertad.

—¿No puedes ser libre conmigo, con Sebastián y con don Álvaro?

—Puedo ser feliz, pero no libre.

—¡Explícamelo!

—No me grites.

—¡Pues te grito!

—O te tranquilizas, o te calmo de un bofetón.

—¡Sea!

—¡Blanca!

Blanca había liberado bruscamente su mano de las de su tía, pero ésta, aunque la muchacha hizo varios intentos de resistirse, acabó tomándosela otra vez con fuerza. Su sobrina no dejaba de llorar.

—Ven, mi niña. —Doña Beatriz atrajo a Blanca tirando de su mano hasta que ésta quedó apoyada en su falda—. Yo soy la madre que te ha faltado y tú eres la hija que no he tenido. Has de aceptar que todas las madres fallamos de alguna forma a nuestros hijos. Pero has de saber dos cosas: una, que siempre estarás en mi corazón y en mis mientes. Y la otra es que no te dejaré desamparada.

Blanca estaba cabizbaja y en silencio.

—Ahora has de atender porque te he de dar varias instrucciones. El capital que he traído a Filipinas y que está en el arcón que tú sabes, lo he dividido por la mitad. Una parte me la llevaré yo; la otra es para ti. Tienes edad para aprender a administrarlo y, si al principio tienes dudas, consulta con Álvaro. No con Sebastián, que es muy joven, sino con Álvaro. Te dejaré también una carta y tres fajos de pliegos. En el atado de cada uno hay una etiqueta que los distingue y a las que se hace referencia en la carta. Ésta la has de abrir a los tres días de que me haya ido. ¿Te has enterado bien de todo?

Blanca, con gesto aún compungido, asintió con la cabeza. Con un hálito de voz preguntó otra vez:

—¿Para qué te vas?

Doña Beatriz suspiró tratando de armarse de paciencia y respondió:

—Para fundar una hacienda.

Blanca levantó la cabeza y miró extrañada a su tía.

—¿Fundar una hacienda? ¿En la selva? ¿Sola?

—Esto no se lo has de decir a nadie. En Filipinas no todo el campo es selva, ni mucho menos. Y no lo haré sola.

—¿Por qué no puedo ir contigo?

—Porque no. Quiero decir que la empresa está llena de peligros a los cuales no te voy a exponer. Y de incertidumbres. Te quedarás en Manila o, si es tu deseo, regresarás a Sevilla. Eres libre, y piensa siempre que ser libre es de las cosas más difíciles que puede ser una mujer.

—No te entiendo. ¡No te entiendo!

—Me entenderás, Blanca, me entenderás.

Blanca volvió a su actitud cabizbaja y taciturna unos instantes, al cabo de los cuales preguntó:

—¿Cuando te irás?

—Esta noche.

Blanca la miró aterrada, soltó su mano y salió de la estancia corriendo y llorando sonoramente.

—Así pues, señores, por lo que les he explicado, tenemos que organizar lo que Chen Dazhao me ha pedido de manera que sea absolutamente creíble. Sobre todo lo de que él ha sido el agente que ha provocado el embarque de pólvora de la Real Fábrica.

Los gestos de los presentes eran graves y reflexivos en la rebotica de don Facundo. Además de don Álvaro, que era quien había hablado, allí estaban el propio boticario, el coronel don Arturo Castroviejo, el capitán del *San Vicente de Paúl*, don Jaime Sánchez de Montearroyo, su segundo de a bordo, don Estanislao, y el oficial artillero.

Don Jaime fue quien habló primero tras las palabras de su amigo.

—La fragata tiene necesidad de marineros para cubrir bajas. Así que organizar una leva es razonable. Que en dicha leva se admita a marineros sangleyes se puede dejar entrever que es bajo soborno. Con algo de teatro sutil…

El segundo intervino después:

—Creo que Chen debería dejarse ver por la fragata como para saludar a sus amigos. Incluso pasear con algunos de nosotros por Manila. La pólvora se puede echar a perder mojándola. Al menos, puede hacérselo creer a la marinería.

El artillero reaccionó vivamente.

—La marinería es cualquier cosa menos tonta. Si se quieren hacer las cosas bien hay que echar a perder realmente buena parte de la pólvora. Lo que se puede dejar ver hacia fuera del barco es que ha sido un accidente provocado. El riesgo de embarcar pólvora mala es grande si no se descubre pronto el método para distinguirla de la buena. Pero, por si les sirve de consuelo, les diré que, en cualquier caso, estamos escasos de pólvora e iba a exponerle a usted, capitán, que sería prudente embarcar un buen lote.

Don Arturo Castroviejo, el coronel ayudante del gobernador, arguyó:

—Señores, el marqués de Ovando está en campaña con un batallón completo. Seguramente entrará en batalla si no lo ha hecho ya. La pólvora que lleva es incierta, por lo que cualquier riesgo que entrañe embarcar pólvora de esa clase en la fragata es menor comparado con el que está corriendo el marqués en Nueva Écija. ¿Qué garantías tiene usted, don Álvaro, de que, si la añagaza que estamos preparando tiene éxito, Chen Dazhao pueda desentrañar rápidamente el misterio de cómo distinguir las pólvoras?

—Garantía ninguna, pero hemos de reconocer que, si Dazhao se gana la confianza de los criminales, las probabilidades aumentan mucho.

—¿Es de confianza Dazhao?

La pregunta la había hecho con timidez el boticario don Facundo. El silencio que le siguió fue prolongado. Al cabo, don Álvaro aventuró:

—Sí. Es un hombre misterioso en muchos sentidos, pero el capitán Dávila es su amigo, y él no es hombre que se fíe de cualquiera. Por otro lado, tengan en cuenta que está arriesgando mucho, y es difícil vislumbrar una traición en él teniendo en cuenta que no sabía que ya habíamos descubierto que hay dos clases de pólvora.

Don Jaime habló con tono y actitud resueltos:

—Bien, señores, en mi opinión la cosa puede hacerse de la siguiente manera. Mañana…

La reunión duró hasta que la noche estuvo bien cerrada. Cuando los cinco hombres salieron de la botica y se encaminaron hacia la Plaza Mayor de Manila, se cruzaron con un jinete extrañamente embozado cuyo rostro no pudieron ver, pero adivinaron que llevaba algún equipaje. Don Álvaro quedó inquieto porque el caballo que montaba le era familiar.

17

Llovía intensamente aquella noche a orillas del río Pampanga y el frescor del ambiente era desacostumbrado. En la tienda del marqués de Ovando, a la luz de seis candiles, estaban los cuatro coroneles del batallón aguantando con gesto circunspecto las recriminaciones del gobernador de Filipinas.

—Esta reconvención que les hago, señores, la han de tener muy en cuenta. Si en viles escaramuzas como la de esta mañana el resultado es tan incierto que puede considerarse miserable, ¿qué será de nosotros cuando planteemos la batalla que pienso entablar con esos rebeldes del diablo?

—Excelencia, permítame apuntar que el objetivo final puede verse favorecido por el pobre resultado que hemos tenido hasta ahora. El enemigo nos considerará débiles y se animará a plantar batalla en terreno abierto.

—Atienda, coronel. —El que había hablado se arrepintió de haberlo hecho cuando se enfrentó a la mirada aguileña del marqués de Ovando—. Yo no he venido a fusilar desgraciados, ni a incendiar poblados. Y mucho menos para que dos decenas de desharrapados nos tengan en jaque durante tres horas y causándonos bajas. Esto es así independientemente de que todo ello favorezca el resultado final o no. He venido a vengar una afrenta y a pacificar de forma definitiva esta región.

Otro coronel, el que mantenía la actitud más arrogante de todos ellos, y quizá queriendo congraciarse con el gobernador aunque temiera todo lo contrario, dijo con las cejas alzadas y la mirada clavada en el suelo:

—Al menos hemos conseguido dar con la única superviviente de la matanza de la expedición botánica. Ya debe de estar en Manila a salvo.

El silencio se podía cortar con cualquiera de los siete sables que pendían del cinto de los militares, pues éstos sabían que el marqués de Ovando no era hombre que permitiera el más mínimo atisbo de chanza.

—Coronel Ibáñez, retírese.

Lamentando que sus temores hubieran sido más fundados que su esperanza, el coronel se cuadró rígidamente y se despidió con toda corrección castrense. Cuando el toldo de la puerta recuperó su verticalidad tras la salida del coronel atrevido, un compañero suyo intervino para tratar de que la ira del gobernador no fuera a más.

—Excelencia, me he percatado de que la moral de la tropa está bajando. Si me lo permite, y asegurándole que no debe considerarlo excusa, le diré que la causa es extraña. —El marqués de Ovando escuchaba con atención extrema—. Conozco a mis hombres y no son de los que se desaniman con facilidad. En la escaramuza de hoy estaban más desconcertados que rabiosos. Con sinceridad, coincido con ellos en que algo está fallando. Continuamente hacen comprobaciones de sus armas, de la pólvora, las balas, el equipo; de todo. Créame que hay cosas que no se explican, y eso es lo que más afecta a su moral.

Tras un rato en actitud meditativa, el marqués de Ovando suspiró sonoramente y concluyó esa fase de la discusión diciendo:

—Hechos, coronel, hechos y no especulaciones es lo que deseo. Extiendan el mapa de la zona y diseñemos con detalle la estrategia que tengo pergeñada en términos generales.

Los coroneles se acercaron a la mesa plegable y se dispusieron a atender las explicaciones del gobernador. La lluvia en el exterior aumentaba su intensidad.

Marcial Tamayo no había podido apartar de su mente a doña Beatriz en ningún instante de los eternos días pasados desde su partida. Incluso cuando lograba conciliar el sueño durante las noches, por su mente desfilaban revoltijos de imágenes entre las que, de vez en cuando, difuminada o nítidamente, se dibujaba el rostro y el cuerpo de la mujer. La libido, durante tanto tiempo adormecida, se le había desbocado hasta llevarlo con frecuencia a estados febriles. Apenas comía, y su interés por el trabajo había decrecido, o al menos su rendimiento, porque sus continuos ensueños le hacían cometer torpezas con demasiada asiduidad.

Un día, al atardecer, se sentó en la terraza de su topanco y comenzó a fumar desalentado y en actitud que mostraba los negros nubarrones que se habían alojado en su mente. De pronto se le iluminó la mirada, y la idea que había prendido en su cerebro incendió todo su ser. Sí, lo dejaría todo e iría a Manila a buscar a doña Beatriz. Eso haría. La encontraría, y podían ocurrir sólo dos cosas si su suerte la tenía en contra: que ella lo despreciara y que terminara preso en Zamboanga. La última noche que había pasado con él podía haber sido simplemente una forma de agradecer sus cuidados. Ni siquiera sabía si estaba casada y con hijos. La pena que le impondrían por haberse fugado y haber colaborado con el enemigo de los españoles sería tremenda. Pero también cabía la posibilidad de que encontrara la felicidad que allí, en el campo, jamás hallaría. ¿Quién lo iba a reconocer en Manila después de tanto tiempo y habiendo cambiado como lo había hecho? Don Facundo, sin duda, lo ayudaría y quizá, viviendo al principio en la clandestinidad, podría poco a poco… Y con doña Beatriz tal vez pasara algo similar: aunque al principio lo desdeñara, poco a poco…

Tan ensimismado estaba Marcial con su idea que no se percató de que el majestuoso ocaso estaba alterándose. Los pájaros de las bandadas que se levantaban de los árboles cercanos no cantaban, sino que gritaban. Al rumor de las hojas provocado por la brisa se le unía el que producían unos cascos sobre sus compañeras caídas en tierra. De repente, Marcial quedó estupefacto porque de la arboleda salió doña Beatriz a lomos de su caballo. Hasta que la amazona estuvo a unos diez pasos del topanco y Marcial descubrió su sonrisa en el rostro macilento por el cansancio, no pudo moverse y, aun entonces, lo único que hizo fue cerrar los ojos temiendo que aquella visión fuera una ensoñación producto de su delirio. Pero, cuando los abrió, vio que doña Beatriz descabalgaba con movimientos cansinos. Marcial se levantó entonces y bajó la incierta escalera como una tromba desencadenada. Abrazó a doña Beatriz con tal frenesí que ella pronto hubo de zafarse para evitar la asfixia. Su rostro era sonriente y el de Marcial estaba inundado en lágrimas.

A la mañana siguiente, después de desayunar copiosamente, Marcial ardía de impaciencia por saber las intenciones de doña Beatriz, pues durante la noche, tras la única efusión amorosa que resistió ella antes de caer en un sueño profundo, apenas habían hablado; y durante la colación matutina se habían limitado prácticamente a sonreír. Ella, en cambio, lo que deseaba era visitar de nuevo la finca con detenimiento y que Marcial le explicara un sinfín de cosas.

A sus cincuenta y cuatro años, don Álvaro de Soler no era hombre cuyo ánimo se abatiera con facilidad. Tanto era así que, si hubiera tratado de recordar cuándo había sido la última vez en su vida que se había sentido como estaba aquel día, quizá no lo habría conseguido. Primero la desaparición de la mujer que probablemente más había amado en su ya larga existencia, y después la nefasta noticia que había llevado a Manila una balandra portuguesa: el ministro Ensenada había sido destituido por el rey de España.

¿Qué hacía él en Manila? Estaba comisionado por el rey para nadie sabía qué y menos que nadie el propio gobernador de Filipinas. El cual, para más escarnio, le tenía un menosprecio rayano en la animosidad. El caso que tenía entre manos ni le gustaba ni su posible resolución ofrecía claras recompensas para nada ni nadie, porque ¿era realmente justa y provechosa la presencia de España en aquellas lejanas islas? Seguramente no, pero tampoco le satisfacían las traiciones ni los sabotajes y, sin duda, los intereses de los sangleyes eran igual de innobles que los de los españoles, si no muchísimo más. ¿Merecía España poseer tan grandioso imperio si los hombres que realmente podían administrarlo con justicia y raciocinio eran despreciados? Quizá no, pero apenas le interesaban a él esas disquisiciones en el mar de incertidumbres en que se movía. Llegaba el momento de su vida en que debía pensar sólo en él y sus intereses personales. Tenía dinero, y el gobernador, obligación de proporcionarle estipendio, pero ¿cuál era su futuro? Haber perdido a Beatriz implicaba regresar a España, y ¿qué iba a hacer allí sin su cargo en el Ministerio? Paseando por las sosegadas calles de Manila, don Álvaro de Soler se sentía viejo y desamparado. Triste por él y por España. Melancólico, se extrañaba continuamente de árboles, iglesias, topancos y gentes de Manila que tantas veces había visto.

Cuando don Facundo lo vio a la puerta de su botica detectó que el espíritu de su amigo estaba alicaído. Lo hizo entrar en la rebotica con un gesto y le ofreció gravemente un vaso de vino dulce. Don Álvaro aceptó y se sentó en uno de los escañiles cercanos a la mesa donde tantas elucubraciones había hecho. Tras escanciar los dos vasos, el boticario se sentó junto a él y le preguntó:

—¿Ha venido a que indaguemos sobre la pólvora o prefiere que apuremos la frasca de vino en silencio?

Don Álvaro, un tanto sorprendido, miró a don Facundo largamente y al cabo respondió:

—Intentemos cumplir ambos propósitos, si a usted no le desagrada.

—Sea.

Bebieron ambos y don Álvaro se sintió mejor, más por la complicidad de su ya entrañable y venerable amigo que por el efecto del vino.

—He meditado mucho, don Álvaro, y creo que no estamos cerca de resolver el misterio. —Don Álvaro le prestó atención, y ello animó al viejo científico—. El misterio no es otro que el procedimiento por el cual un rústico es capaz de distinguir entre dos sustancias químicas extremadamente parecidas de manera rápida, sencilla y sin ambigüedad alguna.

—Exacto; ése es el misterio. Descartando el olor, la vista, el sabor, el tacto, etc., sólo puede hacerse con ayuda de algo que se tenga siempre a mano. Por ejemplo, el agua.

—Lo he concluido yo también, y tal extremo ha de descartarse: las dos pólvoras reaccionan igual al mojarlas.

Don Álvaro llenó de nuevo los vasos ante la mirada un tanto inquieta de don Facundo.

—Amigo mío, no creo que descubramos por deducción el procedimiento por el que los sangleyes infiltrados en las unidades militares disponen de la pólvora a discreción. A estas alturas creo que lo que corresponde es ir a buscar al gobernador y ponerlo en alerta sobre nuestras pesquisas. Pero me imagino cómo reaccionará ante lo infructuosas que han resultado. Por lo que sé de él, detendrá a todo sangley presente en su batallón y, a base de torturas y ejecuciones, intentará obtener la información que nos desvela.

—Confieso que este enigma me tiene atenazado el magín y que la posible actuación del gobernador me repugna en extremo.

Don Álvaro sonrió amargamente mientras se llevaba el vaso de vino a los labios. Don Facundo, al hacer lo propio, detuvo el gesto y dijo:

—Alguien nos visita.

En efecto, unos segundos después apareció Chen Dazhao en la rebotica.

Aunque don Álvaro saludó a su amigo oriental con amabilidad, interiormente se sintió un tanto fastidiado por su irrupción en una velada en la que tan aciago tenía el ánimo. Don Facundo le preguntó a guisa de bienvenida:

—¿Desea un vaso de vino, señor Dazhao?

Chen Dazhao tomó asiento mientras don Facundo colocaba un vaso cerca de él y se lo llenaba sin esperar a su respuesta. En cuanto estuvo acomodado, Chen Dazhao anunció sin preámbulos:

—Sé cómo se distingue la pólvora buena de la mala.

Don Álvaro se incorporó vivamente de la postura indolente que mantenía en el escañil. Don Facundo se acercó a él inclinando el torso y con los ojos muy abiertos. Sin alterarse demasiado, Chen se volvió hacia don Facundo y le preguntó:

—¿Tiene usted muestras de las pólvoras?

Don Facundo asintió enérgicamente y fue hasta la gran mesa del fondo de la rebotica. Ante Chen y don Álvaro depositó dos pequeños barriletes llenos de pólvora de idéntico aspecto. Chen tomó con los dedos una pizca de uno de ellos y, ante la expectación absoluta de los otros dos hombres, se los acercó al saco lagrimal del ojo derecho. Parpadeó unos instantes y les mostró el ojo abriendo los párpados con los dedos de la otra mano. Al instante, el blanco del glóbulo ocular que se podía ver se irritó y enrojeció. Antes de que don Facundo y don Álvaro se recobraran de la sorpresa, Chen hizo la misma operación con pólvora del otro barrilete aplicada a su ojo izquierdo. Tras parpadear de nuevo, mostró el ojo y se pudo comprobar que no había producido irritación alguna. Sin dar tiempo a que el estupor diera lugar a preguntas, Chen se frotó ambos ojos y se los mostró de nuevo a don Facundo y don Álvaro. El ojo derecho había recuperado casi el mismo blancor que el izquierdo. Al cabo, Chen explicó:

—Si tienen a bien hacerlo ustedes, comprobarán que el escozor que produce la pólvora mala es extraordinario y que dura muy poco.

Don Álvaro y don Facundo así lo hicieron y, mientras ambos se reponían de la sorpresa, el primero preguntó:

—¿Como lo ha averiguado, Chen? Es un procedimiento en verdad pasmoso.

—La añagaza que idearon ustedes para el abastecimiento de la fragata de pólvora de la Real Fábrica y la admisión de sangleyes entre la tripulación dio resultado. Me gané la confianza de quienes importaban, pues realmente creyeron que había sido fruto de maniobras mías.

Don Álvaro asintió lentamente con la cabeza y después, mirando a Chen de hito en hito, dijo:

—Eso no responde a mi pregunta.

El mutismo en que entró Chen lo disuadió de insistir y, volviéndose al aún azorado boticario, le preguntó:

—Don Facundo, ¿podría hacer que su mancebo buscara a quien le pudiera dar razón al capitán Dávila para que venga aquí cuanto antes?

Don Facundo salió de la rebotica, y Chen le preguntó a don Álvaro:

—¿Es cierto que el ministro Ensenada ha sido destituido por el rey?

La pregunta tomó a don Álvaro por sorpresa.

—Eso tengo entendido.

Los dos hombres quedaron en silencio, y don Álvaro decidió rellenar los vasos de vino. Tras ello miró a Chen, y la actitud hierática de éste le azuzó aún más la curiosidad; ¿a qué se debía el interés del sangley por la noticia de la destitución del ministro? Por el contrario, Chen Dazhao se hacía interiormente consideraciones sobre la libertad. Durante aquella tarde había divagado en torno al hecho de que había personas que llegaban a dar la vida por lo que creían que era libertad, mientras que para otras la libertad podía resultar letal. La voz de don Álvaro, que coincidió con la vuelta de don Facundo, sobresaltó un tanto a Chen.

—¿Era usted, al igual que yo, empleado del marqués de la Ensenada?

Chen clavó los ojos en don Álvaro y respondió lacónicamente:

—Sí.

Tras esta confesión, Dazhao bebió de su vaso. Don Álvaro sabía que en su amigo aquello era inusitado, por lo que su estado de ánimo debía de parecerse al suyo.

—¿Cuál era su misión aquí en Filipinas?

Chen iba a eludir la respuesta, pero, pensándolo mejor, suspiró y decidió abandonar su habitual hermetismo ante don Álvaro.

—El marqués sabía de mí por el ingeniero don Jorge Juan. Me mandó llamar y me encargó una doble misión. A lo largo de la travesía debía proteger a doña Beatriz y, una vez aquí, recabar información sobre los sangleyes. Mi contacto es el padre Murillo Velarde. Este sacerdote había aconsejado insistentemente al ministro, e incluso al rey, la expulsión total y definitiva de los sangleyes de Filipinas. Ensenada quería tener información rigurosa de mí antes de proceder a cumplir tan extrema medida.

A don Álvaro empezaba a afectarlo el vino que estaba tomando y, quizá por eso, al escuchar el nombre de doña Beatriz, se conmovió y perdió un tanto de interés por la inesperada misión de espionaje de la que acababa de tener noticia.

—¿Por proteger a doña Beatriz no intervino usted en el abordaje del navío inglés?

Chen pareció un tanto desconcertado, pero enseguida respondió:

—Sí. Después, cuando vi que doña Beatriz podía valerse por sí misma y que en cualquier caso había muchos hombres prestos a ayudarla si lo necesitaba, relajé mi tarea protectora. Por eso intervine en otras acciones.

Don Álvaro lo miró con un punto de amargura, porque creyó descubrir cierto tinte de ironía en Chen.

Don Facundo había escuchado impertérrito la extraña conversación desde la puerta de la estancia y, al cabo, se fue hacia la gran mesa de laboratorio dispuesto a hacer nuevas comprobaciones con la pólvora. La noche ya se cernía sobre la claraboya de la rebotica.

—Dígame, Chen. ¿Tenía noticia del asesinato de un viejo sangley? Fue decapitado.

Chen se relajó en su asiento y miró fijamente a don Álvaro.

—Lo maté yo, y también fui yo quien dejó su cabeza en el zaguán de la casa de usted.

Don Álvaro se atusó el pelo y tragó saliva mientras su mirada erraba por la habitación. Al rato la fijó en Chen con expresión interrogadora. Éste se explicó con cierta desgana.

—Lo maté por venganza. A él y a dos viejos más. Ellos fueron los autores materiales del cruel asesinato de mis padres treinta años atrás. Cuando fui a ejecutar al primero que localicé, al verse perdido, intentó comprar su vida con información. Me habló de la pólvora. Yo sabía que usted estaba indagando sobre ella, pero mis creencias impiden empañar el honor de la venganza. Sin embargo, una vez consumada, consideré que debía ayudarlo. Por eso dejé la cabeza en su puerta de aquella guisa.

—¿No hubiera sido más cómodo para usted y para mí hablarme?

—Aquella noche yo deseaba cualquier cosa excepto hablar. Además, existía la posibilidad de que su reacción alterara de alguna manera el curso que debía seguir mi venganza.

Don Álvaro suspiró y decidió no continuar por aquel derrotero pues, al fin y al cabo, el susto que se había llevado a causa de la extraña acción de Chen no había tenido gran efecto.

—Se refirió antes a los autores materiales de la muerte de sus padres. ¿Hay otros?

—Los hay. Hasta ahora he limitado mi venganza a los primeros, porque en las creencias a las que antes aludí entra también la fidelidad al señor. No quería que la misión que traía encomendada por el ministro se viera interferida por mi historia personal.

Don Álvaro miró a Chen de hito en hito.

—Ahora, tras la destitución del ministro, ¿puede considerarse libre?

—Sí. Soy libre.

Aquello lo dijo Chen en un tono apagado. Don Álvaro puso una mano sobre el brazo de Chen y le dijo igual de quedo:

—Tenga cuidado, amigo, tenga mucho cuidado.

El gesto lento de asentimiento de Chen era más de reconocimiento hacia don Álvaro que de aceptación del consejo. En ese instante entró el capitán Dávila en la rebotica. Después de saludar a los tres hombres presentes, se sentó y don Álvaro fue escueto:

—Prepárese, capitán, porque, si no tiene otra cosa que hacer, mañana temprano partiremos en busca del batallón del gobernador. Usted, Chen, se haría un gran favor si nos acompañara. Y a nosotros también.

Chen se levantó y le dio las buenas noches a don Facundo. Al estrecharle la mano al capitán Dávila sonrió tan ampliamente como don Álvaro no le había visto hacer jamás. Mientras hacía lo propio con don Álvaro, inclinó la cabeza en señal de respeto. ¿Era también de despedida? A don Álvaro lo alarmó esa idea cuando Chen hubo desaparecido. El capitán Dávila no coligió nada de aquel grave intercambio de gestos.

Marcial cedió entusiasmado a los deseos de doña Beatriz de visitar con detenimiento la finca y, cuando se disponían a caminar entre hileras de plantones y semilleros, se detuvieron alarmados. Del mismo sitio del que había surgido doña Beatriz a caballo la tarde anterior, salió de la foresta un grupo de hombres. Dos iban apoyados en sus compañeros, arrastrándose a duras penas, y los demás portaban a otro en unas toscas parihuelas. Marcial agarró la mano de doña Beatriz para tranquilizarla antes de adelantarse hacia el grupo. La mujer, al ver que Marcial inspeccionaba a los heridos sin dirigir una palabra a los hombres sanos, y que éstos se disponían a seguir las instrucciones suyas y descansar cuanto antes, entendió que se conocían y que no había peligro.

Marcial dio órdenes, en lo que para doña Beatriz debía de ser un idioma tagalo, que se tradujeron en que llevaron al herido yaciente a la habitación inferior del topanco. Los otros quedaron sentados en los primeros peldaños de la escalera. Marcial reapareció de nuevo y le pidió a doña Beatriz que lo ayudara. Debía poner a hervir mucha agua con vendas blancas inmersas en ella. La mujer se dispuso a hacerlo con prontitud, pues de su estancia anterior había aprendido dónde estaban muchas cosas en la casa de Marcial. Los hombres que permanecían por el entorno la miraban con curiosidad extrema y ella, en muchas ocasiones, creyó descubrir destellos de desconfianza y recelo en aquellas miradas.

En un momento en que Marcial salió del interior a pedirle más vendas, Beatriz le preguntó si quería que lo ayudara dentro, pues quizá pudiera ser útil. Él le respondió que no, ya que podía ser muy desagradable, y prefería que limpiara las heridas con agua abundante a los dos heridos leves que estaban por allí. Así lo hizo, y pronto los hombres se sintieron confiados en la mujer por su energía y falta de escrúpulos hacia heridas que, aunque no revistieran gravedad, tampoco eran simples arañazos. Además, una de las heridas la tenía un hombre en la pierna y era de tal tamaño que llegaba hasta la ingle. Para pasmo de todos los presentes, que no simulaban su curiosidad, y para estupor del herido, doña Beatriz rasgó con un cuchillo los calzones de éste y dejó al aire su vientre al completo.

Tras más de una hora trajinando con el paciente del interior, del cual no se había escuchado fuera ni el más leve gemido, Marcial salió dispuesto a atender a los otros dos. Con una mirada seria y un tanto sorprendida, aprobó la tarea de doña Beatriz y la remató allí mismo con emplastos en un caso y suturas en otro.

Cuando Marcial dio por concluida su tarea, después de visitar de nuevo al herido grave, ofreció a los hombres algo de comer. Éstos aceptaron y doña Beatriz, a pesar de que había entendido sólo el sentido de las frases, se dispuso a ayudar a Marcial en la estancia que servía de cocina.

El sol estaba en todo lo alto mientras los tagalos disfrutaban de frutas y carne asada fría, sobras de los últimos días de ayuno de Marcial, regadas parsimoniosamente con infusión caliente de hierbas. Entre aquellos lacónicos hombres casi toda la comunicación era por gestos, pero doña Beatriz supo que había gran confianza entre ellos y Marcial. En algunos momentos se sintió realmente dichosa.

Cuando hubieron terminado de comer y tras descansar un rato, durante el cual Marcial entró varias veces en la habitación que servía de enfermería, donde yacía el herido grave, aquél se dirigió a los hombres mientras doña Beatriz, apurando su taza de infusión, los miraba apoyada en la baranda sin entender lo que hablaban. Al cabo comprendió que Marcial daba ungüentos e instrucciones a los heridos y que todos se disponían a marcharse.

Una vez que el grupo desapareció de nuevo en la jungla, Marcial sonrió a doña Beatriz y ésta mostró su encanto por el desarrollo del incidente. Sin embargo, cuando le preguntó si podía hacer algo por el herido, Marcial puso un gesto alarmado y grave que al cabo se convirtió en un ademán de invitación a entrar en la enfermería. Un tanto extrañada, doña Beatriz se dirigió a la puerta; cuando traspasó el umbral, aun deslumbrada por el contraste entre la luz exterior y la penumbra de la estancia, quedó paralizada al reconocer al herido. Era Seyago. Éste, aunque amodorrado, abrió los ojos y mostró su desconcierto al cruzarse su mirada con la de doña Beatriz. El yaciente manifestó luego un atisbo de temor, pero al cabo, a pesar del dolor que evidenciaba la crispación de sus manos agarradas al borde de la cama, sus labios se desplegaron en un rictus que bien podía ser una sonrisa.

Doña Beatriz salió de la estancia y se sentó en el mismo sitio de la escalera donde habían estado antes algunos hombres. Marcial se sentó con ella y le dijo:

—Se llama Seyago y es mi amigo. —Doña Beatriz suspiró y Marcial, tras respetar durante un rato su tribulación, añadió—: Ahora estará tranquilo, pues nada más puedo hacer por sus heridas y él lo sabe. Vayamos a ver las plantaciones.

Doña Beatriz se levantó y se dejó llevar por Marcial.

Aquella tarde reinó el desasosiego en el topanco de Marcial Tamayo. El herido había empeorado y requirió mucha atención del médico. Doña Beatriz estaba inundada de sentimientos encontrados. Se sentía dichosa porque la finca le había dejado entrever que las posibilidades de conjugar sus proyectos con los de Marcial eran reales. Además, el hecho de que su condición de médico lo hubiera integrado con los nativos le abría unas perspectivas que no había imaginado antes de tomar su decisión. Y le había complacido descubrir que podía ayudarlo en esa tarea, pues no le desagradaba. Pero allí se encontraba el asesino de Juan el botánico, a quien tanto apreciaba. El asesino cruel y despiadado que, sin alterársele el pulso, había degollado a varios muchachos y ordenado degollar a otros tantos.

Pero también le había perdonado la vida a ella, si bien esto último era lo que más la llenaba de desconcierto. ¿Por qué lo había hecho? ¿Por piedad? Quizá por ser mujer. Quizá porque había intuido la posibilidad de obtener un suculento precio por un rescate al que después había rehusado. ¿Por qué? El hecho de que el perdón hubiera sido causado por su condición de mujer podía ser aborrecible para doña Beatriz, pero hasta en ese aspecto la corroía la duda, ya que matar a una mujer, fuente de vida por ser sempiterna madre en potencia, entraba en conflicto con muchos atavismos.

Seyago había asesinado a Juan el botánico, y esa imagen no podía ni quería borrarla doña Beatriz de su mente. El cabecilla tagalo era amigo de Marcial, pero Juanito era amigo suyo. Y de Blanca. Y de todos, porque el botánico era un joven entrañable.

—Beatriz, como te he dicho, Seyago es mi amigo. Es inevitable que le guardes rencor, pero la guerra es cruel y él…

En aquel segundo atardecer en la finca, que tendría que haber sido apacible, doña Beatriz miró a Marcial, sentado en el asiento contiguo al suyo en la terraza, y su gesto mostró a las claras la viveza de sus pensamientos. Aun así, Marcial continuó intentando apaciguarle el ánimo y recuperar la alegría interrumpida por la aparición de Seyago.

—Él tiene sus códigos. Son crueles. Los españoles tienen… tenemos…, quiero decir que todos tenemos códigos que a veces se manifiestan de forma cruel. Pero… No sé, Beatriz. Te quiero mucho.

El modo en que Marcial pronunció sus últimas palabras conmovió a doña Beatriz. Su tono fue anonadado, quizá abatido, pero tan sincero que despertó una curiosidad en ella que al cabo la hizo dichosa. Tomó una mano de Marcial y le dijo:

—Este espectáculo de rojos tornasolados es inédito para mí. En Sevilla, de donde vengo, los atardeceres siempre me impresionaron. Y en Écija, donde nací y me crié, también. En Manila he observado muchos y me han encantado, pero esto es distinto.

Marcial se animó y, apretando la mano de doña Beatriz, le explicó con entusiasmo:

—Descubrirás que aquí no hay ocaso igual que otro. Éste, por ejemplo. Observa los ribetes de esas nubes. Durante el día han sido ralas y apenas han opuesto resistencia al sol. No han llegado a merecer que se las considerase como de panza de burra. En cambio ahora parece que cobran vida.

—Sí. —Los ojos de doña Beatriz brillaban mirando alternativamente al sol y al ingrávido mar de nubes—. De borregos nos tildas que, henchidas por tu fulgor, de estática mansedumbre, nos tornas el lomo en gris, y el torso en esplendor; mi rostro de encendido arrobo, mis hombros de amarillo primor; mira, amigo, esta comunión manifiesta de compañeras y candor. Rojos, violetas, azul y marrón. Y el tiempo breve, que la parsimonia no es de razón. Si se derrumba el sol, amiga, que se derrumbe, que mañana lo descubriré yo. Soy nube de escasa misión, mas aunque yo valga poco, con vosotras formo visión. Visión de placer, visión de amor; si te vas, Sol, vete, yo soy dichosa con tu calor; y así lo quieras o no, al alba, a hablar volveremos tú y yo.

Marcial se había quedado sobrecogido por la exaltación poética de doña Beatriz ante el atardecer. Cuando ella lo miró con sonrisa divertida, pues su tono había sido muy risueño y nada trascendente, él se levantó y la besó tenuemente en la boca musitándole:

—Te amo, Beatriz, te amo.

—Durmamos, Marcial, durmamos.

La noche no fue serena porque el herido requirió la atención de Marcial varias veces y, poco antes de amanecer, cuando el médico volvió a la cama y quedó profundamente dormido, doña Beatriz, desvelada hacía tiempo, se levantó y salió a la terraza. Tras meditar un rato, impulsada casi sin voluntad propia, bajó despacio la escalera y cogió un cuchillo de la cocina. Entró en la enfermería cuando comenzaba a vislumbrarse que el sol surgía en el horizonte. Se acercó a la cama donde yacía Seyago y, al llegar junto a él, doña Beatriz se alarmó porque el hombre abrió los ojos de repente. Al verla, la mirada de Seyago se enturbió, pero poco después cobró vida y la observó intensamente. Doña Beatriz alzó lentamente el cuchillo con las dos manos y se dispuso a asestar un golpe mortal en el pecho del herido. Cuando se irguió hasta el límite que hacía presagiar la inminencia de la cuchillada, Seyago, muy despacio, volvió la mirada hacia la ventana como tratando de divisar el sol. A doña Beatriz le comenzaron a temblar las manos y, al fin, bajó el cuchillo con laxitud, lo tiró al suelo y se alejó de la cama. Seyago volvió la cabeza hacia ella y su mirada expresaba conmiseración y afecto. Cuando doña Beatriz se acurrucó junto a Marcial tenía el rostro bañado en lágrimas.

18

Las calles de Manila estaban animadas cuando Chen salió de la botica de don Facundo. Deambuló por ellas, y le llamaron la atención infinidad de aspectos que siempre le habían pasado inadvertidos o que apenas habían despertado su curiosidad. No había entrada de topanco en donde no hubiera un corro de vecinos sentados y charlando ruidosamente. A la luz de hachones se veían tenderetes por doquier en los que se vendían los más variados manjares. En unos de los que más atraían a Chen vendían unos rollos de hojas, en cuyo interior había carne picada, que preparaban allí mismo teniéndolos largo tiempo inmersos en perolas llenas de agua y calentadas por fuego de leña. Pero también había otros puestos con frutas de todas clases, con dulces y arropías, y algunos que ofrecían bebidas refrescantes e infusiones de yerbas exóticas. En la escalinata de la catedral lo que abundaba era el negocio de animales, en particular perros, gatos y pájaros de todos los colores y tamaños. Aquélla era, seguramente, la ciudad española en la que mejor vivía su población. El tráfico del galeón anual dejaba buenas riquezas para todos manteniéndolos ociosos casi todo el año y, aunque los nativos se dedicaran al servicio de los españoles, había surgido una clase media mestiza pacífica y educada por las órdenes religiosas. En un momento de su paseo en que vio a un grupo de mujeres jóvenes bien vestidas y alegres a pesar de su actitud recatada, Chen sonrió pensando en el capitán Dávila, su buen amigo. Allí apenas había putas. Para su agrado, tampoco había esclavitud. Los corros de hombres, españoles y mestizos, eran agradables, pues hablaban en voz baja y lucían camisas coloreadas de la mejor seda. En los atardeceres, algunos coches y calesas lujosos sólo hacían ostentación de riqueza, pues deambulaban paseando por los mismos sitios una y otra vez. Sus ocupantes charlaban desde el carruaje cuando se cruzaban con otro ocupado por conocidos. Y conocidos eran allí casi todos. Consideró Chen que era una ciudad apacible y aburrida.

Serían las once de la noche cuando Chen Dazhao atravesó la muralla primero y el puente sobre el río Pásig después, para adentrarse en el parián de los sangleyes. La animación de gentes y negocios era menor allí, pero también se entretuvo en observar infinidad de detalles. A diferencia de lo que ocurría intramuros, en el parián apenas transitaban carruajes ni caballos y las mujeres estaban completamente apartadas de los hombres. El colorido quizá fuera más variado, pero el recato y el pudor eran mucho mayores. A una cosa que prestó atención Chen en su paseo fue a las patrullas militares de ambas partes de Manila. Al otro lado del río sólo había una y en el parián, dos. Sin embargo, la presencia de militares en el recinto amurallado era constante en todas partes, y eso era lo que le daba algo de animación bullanguera que equilibraba la austeridad impuesta por una cantidad parecida de curas y frailes.

Finalmente, después de visitar el lugar donde había estado la casa de sus padres, Chen se encaminó a la suya. Una vez dentro, comió en silencio y parsimoniosamente. Después se lavó con esmero todo el cuerpo y se vistió con un ropaje oscuro y extraño. Se arrodilló luego y permaneció sentado en el suelo con los ojos cerrados. Tras una media hora en esa actitud, se levantó y abrió un pequeño armario. De él sacó un envoltorio alargado de tela basta amarrada con cordeles y otro paquete más pequeño. Sentado de nuevo en el suelo, los desenvolvió con cuidado. Del cilindro de cerca de vara y media de longitud que sacó del primer envoltorio, extrajo una espada cuya hoja reflejó en irisdiscencias de formas ondulantes el fulgor tenue y amarillento de las dos velas que había prendidas en la habitación. Del paquete pequeño surgieron dos dagas cuyas hojas brillaron con la misma intensidad que la del extraño sable.

Cuando Chen salió de su casa eran más de las doce, pero aún había gente en las calles del parián. Casi nadie se fijó en él a pesar de que su atuendo era inapropiado para el calor que hacía.

La calle en la que estaba la casa de Li Feng sí se hallaba casi desierta. Chen se aproximó a la puerta y llamó con cierta energía.

Al rato se abrió un ventanuco cuadrado practicado en la propia puerta y se vislumbró un rostro oriental tosco y huraño. Chen, sin esperar a que le preguntaran, algo que por otra parte parecía improbable que sucediera, dijo:

—Dile a Li Feng que Miguel Daza quiere hablarle sobre un español que está a punto de descubrir el secreto de la pólvora. Añade que sólo hablaré con él y que mañana será tarde.

El ventanuco se cerró, y Chen hubo de esperar más de diez minutos a que la puerta se abriera. Algunos transeúntes se fijaron en él durante ese tiempo.

—Pasa y detente.

Chen atravesó la puerta, y en la penumbra del zaguán descubrió a dos hombres que lo conminaron:

—Danos las armas que lleves.

Chen sacó uno de los cuchillos que llevaba y se lo extendió al hombre que tenía más cerca. Cuando éste lo iba a coger, como un rayo, Chen se lo clavó en el corazón. Antes de que el otro reaccionara, Chen, con la mano izquierda armada del segundo cuchillo, lo degolló tan raudamente como había atacado a su acompañante. Ambos hombres, con los ojos a punto de salírseles de las órbitas por efecto del pánico y la sorpresa, se desplomaron casi simultáneamente sin emitir apenas un gemido.

Chen limpió las hojas de sus puñales en las vestimentas de los muertos y se los guardó. Quedó atento a las dos puertas que desembocaban en el zaguán, una de las cuales estaba entornada y la otra cerrada. Intentó abrir esta última y, al no conseguirlo, volvió a la entrada de la calle y descubrió una llave grande en la cerradura. Cerró el portalón y se guardó la llave. Por la puerta entreabierta le llegó el sonido de unos pasos decididos que se acercaban. Silenciosamente, Chen se apostó junto a la puerta, desenvainó el sable y lo alzó agarrado con las dos manos. En cuanto apareció el hombre dispuesto a preguntar algo, el sable bajó con tal ímpetu que hendió la carne desde la base del cuello hasta mitad del pecho. Después de extraer la espada con un movimiento brusco antes de que el cuerpo se desplomara, Chen lo limpió con esmero usando la camisa de uno de los muertos. El último movía en el suelo las piernas en convulsiones reflejas.

Una vez envainado el sable, Chen se adentró por el pasillo al que daba la puerta practicable. La oscuridad allí era casi total, pero en el suelo se veían dos rayas que indicaban puertas de habitaciones iluminadas. Sigilosamente, apoyó la mano en el pomo de una de ellas y la impulsó con extremo cuidado. La puerta cedió lo justo para que Chen comprobara que estaba abierta. Con las dos manos armadas con los cuchillos, le dio una violenta patada e irrumpió en la estancia. En el centro había una mujer trajinando con inciensos y otras hierbas encendidas. Se volvió e inició un grito de espanto. Chen le lanzó un cuchillo que se le clavó en el pecho hasta la empuñadura. Entonces se desató el aullido de la mujer, y Chen le lanzó el otro puñal con tal fuerza que la mujer salió impelida hacia atrás y cayó muerta. Chen se abalanzó hacia la mujer para recuperar los cuchillos, pero los gritos que parecían venir del pasillo hicieron que abandonara su intención, prefiriendo desenvainar el sable y volver hacia la puerta. Apareció un sangley esgrimiendo un pistolete, y el instante que dudó antes de apuntar   Chen, pues el espectáculo de la habitación lo paralizó por un momento, fue suficiente para que el antebrazo armado saliera despedido al ser sajado limpiamente por el sable. Antes de que terminara de abrir la boca y los ojos tanto como podían dar de sí, un segundo sablazo acabó con su vida.

Chen salió rápidamente al pasillo y fue a entrar en la segunda habitación que había estado iluminada; pero, al percatarse de que ya no salía luz por la rendija, regresó a la habitación anterior y cogió el tosco candelabro de tres velas.

Lo dejó junto a la puerta por la que quería entrar y, cuidando que las llamas no prendieran en su vestimenta mientras tomaba impulso, dio una violenta patada y la puerta cedió con estrépito. Chen se apartó y permaneció en silencio en el pasillo, con el sable en posición de ataque. Del interior de la habitación no surgía el más leve sonido. Del resto de la casa, tampoco. Muy lentamente, Chen se agachó con todos sus sentidos alerta y los músculos y tendones en tensión extrema. Desprendió una de las velas del candelabro. Con un rápido movimiento la tiró al interior y esperó. Después hizo lo mismo con una segunda vela. Por el olor a quemado, más que por el incipiente fulgor de llamas, supo que las velas habían prendido en muebles o esteras. En menos de un minuto escuchó un ligerísimo movimiento dentro y, cuando comprobó que las llamas iluminaban suficientemente la habitación, irrumpió en ella. Vio que el fuego se estaba extendiendo y que algunas llamas tenían ya casi una vara de altura. Se despreocupó de él al descubrir en un rincón a Li Feng sentado en el suelo y encogido sobre sí mismo. Sin apartar la mirada de los ojos de Li, que apenas eran dos puntos brillantes en la semioscuridad del rincón, Chen pisó algunas llamas para aminorar la propagación el fuego. Se acercó despacio a Li, que más tenía aspecto de alimaña que de forma humana, y escuchó su voz quebrada pero no desprovista de cierta firmeza:

—¿Quién eres?

La voz de Chen sonó un tanto hueca:

—El hijo de Arima y Mai Zelá.

El crepitar de las llamas se hizo más intenso. Del rincón donde estaba Li Feng le llegó un rumor de ropas al removerse su dueño, y luego oyó una risa que no parecía humana, tan gélido fue su timbre. Tras ella, Chen escuchó:

—Tendría que haberte matado a ti también. Así es como deben hacerse las cosas.

—Lo intentaste y no pudiste.

Chen apagó nuevas llamas pisoteándolas, sin perder de vista a Li ni relajar la posición enhiesta del sable.

—Es cierto. Tu padre fue un imbécil. —El sable se movió casi imperceptiblemente—. Él quería lo mismo que yo: el poder en el parián. Pero era un imbécil.

—Él quería el bienestar de los habitantes del parián.

La voz de Li sonó trémula de ira:

—¿Quién te dice que bajo el dominio de tu padre hubiera habido mayor bienestar en el parián?

—Él quería basar ese bienestar en la ley y la justicia, tú en el miedo y la injusticia. Él era la libertad y la cultura, tú la opresión y la oscuridad.

—Eres tan imbécil como tu padre.

Entre los dos hombres se hizo el silencio, envuelto por el crepitar de las llamas.

—¿Y mi madre?

Del rincón no salió sonido alguno durante unos instantes. Al cabo, a Chen lo sorprendió el tono con que habló Li:

—Tu madre fue la única mujer a quien he amado. Su arrogancia la llevó no a rechazarme, sino a despreciarme. Si le hubiera permitido sobrevivir a tu padre, ese desprecio habría sido infinito. Ella habría preferido morir también.

Las llamas más altas sobrepasaban la altura de un hombre. Chen se acercó lentamente a Li Feng, y lo alarmó no descubrir el más mínimo destello de temor en su afilada mirada. Súbitamente, del regazo del viejo salió una llamarada y un formidable estampido. Chen se tambaleó al tratar de recobrar el equilibrio tras recibir un balazo en alguna parte del pecho. Aunque se le veló la mirada, recuperó su aplomo y se acercó a Li, quien entonces sí mostró temor. Cuando el viejo sintió la punta del sable en la garganta, escuchó decir a Chen:

—Te iba a matar sin dolor. Ahora has de sufrir.

El sable se apartó de su cuello, y dos estocadas fulminantes lo hirieron en distintos lugares del abdomen. Li Feng transformó su gesto en una mueca de dolor indescriptible.

Tras observar por última vez a Li, Chen abandonó la estancia cuando el incendio ya era difícilmente extinguible.

Aún no había amanecido cuando don Álvaro y el capitán Dávila se encontraron en el lugar que habían convenido. Se dieron los buenos días y el capitán sonrió tras examinar a *Rompedor*, el magnífico caballo que montaba don Álvaro.

—Partamos, capitán. Espero que ese jamelgo aguante el tirón porque llevamos prisa.

El capitán Dávila sonrió de nuevo celebrando la tibia baladronada de su jefe, pues bien sabía él que su caballo no era un jamelgo.

—Partamos.

Cuando iban a iniciar un galope corto, tras atravesar la muralla por un postigo a cuya guardia ya habían puesto sobre aviso la noche anterior, el capitán se detuvo porque notó que don Álvaro se había detenido a sus espaldas.

—¿Ocurre algo, don Álvaro?

El capitán, en lugar de esperar respuesta, miró en la dirección que escudriñaba don Álvaro. Éste, al rato, dijo:

—El parián de los sangleyes anda agitado.

El capitán Dávila, tras su inspección, aventuró:

—Un incendio. Pero parece que ya está apagado.

—Espere un momento.

Aunque a los dos jinetes los separaba del parián el Pásig en una de sus partes más anchas, don Álvaro intuía que aquel revuelo de gentes que se divisaba tenía una causa distinta de la alarma por un incendio. Sobre todo en una tierra asolada con frecuencia por fuegos, terremotos y huracanes.

Don Álvaro volvió grupas y se dirigió de nuevo a los guardias del postigo. Le informaron de que, efectivamente, aquella noche había habido un incendio en el parián. Ellos mismos habían alertado al retén de intramuros, pues les pareció que la gente había reaccionado de manera tan desaforada que rayaba en el disturbio. En aquel momento estaban esperando a que regresara la patrulla que el oficial de guardia de la muralla había destacado en el parián para recabar informes.

Don Álvaro dudaba si desentenderse del asunto y partir hacia la urgente misión que tenía que cumplir, o satisfacer el demonio de la curiosidad que sempiternamente se inmiscuía en sus adentros. Cuando decidió que era hora de partir a buscar al gobernador, vio que la patrulla mencionada por los guardias del postigo atravesaba el río por el puente más cercano. Don Álvaro le hizo un ademán al capitán, y éste entendió que le pedía que hiciera valer su condición de jefe militar para que el sargento que mandaba el pelotón le informara.

Don Álvaro escuchó el informe con gesto cada vez más atribulado.

—Lo que ha pasado, mi comandante, es que ha habido una masacre en el parián. Además, de gente importante para los chinos. No se sabe si uno o varios individuos han matado al más rico de todos ellos y a algunos de sus criados y servidores. Encima le han quemado la casa. La gente, al escuchar un disparo y ver las llamas, fueron a ayudar. Entonces vieron salir a un tipo y lo persiguieron porque supusieron que había sido el autor del disparo y el incendio. Parece que el fulano era un fiera porque se llevó por delante por lo menos a seis sangleyes. Cuando lo tenían acorralado y parecía que estaba herido, el tipejo volvió la espada contra sí mismo y se la clavó en el corazón. Una barbaridad. Poco a poco se han ido descubriendo los cadáveres, y el parián está que trina. Voy a solicitar refuerzo de guardia y de los soldados que hacen la ronda allí porque estos chinos son capaces de cualquier barrabasada.

Don Álvaro, desde detrás del capitán Dávila, preguntó al sargento:

—¿Se sabe cómo se llama el sangley gentil que ha acorralado la turba?

—Sí, pero no es gentil porque se llama Miguel Daza.

El capitán Dávila miró gravemente a don Álvaro mientras éste cerraba los ojos. El sargento no entendió por qué aquel comandante y el señor que lo acompañaba mostraban tal tribulación. Cuando iba a pedir permiso al capitán Dávila para marcharse y continuar con su tarea, escuchó que el otro le decía:

—Sargento, es importante lo que voy a decirle, sobre todo si se esperan revueltas en el parián. Envíe a un soldado al castillo de San Felipe con la orden expresa de que le diga al coronel Castroviejo que se dirija inmediatamente a la botica de don Facundo y hable con él. ¿Está claro?

El sargento, con actitud un tanto suspicaz y arrogante por recibir órdenes de un civil, miró con el entrecejo fruncido al capitán Dávila. Éste, con firmeza, dijo:

—Sargento, es importante que haga exactamente lo que le han dicho.

—A sus órdenes, mi comandante.

Don Álvaro y el capitán volvieron grupas e iniciaron un galope corto en dirección a Nueva Écija. Ninguno de los dos podía apartar de la mente las múltiples imágenes de Chen Dazhao en el barco, en La Habana, en la prisión de San Salvador de Bahía, en las playas de Joló, en la rebotica de don Facundo… Bravo y extraño sangley gentil.

19

—Difícil será entrar ahí, don Álvaro, y más con los caballos cansados.

—Pronto será de noche y seguramente cesará la batalla. Lo intentaremos de madrugada y con sigilo en lugar de ahora y confiando en la velocidad. Si es que antes no derrotan los tagalos al batallón.

Los jinetes se habían orientado durante toda la tarde por el fragor de los disparos, que se escuchaba desde varias leguas aunque tuviera origen incierto. Cuando llegaron a una colina desde la que se divisaba la batalla, quedaron sobrecogidos porque las fuerzas del marqués de Ovando se encontraban cercadas por muchos cientos de rebeldes. La defensa aún mantenía el orden, pero en dos flancos la lucha estaba entablada cuerpo a cuerpo y los crises se enfrentaban a las bayonetas. Don Álvaro con el catalejo y el capitán Dávila aguzando la vista, escrutaron el valle en todos sus detalles. Era un inmenso claro enclavado entre varios montes y con escasa vegetación. Un río no muy caudaloso serpenteaba tras las posiciones de las tropas españolas, y los tagalos seguían una táctica sencilla pero eficaz. Grupos de varias decenas se destacaban del resto y se aproximaban a la carrera al enemigo. Mientras éste descargaba la fusilería, ellos disparaban flechas, jabalinas y algunas carabinas. Se tumbaban en el suelo escondidos en la vegetación, que, aunque rala, debía de bastar para ocultar a un hombre. Allí permanecían hasta que otros grupos de refresco alcanzaban una posición algo más adelantada.

Las tropas españolas ya habían establecido una táctica para la defensa porque, ordenada y periódicamente, las dos docenas de dragones que debían de quedar disponibles salían como una exhalación de las filas y atacaban a los enemigos más próximos, con pistolas primero y lanzas después, tras lo cual regresaban a sus posiciones a toda la velocidad que permitían sus caballos. Las fuerzas del gobernador sólo tenían operativas cuatro piezas de su batería artillera, pero las disparaban con regularidad aunque con puntería incierta. A pesar de ello, su eficacia, sobre todo contra la moral de los atacantes y a favor de la de los sitiados, era alta. El clamor de gritos inundaba el valle y las selváticas estribaciones de los montes que lo rodeaban.

Don Álvaro y el capitán Dávila ya habían decidido la ruta por la que entrarían para llegar al puesto de mando del batallón. El atardecer era inminente, y les quedó claro que aquella jornada concluiría sin victoria para los tagalos. Lo que más preocupó entonces a los jinetes fueron las guardias que se establecerían en los dos bandos. Si peligrosos serían los centinelas que pondrían los rebeldes, peores podían ser los españoles, pues, al saberse sitiados, no repararían en disparar a todo lo que se moviera en la noche.

El ocaso avanzó parejo al declive de disparos e imprecaciones. Esos largos últimos minutos del día los dedicaron los dos jinetes a memorizar hasta los más mínimos detalles del paisaje que se extendía ante ellos. Cuando ya se hizo de noche total y empezaron a brillar algunas fogatas, desmontaron, aflojaron las cinchas de sus monturas y se dispusieron a cenar y descansar.

Aunque tenían proyectado comenzar la aproximación en mitad de la madrugada, después de la medianoche decidieron ponerse en marcha porque las nubes ocultaron la luna, que, aun en sólo un octavo, podía ser traicionera. Don Álvaro y el capitán habían discutido mucho si llevar los caballos o dejarlos allí amarrados. Llevarlos, a pesar de que la nobleza de los dos corceles era excepcional y tenían un carácter tranquilo, implicaba hacer mucho más ruido del que harían ellos dos solos. Sin embargo, si venían mal dadas, y la probabilidad era grande tanto durante la noche como al día siguiente, podría ser decisivo contar con los caballos. Decidieron ir andando y llevar a los animales de reata. Ello tenía la ventaja adicional de que, si los descubrían, podían espantarlos y ganar algo por la sorpresa.

Como habían previsto, fueron los centinelas españoles los que más peligro entrañaron para don Álvaro y el capitán Dávila. Sufrieron dos descargas de fusiles y hubieron de gritar tres veces el «Viva España y el rey». Finalmente, terminaron sanos y salvos en la tienda del marqués de Ovando, que se quedó mirándolos de hito en hito y apenas podía disimular su sorpresa.

El gobernador estaba siendo curado de una herida en el antebrazo izquierdo y se hallaba rodeado por cuatro coroneles además del cirujano.

—¿Se puede saber qué diablos hacen ustedes dos aquí?

Don Álvaro no estaba de humor, y el aprecio que sentía por el marqués de Ovando se había aproximado mucho al que éste sentía por él.

—Dé orden, por favor, de que desensillen nuestros caballos y les den de beber y comer.

El gobernador miró fijamente a don Álvaro y al cabo hizo una seña con la cabeza a uno de los coroneles. El cirujano le causó daño y, cuando recuperó el aplomo, el gobernador dijo a los recién llegados:

—Tomen asiento. Ustedes también estarán cansados.

Así lo hicieron y, sin esperar a que el gobernador preguntara, don Álvaro explicó detenidamente lo que los había llevado hasta allí. Mientras daba los detalles del sabotaje de las pólvoras, el gesto del gobernador se crispaba de rabia y los coroneles se miraban entre sí llenos de asombro y preocupación.

En la tienda se hizo un silencio espeso cuando don Álvaro concluyó su relato. Del exterior sólo llegaban rumores apagados de tropas cansinas. El gobernador recuperó su habitual actitud resuelta y ordenó a sus coroneles:

—Hagan un inventario exhaustivo de la pólvora que nos queda. Separen la mala pero no la inutilicen. Con ella, los artilleros han de fabricar petardos de mecha corta que usaremos para abrir un pasillo en el cerco. Detengan a todos los sangleyes del batallón y amárrenlos a árboles. Procuren que toda la tropa sepa que la causa de nuestras desdichas está en la pólvora, pero cuiden que su ira no la descarguen con los sangleyes. La próxima jornada será larga y victoriosa. ¡Manos a la obra, señores!

Una vez que salieron los coroneles y el gobernador despedía también al cirujano, el capitán Dávila y don Álvaro se levantaron disponiéndose a salir de la tienda.

—Muchas gracias por su servicio, comandante Dávila. Puede retirarse. —El gobernador se dirigió a don Álvaro, que se había levantado a la vez que su ayudante, dispuesto a marcharse—. ¿Le importaría a usted quedarse unos momentos?

El capitán Dávila se cuadró y salió. Don Álvaro se sentó de nuevo con cierta prevención, pues no tenía ganas de discusión y además estaba muy cansado.

El tono con que le habló el gobernador era inédito para él, pues mostraba un punto de afecto.

—Si mañana salimos victoriosos, como no puede ser de otra forma, habrá rendido usted su segundo servicio a Filipinas. El primero, en Joló, tuvo un resultado que me disgustó; el que ha hecho hoy quizá sea valioso. Por cierto, ninguno de los dos servicios se los ha solicitado nadie.

—No me los ha solicitado usted.

Ante el gesto extrañado del gobernador, don Álvaro dijo:

—El coronel Castroviejo me pidió que investigara sobre la pólvora.

El marqués de Ovando puso gesto de disgusto, pero al cabo sonrió.

—Está bien, gracias de todas formas.

—Buenas noches.

—Espere. Ahora sí le voy a pedir un servicio.

Don Álvaro recuperó su postura en el asiento, que había alterado cuando quiso dar por concluida la entrevista. El gobernador quedó un rato pensativo antes de hablar.

—Mañana, en cuanto la batalla empiece a inclinarse a nuestro favor —don Álvaro tomó nota del insistente optimismo del gobernador—, deseo que salga de regreso a Manila. Allí, entrevístese con el padre Murillo Velarde y, tras entregarle una carta que escribiré ahora, cuéntele la traición que hemos sufrido. Dígale que prepare un decreto de expulsión de los sangleyes de Filipinas. Se establecerá una zona abierta en la playa, apuntada permanentemente por dos baterías artilleras, en donde podrán comerciar con los habitantes de Manila cuanto quieran y en particular en el suministro del galeón anual, pero en la que no podrán asentarse. Me complacería que usted colaborara primero con el padre Murillo y después conmigo en la expulsión.

—Haré lo primero que me pide porque considero que mi condición de comisionado me exige cumplir sus órdenes. Pero no colaboraré en una expulsión de personas.

—De traidores.

—No discutiré, pero sepa que es muy probable que la estructura de poder del parián haya quedado muy debilitada si no destruida. Si fuera así, no veo la necesidad de expulsión alguna.

—¿A qué se refiere respecto a la estructura de poder?

—Sospecho que Chen Dazhao la ha destrozado aun a costa de su vida.

—Explíqueme ese extremo.

Don Álvaro hizo un resumen de lo que sabía que había ocurrido en el parián de los sangleyes.

—Lo siento por Daza, pero me confirma lo acertado que siempre ha estado el padre Murillo Velarde respecto a la lacra que suponen los sangleyes de Manila para la Corona. Haga lo que le he dicho.

—Bien. Buenas noches.

Cuando don Álvaro ya se iba, se volvió para preguntar un tanto inseguro al gobernador:

—¿Corre prisa su encargo?

—No necesariamente, pero todo debe estar organizado para cuando yo llegue. No creo que tarde más de dos semanas. ¿Es que no va a ir directamente a Manila?

Don Álvaro, desde la puerta, seguía dudando, pero al cabo dijo:

—Doña Beatriz de El Estal se ha vuelto a marchar de Manila. Sospecho que esta vez definitivamente y por voluntad propia. Me gustaría buscarla para despedirme de ella y saber si se encuentra bien.

La noticia dejó anonadado al gobernador. Mirando al suelo, dijo con voz trémula más de ira que de pena:

—Haga lo que le plazca.

Tal como había previsto el marqués de Ovando, a la media hora después del amanecer el desconcierto en las filas tagalas marcaba un punto de inflexión a favor del batallón español. La rabia de los soldados cuando conocieron que habían sido objeto de felonía pronto dio paso a un aumento enorme de su moral. El hecho de saber que las causas del fracaso del día anterior eran ajenas a sus habilidades y voluntad, los llenó de coraje y ganas de desquitarse. Ya antes del amanecer, en el campamento sólo se oían amenazas y baladronadas.

La batalla comenzó con una descarga cerrada de la artillería concentrada en una línea. Sobre ella dispararon todos los fusiles y los artefactos repetidores inventados por el marqués de Ovando. La línea trazada por las piedras disparadas por los cañones se convirtió en franja. Ésta la ensancharon los dragones a toda velocidad con petardos en la ida y disparos de pistola a la vuelta. Por el amplio pasillo de más de cien varas abierto en el cerco enemigo, salió casi todo el batallón a la carrera como una exhalación. Antes de que los tagalos se recuperaran de la sorpresa y trataran de reorganizarse, los españoles tomaron posiciones en las laderas de dos montes. Estos dos grupos, junto con los servidores de la batería que habían dejado en su lugar inicial, formaron un triángulo que alteró por completo la simple geometría circular establecida el día anterior. En menos de una hora, el batallón del gobernador pasó de una defensa a ultranza a una ofensiva cuidadosa y eficaz.

Don Álvaro y el capitán Dávila consideraron que aquél era el momento oportuno para abandonar la batalla.

A pesar de que sabían que todos los hombres peligrosos de aquella zona debían de estar guerreando contra el gobernador, los dos jinetes avanzaron por la selva con precauciones. Cuando ya se anunciaba el atardecer descubrieron a lo lejos lo que debía de ser una misión. Después de observarla con detenimiento, así como al poblado vecino, decidieron que no entrañaba peligro serio tratar de pernoctar en ella si los misioneros se lo permitían.

La misión la regían tres frailes franciscanos, de los cuales sólo uno manifestó cierto interés por los huéspedes. Los otros se mostraron huraños y desconfiados. Cenaron todos juntos sendas escudillas de sopa con pan y algo de carne de procedencia incierta. Tras una conversación bastante anodina, los frailes se retiraron y el capitán Dávila y don Álvaro se sentaron en el entarimado sobre el que se alzaba la pobre misión y charlaron un rato.

—Es extraño que en este confín del imperio sean los curas la avanzadilla.

Don Álvaro se sorprendió al escuchar una disquisición así del capitán. Durante toda su relación, en Sevilla, la corte y el viaje, casi nunca habían hablado de nada que no fuera al socaire de la acción. Sonriendo con cierta amargura, respondió:

—Es así en todas partes, capitán. Primero llegan los soldados, los marinos o los aventureros, e inmediatamente detrás de ellos aparecen los curas. Aquéllos se van y éstos se quedan. Cuando los atacan quienes no se dejan cristianizar, vuelven los soldados para defenderlos, y así se va extendiendo nuestro dominio. Quizá no sea tan malo.

—Lo que no se me alcanza es lo que tiene que ver Dios con todo esto. A tierras lejanas se va para extraer riquezas, ¿no?

—Si sólo fuera por eso, el asunto sería demasiado mezquino y simple, aunque sea lo que los países fuertes hacen normalmente.

—Los indígenas no suelen saber para qué sirven las cosas. ¿Para qué quieren los indios el oro?

—Para nada, pero es suyo. En cualquier caso, si se les quitara por las buenas o se les cambiara por algo que fuera de su provecho, la cosa no estaría tan mal. De hecho, así se hace algunas veces, pero con la religión se consiguen muchas más cosas.

—¿Como qué?

—Es complejo, capitán. Pero, ya que lo veo suspicaz contra los curas, le diré que fundan hospitales, escuelas y hasta universidades. Por ejemplo, éstos de aquí; no le extrañe que estén haciendo que estos miserables vivan un poco mejor que si no existiera la misión.

—¿Pero usted no es anticuras?

Otra vez sonrió don Álvaro con amargura y, quizá porque se sentía cansado, respondió lacónicamente:

—Dejemos el asunto.

Tras una pausa, don Álvaro cambió el gesto y le dijo a su amigo en tono un tanto grave:

—Quiero decirle algo, capitán. Voy a buscar a doña Beatriz y eso es un asunto personal. Usted tiene gran habilidad y experiencia como rastreador, por lo que me podría ser de gran ayuda. Sin embargo, siéntase absolutamente libre de hacer y decir lo que quiera.

El capitán Dávila guardó un rato de silencio antes de contestar:

—Sigo siendo su ayudante, ¿no?

—Ni eso ni mi empleo están ya nada claros. Supongo que usted sabe que al ministro Ensenada lo han echado del gobierno.

El capitán asintió con la cabeza y volvió a su silencio. Tras exhalar un leve suspiro, dijo:

—Creo que encontrar a doña Beatriz no le conviene a nadie; pero, si ése es su deseo, iré con usted y la hallaremos.

A media mañana del cuarto día después de haber dejado la misión franciscana, los jinetes divisaron la finca de Marcial Tamayo. Se acercaron por los montes bajos rodeando la foresta que en buena parte la envolvía, y se detuvieron a unos quinientos pasos del topanco. Cuando don Álvaro estaba desplegando su catalejo, escuchó que el capitán le decía:

—Ahí tiene a doña Beatriz.

A don Álvaro de Soler se le aceleró el corazón, y a duras penas pudo enfocar el catalejo, pues el temblor de las manos le impedía ver nítida la imagen de las dos figuras humanas que se distinguían a lo lejos.

Efectivamente, había una mujer blanca agachada en el campo en actitud de estar trabajando la tierra. A unos treinta pasos detrás de ella había un hombre haciendo algo parecido. Don Álvaro plegó el catalejo y, después de guardarlo con cuidado en el estuche de cuero que pendía de la silla de montar, puso su caballo al paso en dirección a la finca. Mientras, escuchó a sus espaldas:

—Me voy a Manila, don Álvaro. Si desea encontrarme siga la ruta lógica.

Don Álvaro asintió con la cabeza sin volverse ni despedirse de su amigo. Por ese gesto supo el capitán Dávila que don Álvaro tenía el alma conturbada.

Cuando llegó a unos cuarenta pasos de donde se encontraba la mujer, ésta se incorporó vivamente, pues la había sobresaltado la presencia de un jinete tan cercano al que no había visto ni oído llegar. Marcial Tamayo también dejó lo que estaba haciendo y se dispuso a acercarse al extraño. Sin embargo, quizá un sexto sentido alertado por la actitud de doña Beatriz lo hizo detenerse y observar con más angustia que miedo lo que iba a acontecer. Don Álvaro detuvo su caballo a una distancia de doña Beatriz desde la que distinguía con claridad sus facciones. Ella bajó lentamente la mano que le había servido de visera para tratar de reconocer al jinete y quedó erguida mirando a don Álvaro. Éste apartó la mirada de ella y la paseó despacio por el entorno. Los plantones ordenados de abacá tenían ya casi dos palmos de altura. Todos los lomos de tierra arada, limpios totalmente de yerba mala, estaban recorridos por canaletas de bambú por donde se irrigaba el agua en una buena superficie de la plantación. Los semilleros, unos bajo sombrajos y otros a la intemperie, se habían multiplicado en torno al topanco. Había también seis hileras de estructuras livianas de madera en forma triangular que servían de apoyo al crecimiento de plantas. En un huerto perfectamente cuadrado y regado, emplazado junto al cercado en que pacían los dos caballos, empezaban a brotar las primeras hojas de hortalizas. Tras su examen, don Álvaro volvió a mirar a doña Beatriz y ella le sonrió. Él le devolvió la sonrisa, sin poder evitar enmarcarla en un rictus amargo, y alzó lánguidamente la mano derecha. Enseguida, sin percatarse de que doña Beatriz cerraba los ojos mientras se llevaba la mano derecha a la altura del corazón, volvió grupas y partió a un galope lento y acompasado en busca del capitán Dávila.

Manila, 12 de noviembre de 1754

Esta tarde viene Sebastián desde Cavite y se cumple el plazo que le pedí para darle respuesta. No volveré a Sevilla y me casaré con él.

Tras tres días andando por la casa como un alma en pena purgatoria, decidí abrir todos los legajos que me había dejado mi tía. Más de dos horas me llevó empaparme de ellos y muchos días asumirlos. Todavía hoy, cuando ya estoy empezando a acostumbrarme a la soledad, me turba el ánimo pensar en todo lo que dejó dispuesto.

Me ha nombrado heredera universal de todas sus propiedades de aquí y de Sevilla, así como de sus títulos. Para formalizar eso era uno de los legajos, con cartas y documentos dirigidos a todo hombre de mando que se pudiera una imaginar: al asistente de Sevilla, al gobernador de aquí,

312

al ministro, a un sinfín de oidores de Sevilla y la corte, y qué sé yo a quién más.

Uno de los encargos que me daba en la larguísima carta que me dejó fue el que más me ha pasmado y casi enrabietado. He de hacer una selección a mi gusto de todos los pliegos que he escrito sobre el viaje y Manila y mandárselos al marqués de la Ensenada. Ahí es nada. Resulta que el ministro le había encargado a mi tía que espiara a su favor todo lo que pudiera ser de interés para el gobierno de España. Pues consideró mi doña Beatriz que para qué molestarse si yo ya lo hacía por ella y, además, dejando constancia escrita. Mira qué bien y qué fácil. Y para asegurarse la faena sólo le bastaba dejarme en ayunas si vacilaba. Pues asunto fallido, porque al dichoso ministro me he enterado yo de que le han dado pasaporte. Así que mis pliegos no los lee nadie.

En la carta también me ha explicado por qué nos fuimos de Sevilla, y esa parte la he leído mil veces. El marqués, su marido, murió por mano de ella. ¡Virgen Santa! Pero qué bella e intensamente describe doña Beatriz las causas por las que hizo tamaño despropósito. Habla de la vida de la aristocracia sevillana, tan diferente de la que llevaba ella en el campo de Écija antes de casarse. Un día huero tras otro espeso, así dice que transcurría su vida en Sevilla. Se sentía rodeada de gente que anteponía el dinero a todo, despreciando el ganarlo. La única tarea para la que estaban bien dispuestos era urdir triquiñuelas legales para engrosar sus arcas, o simplemente robar. En eso andaba el marqués. En Écija, doña Beatriz sólo había conocido el trabajo hasta la extenuación de los jornaleros y el riesgo que corría el dinero de los propietarios de tierras. En dos o tres malas rachas, los primeros desfallecían de hambre y se empobrecían los segundos. Para huir de ese triste devenir, la hicieron casarse con el marqués sevillano. Y ella no lo amaba. Y él a ella sí. El resentimiento lo llevó al borde de la locura. Pegó a mi pobre doña Beatriz. Cinco veces le pegó el marqués. ¡De qué manera tan sensible y terrible escribe ella sobre la humillación que sufrió! Pensó en suicidarse, y eso fue lo que quería hacer la tardecita de marras. Pero también deseaba llevar a cabo un acto de justicia más que de venganza, pues, por menos de lo que había hecho el marqués en su vida, estaban ajusticiando en Sevilla a otros aristócratas malandrines. Y pasó lo que pasó.

Otro de los legajos estaba lleno de poemas para don Álvaro y una carta en sobre cerrado. Los poemas los he leído todos y cuando él regresó a Manila se los di. Sigue sin entrarme en las entendederas cómo ha podido mi tía trocar por una quimera el amor inmenso que siente por don Álvaro de Soler. Ayer vino a visitarme otra vez y me dejó desconsolada porque me ha dicho que se va de Filipinas en el próximo galeón hacia Nueva España. Mi tía le ha hecho daño de verdad, pero don Álvaro es un hombre fuerte como una roca por más tierno que a veces se muestre conmigo. ¡Cuántos consejos me ha dado, cuánto cariño! Si alguna vez regreso a España, que no será antes de que vuelva a saber de mi tía, lo buscaré y, si ya es viejo, lo meto en mi casa aunque sea raptado.

Mañana viene el gobernador a Manila y le haré llegar los documentos y la carta que dejó mi tía para él. Se le está preparando una bonita recepción porque ha ganado otra guerra. ¡Qué coraje de viejo! Así se les atraganten las guerras a los que las ganan lo mismo que a los que las pierden.

Este año largo que ha pasado desde que salí de Sevilla me ha transformado para siempre. He conocido el amor, la muerte y la fuerza arrolladora que tiene el ansia de libertad.